De volta aos anos 90

Também de Maurene Goo:

Um lugar só nosso
Isso que a gente chama de amor

MAURENE GOO

Tradução
LÍGIA AZEVEDO

SEGUINTE

O selo Seguinte pertence à Editora Schwarcz S.A.

Grafia atualizada segundo o Acordo Ortográfico da Língua Portuguesa de 1990, que entrou em vigor no Brasil em 2009.

TÍTULO ORIGINAL Throwback

CAPA Ale Kalko

ILUSTRAÇÃO DE CAPA Ing Lee

PREPARAÇÃO Júlia Ribeiro

REVISÃO Ingrid Romão e Luiz Felipe Fonseca

Dados Internacionais de Catalogação na Publicação (CIP)
(Câmara Brasileira do Livro, SP, Brasil)

Goo, Maurene
De volta aos anos 90 / Maurene Goo ; tradução Lígia Azevedo. — 1ª ed. — São Paulo : Seguinte, 2023.

Título original: Throwback.
ISBN 978-85-5534-275-2

1. Ficção norte-americana I. Título.

23-161520 CDD-813

Índice para catálogo sistemático:
1. Ficção : Literatura norte-americana 813

Cibele Maria Dias – Bibliotecária – CRB-8/9427

EDITORA SCHWARCZ S.A.
Rua Bandeira Paulista, 702, cj. 32
04532-002 — São Paulo — SP
Telefone: (11) 3707-3500
www.seguinte.com.br
contato@seguinte.com.br

Se os imigrantes asiáticos endividados acham que devem sua vida aos Estados Unidos, seus filhos acreditam que devem seu sustento aos pais, por conta de tudo o que sofreram. [...] *Eu aceito que o fardo da história recaia apenas sobre os meus ombros.*
Cathy Park Hong, *Minor Feelings*

Certo, tudo bem, McFly. Segura a onda. É tudo um sonho. É só um sonho muito intenso.
Marty McFly, *De volta para o futuro*

Prólogo

A bateria do meu celular estava em sete por cento, e meu vestido era curto demais para mim.

Resisti à vontade de puxar a bainha vermelha colada na minha bunda e de entrar em pânico por causa do lance da bateria. *Se concentra no que você precisa fazer.*

Observei a multidão.

O baile podia estar sendo na quadra, mas o pessoal do comitê tinha conseguido armar o cenário dos sonhos. Espalharam serpentina metalizada por todo canto, inclusive nas cestas de basquete e nas camisas emolduradas, e a arquibancada estava cheia de bexigas prateadas. Estava tudo escuro, a única iluminação vinha dos pisca-piscas coloridos. Em cada centímetro do piso brilhante da quadra tinha alguém dançando.

Encontrei Priscilla — toda de azul-gelo — um segundo antes que as luzes se apagassem por completo e alguns gritos cômicos atravessassem o ar. Todos estavam inquietos em seus trajes formais; animados e num entusiasmo perverso que beirava o medo.

Mas não ficamos muito tempo no escuro. Luzes fortes iluminaram a pista de dança, onde o diretor, o sr. Barrett, se encontrava com um sorriso estampado no rosto, as sobrancelhas grossas engolindo os óculos e um terno largo e disforme.

"Insane in the Brain", do Cypress Hill, começou a tocar no último volume, luzes estroboscópicas entraram em cena, e o diretor começou a se mexer de maneira bizarra, erguendo as mãos na frente do corpo e movendo os pés para lá e para cá.

Ah, não. Ele estava dançando.

As risadas que ecoaram pela quadra não foram simpáticas. Existiam *mesmo* diretores bobos fora dos filmes adolescentes ruins? Na verdade, não sei por que fiquei surpresa. Todos os acontecimentos da semana anterior pareciam ter saído de um filme adolescente ruim.

Por sorte, a música foi baixando até virar apenas um ruído de fundo.

— E agora o momento que todos estávamos esperando! — o diretor anunciou.

— Se mata! — alguém gritou.

Todos riram. Que imbecis.

O sr. Barrett ignorou a brincadeira com bravura.

— O anúncio do rei e da rainha do baile!

Uma onda de animação se espalhou pela quadra. Alguém gritou do meu lado, com uma empolgação genuína.

Olhei para Priscilla, com seus cachinhos de Shirley Temple — brilhantes, pretos e perfeitos, roçando os ombros deixados à mostra pelo vestido de cetim. O glitter salpicado em sua pele a fazia cintilar. Ela era bonita de doer — um sonho adolescente personificado.

Priscilla me pegou olhando para ela e fez uma careta.

— Tira uma foto que dura mais.

Meu sorriso se desfez, e minha boca virou uma linha reta.

— É que eu reparei que o corretivo que cobria essa espinha aí saiu.

Ela levou a mão ao queixo na mesma hora. Então o microfone chiou, e nós duas voltamos a olhar para o diretor.

Tudo dependia daquele momento. Então essa semana de alucinação digna de David Lynch terminaria. Com sorte.

Eu estava pronta para ir para casa.

Procuramos a mão uma da outra ao mesmo tempo.

E esperei para ouvir se minha mãe seria coroada rainha do baile de boas-vindas.

1

Minha mãe adora contar a história do dia em que nasci. Naquela época, Los Angeles atravessava uma seca sem precedentes. Mas quando a bolsa estourou — "Juro por Deus, Samantha, não estou mentindo" —, os céus se abriram e caiu um aguaceiro.

Uma década de seca acabou em um único dia — imagine o nível dessa tempestade! Quando eu nasci, onze horas depois, o hospital estava sem energia elétrica. A primeira vez que ela viu meu rosto foi sob a luz fria do celular de alguém da equipe de enfermagem.

Quando eu era pequena, essa história fazia com que eu me sentisse especial. Como se meu nascimento tivesse sido um milagre capaz de desviar a natureza de seu curso para me receber daquela maneira espetacular. E era fácil me sentir especial na infância, quando o mundo da minha mãe girava ao meu redor e tudo que ela fazia era para me transformar no melhor ser humano possível.

À medida que isso mudou, minha percepção dessa história mudou também. Será que *na verdade* aquela não era uma maneira de me dizer que fui um pé no saco desde o segundo em que nasci?

CADÊ VOCÊ, SAMANTHA?

Uma gota de chuva caiu na tela do meu celular, embaçando a

mensagem agressiva da minha mãe. Olhei para o céu cada vez mais escuro bem na hora que um raio caiu.

— Merda, merda, merda.

Enfiei o celular no bolso do vestido de tricô azul-neon e me afastei correndo do carro, em direção aos degraus de entrada do clube de campo Oakwood. As gotas imediatamente se transformaram em uma tempestade, e em segundos eu estava ensopada. Quando enfim cheguei à cobertura do clube, minhas meias faziam barulho dentro das botas Dr. Martens. Pelo visto não eram tão à prova d'água assim. Meu vestido estava um horror, com manchas de água que transformaram a malha em uma obra de arte abstrata. Sim, eu estava com uma ótima aparência para minha *entrevista em um clube de campo.*

Coisas que eu preferiria fazer a ir a uma entrevista em um clube de campo:

1) comer vidro
2) cavar uma vala
3) discutir com uma pessoa branca sobre o movimento Todas as Vidas Importam

Estava caindo um pé-d'água, e enquanto eu tentava tirar o excesso de chuva do cabelo meu celular vibrou outra vez.

É MELHOR VOCÊ ESTAR A CAMINHO

De novo, ignorei a mensagem. Eu não respondia a mensagens inteiras em maiúsculas de ninguém a não ser de Val, e mesmo assim só se incluíssem um excelente GIF que precisasse da minha atenção imediata. Além disso, sabia que minha mãe se *recusava* a usar pontos de exclamação, mesmo quando escrevia tudo em maiúsculas, para manifestar seu poder de forma sutil. Não demonstrar entusiasmo era uma tática dela para manter os outros sob controle. Por isso, não, eu não fazia a menor questão de responder. E tecnicamente não estava atrasada para a entrevista. Minha mãe é que não relaxava nunca.

Dois SUVs quase bateram no estacionamento. Um dos motoristas jogou as mãos para o alto, irritado, e as janelas ficaram embaçadas quando ele começou a xingar. Um carro cortou o outro em alta velocidade, formando uma onda gigante que molhou uma mulher correndo pelo estacionamento em direção ao próprio carro. A coitada ficou horrorizada.

Quanto drama. Por instinto, peguei o celular e gravei um áudio.

Oi, halmoni.

Você já notou que quando chove em Los Angeles a realidade se altera?

Tipo, prédios em tom pastel de repente parecem sujos, com manchas aparecendo naquelas paredes de estuque pavorosas. Flores que há anos não brotavam surgem nas rachaduras dos canteiros nas estradas. As pessoas esquecem completamente como se dirige. O que é dirigir, afinal de contas? Meu carro está molhado!

Um menininho com cabelo escuro bem curto abriu as portas do clube de campo, saiu e soltou uma risada alta ao ver a chuva — uma verdadeira raridade no outono. Os pais refrearam sua tentativa de sair correndo com os braços ansiosamente esticados para cima.

Tem também um lance meio mágico, né? Não temos estações de verdade aqui. Quando somos lembrados dessas forças além do nosso controle... parece algo de outro mundo.

Como se confirmasse o que eu dizia, outro raio iluminou o céu. Esperei, tensa, pelo barulho. Quando veio, eu o senti no corpo inteiro — o ribombar do trovão sacudiu até meus ossos.

Aonde eu pretendia chegar com aqueles áudios? Era um hábito que havia adquirido anos antes — narrar as coisas idiotas que eu pensava para minha avó, que adorava ouvir minhas gravações, como se fossem um podcast particular.

Quando chove aqui, a gente meio que acredita em algo maior. Na possibilidade de algo divino mudar sua vida no segundo que leva para um raio cortar o céu.

Parei de gravar e abri as portas, empurrando as maçanetas de metal envelhecidas com uma bela pátina. Qualquer que fosse a revelação genial que eu estava prestes a ter, evaporou assim que entrei no saguão do clube de campo Oakwood, pisei no carpete verde-escuro e passei por um arranjo gigante de lírios perfumados.

Cada passo que eu dava na direção dos meus pais era pontuado por um chapinhar.

Chap-chap. Chap.

— Oi.

Eles se viraram ao ouvir minha voz. Minha mãe registrou meu estado lamentável, me avaliando da cabeça aos pés.

— Ai, meu Deus.

Tentei sorrir.

— Cheguei no horário, viu?

Meu pai parecia incrédulo.

— Como foi que...?

Ele apontou para minha roupa destruída. Com certeza não era aquela a imagem que meus pais queriam que eu passasse na entrevista.

Minha mãe, por outro lado, estava perfeita. Usava um trench coat de grife com a faixa amarrada na cintura, deixando à mostra apenas a barra da saia rosa-antigo. O cabelo comprido e escuro perfeitamente escovado e iluminado nas pontas. Uma gota de chuva nem ousaria se aproximar dela.

— Você *sabia* que a entrevista era hoje. No que estava pensando?

Fiquei boquiaberta.

— Como assim? Você acha que eu seria capaz de prever que ia chover assim que descesse do carro?

— Meu Deus, Samantha, existe uma coisa chamada *previsão do tempo*, já ouviu falar?

Minha mãe era ácida como uma chefona dos filmes de Nora Ephron. Tinha o raciocínio rápido e ia sempre direto ao ponto.

— Quem é que olha a previsão do tempo em Los Angeles? — retruquei, erguendo as mãos, indignada. — A gente só precisa saber se coloca um casaquinho ou não.

Minha mãe apertou o dorso do nariz.

— Onde você estava depois da escola?

— Fui ajudar o Curren com o filme dele para a Universidade de Nova York.

Meus pais se entreolharam. Bem rápido, mas não passou despercebido. Eles não odiavam meu namorado, mas também não amavam.

— Você passa tanto tempo ajudando esse garoto com as inscrições dele... — A boca da minha mãe era uma linha reta. — E suas próprias inscrições, como estão?

Aquele assunto ter sido mencionado *ali*, dentre todos os lugares possíveis, me causou um espasmo involuntário na pálpebra.

— Está tudo *certo*, mãe.

— O que "tudo certo" significa? É melhor se adiantar para não ter que fazer tudo às pressas depois! — ela falou, com a voz um pouco mais alta, depois olhou em volta, consciente de que estava se exaltando.

— Não vou fazer tudo *às pressas*.

Passei os dedos sob os olhos, tentando limpar o rímel que devia ter escorrido.

— É verdade, você não é do tipo que tem pressa para nada.

Soltei uma risada seca, e minha mãe balançou a cabeça.

— A única coisa que eu queria era que você priorizasse algo importante como esta oportunidade, em vez de ficar ajudando seu namorado.

A palavra "importante" ecoou dentro da minha cabeça enquanto um casal de idosos passava por nós, usando jaquetas corta-vento no mesmo tom pastel. Reparei no papel de parede rosa-claro do ambiente e nas cortinas floridas.

Então não consegui me segurar:

— É só que... por que isso é tão importante? Não entendo por que preciso estar aqui.

Meu pai se afastou um pouco de nós, de repente fascinado por uma aquarela de uma cafeteria francesa pendurada na parede.

Minha mãe se aproximou de mim e passou uma mecha do meu cabelo molhado para trás da minha orelha.

— Porque sim. Eles querem conhecer a nossa família inteira. E, se virarmos sócios, pode ter um lugar para você aqui no futuro.

Às vezes, eu me sentia como se estivesse em um programa de pegadinhas. Tipo naquele momento, em que minha mãe falava como se uma cadeira em um clube de campo fosse um legado que ela teria orgulho de deixar para a filha.

— Oi? — perguntei, e a palavra pareceu idiota aos meus próprios ouvidos. — Isso é... algo... que eu deveria querer?

Mas antes que minha mãe pudesse responder, um homem branco, bem bronzeado e de queixo pequeno se aproximou e perguntou, olhando uma prancheta:

— Olá. Vocês são os Kang?

O semblante irritado dela na mesma hora se tornou radiante. As rugas em sua testa sumiram, os olhos se abriram um pouco mais e seu sorriso era encantador.

— Sim, somos nós! Sou a sra. Kang, mas pode me chamar de Priscilla, por favor.

Ela estendeu a mão, e o homem a cumprimentou, animado, corando um pouco. Quando minha mãe usava seu charme, quase todos os homens ficavam vermelhos e começavam a suar feito uns tarados.

— Ótimo! Sou Tate Green, diretor de associações. Vamos sentar no salão e começar a entrevista?

Ele nos levou até um conjunto de sofás listrados em amarelo-limão, perto de uma janela enorme com vista para o campo de golfe. Tate se acomodou numa poltrona à nossa frente e voltou a olhar para a prancheta.

— Bem, vamos ver aqui... dr. Kang, o senhor trabalha no hospital Valley View?

— Isso mesmo — meu pai confirmou.

Ele estava relaxado, com a perna cruzada. Usava terno azul-marinho e óculos tartaruga. Juntos, meus pais pareciam um casal asiático atraente e rico saído de um comercial da BMW. O sonho americano realizado.

— Há quanto tempo trabalha como cirurgião lá?

Enquanto eles conversavam, fiquei olhando para Tate. Tipo, quanto tempo *operando cérebros* era necessário para ter permissão de circular por aqueles corredores com carpete verde? Ele pareceu sentir que eu o encarava e se ajeitou algumas vezes, desconfortável, me lançando alguns olhares de soslaio.

Quando voltou para a prancheta, provavelmente se preparando para perguntar à minha mãe quanto ela havia tirado no exame de admissão na universidade, eu o interrompi.

— Tenho uma pergunta sobre Oakwood, Tate.

Meus pais se viraram para mim na hora, mas eu os ignorei e me inclinei para a frente, sentindo um fio de água escorrer da minha clavícula para o meu colo. Passei a mão para secar, distraída.

— Quando o primeiro sócio racializado foi admitido no clube?

Mesmo sem olhar para ela, senti que a alma da minha mãe deixava seu corpo.

Tate piscou.

— Ah. Hum. Sócio racializado…

— Não branco.

Ele piscou de novo.

— Ah, sim, eu sei. Bem, hum, não tenho essa informação de cabeça…

A voz da minha mãe cortou o gaguejar dele.

— O que vocês oferecem de atividades para adolescentes no verão, Tate?

Sem nenhuma sutileza, ela colocou a mão no meu joelho.

Dava para ver o alívio de Tate quando ele se endireitou na poltrona e disse:

— Temos muitas opções. Campo de golfe, quadra de tênis, piscina e até mesmo artesanato. Samantha tem interesse em alguma dessas atividades?

Abri um sorrisinho.

— Vou me formar na primavera. Você provavelmente nunca mais vai me ver, Tate.

Minha mãe soltou uma gargalhada musical.

— Samantha é a comediante da família. Estamos muito animados e orgulhosos com a formatura dela.

Tate voltou a olhar para a prancheta.

— Ela vai estudar com o irmão, Julian, em... ah, hum, Yale?

Ele sorriu como quem dava os parabéns aos meus pais, que sorriram mais ainda, mas eu sabia que era um pouco forçado.

Nunca, nem em um milhão de anos, eu entraria em Yale. Nem na UCLA. Nem mesmo em uma universidade estadual com reputação de festeira e com garantia de DST no primeiro ano.

Ao contrário do meu irmão, Julian, que desde pequeno era literalmente um gênio e acabou se embrenhando em alguma área da ciência tão específica que lhe rendeu uma matéria no *New York Times*, eu era uma estudante medíocre que precisava fazer aulas extras no verão para aumentar as notas.

Enquanto eles falavam mais um pouco sobre como Julian era incrível, fiquei olhando pela janela, com os olhos semicerrados por causa do verde cegante da grama.

— Samantha.

A voz da minha mãe me tirou da minha fuga emocional.

— Tate perguntou das suas atividades na escola.

Havia um toque de súplica em seu tom. Quase um: "Por favor, pareça normal".

Minhas atividades. Minha mãe sabia que eu não participava de nenhuma atividade extracurricular, nem mesmo esportiva. Olhei *feio* para ela.

— Bem, eu tenho aulas. Converso com os meus amigos. Almoço. Tenho mais aulas.

Todos soltaram uma risada nervosa. Tate anotou alguma coisa na prancheta, assentindo.

— Haha! Essa foi boa. Você tem hobbies ou se interessa por algo específico?

Eu tinha concordado em participar disso porque parecia importante para minha mãe, e brigar não estava nos meus planos.

Mas a situação já estava passando dos limites. O que mais me irritava era que, se esse cara não fosse um mauricinho que parecia um personagem de filme adolescente dos anos oitenta, eu poderia falar sobre meus interesses. Tipo, meus interesses reais. Filmes, livros, podcasts. Aquele artigo absurdamente longo da *New Yorker* sobre a história das bananas.

Mas não era aquilo que Tate queria ouvir. Nem meus pais. Eles tinham uma visão limitada: só viam o que compreendiam.

A grama verde me cegava.

— Me interesso, sim. Pelas mudanças climáticas.

O sorriso de Tate permaneceu intacto, mas seu corpo estremeceu.

— Ótimo.

— Pois é, e isso me leva a outra pergunta: a água dos irrigadores daqui é de reúso?

O pobre Tate ficou apavorado. Antes que ele conseguisse gaguejar outra resposta inconclusiva, minha mãe olhou para mim com uma expressão falsamente serena.

— Samantha, sei que você é uma futura ativista…

Hã?

— … mas somos *nós* que estamos sendo entrevistados agora, então controle o entusiasmo, está bem?

As palavras pareciam leves e bem-humoradas, mas eu sabia que ela ia me matar, era melhor segurar a onda.

Dei um sorriso, porque sabia como acalmar os ânimos.

— Haha! Claro. Só acho que é algo a se pensar, já que a Califórnia tem restrições ao uso da água em campos de golfe e o gramado do clube está incrivelmente verde. — Todo mundo prendeu a respiração. — Enfim, também ando bastante interessada em bodyboard.

O suspiro que todos deram nesse momento poderia ter levado o clube inteiro até a lua.

2

A TV da sala estava no último volume enquanto meus pais preparavam o jantar naquela noite. Quando entrei na cozinha depois de tomar banho, ouvi trechos do noticiário.

— *... maior volume de chuva em Los Angeles em décadas... última vez que uma tempestade dessa proporção caiu sobre a cidade foi em 1995, quando diversas pessoas morreram em inundações e deslizamentos de terra.*

Minha mãe estava de costas para mim, vigiando o salmão no fogo, que soltava um chiado alto e satisfatório. Meu pai estava picando erva-doce na ilha da cozinha. Ele levantou a cabeça e olhou sério para mim. Imaginei que estivesse me alertando sobre o humor de minha mãe.

Fui até o armário pegar uma caneca, enchi de água da torneira e a coloquei no micro-ondas.

— Por que não usa a chaleira? — minha mãe perguntou, apertando o salmão com a espátula.

Me recostei na bancada, sentindo o mármore frio.

— Mãe. Quantas vezes vou ter que dizer que o micro-ondas não dá câncer? Para de ouvir aquelas bobagens da mulher do suco.

Ela abriu um sorriso e acenou com a espátula para mim.

— Gwyneth gosta dela.

— Se Gwyneth te dissesse para colocar um ovo de jade na...

— Sam! — meu pai gritou.

Minha mãe e eu começamos a rir, o que me deixou feliz. Fazê-la rir tem sido difícil ultimamente. Houve um momento de silêncio antes que eu dissesse:

— Manda.

— O quê? — Minha mãe reduziu o fogo sob a frigideira de ferro fundido e ligou o exaustor, me obrigando a falar mais alto.

— Sei que você está brava por causa da entrevista!

Ela finalmente se virou para mim, limpando as mãos no avental de risca de giz.

— Olha, eu não estou brava. Só…

— Me deixa adivinhar: decepcionada.

— Pelo amor de Deus, será que posso terminar? — ela disse com impaciência.

— *Está bem.*

— Enfim, como eu estava dizendo, não estou brava. Mas gostaria que seu desinteresse por algo com que eu claramente me importo não fosse tão *óbvio*.

O micro-ondas apitou, mas ignorei.

— É meio difícil me interessar por um clube de campo, sabe? Você deve saber como isso é bizarro nos dias de hoje.

— Não, eu *não* sei. — Ela ligou o forno. — Nem todo mundo é tão crítico como você, Samantha.

Quase engasguei. Era muita audácia, vindo *dela*.

— E fiquei com pena daquele tal de Tate, com todas as perguntas inapropriadas que você fez — ela prosseguiu.

Eu me virei para pegar a caneca no micro-ondas, mas ainda estava quente demais.

— Aquelas perguntas só são inapropriadas para instituições ultrapassadas como clubes de campo. E campos de golfe? Sabe quanta água é preciso para manter esse tipo de coisa no sul da Califórnia?

Minha mãe jogou a espátula na pia.

— Fico feliz em te ver demonstrando preocupação pelo meio ambiente, mas...

— Bem, não é como se eu tivesse escolha, morando aqui! — voltei a interromper.

— ... não consigo deixar de me perguntar por que você não aproveita essa energia e se junta ao clube ambiental da escola. Ajudaria muito nas suas inscrições para as universidades.

— Nem tudo na vida precisa ser em função dessas inscrições, sabia? — Peguei um saquinho de chá de camomila e mergulhei na caneca. — Por que não posso me interessar por algo sem que isso seja usado para me transformar em uma cidadã obediente e guiada pelo consumo?

Meu pai soltou um assovio baixo.

— Agora você pegou pesado, Sam.

Fiquei vermelha.

— Desculpe. Não quis...

— Insultar a gente na cara dura? — minha mãe perguntou com a voz firme.

Um silêncio desconfortável se instalou na cozinha. Meu pai pareceu muito ocupado com algo na geladeira.

— Estou falando de modo geral — expliquei. — Um pouco menos de consumismo faria bem ao mundo.

Minha mãe soltou uma risada.

— Certo. Então aproveite a vida em sua comunidade no meio do caminho aí.

— Mãe. Maneirar no consumismo não é a mesma coisa que se preparar para o fim dos tempos. Tem, tipo, todo um meio do caminho aí.

Antes que minha mãe pudesse responder, o celular dela vibrou.

— Por que esse meu filho insiste em mandar mensagens sobre

coisas que deveriam envolver uma conversa de verdade? — ela comentou, de testa franzida.

— Porque ele não gosta de interagir com outros seres humanos e prefere que máquinas façam isso por ele — respondi, seca.

Julian havia desfrutado o lockdown durante a pandemia como ninguém.

Ela balançou a cabeça e mexeu no celular. O barulhinho inconfundível do FaceTime ecoou pela cozinha.

— Oi — Julian disse, em sua voz calma.

Minha mãe abriu um sorriso enorme.

— Julian! Qual é exatamente o problema com o pagamento do seu próximo semestre na faculdade?

Enquanto os dois conversavam sobre dinheiro, enfiei a cabeça no enquadramento da câmera, atrás da minha mãe, e fiz uma careta.

Julian semicerrou os olhos para a tela.

— Oi, Sam.

— Oi, Julian — falei, olhando-o bem.

Era tão estranho demorar semanas para ver por uma tela uma pessoa que você via diariamente. Agora, toda vez que eu via meu irmão ele parecia um pouco diferente. Hoje, por exemplo, estava com a barba *por fazer*. Era esquisito. E as bochechas dele pareciam menores. Mas as mudanças eram sempre sutis — afinal, era o Julian. O cabelo curto e arrumadinho permanecia o mesmo, assim como seus olhos escuros e sérios sob as sobrancelhas também sérias e retas. Julian estava fadado a encontrar um interesse amoroso artístico e inconstante no futuro, porque claramente era o tipo cientista bonitão que precisava viver um pouco.

Minha inspeção foi interrompida por um lampejo colorido ao fundo.

— Aquilo ali é... você está jogando *Breath of the Wild*? — perguntei.

O celular de Julian balançou quando ele se apressou para pegar alguma coisa. A tela ao fundo ficou preta.

— Estou. Decidi dar uma pausa nos estudos hoje à noite.

Julian agia como se jogar videogame no quarto fosse o cúmulo da devassidão. Aquilo me deixava chateada, já que jogar videogame era a única coisa que tivemos em comum na infância. Nunca falávamos sobre nossos sentimentos, mas passávamos centenas, talvez milhares de horas jogando juntos. E como Julian não podia ter um simples hobby, seu interesse por videogame não envolvia apenas jogar. Ele se tornou um colecionador de consoles antigos — tinha todos os Nintendos desde o primeiro. Seu antigo quarto parecia um santuário aos nerds da geração X.

Minha mãe olhou para mim.

— Julian tem o direito de relaxar de vez em quando, Samantha.

— Eu não estava criticando!

Julian soltou uma risada curta.

— Mas criticaria como estou jogando. Por algum motivo, não consigo passar pelo esconderijo do clã Yiga. Fico tentado a colocar a culpa no ciclo de caminhada da inteligência artificial, mas não acho que seja isso.

Balancei a cabeça.

— Não é tão complicado assim, cara. Só é difícil passar pelo clã Yiga mesmo. Não dá para sair explodindo as coisas. É preciso ter certa sutileza. E prestar atenção nos detalhes. Você sabe que cada derrota nesse jogo ensina a gente a vencer.

Julian tinha o costume de analisar demais os jogos, dissecando-os em sua mente e pensando em como fazer tudo funcionar — típico dele.

— Precisei ficar uma semana inteira enfiada no quarto para passar. — Olhei para minha mãe e disse: — Você não ouviu isso. Mas não é demais? A história é *muito* boa. Você fica dias pensando nela.

— Prestar atenção nos detalhes não é meu forte — Julian disse.

Meu pai se enfiou na minha frente para aparecer na câmera.

— Oi, filho. Como está se saindo em bioquímica? É tão difícil quanto me lembro?

Tive que dar um passo para trás, porque fui literalmente tirada de cena.

A resposta de Julian foi interrompida por uma batida alta na porta de vidro da cozinha. Minha tia Grace estava acenando do lado de fora com uma capa de chuva.

Quando abri a porta, o som da tempestade invadiu a cozinha. Tia Grace entrou, limpando as solas no tapetinho.

— Nossa, que chuva! Acabei de ver um carro derrapar na estrada. Parece até uma passagem bíblica.

— Todo mundo está agindo como se fosse o fim do mundo. — Peguei o casaco dela. — Não sabia que você ia vir!

Minha tia tirou as botas e largou sua malinha no chão.

— Eu mandei mensagem!

— Quê? — Peguei o celular para olhar. Estava sem bateria. — Aff. Desculpa. A bateria está durando umas duas horas ultimamente. Até quando não uso. Como é possível?

Minha mãe soltou um muxoxo, julgando.

— Você ainda não comprou outro? Julian te deu aquele cartão-presente.

— Você ainda não usou? — Julian disse.

— Oi, Julian — Grace o cumprimentou.

Meu pai virou o celular para ela.

— Oi, tia Grace — respondeu Julian.

Ela acenou e sorriu.

— Olha essa barba por fazer. Tão viril.

Ficou um silêncio desconfortável até Julian responder com uma risada tensa.

— É.

Acostumada com Julian, tia Grace acrescentou:

— Não que ser viril importe. Nem um pouco. Seja você mesmo.

Eu ri, e Julian respondeu:

— Obrigado.

Minha mãe pegou o celular de volta e encerrou a ligação enquanto tia Grace fungava.

— Hum, que cheiro gostoso. O que estão fazendo?

— Salmão e erva-doce assada — meu pai disse. — Trouxe bebida?

Tia Grace mostrou a sacola de uma loja hipster de vinho.

— Como não? — Ela foi guardar a garrafa na geladeira e deu um beijo na minha cabeça. — É *tão* bom estar nesta cozinha quente, seca e suburbana.

Minha mãe pegou o vinho e deu uma olhada no rótulo.

— Precisamos convencer o proprietário a consertar o vazamento na sua casa.

Tia Grace pegou um pedaço de pão da bancada e enfiou na boca.

— Talvez seja hora de você dar uma carteirada de advogada para assustar aquele mão de vaca.

Minha mãe balançou a cabeça e tirou a cesta de pão fatiado do alcance de tia Grace.

— Não se preocupe, já comecei a escrever uma carta. Mas preferiria que você se mudasse logo. Você deve estar sendo envenenada pelo mofo.

— Unni, nem todo mundo pode simplesmente mudar de casa em Los Angeles — tia Grace disse, com um suspiro. — A localização é ótima, e nunca vou encontrar outro lugar com o aluguel estável em Silver Lake.

— Talvez seja hora de arranjar um novo emprego — minha mãe sugeriu, virando-se para verificar o salmão.

Tia Grace sentou em uma banqueta na ilha da cozinha e passou a mão pelo cabelo descolorido que ia até os ombros. Ela estava usando brincos de argola verde-neon, um acessório inesperado, considerando seu macacão cor de ameixa.

— Posso pelo menos me embebedar antes de termos essa conversa pela milésima vez?

Minha mãe era onze anos mais velha que tia Grace e agia mais como mãe do que como irmã. Para acentuar ainda mais o contraste, as duas eram quase o oposto uma da outra. Tia Grace era descolada e trabalhava como web designer para um abrigo de mulheres. Não que minha mãe não se envolvesse em causas sociais, mas nem morta trabalharia para uma organização sem fins lucrativos, sendo obrigada a contar moedas para pagar as contas.

Aquele era um assunto delicado. Tia Grace e eu nos entendíamos.

— Sam, pode colocar isto aqui no forno para mim? — meu pai perguntou em voz alta, encerrando a temível discussão sobre trabalho.

Olhei para a assadeira de erva-doce.

— Tia Grace, o que acha de clubes de campo? — E, quando meus pais resmungaram, olhei para eles, na defensiva. — O que foi?

Tia Grace tomou um gole de vinho antes de responder:

— Ainda existem clubes de campo hoje em dia?

Fechei o forno, triunfante.

— Rá! Viram?

— É um pouco injusto, não acha, Sam?

O tom do meu pai enquanto servia uma taça de vinho era de alerta. Ele entregou a taça à minha mãe, que a deixou na bancada, tensa. Ela sempre ficava um pouco mais nervosa quando tia Grace e eu nos juntávamos.

— Por quê? De onde veio isso? — tia Grace perguntou.

O aroma agradável de azeite e erva-doce caramelizada se espalhava pela cozinha. Minha mãe começou a lavar as panelas, fazendo um barulho disruptivo.

— Tivemos uma entrevista para virar sócios do Oakwood hoje. E surpresa! Samantha não aprova.

Tia Grace me encarou, e uma mensagem silenciosa foi trocada entre nós: *Credo.* Então ela se debruçou na bancada e olhou para a taça de vinho, pensativa.

— Quer saber? Eu me lembro desse clube. Foi onde sua melhor amiga fez a festa de debutante, não foi? Qual era o nome daquela vaca?

Engasguei.

— Nossa.

— Foi mal. — Tia Grace sorriu, nem um pouco arrependida. — Mas estou falando daquela sua amiga péssima…

— Deidre Buchanan — minha mãe disse, com uma risada relutante. — E, sim, a festa dela foi lá.

— Festa de debutante? — Estremeci. — Vocês cresceram numa época terrível.

— Era incrível ser uma criança lésbica naquela época — tia Grace disse, brincando. — Clubes de campo, valsa, e eu apaixonada por Adela Brixton.

Minha mãe sorriu.

— Tinha esquecido dela.

— Eu nunca esqueci — tia Grace disse, fingindo estar em êxtase. — Aquele rabo de cavalo me deixava louca.

Meu pai pigarreou.

— Bem, vou subir para me trocar para o jantar.

Tia Grace deu tapinhas no braço do meu pai quando ele passou por ela.

— Isso, seu criado já deve estar esperando com o smoking do jantar.

Ele lhe deu um tapinha de leve.

— Pentelha.

— Conta mais dessa Adela Brixton — pedi, sentando em uma banqueta e tomando um gole de chá.

— Ah, Adela. Ela era capitã do time de softbol e o sonho de qualquer adolescente.

Dei risada.

— Nossa, você tem o mesmo tipo desde sempre.

Tia Grace apoiou a taça de vinho na bancada de mármore.

— Pois é. — Ela ergueu as sobrancelhas para mim. — Bem, Adela era perfeita, e eu a deixei escapar.

Abri um sorriso.

— Adoro suas histórias dos tempos de escola.

— Ei. — Tia Grace apontou para mim com a taça de vinho. — Não vai mandar áudio para a halmoni contando essa história.

O sorriso desapareceu do meu rosto. Minha mãe olhou para nós.

— Como assim?

— Como você sabe disso? — perguntei para tia Grace, ignorando minha mãe.

— Ela estava ouvindo um outro dia, quando passei lá. — Tia Grace parou por um momento e franziu a testa. — Não ouvi nada, se é isso que te preocupa.

Balancei a cabeça.

— Não, tudo bem. Mas... são mensagens particulares.

— Que áudios são esses? — minha mãe perguntou, exasperada.

— Nada de mais — falei, passando o dedo pela borda da caneca. — São só... mensagens que mando para ela escutar depois.

— Por que você não liga para ela de uma vez? — minha mãe insistiu, com certa irritação.

— Eu *ligo*. Mas gravo os áudios por diversão. Halmoni gosta.

Será que minha mãe estava curiosa sobre o que eu dizia neles?

Ela ergueu as mãos quando o timer disparou.

— Bem, se for outro mergulho profundo na história das bananas, fico feliz que seja halmoni quem recebe, e não eu.

Ah, pronto.

Tia Grace deixou o vinho de lado.

— Como estão as coisas com Curren? — ela perguntou, doida para mudar de assunto.

Minha mãe abriu o forno e tirou a assadeira de erva-doce, fazendo uma barulheira irritante. Muito sutil.

— Ele está bem — respondi. — Estamos quase acabando o filme!

— Ah, que legal! Vou poder ver um dia? Você é a estrela, né? — tia Grace provocou.

Molhei um pedaço de pão no chá, como um monstro.

— "Estrela" é forte.

— Você ajudou tanto. Deveria ser codiretora — minha mãe disse enquanto transferia a erva-doce para uma travessa.

— Não ajudei *tanto assim*.

Quando tentei pegar um pedaço, ela bateu na minha mão.

— Você passou quase o verão todo trabalhando nesse filme em vez de...

A frase morreu no ar.

— Em vez do quê? — perguntei, conseguindo pegar um pedaço de erva-doce.

Minha mãe respirou fundo. Provavelmente estava fazendo algum exercício de atenção plena só para conseguir falar comigo.

— Acho que você poderia ter se concentrado em algo para si mesma. Algo que pudesse ser incluído nas *suas* inscrições em universidades, e não só nas de Curren.

Esse assunto de novo. Suspirei.

— Bem, acho que preferi um verão divertido. Que pena.

De maneira cômica — e cósmica —, um trovão sacudiu a casa.

Todas nós olhamos para o teto por um segundo. Quando voltei a olhar para minha mãe, ela havia se recomposto. Sua irritação havia passado, e sua expressão estava neutra. Ela era boa nisso, em não se afetar por coisas desagradáveis a ponto de permitir que sua fachada perfeita se alterasse.

— O jantar está pronto.

Desci da banqueta e comecei a arrumar a mesa. Então fui atingida por uma sensação que me surpreendeu. Pela primeira vez, eu estava ansiosa pelo dia em que um lugar a menos seria colocado ali.

3

No dia seguinte, todo mundo foi de pijama para a escola.

Enquanto eu abria meu armário, uma menina usando um macacão fofinho cor de lavanda passou casualmente por mim. Michelle não estava de brincadeira. O baile de boas-vindas seria aquele mês, o que significava que teríamos algum tipo de atividade temática constrangedora toda semana. Pelo visto, aquele era o dia do pijama.

— Oi, Sam — Michelle disse, com um aceno.

Acenei de volta, escondendo meu horror. A animação dela diminuiu quando notou que eu estava de roupa normal.

— Adoro esses macacões fofinhos — falei, tentando deixá-la menos sem graça.

Michelle sorriu.

— *Né*?

Ela seguiu pelo corredor quase dando pulinhos.

Então ouvi a voz acusadora de alguém me perguntar:

— Não acredito que minha melhor amiga veio sem pijama.

Me virei. Val Caron-Le se recostava à fileira de armários como uma celebridade adolescente, uma máscara de dormir na testa, prendendo os cachos castanhos.

— Espera aí, você está *se engajando numa atividade da escola*? — perguntei.

Val não era disso, fora que ninguém além do pessoal da organização estava ligando muito para aquela história. Michelle, com seu macacão fofinho, era com certeza uma exceção.

Na nossa escola ninguém se importava muito com o que os outros faziam. Se havia algum tipo de socialização que estava acima de todas as baboseiras do ensino médio, era o que rolava ali. A hierarquia social não sobrevivia naquele caos. North Foothill era um subúrbio racialmente diverso de Los Angeles, com gente de toda parte, e tudo era meio que aceito com naturalidade. Se alguém tentasse bancar a Regina George, pegando no pé de algum aluno sem grana ou coisa do tipo, acabaria levando uma lição de uma gangue de nerds do RPG.

Val deu de ombros.

— Adoro uma desculpa para me produzir.

— Bem, eu quis poupar todo mundo da visão do meu moletom com um rasgo na bunda — respondi, sorrindo. — Fora que minha mãe teria me feito usar um conjunto de cetim. Combinando.

— É um desperdício sua mãe ser *sua* mãe.

Ajeitei a mochila no ombro e começamos a andar pelo corredor.

— Ela concorda. Está irritada porque estraguei nossa entrevista no clube de campo ontem.

Val andava ao meu lado usando calça legging térmica, um casaquinho aconchegante e galochas vermelhas de cano longo. Para alguém que só via filmes de terror, Val se arrumava muito bem para mudanças de estações que só aconteciam em comédias românticas fantasiosas.

— Ah, é, *isso*. Como você conseguiu estragar tudo?

— Primeiro peguei chuva, depois Tate, o cara que entrevistou a gente...

— Tate? — Val fez uma careta. — Um nome desses numa economia *dessas*?

— Né? Enfim, lá estava eu, ensopada e sentada com minha família coreana em um lugar que provavelmente só admitiu o primeiro sócio asiático há uns dez anos.

Minhas botas de cano curto e salto alto afundaram na grama molhada. Xinguei, ainda sem ter me acostumado com o clima.

Val fez careta.

— Provavelmente ainda não deixariam a *minha* família ser sócia. Tinha alguma pessoa negra lá que não fosse funcionária?

A mãe de Val era negra, e o pai, vietnamita. Elu sempre brincava que nunca envelheceria.

— Aí é que está! Perguntei quando foi que aceitaram o primeiro sócio racializado.

— Excelente — Val disse com um sorriso. — Aposto que Priscilla *adorou*.

— Mal consegui sair de lá viva — respondi, sorrindo também. — Eles simplesmente me ignoraram e começaram a falar da faculdade. Como posso ser filha de uma pessoa que quer ser sócia de um clube de campo no século XIX?

O sol apareceu atrás de algumas nuvens escuras, e Val virou o rosto para cima.

— Sua mãe é um enigma.

Elu adorava e temia minha mãe ao mesmo tempo. Normal, minha mãe tinha aquele efeito sobre bastante gente.

— E teve outra coisa que a incomodou ontem à noite — contei. — Tia Grace apareceu e mencionou meus áudios para minha avó.

— Adoro seus áudios para sua avó — disse Val.

Ajeitei a mochila.

— Bem, minha mãe, pelo visto, não adora. Ela ficou… toda estranha.

— Estranha como?

Alguém beliscou minha cintura.

— *Estranha como?* — disse uma voz aguda fazendo graça.

Virei e dei um soquinho no braço de Curren.

— Ei!

Ele abriu um sorriso, e o sol desceu do céu para iluminar os contornos de seu rosto — seu nariz anguloso, sua mandíbula definida. Seu cabelo preto bagunçado estava preso atrás das orelhas, e tive uma visão completa de seus olhos sonolentos, cinza-azulado. Quando digo que meu namorado é lindo, não é da boca para fora. Ele parecia um anjo em uma pintura.

— Que falta de educação — Val resmungou. — Valeu por interromper, Petrosian.

Ele passou o braço sobre meus ombros de um jeito totalmente Edward Cullen que eu adorava.

— De nada, Caron-Le. Que história *incrível* eu interrompi? — ele perguntou, subindo o tom de novo, e eu o belisquei.

— Nenhuma. Foi só outro sermão da minha mãe.

Fechei minha jaqueta jeans de forro peludinho quando a brisa soprou mais forte no pátio.

— Ignore sua mãe — Curren disse, me envolvendo com os dois braços para me proteger do frio. — Ela se acha culta por assistir *Real Housewives.*

Dei de ombros. Embora gostasse que Curren ficasse do meu lado, nunca me sentia confortável quando ele atacava minha mãe. Ele mal a conhecia. Eu sabia que aquilo em parte era culpa minha — tudo o que Curren ouvia a respeito dela eram minhas reclamações. Mas o fato de minha mãe nunca tê-lo convidado para jantar ou se dado ao trabalho de dirigir mais do que duas palavras a ele também não ajudava. Era uma separação muito clara entre Igreja e Estado.

— Nem todo mundo é um artista como você, Curren — Val disse, com rispidez.

Elu era uma das poucas pessoas que implicava com Curren. O

colégio todo parecia encantado por ele, inclusive eu. Quando começamos a namorar no ano passado, fiquei achando que era um milagre. *Eu?* Frequentávamos os mesmos círculos e, como 99,9% do corpo estudantil, eu o achava lindo. Mas em algum momento algo mudou. Ele passou a reparar em mim, e foi como se uma nuvem acima de mim tivesse se deslocado, abrindo caminho para um raio de sol me iluminar.

Curren continuou me abraçando.

— Na verdade, é um fenômeno científico você ter nascido da sua mãe. Você é a pessoa mais tranquila que conheço, e ela... Eu nunca conheci ninguém que *literalmente* precisasse tanto esfriar a cabeça.

Era para ser um elogio, mas, naquela manhã, não caiu bem. Fora que eu detestava quando as pessoas usavam "literalmente" errado. Mas beleza.

O segundo sinal tocou. Val me deu um tchauzinho e foi para o outro lado. Curren e eu fomos juntos para a orientação, entrelaçados, quase um corpo só. Quando as pessoas davam oi, era para nós dois. Embora naquela escola não existisse de fato o conceito de popularidade, o apelo quase universal de Curren era o que chegava mais perto disso.

Enquanto o sr. Finn passava os avisos do dia, Curren deu um chutinho nos meus pés. Cutuquei o buraquinho entre as clavículas dele. Adorava ter acesso às suas partes mais estranhas. Parecia um segredo, um privilégio.

Ficamos nos apertando como adultos maduros e apaixonados enquanto o sr. Finn falava sobre as atividades esportivas da semana e o começo das vendas dos ingressos para o baile.

— Muito bem, agora as indicações para rei e rainha do baile!

Ouviram-se algumas vaias altas. As pessoas vinham querendo boicotar o baile por causa do conceito restrito de gênero que envolvia a coroação de um rei e de uma rainha. Era algo totalmente ultrapassado, e não dava para acreditar que havia levado tanto tempo para que aquilo fosse posto em discussão.

— Calma, pessoal — o sr. Finn murmurou enquanto colocava os óculos de leitura e trazia o papel para mais perto. — Ah, vamos ver. Os indicados a rei são Marcus Tsai, Curren Petrosian, Joshua Ford e Zephyr Daud.

Curren se endireitou e depois fez uma mesura, enquanto todos aplaudiam. Sorri para ele. Era uma prova de seu carisma — apesar de julgarem o baile, as pessoas ainda gostavam de Curren o suficiente para indicá-lo.

— E as indicadas a rainha são Isabelle Kim-Watson, Opal Turnham, Zella Sussman e Samantha Kang.

Todos me olharam e aplaudiram, alguns até gritaram. Retribuí com um sorriso, e minhas bochechas coraram de leve. Um pouco do carisma de Curren devia ter passado para mim.

Comemoramos com um soquinho.

— Que casal, hein? — Curren comentou, brincando, mas havia alguma verdade naquilo.

As pessoas nos adoravam enquanto "casal". Embora eu achasse aquilo tudo meio constrangedor, a validação social caía bem, principalmente depois de ter me sentido medíocre na entrevista do clube — com essa sensação eu já estava acostumada.

O sinal tocou, encerrando a orientação, e meu celular vibrou. Era uma mensagem de Val.

Parabéns princesa. Sua mãe vai adorar.

Ah, vai mesmo.

Eu estava pegando minha mochila quando o sr. Finn me chamou.

— Só um segundo, Sam.

Curren se inclinou para me dar um beijo na bochecha.

— A gente se vê no intervalo, gata.

— O que houve, sr. Finn? — perguntei, olhando para o celular, que não parava de vibrar com as mensagens de parabéns dos meus amigos.

— Você ainda não entregou a proposta do seu projeto do último ano.

Ah. Para a aula de inglês, cujo professor era o sr. Finn.

Franzi a testa.

— Para quando era mesmo?

Ele franziu a testa também.

— Semana passada.

Ih.

— Opa, desculpa. Vou entregar logo, prometo.

Abri um sorrisão para ele e virei para ir embora, mas o sr. Finn me impediu outra vez.

— Não tão rápido.

— Sim? — falei, tentando não parecer impaciente.

— Já sabe o que vai propor?

Parei para pensar.

— Bem, eu pensei em uma coisa... — comecei a dizer, mas a frase morreu no ar enquanto eu me perguntava se minha ideia de refazer as entrevistas dos velhinhos em *Harry e Sally* chegava a ser uma proposta que eu podia apresentar ao sr. Finn. Eu achava que seria divertido reproduzir as entrevistas com um grupo de amigos, como uma espécie de crítica sobre a relevância do casamento no mundo moderno.

— Sim?

Ele me olhava com expectativa.

Então ouvi a voz da minha mãe na minha cabeça: "Outro mergulho profundo na história das bananas".

— Hum… — Fiquei olhando para a parede atrás do sr. Finn. De repente, minha ideia parecia idiota e irrelevante. — Ainda preciso pensar nos detalhes, na verdade.

— Certo. Qual é o formato?

O sr. Finn cruzou os braços.

Argh.

— Essa é a surpresa.

Dei uma piscadela para ele, porque não consegui evitar. Como uma mocinha atrevida dos anos quarenta.

Ele não achou graça.

— O formato é a surpresa? Como assim?

O sinal tocou outra vez.

— Tenho que ir, mas prometo que vou trabalhar na proposta!

— Você precisa me entregar até sexta, Sam!

Eu já estava saindo pela porta quando gritei:

— Pode deixar, Finn!

Então fui embora antes que me encrencasse mais.

4

Aquela noite, fui até Koreatown para jantar com minha avó. Era um caminho chato até o conjunto residencial para idosos onde ela morava, mas eu sempre ficava feliz em visitá-la.

A porta do apartamento estava entreaberta quando cheguei. Halmoni sempre deixava assim quando sabia que eu ia. No instante em que senti o cheiro da comida, fiquei morrendo de fome. Enquanto tirava as botas, gritei:

— Halmoni! Cheguei!

— Oi! Estou no banheiro!

A voz parecia distante, mas dava para perceber que ela havia deixado a porta do banheiro aberta também. Avós coreanas não têm limites.

Então alguém entrou no apartamento atrás de mim. Uma senhora coreana com as costas curvadas e a expressão confusa.

— Sra. Jo? — falei, simpática.

Ela era "a outra sra. Jo", além da minha avó, e morava mais adiante no corredor. Tinha demência e às vezes entrava no apartamento dos outros por acidente. Halmoni tentava ficar de olho nela e ajudar com as compras e coisas do tipo.

A sra. Jo olhou inexpressiva para mim.

— Por que está na minha casa? — perguntou, em coreano.

Eu já estava acostumada, então a levei de volta ao seu apartamento, fiz com que se acomodasse e liguei para a recepção para avisar que ela estava tendo um episódio. Saí assim que alguém apareceu para tomar conta e torci para que ela passasse o resto da noite bem.

Voltei para o apartamento pequeno e aconchegante de halmoni, cheio de fotos de parentes, pilhas altas de jornais coreanos e plantas em diferentes condições e fases de recuperação. Uma foto minha com minha mãe me chamou a atenção. Era Páscoa, e eu tinha dez anos. Estávamos sentadas no roseiral da biblioteca Huntington, com vestidos floridos *iguais*, cercadas por flores cor-de-rosa bem grandes. O sol brilhava, e o céu estava azul-claro. Minha mãe sorria e me abraçava forte, os olhos reluzindo. Parecia não haver dificuldade naquela demonstração física de afeto. Quando eu era pequena, fazíamos coisas desse tipo e usávamos roupas combinando.

Fui até a mesa do jantar e vi que já estava posta, com tigelas de arroz e acompanhamentos — *banchan* e uma panela pequena de sopa de carne picante que era um dos meus pratos preferidos.

Halmoni chegou enquanto eu colocava os copos na mesa.

— Ah! — ela exclamou, como se estivesse surpresa em me ver.

Era seu cumprimento habitual.

Dei um abraço nela.

— Oi, halmoni.

— Sammy! Cresceu mais ainda? — perguntou, dando tapinhas na minha cabeça.

Minha avó era bem alta — quase tão alta quanto eu, e olha que eu tinha um metro e setenta e três. O cabelo dela, ainda pouco grisalho, estava preso em um coque banana. Ela não estava maquiada e tinha acabado de lavar o rosto. Minha mãe sempre tentava convencê-la a se maquiar. "Você ainda não é velha o bastante para desistir!", dizia.

Mas minha avó nunca dava ouvidos. "Por que maquiar a verdade?", respondia.

Depois de quase cinquenta anos nos Estados Unidos, seu inglês ainda era imperfeito, mas ela sabia ser engraçada mesmo assim.

Minha avó, uma mulher esguia, se sentou em uma cadeira e fez sinal para que eu me sentasse à sua frente.

— Chegou bem? Não choveu muito que nem ontem?

— Foi tudo bem — falei, me sentando. — Acho que o pior já passou.

— Gostei do áudio de ontem — ela disse, começando a colocar *banchan* no meu prato, como se eu fosse uma criança. Não que eu me importasse. — Halmoni odiava chuva, mas morando aqui agora acho que é mágico também.

— Que bom que gostou — eu disse, feliz com o elogio. Puxei a perna para cima da cadeira e apoiei o braço nela, parecendo uma *ahjumma*. — Parece delicioso. Estou *morrendo de fome*. Mamãe está nos obrigando a fazer dieta cetogênica.

— *Mo?* O que é isso?

— É... muita carne e nada de arroz e coisas do tipo — expliquei, colocando sopa na minha tigela para que o líquido encharcasse o arroz.

— Se ela fizesse comida coreana, não precisaria de dieta o tempo todo.

Com destreza, halmoni separou um pedaço de peito bovino marinado e o desfiou usando apenas os hashis, depois o colocou na minha tigela com cuidado.

Quase nunca temos comida coreana em casa, embora meu pai também fosse descendente. Parecia piada, mas minha mãe costumava dizer que não havia comprado uma geladeira subzero para que ficasse cheirando a *kimchi* e anchovas secas. As prioridades dela eram inacreditáveis.

Comemos sob uma foto emoldurada do meu avô — um retrato formal com cara de velório. Na verdade, eu tinha quase certeza de que aquele retrato esteve mesmo no velório dele. Meu avô havia morrido antes do meu nascimento, quando minha mãe ainda estava no ensino fundamental.

Halmoni me pegou olhando para a foto.

— Nunca quero tirar uma foto assim, está bem, Sammy?

— Hum, ok. — Dei uma risada nervosa. — Não precisa se preocupar, você vai viver pra sempre.

Ela riu, mas seu olhar não demonstrava a mesma emoção.

— Quando se é jovem, a ideia da morte é distante. Bem, a não ser que você seja minha filha.

Senti um aperto no coração. Esperei um momento antes de perguntar, com delicadeza:

— Qual era a comida preferida do halabuji?

Um sorriso genuíno iluminou o rosto dela.

— Ah, ele não tinha. Comia tudo. Muito feliz só de comer.

Enfiei uma colher cheia de arroz na boca e assenti.

— Entendo total.

— Mastigue antes de falar, Sammy — halmoni disse, sem muita firmeza. — Sim, ele adorava qualquer comida. Economizamos muito dinheiro depois que ele morreu.

Era uma piada ácida, mas halmoni e eu adorávamos esse tipo de humor. Rimos como gremlins e continuamos a comer, mas eu sentia uma melancolia familiar tomar conta de mim. Ficava assim sempre que pensava nos anos seguintes à morte de halabuji — em como havia sido para halmoni de repente ter que criar sozinha duas meninas em um país estrangeiro.

Halmoni interrompeu meus pensamentos.

— O que vai fazer de divertido essa semana, Sammy?

Mastiguei o *kimchi* frio, sentindo o rabanete-branco crocante e pungente.

— O que vou fazer de divertido? Hum... Bem, é o mês das boas-vindas, o que significa que...

— Ah, sim. Halmoni lembra. Sua mãe era obcecada por isso na escola. O baile isso, o baile aquilo.

Revirei os olhos. Morávamos no mesmo subúrbio onde minha mãe havia crescido, de tanto que ela amava a escola. Ela também havia estudado na North Foothill um bilhão de anos antes.

— Eu nem quero ir. Mas você conhece minha mãe. Fica louca se eu não faço todas as bobagens típicas do ensino médio.

— Ela não fica com raiva de verdade.

— Fica, sim. Você sabe como ela é.

Minha avó ficou quieta e empurrou alguns pratos na minha direção. Parecia reflexiva.

— Sabe, o ensino médio foi difícil para ela. Halmoni só foi saber muito depois. O baile foi... — A frase morreu por um segundo, então minha avó sorriu e deu de ombros. — Bom, como quase todo mundo, sua mãe tem as razões dela.

Franzi a testa.

— Sim, ditadores também têm as suas.

Halmoni soltou uma gargalhada forte que era parecida com a minha.

— Sua mãe é complicada às vezes. Acha que está te ajudando na vida. Vocês são parecidas em uma coisa ou outra, sabe? — ela disse, enquanto enrolava uma folha de menta em conserva no arroz.

— Ah, fala sério.

— Estou falando. Vocês duas fazem coisas... *segeh*. Fortes. — Ela apontou para mim com os palitinhos de metal. — Com pontos de vista muito fortes.

— Sou uma pessoa *muito* tranquila — falei, com os ombros curvados, na defensiva.

Halmoni riu.

— Você está sendo *segeh* agora mesmo.

Relaxei os ombros.

— Talvez eu seja *um pouco* assim. Minha mãe, por outro lado… acha que a palavra dela é lei.

Outra risada.

— Acha mesmo.

— Então. Eu não sou assim.

Ela estendeu o braço e deu tapinhas na minha mão. Relaxei na mesma hora. Minha avó nunca era mesquinha com demonstrações de afeto, distribuía seu amor com generosidade e sem o menor constrangimento. Como eu, ela não escondia seus sentimentos.

— Você não é assim. Mas quando as duas pensam uma coisa, ou… qual é a palavra? Decidem? Acreditam que é o melhor. E quando as duas se importam com alguma coisa, se importam muito.

Dei tapinhas na mão de halmoni também, sentindo a pele macia e fina cobrindo os ossos fortes. Eu nunca a vi de unhas pintadas, mas ela sempre cuidava das mãos, que tinham lhe servido bem, primeiro quando trabalhara como costureira, depois como proprietária de uma lavanderia e, por fim, na confecção de pequenos suéteres de tricô para minhas Barbies.

Lembrei da entrevista no clube de campo.

— Você deve ser a única pessoa na família que acredita que eu me importo com alguma coisa.

— Talvez porque você só mostre isso para mim. — Halmoni franziu a testa. — Nas suas mensagens, você sempre fala de muitas coisas interessantes! Uma mente muito curiosa.

Fiquei com o rosto vermelho de felicidade.

— Você só acha interessante porque não sabe como faz para ouvir um podcast.

— Halmoni sabe ouvir podcast! Só não me importo com o que os outros falam. O seu é bom. Você sabe que é. — Fiquei em silêncio, e ela colocou um pedaço de peixe no meu arroz. — Halmoni também está sempre certa.

Dei risada.

— O estranho é que estamos todas sempre certas nesta família.

Ela riu também, e nossas gargalhadas encheram o pequeno apartamento.

Um k-drama soava ao fundo enquanto eu lavava a louça do jantar.

Alguém bateu à porta, e olhei para halmoni com curiosidade. Ela deu de ombros, sem desgrudar os olhos do seu programa. Antes que eu tivesse tempo de secar as mãos para atender, ouvi uma voz familiar.

— Oi? — Minha mãe enfiou a cabeça pela porta. Seus olhos encontraram os meus. — Samantha? Não sabia que estava aqui.

— Mandei uma mensagem para o papai mais cedo — falei.

Sempre que ia encontrar halmoni, achava mais fácil avisar a ele.

Minha mãe entrou e tirou os tamancos caros em um movimento fluido que era inerente a todo asiático. Ela carregava duas sacolas cheias.

— Fiz mercado, umma.

Halmoni se levantou tão rápido que chegou a ser engraçado, então pausou o programa antes de ir até minha mãe.

— Ah! Que bom, que bom. O que você comprou?

Falando coreano, ela pegou as sacolas como uma criança gananciosa e olhou dentro.

— Só o básico, caso estivesse precisando. Arroz, frutas, legumes e verduras, chá — minha mãe respondeu em inglês.

Ela continuou na porta, desconfortável e cautelosa.

Minha mãe era uma presença forte onde quer que estivesse, exalando equilíbrio e confiança. Mas, na casa de halmoni, ela se encolhia um pouco, feito uma adolescente rabugenta. Sempre havia tensão entre as duas, e não importava quanto halmoni tentasse aliviá-la, nunca desaparecia. Fora assim minha vida toda, e esse era um daqueles assuntos que eu nunca conseguia conversar com minha mãe. E também não comentava nada com minha avó porque ela parecia ficar triste. Entre *mim* e halmoni, no entanto, as coisas foram sempre fáceis.

Halmoni desviou o olhar da pera que inspecionava.

— Por que está parada aí?

— Não quero interromper — minha mãe disse, parecendo irritada.

Aquela troca em coreano e inglês era comum. Minha mãe sabia falar coreano, mas nunca falava. Eu era doida para ser fluente, mas só tinha halmoni com quem praticar e nunca mergulhei de verdade no doce reino do bilinguismo.

— Interromper o quê? — halmoni perguntou. — Entra, é a casa da sua família. Não precisa de formalidade!

Minha mãe revirou os olhos, entrou na sala e se sentou em uma cadeira, com a postura perfeitamente ereta. Halmoni foi à cozinha guardar a comida.

Gritei lá de dentro:

— Quer água ou alguma outra coisa?

— Não precisa — minha mãe disse. E depois de um tempo: — Ah, peguei sua roupa na lavanderia. Está no carro.

— Que roupa? — perguntei enquanto fechava a torneira.

— Mandei lavar seu vestido. Aquele trapo todo encharcado que você usou na entrevista. Não acredito que ia deixar assim.

Me joguei no sofá, e halmoni se juntou a mim.

— Era um vestido qualquer, de brechó. Não é, tipo, uma das suas peças de *alta-costura.*

Ela franziu a testa.

— Não importa. São *suas* roupas. Você precisa cuidar melhor das suas coisas.

Não que eu não soubesse, mas minha mãe agia como se o mundo fosse acabar se alguém manchasse uma malha ou se uma saia encolhesse.

— São só *coisas* — eu disse.

Halmoni deu tapinhas na minha perna, como se dissesse: "Calma, Sammy".

Minha mãe tamborilou os dedos na mesa.

— Sim, mas infelizmente o mundo e a vida são feitos de *coisas.* Que temos que comprar com *dinheiro.*

— Ah, e o baile? — halmoni perguntou, animada, mudando de assunto. — É essa semana, Sammy?

Nããão.

De repente, minha mãe ficou alerta.

— Ah, é mesmo! É essa semana!

— É — falei, cutucando o tecido grosso do sofá.

— Você vai ao baile esse ano? — minha mãe perguntou, cheia de esperança.

Para a decepção dela, eu não havia ido nos três anos anteriores.

Droga. Eu ia ter que tocar no assunto mais cedo ou mais tarde.

— Então... — Olhei para minha mãe, me preparando. — Acho que vou, sim.

— O quê?!

Os olhos dela se iluminaram como se eu tivesse dito que o príncipe Harry havia largado Meghan Markle para ficar comigo.

— Não se anima — resmunguei. — É só porque vou concorrer à rainha.

— *Quê?!* — A voz dela saiu aguda como eu *nunca* tinha ouvido. — Samantha, isso é *ótimo*! Por que não me contou?

Halmoni sorriu para nós duas e deu tapinhas na minha bochecha.

— Parabéns, Sammy!

Tentei não sorrir, mas o prazer de halmoni e o sorriso enorme da minha mãe eram meio contagiantes, e senti minha boca se abrindo sem permissão.

— Acabei de descobrir. Calma.

— Ah, temos tanta coisa para fazer. Comprar um vestido, pensar num penteado, com seu cabelo curto assim. Ah! E a campanha!

Congelei.

— Oi?

— Sua campanha! Para rainha! — minha mãe disse, com as mãos no peito.

Meu estômago se revirou de pavor.

— Hã, acho que não vou fazer isso, não.

— Como assim? Se você está concorrendo a rainha, precisa fazer campanha.

Credo. Eu não tinha nem pensado nisso.

— Mãe, não é nada de mais. Eu não ligo muito para isso.

Ela baixou as mãos e fez uma expressão mais familiar para mim: decepção.

— Bem, então para o que você liga?

Troquei um olhar com halmoni, cujas mãos estavam entrelaçadas no colo. Tensas.

Para o que eu ligava? A resposta estava ali, na ponta da língua, mas com minha mãe as palavras nunca saíam tão facilmente quanto com minha avó. Ou tia Grace. Ou Val. Então tudo o que eu disse foi:

— Não para *isso*.

Halmoni pigarreou.

— Mas é bom ser indicada, né?

Algo naquelas palavras mexeu com minha mãe. Ela soltou uma risada de escárnio e virou o rosto.

Respirei fundo e tentei aliviar a tensão.

— Mãe, nem sei por que você é tão obcecada com esse negócio de ser rainha do baile. Não é como se fossem me dar uma bolsa em Harvard por conta disso.

Ela fez uma careta.

— Em que universo você *entraria* em Harvard?

— Mãe!

— Olha, eu teria feito *qualquer coisa* para ser rainha do baile. Significava muito na época. Tive que me esforçar pra caramba pra me divertir pelo menos um pouco na escola. Mas mesmo que eu fosse uma das meninas mais populares, nunca consegui ganhar. E bem no ano em que fui indicada...

Fiquei olhando para ela, esperando que terminasse.

— O quê? O que aconteceu?

Minha mãe e halmoni se entreolharam, e havia tanto peso naquela troca que fiquei surpresa que nenhuma das duas cedesse. Então minha mãe se levantou abruptamente.

— Tenho roupa para lavar em casa. Nos vemos lá, Samantha. Umma, não se esqueça de limpar bem a panela de arroz antes de fazer o que eu trouxe. É orgânico.

— Certo. Mas você já vai? — Halmoni ignorou a ordem.

Havia certo desespero em suas palavras.

Minha mãe calçou os tamancos.

— Vou. Nos falamos depois.

Halmoni me cutucou.

— É melhor você ir também, Sammy. Está ficando tarde.

Quê? Eram tipo oito da noite. Mas algo nos olhos de halmoni me fez levantar do sofá.

— Ok. A gente se vê, halmoni. Obrigada pelo jantar.

— De nada — ela disse, enquanto me acompanhava até a porta, onde minha mãe me esperava. — Você sempre pode comer aqui.

Embora halmoni tivesse dito aquilo para mim, ela olhava para minha mãe. Mas minha mãe já estava saindo.

Seguimos pelo corredor acarpetado em silêncio. As paredes com textura, as portas marrons e as luzes fluorescentes pareciam o pano de fundo perfeito para o clima entre nós. Sempre que minha mãe rejeitava halmoni daquele jeito, era trágico.

Quando chegamos ao estacionamento, pensei em como as duas haviam se entreolhado e não aguentei de curiosidade.

— Mãe.

Ela parou debaixo de um poste, e sua pele e seu cabelo brilharam à luz esverdeada.

— Que foi?

— O que aconteceu no seu baile?

Sua boca se transformou em uma linha estreita e dura. Achei que não fosse me responder, mas depois de respirar fundo, ela disse:

— Eu não ganhei e fiquei arrasada. Quando cheguei em casa, em vez de halmoni demonstrar alguma empatia… bem, ela foi ela, e tivemos uma briga horrível.

Algo próximo de pena revirou meu estômago. Do jeito que minha mãe falava sobre a escola… aquilo provavelmente tinha sido bem importante para ela.

— Quando foi isso? — perguntei.

— No último ano. — Minha mãe olhou para mim. — Foi mais ou menos aí que as coisas começaram a dar errado entre a gente.

Minha mãe quase nunca falava sobre sua relação com halmoni. Fiquei praticamente imóvel, com medo de assustá-la, como se ela fosse um animal selvagem ou algo do tipo. Mas em vez de se explicar, minha mãe pegou a chave do carro.

— Quem ganhou foi a cabeça-oca da Stephanie Camillo. Mas já desisti da possibilidade de você ser coroada rainha, Samantha. Parabéns por ter sido indicada.

Outro momento raro: eu me sentindo mal pela minha mãe. Ela estava demonstrando vulnerabilidade, o que não fazia seu estilo, e senti que deveria responder de maneira positiva, para incentivar aquele tipo de comportamento no futuro. Fora que minha mãe raramente se orgulhava de mim. Pensei nas rosas e nos vestidos combinando e respirei fundo.

— Está bem.

Minha mãe se virou para mim com atenção.

— O quê?

Suspirei.

— Eu topo. Vou fazer campanha para rainha, se significa tanto para você.

Seu rosto todo se iluminou, e ela se empertigou tanto que parecia ter acabado de se libertar da maldição de uma bruxa.

— Jura?

Por algum motivo, a felicidade dela me deixou rabugenta.

— Juro. *Aff...*

Aquilo era mesmo suficiente para que minha mãe se animasse? Tanto esforço para conquistar uma coroa de *plástico*?

Ela bateu palmas.

— Ah, vai ser *tão divertido*! Podemos comprar um vestido.

Eu já podia ver milhões de vestidos exagerados de estilistas famosos — um inventário de feminilidade que a deixaria orgulhosa, escondendo minhas piores características e valorizando as melhores. Aquila técnica era algo que minha mãe havia aperfeiçoado.

— Você não vai se arrepender, Samantha.

Eu meio que já tinha me arrependido.

5

Um homem de meia-idade tocava teclado. Curren estava sentado na frente dele, com um notebook sobre as pernas e um fone de ouvido enorme na cabeça.

O balde no qual eu estava sentada rangeu. Curren olhou para mim, e eu sorri. Gesticulei um "desculpa" com a boca. Mas na mesma hora quis voltar atrás. Por que *eu* estava pedindo desculpas depois de ter topado passar uma noite fria sentada em um balde na garagem úmida de Curren enquanto ele gravava a música do seu filme com um cara aleatório que conheceu na internet?

Deixei de lado as palavras cruzadas que estava fazendo no celular para verificar a hora. Minha nossa, só fazia uma hora que eu estava ali?

Quando a música parou, ergui o rosto, esperançosa.

Curren tirou o fone de ouvido e falou:

— Ei, cara, achei que ficou ótimo, mas talvez você pudesse segurar a ponte, tipo, um *pouquinho* mais.

Surpresa, retruquei:

— Sério? Achei que demorou demais.

Curren abanou a mão, respondendo:

— Que nada, gata, queremos o máximo de drama.

— Acho que talvez fique mais confuso que dramático.

Matt, o tecladista, ficou olhando para nós dois, com as mãos brancas pousadas sobre o instrumento. A julgar pela pele do cara, fazia dezessete anos que ele não via a luz do sol.

Curren deu de ombros.

— Composição musical para uma trilha sonora é diferente de música pop.

Tive que me segurar para não dizer "Jura?". Como se eu tivesse passado o verão inteiro ajudando a escrever e dirigir um filme e não compreendesse a essência da coisa...

— Acho que seria melhor dar carga dramática com moderação — insisti. — Você não quer perder o público com batidas muito repetidas.

Antes que ele pudesse responder, meu celular vibrou.

Era uma mensagem da minha mãe. Fiquei tensa na hora. Ela não ia gostar de saber que eu estava com Curren em vez de estar me concentrando no que quer que as pessoas fizessem para ser coroadas rainha do baile. (Fora que minha mãe dizia que Curren era "cafajeste nível Jordan Catalano", o que quer que isso significasse.)

Quando li a mensagem, meu coração parou. Era um link de um hospital próximo.

Sua avó está no hospital. Venha rápido. Quarto 1028. É sério.

Soltei um grunhido abafado, animalesco. Curren olhou para mim, ainda irritado.

— O que foi?

— Tenho que ir.

Peguei minha bolsa e saí correndo da garagem, mal conseguindo enxergar.

Curren foi atrás de mim.

— Sam! O que houve? Achei que você fosse ficar.

A expressão de tristeza dele me tirou do sério.

— Desculpa se não posso ficar *esperando meu namorado* o dia inteiro. Minha avó está no hospital!

Virei tão bruscamente que minha bolsa chacoalhou.

— Ah, meu Deus. Desculpa.

Curren passou a mão pelo cabelo, parecendo chateado, mas eu não tinha tempo de me preocupar com as emoções dele porque estava ocupada com as *minhas* emoções.

— Depois a gente se fala.

Entrei no carro antes que ele tentasse me abraçar ou coisa do tipo.

O motor engasgou. Apertei o botão da partida.

— Que merda de carro!

Dei um grito abafado e bati no volante. Então respirei fundo e tentei de novo. Dessa vez, a porcaria do carro pegou, e fui correndo para o hospital.

Peguei meu crachá de visitante na recepção e fiquei esperando impacientemente pelo elevador. Cada segundo que passava me deixava louca. Eu não tinha como falar com meus pais, porque aquele lixo de celular havia descarregado *de novo.*

O que poderia ter acontecido com halmoni? Eu tinha *acabado* de vê-la. Minha avó sempre foi muito saudável. Nunca teve nada, nem problema no dente.

Meus olhos se encheram de lágrimas, e procurei reprimir os soluços de choro. Uma vez na vida, gostaria de conseguir me segurar. Mas eu chorava por qualquer coisa — comerciais tristes e pessoas ganhando casas em programa de TV. Isso não ia mudar justo naquele momento.

As portas do elevador se abriram com duas pessoas da equipe de enfermagem lá dentro, e eu entrei, enxugando o rosto. Elas sorriram para mim e viraram o rosto. Estavam acostumadas com aquele tipo de coisa.

Fiquei olhando para o painel digital com o número dos andares. Quando finalmente cheguei ao décimo, não conseguia me mexer. Sabia que, assim que eu a visse, assim que passasse pela porta do quarto, entraria em uma realidade alternativa e não haveria mais volta. Onde cada célula de tudo o que eu conhecia até então se transformaria em uma versão mais assustadora.

Mas não tinha como adiar aquele momento só para preservar meus sentimentos.

Entrei no quarto, um cubo bege e lilás. Minha avó estava deitada na cama, olhos fechados, com um milhão de tubos saindo dela. Uma máscara de plástico cobria sua boca e seu nariz. Eu não sabia se o barulho que eu ouvia era dela ou da máquina.

Lágrimas voltaram a encher meus olhos. Halmoni.

Meu pai estava sentado ao lado da cama, segurando a mão dela. Minha mãe não estava ali.

— Sam. — Ele olhou para mim, cansado. — Você chegou.

Olhei para o corpo imóvel da minha avó. Peguei sua outra mão.

— O que aconteceu? O que ela tem?

— Foi um infarto, querida.

— Quê? — Minha voz saiu trêmula. — Mas ela é tão saudável.

— Bem... — Meu pai olhou para halmoni. — Na verdade, ela já tinha um problema no coração.

Olhei para ele, assustada.

— Quê? — Aparentemente, essa era a única palavra do meu vocabulário. — Desde quando?

— Já faz alguns anos. Ela não queria que você soubesse.

Apertei a mão de halmoni com delicadeza.

— Ela vai ficar bem? As pessoas têm infartos o tempo todo, né?

Minha voz saiu quase inaudível enquanto eu acariciava a pele fina da mão dela. Estava cheia de picadas de agulha, com hematomas nos locais de mais difícil acesso às veias. Fiquei furiosa ao ver o corpo dela violado daquela maneira.

Meu pai se levantou e contornou a cama para me dar um abraço. Forte. Ele segurou minha nuca.

— Sammy... — Era daquele jeito que minha avó mais me chamava. — O estado dela é delicado, mas ainda temos esperança.

Chorei no ombro dele. Não havia como ignorar o horror daquilo tudo.

Ouvi o barulho de passos firmes, rápidos, e levantei o rosto. Minha mãe estava à porta, com dois copos de café.

— Samantha. — Além de um pouco tensa, parecia impenetrável como sempre. — Você conseguiu vir.

— O que os médicos disseram? — meu pai perguntou baixo, aproximando-se dela para pegar um dos copos.

Minha mãe olhou para mim por um breve segundo antes de se concentrar no meu pai.

— Mamãe passou por um procedimento que basicamente reprogramou o coração dela para ver se ele voltava. Mas precisaram induzir o coma para que o cérebro consumisse menos sangue. E como o infarto foi grave... — Minha mãe voltou a olhar para mim, hesitante. — Não sabem se ela vai conseguir voltar.

Não sabem se ela vai conseguir voltar? Meu coração parecia prestes a explodir, enquanto eu buscava mais informações no rosto da minha mãe. Não podia ser tão ruim quanto soava, certo? Procurei por indícios de que eu deveria ficar com medo. Tipo, com muito medo.

Mas a expressão dela permaneceu neutra, o que era enlouquecedor.

— Vou passar a noite aqui. Podem ir para casa. Ela não vai recuperar a consciência tão cedo, então não tem motivo para ficarmos todos aqui.

Segurei a mão de halmoni de novo e senti sua pele fria na minha pele quente.

— Quero ficar.

Meus pais olharam para mim.

— Por favor — insisti.

Minha mãe balançou a cabeça.

— Melhor não. Você tem lição de casa e não vai poder fazer nada aqui. Mando notícias amanhã cedo.

— *Lição de casa?* — As palavras ofensivas ecoaram pelo quarto. — Mãe! Quero ficar.

Um barulho alto no corredor nos distraiu. Segundos depois, tia Grace irrompeu no quarto, com o cabelo todo bagunçado e o rosto pálido.

— Como ela está?

Tia Grace soltou um soluço entrecortado quando viu halmoni. Ficou ali, com as mãos na boca e lágrimas nos olhos. Senti uma onda de alívio ao ver alguém tendo a mesma reação que eu. Aquilo me fez querer chorar outra vez. Tia Grace veio me dar um abraço.

Quando nos separamos, ela se abaixou e pegou a mão de halmoni.

— Umma? Consegue me ouvir? — tia Grace conseguiu dizer.

Ela era próxima de halmoni. As duas iam todo domingo à feira e maratonavam k-dramas juntas. Pareciam não ter o mesmo problema que minha mãe tinha com minha avó.

Minha mãe explicou, baixinho, o que estava acontecendo. Tia Grace digeriu a informação com os olhos vidrados e, por fim, perguntou:

— Precisam que eu faça alguma coisa? Posso ir buscar as coisas dela em casa ou…

— Já cuidamos de tudo — minha mãe disse. — Você já jantou?

Tia Grace fez que não, depois respondeu, com a voz apática:

— Não vou conseguir comer agora.

Minha mãe olhou para meu pai, que, entendendo o recado, disse que ia dar uma passada na lanchonete. Fiquei olhando para halmoni, torcendo para que acordasse.

— Samantha, você deveria ir para casa.

Olhei para minha mãe.

— É sério?

— É um quarto apertado, e halmoni estará bem assistida. Ela não ia querer que você ficasse preocupada — minha mãe disse, com a voz controlada.

Na verdade, tudo nela parecia controlado: seus ombros levemente curvados eram o único sinal de que havia algo diferente acontecendo. Naquele momento, minha mãe parecia uma versão aumentada de si mesma. O que era ao mesmo tempo confuso e péssimo. O contraste entre ela e tia Grace não poderia ser mais claro, e eu teria dado qualquer coisa para trocar os papéis de minha mãe e minha tia ali.

Engoli em seco.

— Quero estar aqui quando halmoni acordar. Ela precisa de mim.

Tia Grace olhou para minha mãe.

— Talvez Sam possa ficar só mais um pouquinho.

Quando minha mãe olhou para minha avó, vi algo em sua expressão. Meio segundo de vulnerabilidade, medo ou incerteza. A esperança se acendeu dentro de mim.

Mas o momento logo passou, e sua expressão ficou determinada.

— Não precisamos ficar todos nos desgastando aqui. Quando seu pai voltar, é melhor vocês duas irem para casa.

Meus olhos se encheram com lágrimas quentes de decepção. Não consegui nem responder. Só me debrucei sobre halmoni e encostei minha testa na dela.

— Te amo — sussurrei. — Acorda logo.

Enquanto tia Grace chorava ao meu lado, minha mãe ficou em silêncio.

Algo me acordou aquela noite.

Pisquei algumas vezes na escuridão. Minha mente estava confusa, e meus olhos, grudentos das lágrimas secas. Um fino raio de luz atravessava meu quarto.

— Mãe?

Era algo que eu tinha desde pequena: sentia a presença da minha mãe nos lugares. Minha pele formigava, e o ar parecia diferente. Por causa daquele radar estranho, eu nunca havia me perdido no mercado. E ela nunca conseguia me pegar no pulo quando eu ficava enrolando no celular para não fazer a lição de casa. Algo no meu corpo estava sempre sintonizado com a localização dela — nossos corpos faziam parte do mesmo centro de comando ou algo do tipo.

O vulto pairou ao lado da minha cama por um segundo antes que eu sentisse seu peso no colchão.

Só podia haver um motivo para ela estar ali.

— Mãe? — perguntei outra vez, com a voz rouca, baixa e cheia de medo.

— Shhh, volte a dormir. Só vim pegar algumas coisas e já vou voltar para o hospital.

Meu coração continuava martelando, mas me forcei a perguntar:

— Ela está bem?

Seu silêncio fez com que eu a olhasse com medo — uma silhueta contra a luz do corredor. Finalmente, ela assentiu.

— Está. Continua inconsciente, mas não precisa se preocupar.

Senti um leve movimento, como se minha mãe fosse acariciar meu cabelo, mas ela parou no meio do caminho.

— Volte a dormir.

Vi minha mãe ir embora e fechar a porta, me deixando sozinha no escuro. Por que ela não podia levar mais um minuto para me dizer que ia ficar tudo bem? Para me perguntar como eu estava? Ela nunca parecia se importar muito com meus sentimentos, mas, naquele momento, especialmente naquele momento, por que não podia apenas se comportar como uma mãe?

Aquilo tudo parecia impossível de processar, ainda mais no meu estado de torpor após ter acordado de um sono ruim. Eu precisava falar com alguém. Peguei o celular.

Halmoni, neste momento, você está em coma. Não existe um jeito delicado de dizer isso. Não dá para amenizar. Parece bem sério, e só consigo pensar naqueles tubos saindo do seu corpo. Sei que estão te mantendo viva, mas parecem te violar de alguma forma. Transformam você de um ser humano com vida própria, interesses e pessoas que ama em um corpo no hospital. Acho que dá para ser as duas coisas. Tudo no mundo parece estar em diferentes estados mas coexistindo. Tipo eu tocando a vida normalmente enquanto a pessoa que mais amo no mundo está lutando para se manter viva.

A chuva batia na janela perto da minha cama.

Odeio não poder estar com você. Eu *sei* que se estivesse no hospital você conseguiria sair dessa. Talvez eu esteja viajando, mas nós duas sempre tivemos uma conexão, né? Você me entende e eu te entendo. Se eu estiver com você, nada de ruim vai acontecer. Não vou deixar.

Segundos de silêncio se passaram, mas não havia mais nada que eu pudesse dizer. Então parei de gravar.

6

Estava chovendo de novo na manhã seguinte, e meu carro não pegava. De jeito nenhum.

— Vou te transformar em sucata! — disse, minha voz falhando enquanto eu apertava o botão da partida pela bilionésima vez.

Um trovão ressoou, e eu olhei para as nuvens escuras. É claro que meu carro tinha que quebrar durante a semana mais chuvosa da história de Los Angeles. *É! Claro!* Era o pior momento possível — não só por causa da chuva, mas porque eu planejava visitar halmoni durante o horário de almoço. Cada segundo que eu passava longe dela era terrível. Eu ainda estava convencida de que precisava estar lá quando ela acordasse. Ficar longe parecia muito errado.

Depois de mais cinco minutos brigando com o carro, desisti e voltei para casa, deixando um rastro de água na cozinha. Minha mãe estava lá, fazendo uma marmita com sushi de quinoa ou o que quer tivesse inventado de comer.

— Mãe, pode me dar carona para a escola? Meu carro não está funcionando.

Ela não desviou os olhos da tarefa de arrumar sua comida bonita de uma maneira bonita em um pote bonito.

— O que houve?

Puxei as alças da mochila.

— Não sei. Já faz algumas semanas que está custando a pegar.

— *Algumas semanas?* — Minha mãe olhou para mim horrorizada, então tamborilou na tampa da marmita. — Se tivesse me dito que havia algo errado lá atrás, poderíamos ter resolvido o problema *antes* que o carro quebrasse, sabe?

Eu não tinha gasolina suficiente no tanque para lidar com aquilo. Como é que *minha mãe* tinha?

— Certo. Bem, mas agora quebrou. Pode me dar uma carona? — falei, seca, porque estava sem nenhuma paciência.

Por um segundo, pareceu que minha mãe ia me fazer ir a pé para a escola, mas então ela enfiou a marmita em sua bolsa Louis Vuitton e pegou a chave do carro.

— Está bem. Vamos.

— *Aff* — resmunguei baixinho enquanto a seguia até a garagem.

O trajeto na chuva foi tenso, e eu fiquei olhando para o celular para evitar interagir. A decepção de uma em relação à outra era sufocante. Eu me conectei ao bluetooth do carro e botei BLACKPINK para tocar.

Minha mãe baixou o volume na mesma hora.

— Nossa, que barulheira é essa?

— É só o maior grupo feminino de k-pop que existe. Elas ajudam a divulgar a cultura coreana no mundo e tudo mais, sabe? Mas deixa pra lá.

— Eu apoiaria muito mais se a música delas fosse *boa*.

— Ok, boomer.

Ela contraiu os lábios. Tínhamos discutido uma vez sobre como minha mãe de alguma forma parecia pertencer à geração anterior à dela. Tentei fazer um TikTok a respeito, mas ela ameaçou confiscar meu celular.

— Sei que você acha k-pop superdivertido e descolado, mas quando eu era jovem, ouvir música coreana teria sido suicídio social — ela disse, apertando os olhos para enxergar através dos limpadores de para-brisa.

Fiz uma careta.

— Bem, agora você é adulta. Acho que vale a pena investigar a sério por que odeia coisas coreanas.

Os olhos dela pareceram faiscar.

— Eu não odeio "coisas coreanas" e não gosto de levar esse tipo de sermão de uma *adolescente*.

Era um aviso. Ela estava usando sua voz de advogada. Eu estava prestes a retrucar quando viramos na estrada Valley View.

— Mãe, não era para virar aqui.

— Eu sei — ela disse, num tom casual. — Vamos pegar outro caminho.

— Que outro caminho? Quantas rotas alternativas existem para chegar à escola? Na verdade, estamos nos *afastando* da escola e indo em direção ao centro.

Ela não me respondeu, e eu a olhei com desconfiança.

— Mãe?

— Samantha.

— Aonde estamos indo?

Quando ela fez outra curva, eu soube.

— No Gardens? Estamos indo *fazer compras*?

— Sim — ela disse, com naturalidade, enquanto entrava no estacionamento do Gardens, um shopping aberto com fontes sincronizadas e esculturas de arbustos hilárias.

— Vamos pegar alguma coisa aqui? — Olhei para o relógio. — Vou me atrasar. Aliás, o shopping já está aberto?

— Você lembra que durante a pandemia contratei uma personal shopper daqui?

— Hum... lembro, claro. Foi uma época difícil para o mundo todo...

Ela ignorou meu sarcasmo.

— Então, como eu fui uma cliente fiel, uma das minhas recompensas é... — Ela entrou em uma vaga VIP, perto da entrada — ... poder fazer compras fora do horário de abertura.

— Hum... ok. E você quer fazer compras? Agora? Comigo?

Ela olhou para mim com um sorriso animado, o mesmo sorriso que usava quando queria deixar desconhecidos à vontade.

— Vamos matar aula e trabalho para comprar seu vestido para o baile!

Meu cérebro estava tendo dificuldade para acompanhá-la.

— Meu vestido?

— Isso, para o baile. Você vai precisar de um novo, já que está concorrendo a rainha.

O absurdo daquela afirmação me atingiu como um piano de desenho animado.

— Você... está zoando?

A animação dela pareceu estremecer.

— Por que eu estaria "zoando"?

Joguei as mãos para o alto, me sentindo sozinha na ilha da sanidade.

— Porque halmoni está no hospital e não vou mais concorrer a rainha?

Minha mãe tirou o cinto de segurança.

— Foi por isso que trouxe você aqui. Achei que faria bem ter outra coisa em que pensar. E que o baile causaria uma expectativa agradável.

— Uma expectativa agradável?

Não consegui fazer nada além de repetir o que ela disse, porque era como se eu estivesse ouvindo uma língua estrangeira incompreensível. Falada por uma alienígena.

Precisei segurar a vontade de chorar. Minha decepção com ela na noite anterior, uma decepção que só vinha aumentando ao longo dos anos, se transformou em algo diferente — algo cortante e ardente.

— Não é possível que você pense que eu me importo tanto com o baile a ponto de passar um segundo que seja pensando nele enquanto minha avó está em *coma*!

Minha mãe se encolheu, porque eu estava gritando. Então voltou a colocar o cinto de segurança com um puxão forte. A alegria forçada desapareceu por completo. Um carro passou jogando água na BMW da minha mãe. Ela estava com olheiras, e dava para ver que não tinha se maquiado. Parecia cansada.

— Você não é a única afetada pelo estado da halmoni, está bem? Só porque os outros não demonstram tudo o que sentem em *letras maiúsculas* o tempo todo, não significa que não tenham sentimentos.

Parte de mim sabia que aquilo fazia sentido, mas essa parte foi engolida por uma raiva que crescia cada vez mais e sem parar.

— Aham. E nem todo mundo consegue reprimir as emoções e continuar tocando a vida normalmente.

— A vida é *assim*, Samantha. Não dá para deixar que cada coisinha ruim acabe com você! Cada sentimento. Você tem que seguir em frente, tem que sobrevier.

— Não sei, mãe. Acho que quando a vida da sua avó está em jogo a sua pode muito bem parar por, sei lá, um segundo.

Minha mãe enfiou a cabeça nas mãos e desgrenhou o cabelo, estragando sua escova perfeita — gesto que ela nunca fazia.

— Você não tem ideia da sorte que é ter uma vida como a sua. Com seu próprio carro. Um vestido novo para o baile. Mas você não dá o menor valor. Não cuida das suas coisas, não é firme nos seus compromissos. Não leva nada a sério... a faculdade, seu futuro. E aí espera que *eu* faça as coisas por você. Que conserte tudo. Olha,

Samantha, dessa vez não vai ser assim. Arranje um jeito de ir para a escola sozinha.

De alguma maneira, minha mãe havia transformado uma conversa sobre halmoni em um checklist de todas as minhas falhas. Como se eu não estivesse consciente delas *o tempo todo.*

Senti o corpo inteiro ficar tenso.

— Em primeiro lugar, não deixei o carro quebrar *de propósito.* Não entendo nada de carros! E o baile não era pra *mim.* Era pra *você.* Só concordei pra *te* deixar feliz!

— *Não preciso de favores seus.*

As palavras saíram como balas. Ela se endireitou no banco e baixou o quebra-sol para ajeitar o cabelo. O momento de vulnerabilidade passou rápido.

— Faça o que quiser. Dê chiliques que não ajudam a ninguém. Por que eu esperaria que você se comportasse à altura da ocasião dessa vez?

Ela ficou imóvel e por um segundo pareceu se arrepender do que havia dito.

Sem lhe dar a chance de voltar atrás, abri com tudo a porta do passageiro, peguei a mochila e saí correndo embaixo da chuva.

— Samantha!

Virei, e ela estava de pé ao lado da porta, protegendo os olhos. Furiosa.

— Volta já para o carro!

— Não — respondi, conseguindo manter a voz calma sabe-se lá como. — Vou para a escola.

— Você é *muito* ingrata!

Olhei para ela de novo, lacrimejando de raiva.

— Obrigada, como sempre, por ser uma mãe tão amorosa e sensível. Que sorte a minha.

Ela baixou a mão, derrotada. Água escorria por seu rosto.

— Sei que está preocupada com halmoni, mas precisa aprender a controlar suas emoções e se concentrar no que importa de verdade.

Aquilo me atingiu. Com tudo.

— *No que importa?* Tipo o *baile*? Você está ficando maluca? — Minha voz saía rude e aguda ao mesmo tempo. — Não te entendo! Nunca vou entender!

Um raio iluminou o céu por um segundo. Minha mãe voltou a se recompor.

— Sei que não me entende. — Ela falava mais alto agora, por causa da tempestade. — Você deixa isso claro em quase todas as suas atitudes e decisões. Achei que poderíamos tentar passar algum tempo juntas hoje, para nos aproximarmos. Mas, como sempre, não consigo acertar com você.

Enxuguei toda aquela água caindo nos olhos.

— Nossa. Você acha que *eu* não te entendo? Acha que não sei o quanto você e papai estão decepcionados porque não tenho minha vida inteira planejada, como o Julian? Ou como você e papai tinham? Eu *não sou assim*. Qual o problema? Por que não posso levar um tempo para me descobrir? Eu que sou a normal aqui. *Isto*... — apontei para o meu corpo — ... é normal!

— Você pode ser mais do que normal, Samantha.

Àquela altura, o cabelo dela estava completamente desgrenhado. Balancei a cabeça.

— É inacreditável como qualquer discussão nossa volta a isso. Mesmo quando estamos falando sobre a possibilidade de... de... halmoni morrer. Como pode ficar tão calma?

— Você me acha fria, mas tenho uma relação complicada com sua avó. A halmoni que você conhece não é a mesma que me criou. Mas vocês são tão *próximas* que é fácil me ver como a vilã da história.

— O que ela pode ter feito para deixar você assim, tão...

Minha mãe olhou diretamente para mim, apesar da cortina de chuva entre nós.

— Tão o quê?

— Tão desequilibrada.

Por um segundo, o rosto dela se contraiu, e senti um buraco no estômago, imediatamente arrependida das minhas palavras. Só que eu não tinha forças para retirar o que disse. Para pedir desculpas e tentar consertar o que quer que estivesse se desfazendo entre nós — um colapso que vinha tomando forma havia anos, apagando quase por completo o relacionamento que tínhamos antes, em que eu era o mundo da minha mãe e ela era o meu, em que eu sentia a presença dela pela vibração do ar. Em que nossa conexão parecia intocável e especial.

Então a expressão da minha mãe voltou ao normal, e ela conseguiu fazer aquilo que eu nunca seria capaz: recalibrar a si mesma de modo que não restasse nada de complicado ou incômodo em seu sistema. Ela abriu a porta do carro.

— Vá para a escola sozinha.

Todos os ossos do meu corpo tremiam, e eu disse:

— Odeio você.

Minhas palavras trêmulas de alguma forma cruzaram a distância entre nós e a atingiram direto no peito. Mas não senti nenhum alívio. Só me senti mal.

Ela não respondeu. Só entrou no carro e foi embora, me deixando sozinha no estacionamento do shopping.

7

"Odeio você."

Engoli em seco, querendo que minhas lágrimas voltassem para os olhos. Desde que tinha visto halmoni no dia anterior, só conseguia chorar. Eu estava cansada.

Parada sob um toldo na entrada do shopping, eu estava decidida a não desmoronar. Precisava conseguir uma carona para ir à escola, porque minha própria mãe havia me largado ali. Val fazia uma aula antes do horário regulamentar por pura esquisitice, então não poderia me buscar. Meu pai já havia ido para o trabalho. Mandei uma mensagem para Curren.

Me dá uma carona pra escola?

Segundos depois, recebo:

☹ ah droga vim comer donuts com Jon em Glendora.

Glendora?! Ficava a uns quarenta minutos de distância. Quando Curren enfiava uma ideia na cabeça não sossegava até concretizar. Ele era uma manic pixie dream girl impulsiva versão masculina. Mandou outra mensagem:

Td bem?

Hesitei, mas respondi:

Na verdade, não. Tive uma briga horrível com minha mãe.

O silêncio que se seguiu foi longo. Longo demais. O que fez uma onda de pânico me varrer por dentro, como acontecia sempre que eu me abria um pouco mais com Curren e sentia que estava pesando o clima. Ele havia sido fofo e compreensivo em relação a halmoni ontem à noite, mas era péssimo com assuntos sérios. Era o tipo de pessoa que nunca havia passado por grandes problemas na vida, então tinha um limite de empatia que conseguia demonstrar quando coisas ruins aconteciam com os outros. Eu sentia que precisava ser sempre tranquilona ao lado dele, ser a garota que estava concorrendo a rainha do baile.

E eu era muito boa desempenhando esse papel. No geral.

Enquanto rascunhava algumas mensagens, querendo preencher o silêncio e compensar todo o sentimentalismo que deixei escapar, uma raiva cresceu na minha barriga e subiu queimando pela garganta. Raiva da minha mãe, do meu pai... e agora de Curren.

Eu estava cansada de fingir ser tranquilona para todo mundo o tempo todo.

Não precisa se dar ao trabalho de responder

A mensagem foi impulsiva e antipática, e senti meu coração acelerar depois de enviá-la. Mas não estava mais em pânico. Estava louca para brigar.

Depois de alguns segundos:

Eu estava fazendo o pedido.

E pronto. Fiquei olhando para a tela, esperando mais. Quando ele não escreveu mais nada, a raiva retornou ao seu estado dormente e me senti uma idiota por ter mandado mensagem para Curren.

Eu ia ter que usar um aplicativo de carona.

Cliquei no primeiro que apareceu — Retrotáxi. Tinha tipo um bilhão de críticas positivas, então baixei. Levei um segundo para abrir uma conta; nunca tinha precisado usar um aplicativo daqueles antes. Uma mensagem apareceu depois que pedi a corrida.

Sua carona mágica vai chegar em cinco minutos ★

Então tá. Pelo visto tudo precisava ter *personalidade* agora.

Os cinco minutos serviram para eu me acalmar da briga com minha mãe.

Lembrar dela cansada, tentando argumentar comigo, provocava uma pontada na minha barriga. Era o sentimento de pena outra vez.

"Não consigo acertar com você."

Mas de alguma maneira minha mãe tinha conseguido voltar toda a questão para ela. Não reagi como o esperado e tudo foi por água abaixo. Ela estava tentando acertar as coisas — mas do jeito dela. Em algum momento no meio disso tudo, talvez eu tivesse visto uma brecha, uma oportunidade de *não* odiá-la, mas por algum motivo deixei passar, não quis dar o braço a torcer.

Como minha mãe conseguia a façanha de me transformar na pior versão de mim mesma?

Pensei em seu relacionamento complicado com halmoni e me perguntei se acabaríamos do mesmo jeito. Como minha avó tinha dito, minha mãe e eu éramos *segeh*. Quando as duas acreditavam que estavam com a *razão*... o que podíamos fazer?

Meu celular vibrou com uma notificação, e um carro parou na minha frente na mesma hora. Levantei a cabeça, cética. Era um hatch velho e decadente, com a pintura verde-azulada descascando. Cheio de amassados e arranhões. "Retrotáxi" pareceu um nome apropriado.

Cobri a cabeça com a jaqueta corta-vento e corri para o carro, tentando não ficar ensopada. A porta se abriu com um gemido de velociraptor, e eu entrei.

O carro tinha cheiro de remédio. Estranho.

— Oi, Sam.

A mulher branca de meia-idade sentada no banco do motorista virou para mim e sorriu. Ela usava um chapéu de tricô roxo coberto de lantejoulas, e seu cabelo castanho liso batia na altura do queixo.

— Está indo para a escola?

— Hum, é.

Abri um sorrisinho, achando tudo um pouco estranho. Eu tinha me cadastrado usando meu nome inteiro e não gostava muito da ideia de uma desconhecida me chamando de "Sam". Olhei para o celular. O nome dela era Marge. Claro.

Senti algo roçando minha nuca e, quando me virei, vi uma pilha de revistas. O veículo estava entulhado de *coisas*. *Meu Deus.* Mandei uma mensagem para Val.

Estou em um carro com uma senhora maluca que pode ser uma serial killer.

— Você está com uma cara péssima.

Fiquei boquiaberta.

— Como?

— Você está com uma cara péssima, Sam.

Marge seguiu rumo ao centro. A chuva continuava forte, e os limpadores de para-brisa do carro estavam bambos, mal funcionando — meio que só espalhavam a água. Olhei para o para-brisa embaçado. *Hum...*

Então avaliei a maçaneta, para ver se poderia me jogar do carro se precisasse.

— Aconteceu alguma coisa em casa?

Cheguei mais perto da porta.

— Não. Está tudo bem.

Estaria eu, uma adolescente de dezessete anos, prestes a ser sequestrada? Ah, meu Deus. Era assim que o tráfico de pessoas funcionava?

— Você deveria abrir seu coração. Manter as coisas guardadas vai te transformar em uma velha horrorosa.

Ela soltou um arroto para ilustrar o que dizia.

Primeiro: que nojo. Segundo: quê?

— Não estou guardando nada.

— Sua cara diz tudo.

— *Oi?* — Eu estava ficando sem paciência. — Só me leva para a escola, por favor.

— É algum menino? Ou menina?

Ela fez uma curva fechada, e tive que me agarrar ao apoio de cabeça do banco da frente.

— Não te interessa!

— Um irmão ou irmã? Cachorro, gato?

Silêncio.

— Escola? Esportes?

Bufei.

— Treta com a melhor amiga?

Hã?

— Já sei! Você se sente oprimida pela tarefa de salvar o mundo com um superpoder que acabou de descobrir.

Soltei o ar, exasperada.

— Foi só uma briga com minha mãe, ok?

— Ah — Marge disse, num tom de sabedoria. — Mães. Mais complexas que história de origem de um herói.

Embora ela fosse completamente maluca, não consegui deixar de rir.

— É. Queria ver Peter Parker tendo que lidar com as expectativas impossíveis de uma mãe sem a menor inteligência emocional.

— Aposto que não é tão ruim assim.

— Olha, Marge, é, sim.

Um raio iluminou o céu. Levei um susto e fiquei à espera do estrondo do trovão. A tempestade tinha piorado nos últimos cinco minutos.

— Eu disse a ela que a odeio.

Então o estrondo veio. Baixo e potente, sacudindo o carro. Meu coração pulou para a garganta. *Por favor, não me deixe morrer no carro dessa maluca.* Marge olhou para mim pelo retrovisor.

— Está arrependida?

A chuva estava bem forte, mas, em vez de reduzir a velocidade, Marge continuava correndo. Conferi se meu cinto de segurança estava bem preso.

— Se eu disser que não, significa que sou uma pessoa ruim?

— Não acho que essa seja a pergunta certa — Marge disse, tossindo em seguida. — Se você pudesse voltar atrás, voltaria?

Olhei pela janela. Um sentimento persistente tomou conta de mim, trazendo à tona toda a injustiça dos últimos anos, se espalhando pelas minhas veias, envenenando qualquer generosidade ou imparcialidade que restasse em mim, e eu disse:

— Não. Eu queria que *ela* fosse diferente. Queria que *ela* retirasse o que disse. Queria que *ela* me entendesse.

Quase bati a cabeça na janela quando o carro parou.

— Nossa! — gritei.

— Chegamos.

Balancei a cabeça.

— Ótimo.

Aquele foi o trajeto até a escola *mais longo* da minha vida.

Enquanto eu me atrapalhava com o cinto de segurança, Marge se virou para mim e disse:

— Boa sorte, Sam.

As palavras agourentas me fizeram sair do carro mais rápido.

— Hã, valeu.

Fiquei vendo o carro se afastar, depois olhei para o céu. Continuava escuro e cheio de nuvens, mas a chuva havia parado. Que estranho.

Chuva idiota. Tempestade idiota. Briga idiota.

Viagem de carro *esquisita*.

Entrei na escola e fui direto para o meu armário. O atrito dos meus tênis Vans com o piso fazia barulho conforme eu desviava de todos. Alguém trombou comigo. Virei, irritada.

— Desculpa!

Uma menina branca que eu não conhecia, com dois coques no alto da cabeça presos por palitinhos, acenou para mim e seguiu pelo corredor.

Que coisa mais Chun-Li era aquela? Desacelerei ao me aproximar do meu armário. Todos tinham sido pintados. O amarelo--vômito dera lugar a um azul vívido.

— Melhorou — resmunguei enquanto fazia a combinação para abri-lo.

Mas não abriu. Tentei de novo. Nada.

— Vou matar alguém hoje.

Trinquei os dentes e tentei de novo. Nada. Bati no armário e xinguei.

— Hã, tem algum motivo para você estar batendo no meu armário?

Olhei para o ruivo alto parado ao meu lado, mexendo os ombros largos desconfortavelmente sob o moletom azul-marinho.

— Quê?

Ele apontou para o armário.

— Esse é o meu.

Olhei para a plaquinha de metal com o número que eu via todos os dias e pisquei.

— Não, é o meu.

— Não é, não.

Eu o olhei de cima a baixo.

— Quem é você, hein? Aluno novo? Deve estar se confundindo.

Ele semicerrou os olhos.

— Meu nome é Neil. E eu que tenho que perguntar quem é *você*. Você que está tentando arrombar o *meu* armário.

Um calafrio percorreu minha espinha. Tinha algo errado. Em tudo. Os armários haviam sido pintados... mas a tinta não parecia fresca. Na verdade, parecia tão velha e arranhada quanto antes, quando era amarela.

— E aí, Neil?

Um cara asiático com cabelo espetado e uma calça jeans superlarga deu um aperto de mão no tal do Neil ao passar. Fiquei olhando para ele. Quem era *aquele cara*? E que roupa era aquela?

Na verdade, que roupas eram aquelas que *todo mundo* estava usando?

Olhei em volta — tipo, prestando *muita* atenção.

Umas meninas passaram por mim usando blusinhas justas e calças jeans boca de sino cobrindo os tênis volumosos, mechas de cabelo enroladas em minicoques ao redor da cabeça e as pálpebras cintilantes. Havia um grupo de, bem, nerds, com o cabelo igual: tigelinha e repartido no meio. Então um grupo de meninas asiáticas com cabelo comprido e liso e contorno labial escuro passou por mim de calça jeans cintura baixa e cintos de lona horrorosos. Todas olhavam para mim.

— Tá olhando o quê, sua ridícula? — uma delas disse, com desprezo.

Oi?

Balancei a cabeça. Certo. Era o mês do baile. Tinha sempre um tema idiota rolando. Devia ser o dia dos anos noventa ou algo do tipo. As pessoas pareciam ter se esforçado *bem mais* do que no dia do pijama.

O sinal tocou. Neil entrou na minha frente, pegou o cadeado e o abriu em segundos. Então olhou para mim como quem dizia: "Viu, sua tonta?".

Fiquei boquiaberta. Talvez eu tivesse errado de armário mesmo, no fim das contas. Será que Marge tinha me *drogado* de alguma maneira?

Todo mundo estava correndo para a aula, então decidi fazer o mesmo e deixar a história do armário pra lá. Levaria meus livros para a orientação e lidaria com aquilo depois. Quando passei pelo pátio, procurei por Val, mas não achei. A gente não se via toda manhã, então não chegava a ser estranho… mas a esquisitice daquele trajeto de carro ainda estava fresca em mim. Ver Val colocaria um fim ao que quer que estivesse acontecendo. E Curren… nossa troca de mensagens ainda me incomodava.

Eu estava prestes a mandar uma mensagem para Val quando ouvi o segundo sinal. *Merda.* Corri para a orientação e consegui entrar antes que parasse de tocar.

O sr. Finn estava debruçado na mesa, então não percebeu que eu estava atrasada. Fui até a última fileiras, onde costumava me sentar…

… só que…

As carteiras não estavam dispostas em fileiras, e sim em círculos. As mesas eram diferentes. E as cadeiras também.

Até *os alunos* eram diferentes.

Parei na hora e fiquei olhando para a turma. Todos me olharam de volta. Nenhum rosto era familiar. Será que eu tinha errado a sala? Virei para olhar o professor. Era mesmo o sr. Finn. Com a postura relaxada e o cabelo desgrenhado de sempre.

Pisquei. Ele parecia muito mais cabeludo. E não tinha fios brancos nas têmporas. Meu coração acelerou. Ele olhou para mim de sua mesa.

— Senhorita?

O que está acontecendo?

Era o sr. Finn, só que *mais jovem.* E sem os óculos de tartaruga. A pele dele parecia... viçosa. Até sua voz estava diferente, mais alta e mais clara. E, minha nossa senhora, não dava para acreditar: o sr. Finn estava GATO?

Aquilo era impossível. Senti que a sala girava de leve.

Antes que eu pudesse reagir, a versão mais bonita do sr. Finn me olhou e disse:

— Priscilla? Temos uma aluna nova?

Priscilla.

Então eu senti. Uma leve vibração dentro de mim. Do tipo que eu sentia quando a TV estava ligada. Sinais sutis que me alertavam...

... sempre que minha mãe estava por perto.

Eu me virei.

E vi uma menina asiática linda, de pele impecável, sobrancelhas finas e arqueadas, usando gloss cor-de-rosa. Seu rabo de cavalo alto balançou, e ela ergueu a sobrancelha enquanto me avaliava.

— Não, não temos nenhuma aluna nova. Quem é você?

Meu.

Deus.

Do.

Céu.

8

Eu costumava ver fotos antigas da minha mãe na escola e ficava me perguntando se tinha sido adotada.

Impossível que *eu*, com meus braços e pernas desajeitados e meu cabelo rebelde, tivesse nascido de uma mulher que parecia uma miss na adolescência.

Observei a menina na minha frente: devia ter mais ou menos minha altura, e era esguia e graciosa. A pele levemente bronzeada, sem nenhuma sarda, pelinho ou defeito. Seu cabelo castanho-escuro era comprido e liso, e estava preso em um rabo de cavalo alto típico de animadora de torcida, com um fru-fru azul gigante. E quando digo "rabo de cavalo alto típico de animadora de torcida" é porque ela estava com o uniforme completo: blusa de gola alta sob um colete de tricô com minissaia xadrez. Usava um Reebok branco de cano alto que eu era doida para ter. Só que o dela tinha seu apelido escrito em letras grandes e azuis: PRI.

Foi seu rosto, no entanto, que me deixou sem reação. Era superfamiliar e completamente estranho ao mesmo tempo. Se minha mãe já era bonita mais velha, na escola era estonteante. O tipo de garota que fazia todas as outras se sentirem um monstro.

E era para ela que eu estava olhando. Eu não tinha nenhuma dúvida. Aquela era a MINHA MÃE.

MINHA MÃE ADOLESCENTE.

Minha respiração ficou entrecortada. Para onde tinha ido todo o ar da sala? *Ah, não.* Eu me agarrei ao que estava mais próximo: a cadeira de alguém e um punhado de cabelo.

— *Ai!*

Mal notei, porque continuava encarando a pessoa à minha frente.

— Alô-ô — Minha mãe franziu a testa, e uma ruga se formou entre as sobrancelhas. — Você me ouviu? É nova ou o quê?

Minha boca ficou seca. Será que eu estava respirando?

— Meu nome é... Sam — consegui dizer.

Ela ficou perplexa.

— Você não estuda aqui.

Eu não conseguia parar de encará-la. *Como* aquilo era possível?

Todos os filmes do mundo tinham me preparado para saber que aquilo não era um sonho. Nem de longe. Sonhos eram nebulosos. Um pouco ou muito estranhos. Mas tudo o que eu via agora estava assustadoramente nítido: a mesma sala de aula de sempre com coisas diferentes como a TV de tubo gigante em um canto, a lousa com giz e um telefone laranja instalado na parede. E as coisas que não estavam ali também gritavam: o computador na mesa do sr. Finn, os celulares. Na verdade, notei que as pessoas tinham pagers presos no cós das calças. Como se todo mundo ali trabalhasse como cirurgião.

Aquela com certeza era a minha escola. Aquele era o sr. Finn — só que bonito. E aquela era minha mãe na adolescência. Estava tudo claro. Se fosse um sonho, provavelmente teria um urso de circo bebendo água de um hidrante no canto da sala. Ou a sala de aula na verdade seria a minha casa, se a minha casa ficasse no porão de uma mansão vitoriana. Algo do tipo.

Mas tudo ali parecia incrivelmente real. Só que o real de muito tempo antes.

Eu estava prestes a vomitar. Precisava sair dali.

— Acho que estou na sala errada — murmurei antes de me virar e sair correndo, com passadas apressadas e instáveis.

O tal do Neil estava perto do armário. Do armário *dele*. Todo mundo usava roupas exageradas. Minha vista embaçou enquanto eu corria pelo pátio, na direção do portão lateral. Tinha que sair dali. Precisava ir para casa. Se estivesse com meu carro...

Retrotáxi.

Retrô.

Passado.

Parei na hora.

Não...

Procurei meu celular no bolso. Quando desbloqueei a tela, uma mensagem esperava por mim.

Obrigado por usar nossos serviços! Esperamos que encontre o que procura. Seu carro estará pronto para levá-la de volta para casa quando isso acontecer. ★

A mensagem estava escrita no meu idioma, mas meu cérebro não conseguia compreender. Reli algumas vezes.

Foi o aplicativo que fez isso comigo?

Me mandou de volta...

PARA A DROGA DO PASSADO?

Tentei responder à mensagem, mas essa opção não existia. Vasculhei o aplicativo, e nada. Uma fúria cega tomou conta de mim, e eu estava prestes a jogar o celular no chão quando ele vibrou.

Era outra mensagem do aplicativo.

Mantenha o celular sempre por perto. É seu único contato com sua motorista. Tenha um dia mágico! ★

Quê? QUÊ?! Verifiquei a bateria. Estava em noventa por cento. Liguei para Val no mesmo instante.

Nada. Nem chamou. Não aconteceu nada.

Ok, ok, ok. Eu estava... o quê, nos anos noventa? Não havia sinal de celular na época. Minha operadora não existia, nem os smartphones. Ainda assim, tentei mandar uma mensagem de texto para Val. Só para o caso de, por um milagre, eu não ter voltado no tempo. Tipo, caso aquilo fosse uma pegadinha muito elaborada.

Isso. Uma pegadinha. DE QUEM? CAI NA REAL, SAMANTHA!

Corri de volta para a escola, encontrei o banheiro mais próximo e me tranquei em uma cabine. O celular era minha única boia salva-vidas, e eu o segurei com as duas mãos enquanto encarava a tela com a intensidade de um mágico. A mensagem para Val não foi enviada, claro. Li outra vez a notificação do aplicativo.

Esperamos que encontre o que procura.

Como assim? Eu estava em algum tipo de *missão*? UMA MISSÃO?!

Liguei para a emergência. Nada. Liguei para os meus pais. Para Val outra vez. Curren. Nada dava certo. Nada, nada, nada. Ali, meu celular era tão útil quanto uma lanterna. Uma calculadora. Um porta-copos.

Saí do banheiro, abrindo a porta com tudo. Um corredor vazio se estendia à minha frente, e eu dei uma boa olhada em tudo à minha volta. Parecia *um pouco* diferente. A cor dos armários. A iluminação. Como uma escola podia ficar mais ou menos igual durante trinta anos? Foi então que notei os cartazes colados por todo o corredor.

CONVITES PARA O BAILE À VENDA NO GRÊMIO ESTUDANTIL

VOTE EM PRISCILLA PARA RAINHA DO BAILE DA NORTH FOOTHILL!

Ah. Era o mês do baile ali também. Como no futuro. E minha mãe estava concorrendo a rainha.

Que maluquice.

Levei um susto quando o sinal tocou, anunciando o fim da orientação.

Tudo o que eu sabia no momento era que precisava sair daquela escola. Precisava *evitar* minha mãe adolescente.

E só havia um lugar para onde eu podia correr.

O lance de Los Angeles é que você sempre precisa de um carro. No passado, no presente e provavelmente no futuro também.

Dei uma olhada na programação de ônibus à minha frente. Ficava atrás de um plástico todo pichado. Não dava para ver os horários. Valeu, vagabundos!

Então um ônibus parou e consegui ler o destino na frente: MacArthur Park.

Boa! Ficava perto do centro. Bem perto de Koreatown. Dali, eu poderia pegar outro ônibus.

Entrei e olhei com apreensão para o motorista, um jovem do sul da Ásia que parecia entediado.

— Oi, hum, quanto é a passagem? — perguntei, com a mão na carteira.

— Um e trinta e cinco.

Pisquei.

— Só *isso*?

Um senhor sentado em um banco da frente tirou sarro:

— Ah, se não é a Ivana Trump...

Fiquei vermelha. *Ivana* Trump, sério? Peguei algumas moedas depressa e paguei a passagem.

— Do MacArthur Park consigo pegar outro ônibus para Koreatown?

— É mais fácil pegar o trem. A linha vermelha vai direto para Koreatown — ele disse, saindo com o ônibus, e eu me segurei para não cair.

— Ah, entendi. Nunca peguei o trem. Vou precisar comprar passagem antes?

— Que surpresa, ela nunca pegou o trem — comentou o senhor, voltando a zombar de mim.

Olhei feio para ele.

— Ei, me deixa. Tudo tem uma primeira vez!

Tipo *viajar no tempo.*

Depois que o motorista me explicou, com relutância, como pegar o trem, encontrei um assento na janela mais isolado, perto do fundo.

Certo, está bem. Você só precisa chegar na halmoni.

A ideia de rever minha avó era o que me tranquilizava no momento. Talvez eu tivesse sido mandada para fazer aquilo. Para impedir que ela tivesse um infarto no futuro. Muitas possíveis missões passavam pela minha cabeça. Será que envolveria algo *maior*? Será que eu teria que, tipo, impedir o Onze de Setembro? Ou a pandemia? Eu era uma adolescente, e não uma agente treinada e com barriga de tanquinho!

Fiquei observando o caminho pela janela, e o medo crescia dentro de mim conforme eu constatava que havia mesmo viajado no tempo. Era tipo um daqueles jogos de sete erros, só que na minha cabeça. O correio parecia igual, mas sem as palmeiras na entrada e com letras de metal diferentes na placa. No shopping, havia uma tabacaria no lugar da lojinha onde meus pais levavam o celular para consertar. Uma tabacaria, sério? Até as coisas mais sutis, como as placas de rua, estavam diferentes. Quarteirões inteiros irreconhecíveis, com prédios menores cheios de placas de lojas que eu nunca tinha visto. E as pessoas andando na rua... eram quase todas brancas. Era tudo tão estranho.

Embora eu soubesse que precisava economizar bateria, peguei o celular e tentei abrir vários aplicativos na vã esperança de que, por um milagre, algum funcionasse. Nenhum funcionou, óbvio.

Então fiz algo que literalmente nunca fazia: desliguei o celular. Assim que a tela ficou preta, senti a conexão com minha vida real desaparecer.

Eu estava no passado. Era um fato.

— Ei, o que foi isso?

Levantei a cabeça na hora. O senhor desagradável tinha passado para o banco na minha frente e me encarava abertamente — ou meu telefone, para ser mais exata. Eu o guardei no bolso da jaqueta na mesma hora.

— Isso o quê?

— Não se faça de boba — ele disse. — O que é isso?

Talvez pela maluquice daquilo tudo, talvez pela histeria que ameaçava irromper, falei a verdade para ele.

— É um telefone. Do futuro. Eu sou do futuro.

Segundos se passaram enquanto o homem me encarava, os olhos escuros um pouco úmidos. Então, ele finalmente perguntou:

— De quando exatamente?

As chances de que aquele homem fosse meio maluco eram altas, mas senti um alívio inundar meu corpo: eu podia me livrar do fardo daquele segredo absurdo.

Quando eu disse o ano, ele fez pouco caso.

— Não é tão longe assim. Achei que fossem centenas de anos depois, mas você não parece muito avançada mesmo.

Não pude deixar de rir.

— Valeu.

— E o que vai fazer agora? — ele perguntou, demonstrando certo interesse.

— Não sei. Nem imagino por que fui mandada para cá. Ou *como.* Tipo, chamei um carro de aplicativo. Ah, um carro de aplicativo é tipo um táxi do futuro. Mas não posso ficar esperando até descobrir o que fazer. Minha avó… e se ela não sair do coma porque não estou no hospital? E se… — minha voz falhou. — E se ela morrer enquanto estou aqui e eu nunca mais conseguir vê-la?

Eu não esperava que aquele homem respondesse às minhas perguntas. Mas ele assentiu e disse:

— É, você está encrencada. No seu lugar, eu não perderia tempo reclamando com um velhote. Tomaria logo uma atitude.

O motorista gritou o nome da minha parada.

— Concordo — respondi, me levantando. — Obrigada por me ouvir.

— Boa sorte, menina. Você vai precisar.

Com certeza, vovô esquisitão.

9

Quando finalmente cheguei ao conjunto residencial para idosos, meu moletom estava todo manchado de suor. *Nota mental: ao contrário do que os filmes mostram, correr de moletom não é uma boa.*

Pegar o trem tinha sido um pesadelo. Primeiro fiz a maior confusão na hora de comprar a passagem na máquina. Eu só tinha quinze dólares, o que me deixou em pânico. Ninguém aceitava transferência. Então, quando entrei no trem, um esquisitão me seguiu, e precisei ficar mudando de vagão. Estava profundamente arrependida de ter deixado meu spray de pimenta em casa aquela manhã. Me sentia muito mais vulnerável no passado, sem acesso a uma mensagem de texto ou a uma ligação rápida.

Depois de seguir um carro pelo estacionamento do conjunto residencial, entrei no saguão e vi uma mulher sentada atrás de uma mesa, lendo uma revista e parecendo muito entediada. Um rádio tocava baixinho, e a qualidade do som era ruim.

— Oi. Vim ver a sra. Jo, no quinhentos e dez.

Tirei o casaco, tentando me refrescar um pouco.

Ela deixou a revista de lado e olhou para mim.

— Temos duas sras. Jo, mas nenhuma delas mora no quinhentos e dez.

Foi como se uma pilha de tijolos caísse na minha cabeça.

Em que ano estávamos, afinal? Se minha mãe estava no ensino médio… eram meados dos anos noventa?

Claro que minha avó não estava ali. Ela morava com minha mãe. Em North Foothill, de onde eu tinha acabado de sair.

Naquele momento de derrota, a realidade me atingiu e finalmente senti todo o peso do que estava acontecendo: eu havia viajado no tempo inexplicavelmente e não tinha ideia de como faria para voltar. Eu estava completamente sozinha.

Um nó se formou na minha garganta, e eu me virei depressa para que a mulher não me visse chorar. Quando fiz isso, me deparei com um rosto familiar. Uma senhora me olhava, curiosa, de um sofá no saguão.

Pisquei.

— Sra. Jo?

Ela estava muito mais nova. Tinha só algumas mechas grisalhas e não estava curvada. O mais notável, no entanto, era que seu olhar não parecia perdido.

— É você, *agasshi*.

Fiquei sem ar. Era possível que ela se lembrasse de mim? Tinha acabado de me chamar de "mocinha" usando o termo genérico em coreano, mas havia um lampejo de reconhecimento em seus olhos.

A sra. Jo se levantou e acenou para a mulher na recepção.

— É minha neta, ok?

A mulher assentiu. Olhei para a sra. Jo, que seguia na direção dos elevadores. Oi? Primeiro: ela falava inglês? Segundo: será que já sofria de demência? Eu a segui mesmo assim, porque não sabia o que mais fazer ou para onde ir. Aquela pessoa que eu conhecia era como um pedacinho de casa, e eu me agarrei à sensação como se fosse uma boia salva-vidas.

Entramos no elevador, e a sra. Jo apertou o botão do quinto andar, onde ela e minha avó morariam no futuro. Olhei para ela, tensa.

— Hum, não sei se…

— Você comeu?

Hã? Então a sra. Jo já devia estar sofrendo de demência. Pelo visto ela achava *mesmo* que eu era sua neta. Eu havia conhecido a neta dela no futuro. Era casada e muito mais velha que eu. No passado, tinha a minha idade.

Meu Deus, quanta matemática…

Eu não ia recusar comida. Sinceramente, estava com fome. Balancei a cabeça e disse "não" em coreano.

Ela assentiu.

— Certo, hora do almoço, então.

Meu coreano era tão ruim que ela voltou a falar em inglês.

Eram dez e meia da manhã, mas eu que não ia dizer que ainda não era hora do almoço. Quando passamos pela porta de halmoni, meu estômago se revirou. Ela estava aqui, no passado. *Ela estava aqui e não estava em coma.* Era difícil entender aquilo. Eu só conseguia vê-la ligada a todos aqueles tubos.

A sra. Jo preparou arroz e peixe para mim enquanto eu esperava sentada no sofá de couro. Tudo no apartamento tinha uma toalhinha, como se ela fosse uma vovó de livro infantil. Havia algumas fotos, mas não plantas, ao contrário do apartamento de halmoni.

Quando o almoço ficou pronto, eu me sentei no chão diante da mesa de centro onde ela serviu a comida. Agindo como se tudo aquilo fosse normal, quando na verdade era bem esquisito. Esquisito pra caramba.

Ela ficou em silêncio me observando comer e parecia mais contente a cada garfada que eu pegava. Então disse, com a voz clara:

— Quem é você?

Quase engasguei.

Ela me entregou um copo de água e bateu nas minhas costas. Tomei um gole.

— Meu nome é Sam.

Ela estreitou os olhos para mim.

— Ah, você é a sobrinha de Eun-Ji Unni.

Eu era? Não confirmei nem neguei, mas ela assentiu, satisfeita.

— Come mais *sengsung*. Comprei fresco hoje.

A mistura de coreano e inglês me fez sorrir. Igual a halmoni. A sra. Jo que eu conhecia mal falava em coreano, muito menos em inglês. O contraste me deixou triste. Engoli o nó que se formou na garganta com um pouco mais de peixe.

— Você fica aqui.

Olhei para ela.

— Hã?

— Onde vai ficar? Hotel? Não gasta dinheiro. Fica aqui.

— Ah, não, não. Tudo bem.

Ela continuou me encarando. Seu olhar era firme e calmo.

— Sam. Você estava chorando. Precisa de lugar para ficar.

Seria falsidade ideológica aceitar o convite. Eu estaria enganando uma velhinha. Uma velhinha que sofria de demência. Ou que sofreria, no futuro. Mas para onde eu iria se não aceitasse? E se passasse dias presa ali? Semanas? Tentei não pensar mais nisso.

Acabei assentindo.

— Está bem. Muito obrigada.

Ela soltou um ruído rabugento em resposta, como se não precisasse da minha gratidão.

Sra. Jo continuou comendo, e me esforcei para não chorar. O tique-taque de seu velho cuco preenchia o silêncio. O ritmo me acalmava, e minha respiração tentava acompanhá-lo. Me senti tranquila pela primeira vez desde que havia chegado.

Depois que a sra. Jo tirou a mesa, vi algo em uma pilha de revistas no chão.

Um jornal.

Peguei e abri. Era um jornal escrito em coreano, mas a data estava ali, visível: 12 de outubro de 1995.

Depois que as estrelinhas desapareceram da minha vista, respirei fundo. *Certo.* Fiz as contas. Minha mãe devia ter dezessete anos. Estava no último ano, como eu. E a quinta-feira de 12 de outubro era o dia exato em que eu havia deixado o futuro.

Eu precisava voltar para casa e tinha certeza de que minha mãe ou halmoni eram a chave. Meu pai havia crescido em Illinois, então com certeza não fazia parte daquilo.

— Sra. Jo?

Ela lavava a louça, mas desviou o olhar da pia.

— Hum?

Fui até a cozinha e peguei seu lugar, com delicadeza.

— Pode deixar que eu lavo.

— Você não sabe fazer isso.

Fiz uma careta.

— Quê? Claro que sei. Não sou criança.

Ela deu uma risada.

— É, sim. *Eggi.*

Bebê. Engraçadinha.

— Bem, me ensinaram a sempre lavar a louça, então será um insulto para os meus pais se não aceitar.

Foi uma boa tática. Ela bufou e tirou as luvas de borracha cor-de-rosa.

— Ok.

— E… tenho uma pergunta — falei, em tom casual.

— Hum?

— A senhora tem carro?

10

Era um pesadelo dirigir o Volvo gigantesco da sra. Jo no trânsito de Los Angeles. Apesar das dificuldades, consegui voltar a North Foothill inteira. Minha mãe havia crescido em uma região da cidade cheia de conjuntos residenciais ocupados por famílias imigrantes. Quando eu era menor, costumávamos visitar halmoni lá. Ela se mudou para o lar de idosos quando eu tinha uns seis anos e nunca mais saiu.

Não era para o apartamento delas que eu estava indo, no entanto. Era para um shopping chique que ficava no pé das colinas, em outra parte da cidade.

Parei no estacionamento e desliguei o carro. Era exatamente como eu me lembrava: espremida entre uma padaria armênia e uma farmácia, e debaixo de um toldo laranja listrado, havia uma vitrine ampla, com LAVANDERIA OAK GLEN escrito em letra cursiva, seguido por uma noz e uma folha.

Já era fim de tarde, e o sol refletido na vitrine não deixava ver muito bem lá dentro. Notei um movimento e estreitei os olhos para tentar enxergar.

Uma mulher se movia depressa atrás do longo balcão de fórmica. Eu mal conseguia distinguir seu perfil, mas reconheci o coque banana de sempre, e sua postura era imperiosa. *Puta merda.*

Liguei o celular.

Oi, halmoni. Lembra quando minha mãe voltou a trabalhar e eu ficava com você na lavanderia depois da escola? Minha parte preferida era desenhar no rolo de papel pardo. Eu tinha que apertar bem o giz de cera, senão a cor não aparecia. Poderia ser meio chato para uma criança passar metade do dia em uma lavanderia, mas você sempre fazia com que fosse divertido.

Parei de falar, porque minha voz saiu distorcida e estranha. Era uma reviravolta do destino particularmente cruel me mandar de volta no tempo enquanto minha avó estava em coma.

Talvez a ideia fosse aquela mesmo.

Talvez se eu falasse com ela, mesmo que brevemente, tudo ficasse claro. Parecia ridículo, mas, pensando bem, eu tinha acabado de voltar no tempo pegando uma carona mágica.

Abri a porta pesada do carro e saí. Era um carro antigo em uma época que para mim já era antiga. Que loucura.

Dei uma olhada nas minhas roupas. Eu estava de tênis Vans branco, calça jeans, moletom cor de ferrugem e jaqueta corta-vento lilás. Nada que fizesse halmoni desconfiar que eu vinha do futuro. Eu não chegaria com um skate voador ou um óculos de holograma. Meu celular estava guardado no bolso, fora de vista e em segurança.

Eu bem que poderia ter uns óculos de holograma...

Quando entrei na lavanderia, um sino tocou. Senti um cheiro familiar, nauseante, químico, me lembrando daquelas tardes depois da escola, nos últimos meses do lugar.

Tudo parecia quase exatamente igual às minhas lembranças nebulosas. O balcão laranja, a parede com carreteis coloridos, a placa com a frase SÓ ACEITAMOS DINHEIRO escrita à mão. O zumbido do cabideiro automático e o farfalhar do plástico fino que protegia as roupas.

E o mais familiar de tudo ali era halmoni.

— Olá! — ela disse, de costas para mim, enquanto verificava alguns casacos. Fiquei olhando para as costas dela, para aquela figura usando cardigã bordô e calça marrom-claro, com cabelo preto brilhante sem nenhum sinal de fios grisalhos.

Quando ela se virou, achei que uma trilha sonora fosse começar a tocar ou algo do tipo. Mas só vi o rosto dela, um rosto que me era mais familiar que qualquer outra coisa no mundo. Sorridente e interrogativo.

— Posso ajudar?

Engoli em seco e me esforcei para não ficar emotiva. Uma vez na vida.

— Hum, sim, eu queria saber se estão contratando.

Tamborilei no balcão, nervosa. Ela se aproximou, suas sapatilhas ressoando no piso.

— Ah, não, não estamos.

Sua voz era a mesma, só que mais tranquila e infantil, com um sotaque mais pesado, uma formalidade e um cuidado com que eu não estava acostumada.

Eu não conseguia parar de olhar para o rosto dela. Sem rugas, pele lisa, sem maquiagem, como sempre. Halmoni não tinha uma beleza tão óbvia quanto minha mãe, mas era bonita, à sua maneira. Tinha traços fortes equilibrados por certa brandura. Sempre diziam que éramos parecidas.

Ela franziu a testa.

— Posso ajudar com mais alguma coisa?

Certo, sou só uma desconhecida encarando.

— Ah, hum...

— Você é coreana? — ela perguntou, me avaliando com curiosidade.

Assenti como uma coreana, se é que isso era possível. Demonstrando respeito.

— Sou.

Halmoni relaxou, e algo dentro dela a aliviou, como se eu não fosse mais uma desconhecida.

— Queria ter trabalho para você. Mas minha filha já ajuda.

Como se aquilo fosse uma deixa, o sino tocou atrás de mim e eu me virei.

Merda.

Minha mãe, Priscilla, parou quando me viu. Não estava mais usando o uniforme de animadora de torcida, e sim um vestidinho florido curto com um colete preto de crochê por cima. Continuava com um rabo de cavalo alto e carregava uma mochila pendurada no ombro.

Estreitou os olhos enquanto tentava se lembrar de mim.

— Ei, você não é aquela menina nova?

Halmoni olhou para nós duas.

— Vocês se conhecem? Amiga da escola?

— Não. — Priscilla deu de ombros. — A gente só se viu hoje.

Estar no mesmo ambiente que versões mais novas da minha mãe e da minha avó era a experiência mais maluca que eu já tinha vivido. E olha que eu já tinha assistido a *Veludo azul* depois de ingerir 0,0002 grama de um cogumelo alucinógeno com Val.

— Isso, sou nova na escola. Meu nome é…

— Sam. — Ela franziu um pouco a testa. — Eu lembro.

— Só queria ver se, hum, estavam contratando aqui.

— Não, não contratamos ninguém que precise receber *salário* — Priscilla disse, seca.

Passou por mim, levantou uma parte do balcão com dobradiças e foi para o outro lado. Quando eu era pequena, conseguia simplesmente passar por baixo sem encostar a cabeça no balcão.

Halmoni começou a falar com minha mãe em coreano — rápido e em um leve tom de repreensão. Meu coreano não era muito bom, mas consegui pegar a ideia: "Seja boazinha". Halmoni deu uma olhada para mim com uma expressão serena forçada.

Priscilla mordeu o lábio e respirou fundo. Fiquei assistindo àquela interação, fascinada. Minha mãe sendo uma adolescente mal-humorada era novidade para mim.

— Sam — halmoni disse, testando como soava. Aquilo era novo para ela também. — Deve ter bastante trabalho no Village Plaza. Você pode tentar uma vaga lá.

Ela sugeriu aquilo como quem pedia desculpas, e tive vontade de abraçá-la.

— Obrigada — respondi. — Vou dar uma olhada.

Tentei desesperadamente pensar em uma desculpa para ficar. Halmoni colocou uma caixa de plástico cheia de cabides no balcão.

— Por que chegou tão tarde hoje? — halmoni perguntou a Priscilla, em coreano.

— Você sabia que eu tinha treino — Priscilla murmurou.

— Ah, verdade, esqueci — ela disse, distraída, mas em um tom que eu conhecia bem. Halmoni estava brincando.

Priscilla tentou não sorrir.

— Ah, é, umma. Só tenho treino todo santo dia.

— Eu sabia que isso ia tomar tempo demais.

A crítica ali estava clara, mesmo que fosse branda.

Priscilla suspirou.

— As universidades veem animadoras de torcida com bons olhos.

Halmoni resmungou.

— Um esporte teria sido melhor. Mas você desistiu.

Era uma discussão leve, com um pouco de tensão, mas para mim parecia importante. Minha mãe não tinha ideia de que trinta anos depois halmoni entraria em coma. E de que perder tempo com aquele tipo de besteira era um desperdício.

Eu queria que elas parassem, mas Priscilla explodiu:

— Eu odiava nadar todo dia às seis da manhã!

Olhei para ela, surpresa. Ainda não tinha me dado conta de que aquela era a Priscilla de dezessete anos, e *não* a mãe que eu conhecia tão bem. A Priscilla do futuro nunca diria que odiava nada, muito menos reclamaria de fazer algo atlético e bom para o corpo. Reclamações não eram toleradas na nossa casa.

— Yah, sem mentira — halmoni disse, misturando coreano e inglês. — Você não gostava de cloro estragando cabelo.

Priscilla pareceu prestes a protestar, mas começou a rir.

— É verdade — foi sua resposta em coreano.

— Péssimo motivo, você não tem vergonha? — halmoni perguntou em um coreano ardiloso e bem-humorado.

O carinho entre as duas era a coisa mais impressionante que eu tinha testemunhado desde que cheguei àquela época. Isso e minha mãe falando coreano. Fluentemente. Não me saía da cabeça que havia algo de familiar naquela interação. Então me dei conta de que aquilo me lembrava como eu e halmoni nos relacionávamos. Pensei em como minha mãe havia falado dela ("A halmoni que você conhece não é a mesma que me criou.") e me perguntei o que poderia ter mudado aquela dinâmica de maneira tão dramática, o que tinha transformado uma relação calorosa e confortável em algo frio e tenso como a de agora.

De tanto rir, Priscilla resfolegou. Antes que eu pudesse me conter, me peguei rindo também.

As duas se viraram para mim, só então parecendo se dar conta de que eu continuava parada ali — o que era esquisito.

— Então, Priscilla — comecei a falar —, você trabalha aqui todo dia?

A pergunta pareceu idiota até pra mim.

— Trabalho. Por quê? — ela perguntou, baixando os olhos para o caixa. — Está apaixonada por mim?

Hã, não.

— Nossa, você se acha mesmo. Faz, tipo, meia hora que conheço você.

As palavras saíram antes que eu pudesse impedi-las, de tão entranhada que minha dinâmica com minha mãe estava em mim.

Ela levantou o rosto, estranhando.

— *Nossa*, era brincadeira. Você é uma menina.

Tentei manter a expressão séria. A heteronormatividade era *forte* ali.

— É. Eu sei.

Priscilla se inclinou para a frente, cada vez mais desconfiada.

— Onde você se enfiou hoje? Não te vi no almoço e em nenhum outro lugar.

— Ah. Meu horário de almoço deve ser diferente.

— Como assim? Só tem um horário de almoço na escola.

Argh.

— Ah. Então não sei. Talvez você não estivesse prestando atenção.

Houve um momento de silêncio, e eu me encolhi sob o olhar atento de Priscilla.

— Umma! — ela falou de repente, e eu dei um pulo. — Consertou meu vestido?

Ela se virou e se afastou, já se esquecendo totalmente de mim.

Hesitei, sem graça e sem saber o que fazer. Será que eu deveria ficar por ali batendo papo feito uma garota triste e esquisita que não tinha para onde ir? Ir embora sem nenhuma resposta? Quase dava para sentir o celular consumindo a bateria, e minhas chances de voltar para casa e para halmoni só diminuíam.

— Vai ficar pronto a tempo do baile?

Dava para perceber a preocupação na voz de Priscilla mesmo que ela estivesse falando dos fundos da lavanderia.

Halmoni resmungou.

— Ao contrário de você, tenho outras coisas em que pensar além desse baile.

— Bem, mas o baile *é* importante para mim. Por favor, não estrague tudo.

— Se perguntar mais uma vez do vestido, umma não vai consertar nada!

Fiquei ouvindo as vozes abafadas das duas discutindo.

Espera aí.

"Eu não ganhei... Quando cheguei em casa... tivemos uma briga terrível."

As palavras da minha mãe ecoaram na minha mente. Lembrei dos cartazes no corredor. Ali, no passado, também era o mês do baile.

"Foi mais ou menos aí que as coisas começaram a dar errado entre a gente."

Era como se rabiscos de equações matemáticas flutuassem ao meu redor em câmera lenta enquanto as peças se encaixavam.

Não podia ser coincidência que eu tivesse sido mandada na semana do baile. A semana em que as coisas entre minha mãe e halmoni haviam dado errado. Com minha avó em coma, com a vida por um fio... eu sabia o que precisava fazer. Sabia por que tinha sido mandado para o passado.

Precisava salvar o relacionamento das duas.

E precisava impedir que a briga acontecesse. O que significava garantir que minha mãe se tornasse a rainha do baile. Se ela ganhasse, as duas não teriam por que brigar.

Quando Priscilla voltou, com um pedaço enorme de cetim azul-gelo nos braços, fiquei olhando para ela. Então eu ia ter que fazer amizade com uma animadora de torcida metida dos anos noventa? Uma pessoa com quem eu não tinha nada em comum, no passado ou no presente? Alguém que provavelmente faria bullying comigo na primeira oportunidade? Ia ser uma tortura. Mas pelo menos era um *plano*. A impotência de antes cedeu espaço a um vislumbre de esperança.

— Quando é o baile, Priscilla?

Chamar minha mãe pelo nome era muito estranho.

Ela estendeu o vestido no balcão entre nós e se debruçou sobre ele para examiná-lo, passando os dedos leves como plumas pelo tecido, com reverência.

— No próximo sábado.

Estávamos na quinta-feira. Certo, eu tinha nove dias. Nove dias para garantir que Priscilla fosse coroada rainha. Nove dias para fazer com que a briga entre minha mãe e halmoni nunca acontecesse.

Seria possível que a bateria do meu celular durasse nove dias?

Só o tempo diria.

Haha!

— Legal. Você está concorrendo a rainha ou algo do tipo? — perguntei, no tom mais casual que consegui.

Ela estreitou os olhos, desconfiada, o que me lembrou que eu nunca conseguiria ser mais esperta que minha mãe. Mentir para ela nunca havia sido uma opção para mim.

— Sim? — ela disse, como se fosse uma pergunta.

Aquilo ia ser difícil. Então lembrei da insistência da minha mãe para que eu fizesse a campanha. Era um ponto de partida.

— Ah, legal. Precisa de ajuda com a campanha? Eu, hã, fui coroada rainha na minha antiga escola.

Como se ela não fosse perceber *essa* mentira na hora.

— Uau. — Priscilla não parecia nem um pouco impressionada. — Não precisa, valeu.

Mesmo com o orgulho um pouco ferido, segui em frente. Sim, no futuro minha mãe era capaz de transformar minha confiança em cinzas em um piscar de olhos. Mas *aquela* versão dela não me conhecia — ainda. Eu podia provar meu valor a ela. Estávamos começando do zero.

— É sério. Eu não era a favorita... — falei, e Priscilla riu. — Mas consegui convencer as pessoas a votarem em mim porque montei uma campanha infalível.

Priscilla se virou para o cabideiro automático e deixou que o som do motor falasse por ela.

— Ouvi Stephanie Camillo dizer que ela já ganhou essa — falei, por cima do barulho.

A máquina parou. *Consegui.*

Priscilla veio até mim e apoiou as mãos no balcão.

— Quê? Como você conhece Stephanie Camillo? Faz, tipo, cinco minutos que chegou.

— Ouvi algumas meninas conversando sobre o baile no banheiro.

Pensei na alfinetada mais óbvia que poderia dar em alguém como Priscilla.

— Ela é a menina mais popular da escola?

Meu Deus. Eu nem acreditava que estava dizendo algo assim.

Mas tinha sido mesmo a coisa certa. Os olhos dela pareceram pegar fogo.

— Aquela vaca bem que queria.

—Yah! — halmoni gritou de algum lugar nos fundos.

Priscilla baixou a voz.

— Falando sério, garota nova. Steph Camillo é *péssima*, e foi muita sorte ter sido indicada.

Mua há há! Procurei esconder minha satisfação dando de ombros.

— Bem, talvez as pessoas achem isso mesmo e não votem nela então.

— Aí é que está: ela conseguiu convencer todo mundo de que é descolada. Só porque o pai é um advogado do ramo do entretenimento e representa o Zachery Ty Bryan.

Eu tinha certeza que deveria saber de quem se tratava.

— Que legal.

Ela fez um som de desdém.

— Todo mundo em Los Angeles conhece alguém que conhece alguém. Isso é ridículo, e nem dá para provar.

Naquele ponto ela estava certa.

— Por que ela é péssima? — perguntei.

— Ela bateu punheta para, tipo, metade do time de beisebol.

Franzi a testa.

— Como é que alguém saberia disso? É só besteira que os caras falam pra humilhar as meninas que os rejeitam. É ridículo.

Priscilla pareceu constrangida por um segundo.

— As pessoas só... sabem.

— Cara, tira *um segundo* para pensar em como isso é slut-shaming.

Ela me encarou como se não entendesse nada do que eu estava falando.

— Quê?

Respirei fundo. Aquele não era o foco. Despertar minha mãe para o feminismo no futuro já era uma tarefa inglória. Eu *não* ia tentar fazer isso em 1995.

— Esquece. Bem, se você quiser ser coroada rainha, posso ajudar.

Por meio segundo, achei que ela tinha começado a considerar. Mas então caiu na real e se deu conta de que eu era só uma garota entusiasmada atrapalhando seu trabalho.

— Desculpa, mas não preciso de ajuda. Tenho tudo sob controle.

Ela virou de costas para mim, dando um fim à conversa.

Alguns minutos depois, entrei no carro da sra. Jo com o rabo entre as pernas e fiquei olhando para o teto. Como eu ia fazer aquilo dar certo? Sempre soube que minha mãe e eu éramos diferentes, mas agora que tínhamos a mesma idade o contraste ficava mais *nítido*. Uma garota como Priscilla nunca teria uma amiga como eu.

Ela não queria nem ter uma filha como eu.

Quando dei uma última olhada na lavandeira, halmoni me observava pela vitrine com um leve sorriso. Senti um nó se formar na garganta. Acenei, talvez animada demais, e ela acenou de volta, com a mão hesitante e insegura. Era toda a motivação de que eu precisava.

Eu não ia decepcionar halmoni — no futuro ou em qualquer versão dela que existisse no mundo.

11

OITO DIAS PARA O BAILE

Talvez fosse esquisito eu estar dormindo na casa de uma senhorinha aleatória.

Mas, tecnicamente, não se tratava de uma senhorinha aleatória. Eu a conhecia. Do futuro. E, até onde eu sabia, a sra. Jo nunca havia matado ninguém.

Enquanto eu me preparava para dormir, ela havia me entregado um kit de higiene pessoal. Era da Hello Kitty e devia ter sido baratinho, mas o gesto enchera meus olhos de lágrimas.

Agora eu estava deitada no escuro, sentindo o lençol de algodão entre mim e o sofá de couro, com vontade de chorar pela milionésima vez, feito uma criançona. Eu tinha viajado no tempo, pelo amor de Deus! Minha avó não estava em coma! Minha mãe tinha *minha idade* e eu tinha que fazer com que ela gostasse de mim! Também tinha que fazer com que ela fosse eleita *rainha do baile*! Eu tentava pensar em como conseguiria isso, mas sempre acabava me perdendo nas muitas possibilidades de fracassar e no caminho desastroso que seria obrigada a trilhar.

Fiquei olhando para o tijolo inútil que era meu celular. Se pelo menos eu pudesse assistir a vídeos de ASMR até dormir…

Mas ele ainda servia para uma coisa.

Comecei a gravar, falando baixinho.

Oi, halmoni. Sabe o que é esquisito? Eu odiava dormir fora de casa quando era criança. Tipo, sempre achava que ia gostar, mas quando as luzes se apagavam e todo mundo pegava no sono, a única coisa que queria era ir para casa.

A geladeira zumbia. Olhei para a porta do quarto da sra. Jo. Ela insistiu em deixá-la entreaberta "só para garantir".

Depois que os filmes, a pizza e a fofoca acabavam, era eu sozinha no escuro na casa de estranhos. E tudo parecia tão diferente. O ranger do piso. O tique-taque do relógio. O cheiro da casa. Eu enfiava o nariz no saco de dormir para me lembrar do cheiro da minha própria casa. Isso me veio à mente agora porque... tenho vergonha de admitir... estou com essa mesma sensação dormindo fora agora. Só quero ir para casa.

Acabei pegando no sono. Acordei com o tilintar da louça e o cheiro de café. Por alguns minutos, fiquei debaixo das cobertas, confortável e quentinha.

Então abri os olhos e vi a TV antiga à minha frente. Senti o tecido áspero do cobertor enrolado em mim, o cheiro diferente de uma casa que não era a minha.

Fui atingida outra vez pela constatação de que havia viajado no tempo. Tinha dormido e acordado, portanto não se tratava de um sonho. Eu ainda estava ali.

Sentei e vi sra. Jo na bancada da cozinha, de frente para a sala.

Senti um aperto no coração. *Pois é. Não estou sonhando mesmo.*

— Bom dia, sra. Jo — falei, com voz de quem acabou de acordar.

Ela assentiu em resposta enquanto servia café em uma xícara delicada.

— Fiz o café da manhã.

Depois que escovei os dentes e lavei o rosto, vi que ela havia deixado torrada com manteiga e um copo de suco de laranja para mim. Me sentei para comer, repleta de gratidão outra vez.

— Sra. Jo, não precisava ter feito café. Posso ajudar também.

Ela tirou uma viseira do armário no corredor.

— Ajudar? Que história é essa? Aqui é minha casa, e você é minha hóspede.

A culpa tomou conta de mim. Ela ainda pensava que eu era da família.

— Bem, posso tirar o lixo ou algo do tipo antes de ir para a escola.

Ela parou por um momento, enquanto colocava uma jaqueta corta-vento.

— Escola? Você não está de férias?

Ah. É.

— Ah, não. É um intercâmbio. Vim porque a área de, hum, ciências da computação da escola daqui é boa.

— Ciências da computação? — a sra. Jo perguntou, claramente intrigada.

Ah, meu Deus, será que ainda não tinham inventado computadores? Tinham, sim. Pelo menos aquilo eu sabia sobre os anos noventa. Mas talvez não fossem muito comuns.

Eu não precisava ter me preocupado. A sra. Jo deu de ombros.

— Que bom que está experimentando uma escola nova. Pode usar meu carro. Vou sair com meu grupo de caminhada. Tchau.

Com aquilo, ela foi embora, sem mais perguntas.

Eu adorava a sra. Jo.

Enquanto me arrumava para ir à escola, fiquei pensando. Precisava de um plano para ir de volta para... bem, de volta para o futuro. Sabia que tudo dependia da vitória da minha mãe no dia do baile, porque assim a briga que acabaria com a relação dela e da halmoni nunca aconteceria, e minha mãe não poderia culpar a mãe dela pelo resto da vida. O plano era:

1. Convencer minha mãe a me deixar ajudar na campanha.
2. Assim que ela concordasse, passar tempo com ela e com halmoni para acalmar os ânimos.
3. FAZER A CAMPANHA DE FATO.
4. Garantir que minha mãe fosse eleita a rainha do baile.
5. Esperar que Marge aparecesse para me buscar.

Então, sim, eu ia ter mesmo que fazer a campanha.

Pensei sobre isso enquanto tomava banho e me maquiava com as coisas da sra. Jo — as mais discretas, que não me faziam parecer uma velhinha. As pessoas na minha escola faziam campanha para rei e rainha do baile? Parecia fazer um século que eu havia deixado o futuro, não consegui lembrar nem mesmo quem já tinha sido coroada rainha. A julgar pela ameaça de boicote, a tradição de coroar o rei e a rainha do baile estava bem capenga.

Passei um pouco de blush cor de pêssego. Teria que parecer daquela época para executar meu plano. Em primeiro lugar: quem mais havia sido indicada a rainha? Até então, só sabia de Steph Camillo. Quando descobrisse quem eram as outras, poderia dar um jeito de acabar com a concorrência. Ou pelo menos ver como Priscilla se comparava a elas. Então teria uma ideia mais clara de que tipo de campanha precisaria fazer.

Vesti uma blusa verde de cetim com botões dourados que a sra. Jo me emprestou e que aceitei para não magoá-la. Coloquei o casaco por cima e torci para que parecesse intencionalmente alternativa, em vez de alguém que só não sabia mesmo como os jovens se vestiam.

No caminho até a escola, liguei o rádio e sintonizei em uma estação que reconhecia do futuro. Mas em vez de indie rock, só ouvi um cara falando:

— *Tenho saudades de quando as mulheres gostavam de ter cheirinho de fruta, sabe? Agora só se fala de óleos naturais e porcarias assim!*

Outro homem e uma mulher gargalharam. *Aff.* Mudei de estação, e só encontrei mais do mesmo. Estava sentindo falta dos meus podcasts. Ficar à mercê da programação das rádios era tipo uma tortura.

Acabei desligando para me concentrar na tarefa que tinha pela frente. Antes de começar a campanha, eu precisava convencer minha mãe a ser minha aliada. Mas como? Não tinha me saído bem na lavanderia. Por que ela ouviria uma pessoa qualquer como eu? E não apenas uma pessoa qualquer, mas uma pessoa qualquer que era claramente desajeitada e nem um pouco descolada para os seus padrões.

Eu precisava dar um jeito de me tornar insubstituível.

Cheguei à escola e enrolei um pouco dentro do carro da sra. Jo. Eu não só tinha a tarefa monumental de convencer Priscilla a me deixar ajudar como também precisava enganar todo mundo na escola, ficar amiga de pessoas que eram supervelhas no futuro e lidar com as esquisitices dos anos noventa.

Precisava ser o maldito Marty McFly.

Seria engraçado se não fosse real. Passei um tempão pensando em *De volta para o futuro* na noite anterior. No filme, havia toda uma preocupação que o futuro pudesse ser alterado de maneira irrevogável caso Marty não mantivesse o passado exatamente igual. Mas, no meu caso, eu tinha sido mandada para o passado com esse *objetivo. Precisava* mudar algo. Não é possível que as mudanças que eu causasse fossem me impedir de nascer, sabe? Seria uma pegadinha de muito mau gosto daquele aplicativo idiota... certo?

Bem... lá vamos nós.

Coloquei os óculos escuros, pendurei a mochila nas costas e fui para o portão. Agora que não estava desorientada, conseguia registrar melhor o ambiente.

Não havia mais painéis de energia solar e vagas para carros elétricos no estacionamento. As árvores frondosas na frente do prédio eram apenas mudas. Tudo parecia mais limpo e mais novo. No lugar do letreiro eletrônico, tinha um letreiro montado manualmente. Faltava um prédio inteiro.

Mas o mais chocante? Ninguém usava celular.

Era a diferença que mais saltava aos olhos, sendo sincera. De resto, todo mundo parecia normal. Não era como em *De volta para o futuro*, em que as adolescentes usavam saias rodadas abaixo dos joelhos. Na verdade, todo mundo meio que se vestia igual. Minha mãe vivia reclamando de que os anos noventa tinham voltado com tudo, e ela estava certa.

Mas não eram só as roupas. O lugar praticamente transbordava o clima do baile. Havia bandeirinhas nas cores da escola — azul e branco — penduradas nos postes, troncos de árvores e corredores. Cada centímetro das paredes estava coberto com os dizeres FORA TITÃS! — o time da escola rival. Nosso mascote, um coiote, estampava os cartazes com uma cara feroz, os dentes arreganhados. Às vezes, arrancando as entranhas de um jogador de futebol americano vestindo as cores dos Titãs. Se acalma aí, gente.

Entrei na administração e fui até a mulher na recepção, que usava um casaco listrado de azul e branco e um boné da escola.

— Oi. Sou a aluna nova.

Ela ficou me olhando, como se esperasse mais. *Mantém a pose.* Continuei olhando para ela.

— Você precisa se matricular, querida? — ela perguntou, irritada.

Quis apunhalá-la com uma caneta por causa do "querida", mas só abri um sorriso enorme.

— Isso. Tenho dezoito anos e meus pais estão trabalhando, então vou ter que me matricular sozinha.

— Esses asiáticos... — ela murmurou, pegando os formulários.

— *Oi?* — deixei escapar, com a voz aguda.

Ela abriu um sorriso fraco que não demonstrava nenhuma vergonha.

— Pais asiáticos não param de trabalhar um minuto.

Eu não fazia ideia do que responder. Em silêncio, peguei a prancheta que ela me entregou.

— Preencha o formulário e vamos cuidar da sua matrícula.

Preenchi a papelada com as mãos trêmulas. Por algum motivo, eu havia esquecido que voltar no tempo significava ter que lidar com aquele tipo de comentário racista. E não aquele racismo velado, mas *bem* declarado. Procurei lá no fundo minha parte zen, ignorando os noventa por cento de mim que eram combativos e não fugiam do confronto. *Você só tem que sobreviver aos próximos oito dias.*

Foi surpreendentemente fácil e rápido conseguir minha carteirinha de estudante, minha grade de aulas e um armário (no caso, próximo ao de Priscilla — não tive nenhuma dificuldade em convencer aquela mulher de que éramos parentes e que eu queria ficar perto da minha "prima"). Saí da administração ainda com tempo de dar uma passadinha no meu armário novo antes de ir para a orientação.

Quando cheguei, senti uma onda de alívio. Aquela parte eu dominava. Abri o armário com a combinação que tinham me passado e guardei algumas das coisas que estavam na mochila. Livros do futuro.

— *Esse* é o seu armário?

Olhei do outro lado da minha porta. Era Priscilla, claro. Seu cabelo sedoso estava solto, dividido no meio e emoldurando seu rosto com perfeição. Ela usava uma calça jeans branca com cinto de couro preto e uma blusinha canelada verde-floresta com a bainha levemente franzida.

— Oi, Priscilla — falei, tentando ser simpática, uma pessoa impossível de se odiar.

Ela fechou seu armário.

— Entre todos os armários, você tinha que pegar justo o do lado do meu?

Me segurei para não citar a fala de *Casablanca*, sabendo que ela não entenderia e ainda me acharia ridícula.

— Que coincidência, né?

Ela olhou para o corredor.

— Hã, é. — Então concentrou toda a sua atenção em mim, com seus olhos críticos indo do meu cabelo aos meus tênis sujos. — Por que está usando quase a mesma roupa de ontem? E alguém já te disse que seu cabelo faz você parecer um Jonathan Taylor Thomas asiático?

Sempre indo direto ao ponto. No passado, no presente e no futuro.

— Acabei de me mudar, e minhas roupas ainda não chegaram. Estou usando o que tenho à mão.

Ajeitei a mochila nos ombros.

Ela fez uma careta.

— Credo. E quem usa a mochila assim?

Fiz uma careta para ela também.

— *Nas costas?* Qualquer ser humano normal?

— Com as duas alças, tipo uma *nerd*.

Com as duas alças? Olhei em volta e vi que ninguém usava mesmo. Relutante, tirei uma das alças do braço. Precisava me adaptar às modinhas idiotas ou ia chamar muita atenção.

Priscilla pareceu satisfeita.

— Com quem é sua orientação?

— Com o sr. Finn. Junto com você.

— Sério? Que esquisito o sr. Finn não saber disso ontem.

Enfiei minha grade de aulas no bolso de trás da calça.

— É. Eu também fiquei confusa.

Ela sorriu.

— Minhas amigas vão ficar com ciúmes de você ter caído na turma do sr. Finn.

— Por quê?

Alguns segundos se passaram. Priscilla ficou olhando para mim, com expectativa.

— Que foi? — perguntei.

— Dã, você é *cega*? Ele é muito gato. Todo mundo chama o sr. Finn de sr. Gostofinn.

Sr. Gostofinn? Tentei relacionar aquele nome com a imagem do sr. Finn no futuro. Meu cérebro quase entrou em curto-circuito.

— Priscilla!

Viramos e demos de cara com três meninas vindo pelo corredor, com roupas bonitas e parecidas. Fiquei surpresa que não se movessem em câmera lenta. Todas olharam para mim.

A expressão de Priscilla pareceu se transformar — foi quase imperceptível, mas eu notei. Seu rosto ficou relaxado, tranquilo e neutro.

— Gente, essa é a Sam. Ela é nova.

— Oi — falei, assentindo com uma expressão amigável.

Amigável, mas sem me esforçar demais.

Minha técnica para conhecer gente nova. Gente nova era a minha especialidade.

Elas me avaliaram rapidamente, passando um olhar de raio laser pelo meu corpo. Então um balão de pensamento coletivo surgiu sobre as três: *Eca*.

Hum.

Elas aceitaram minha presença com um sorriso desconfortável que durou cerca de um segundo, depois congelaram quando uma menina passou por nós de mãos dadas com um cara loiro segurando um skate. Era uma garota bem bonita, naquele estilo mignon, e fez questão de ignorar os olhares descarados de Priscilla e companhia.

Assim que passou, um círculo se fechou em volta de Priscilla.

— Nossa, é o *segundo* namorado de Steph só esse ano? Ouvi dizer que ele é traficante — uma delas soltou, com uma risadinha.

Olhei para a garota. Então *aquela* era Steph Camillo. Ela foi com o namorado até outro grupo de meninas — cuja estética, percebi, não era tão agressivamente perfeita como a das amigas de Priscilla. Entendi na hora onde minha mãe se encontrava na hierarquia escolar.

— Ficou sabendo que talvez ela use um vestido curto no baile? Essa vadia faz tudo para aparecer — disse a menina com o cabelo da Alicia Silverstone.

Priscilla me encarou antes de responder:

— Que cafona. Quem usa vestido curto em um baile?

Quem OUSARIA? Tive que me esforçar para não revirar os olhos. Afinal de contas, precisava fazer com que aquelas garotas gostassem de mim, mesmo que estivessem simplesmente me ignorando naquele momento. E mesmo que fossem reféns da própria misoginia internalizada, mas *enfim*.

Aquela era minha chance de descobrir quem mais estava concorrendo ao título de rainha do baile.

— As outras indicadas são concorrentes fracas que nem ela? — perguntei, com a voz mais debochada possível.

Elas trocaram olhares, deliberando em conjunto se podiam me responder, imagino. Então me ocorreu que talvez alguma delas também estivesse concorrendo.

— Ou vocês estão concorrendo? — acrescentei depressa.

A morena com a ponta do cabelo escovada para fora respondeu:

— Todas fomos indicadas antes. Então, não.

As outras duas confirmaram com um silêncio convencido.

Priscilla pareceu ficar com pena de mim.

— Somos eu, Steph, Tessa Martin e Alexandra Gunner. Steph e eu somos as únicas no último ano. As outras são calouras.

— As meninas do último ano sempre vencem? — perguntei, porque pelo tom dela parecia que as outras já estavam fora.

— Claro — a Alicia Silverstone respondeu, rindo.

— Na *minha* escola não era assim — falei, com um tom defensivo e pedante se insinuando na minha voz.

Nossa, por que eu deixava aquele tipo de gente me afetar?

Priscilla virou, a mochila pendurada em um ombro só. Foi então que eu notei. A princípio, fiquei mortificada por ela, depois senti uma pontada de esperança. Aquela podia ser a minha chance.

Parei atrás dela na mesma hora.

— Priscilla.

Ela virou para mim e se assustou.

— Você não está um pouquinho perto demais, não?

— Pode vir ao banheiro comigo?

— Quê? Por quê?

Arregalei os olhos como se dissesse: "Confia em mim". Ela continuou desconfiada. As outras meninas estavam ocupadas fazendo comentários maldosos. Tirei a jaqueta e entreguei a ela.

— Talvez você queira amarrar isso na cintura.

Priscilla entendeu na hora e amarrou a jaqueta na cintura, ficando vermelha.

— Vamos.

Priscilla se despediu das péssimas amigas, e fomos correndo até o banheiro.

Ela entrou direto em uma cabine. Depois de alguns segundos, soltou um gritinho abafado.

— *Droga!* Não acredito que desceu logo hoje. Bem no dia em que decidi vir de *calça jeans branca.*

— É a lei do jeans branco — falei, enquanto procurava um absorvente na mochila.

Priscilla riu, mas foi uma risada mortificada.

— Que vergonha. Ei, você tem…

Passei alguns absorventes por baixo da porta antes mesmo que ela chegasse a pedir.

— Obrigada. Também não acredito que não trouxe nenhum.

Nem eu acreditava. Eu mesma só estava com alguns ali porque minha mãe espalhava absorventes em todas as minhas bolsas e mochilas.

— Nunca vi esse tipo antes — Priscilla disse dentro da cabine. — Muito legal!

Ah, droga. São absorventes do futuro. Será que eram tão *diferentes assim?*

— Ah, é. É que, hum, minha tia trabalha na indústria farmacêutica e recebe amostras de produtos que ainda vão ser lançados.

Tentei não rir ao pensar em tia Grace trabalhando na indústria farmacêutica. Ela tinha uma ecobag que dizia QUANTO MAIOR A EMPRESA MENOR O PINTO de um lado e GUILHOTINA NELES do outro.

Alguns minutos depois, Priscilla saiu usando o uniforme de treino das animadoras de torcida.

— Todo mundo vai me achar esquisita, usando esse conjunto de moletom o dia todo. — Ela levou a calça jeans até a pia. — Deidre *com certeza* vai comentar alguma coisa.

Vi quando ela abriu a torneira de água quente.

— É melhor usar água fria.

Eu tinha aprendido com minha mãe: "Sempre lave a mancha com água fria e imediatamente depois de sujar. Não precisa nem deixar de molho se você for rápida". Na hora, brinquei dizendo que ela devia ter sido seria killer no passado, mas ela só ignorou e disse: "Você vai me agradecer um dia".

— Hã?

Priscilla olhou para mim, sem levar a sério.

Fui até ela e abri a torneira fria.

— Confia em mim.

A mancha saiu mesmo. Ou quase. Priscilla ficou olhando para a calça, maravilhada.

— Uau. Funcionou mesmo.

Foi chocante ver a admiração estampada no rosto dela. E me senti bem. Eu nunca tinha conseguido ajudar minha mãe. Ela que sempre sabia de tudo, e eu que sempre pedia a ajuda *dela*. Mas, em 1995, minha mãe ainda não era minha mãe. Era Priscilla. E estávamos ali de igual para igual. Ela ainda não tinha nenhuma cisma comigo. Até onde sabia, Sam, a menina nova, era alguém que estava no controle da própria vida. Alguém confiante não apenas em ambientes sociais, mas na escola e com a família.

Era minha chance.

— Esse é só um dos meus *muitos* truques — falei, enquanto pegava o brilho labial para passar. — Você devia mesmo me deixar ajudar com a campanha.

Ela enrolou a calça e a guardou na mochila.

— Por que quer tanto me ajudar?

Boa pergunta. Respirei fundo.

— Tenho a impressão de que você merece.

Houve um momento estranho, em que Priscilla ficou olhando para mim — e parecia estar vendo minha alma. Então abriu um sorriso. Um sorriso lento e quase tímido.

— Está bem.

— Sério? — perguntei, incrédula.

Ela revirou os olhos.

— *Sério.*

Na verdade, foi uma surpresa descobrir que eu não precisava enganar Priscilla nem fazer joguinhos de poder para conseguir o que queria. Só precisava ser… legal. Aquilo me fez pensar no tipo de amizade que ela cultivava.

Tentei parecer descolada.

— Bem, então se prepara para vencer.

O primeiro passo do plano tinha sido *concluído*, e agora seguiríamos a todo vapor.

— *Aff.* — Priscilla abriu a porta do banheiro. — Que convencida.

Antes que eu pudesse dar uma resposta *muito* convencida, trombamos com um grupo de pessoas paradas no corredor.

Uma menina do grupo caiu na gargalhada.

— Ah, meu Deus. Olha, é a nova aberração.

Quem, *eu*?

Porém, quando virei para onde ela olhava com deboche, vi um garoto latino alto com cabelo castanho-escuro cheio, óculos de armação metálica e um ar distraído. Na verdade, ele estava viajando tanto que trombou com alguém — com Neil, o cara do armário do dia anterior.

— *Cuidado*, idiota — Neil disse, tão alto que todo mundo no corredor virou para olhar.

O garoto distraído olhou para ele por um segundo.

— Beleza, então.

E tentou passar por Neil, que não estava *nada* contente e o segurou.

— O que foi que você disse?

O garoto pareceu voltar à Terra. Então olhou para Neil, desconfortável.

— Eu só disse "beleza, então". Foi sem querer.

— Não te ouvi pedindo desculpa.

Fiz um som de desdém.

— Pelo amor…

Priscilla olhou para mim e sibilou:

— Sam!

Mas ninguém estava prestando atenção em nós. Todos olhavam para aquele garoto e para Neil.

— Quem é ele? — perguntei para Priscilla.

Ela me olhou de soslaio.

— O grandalhão é o Neil. Estamos meio que namorando.

Olhei para ela, surpresa.

— O outro... acho que se chama Jamie, sei lá. Ele também entrou na escola este ano.

O tal do Jamie soltou uma risada baixa e sem graça.

— Está bem. Desculpa. Beleza?

Mas algo ali incomodou Neil. Na verdade, o palhaço pareceu ainda mais furioso.

— Tá rindo do quê, porra? Só porque está no time de futebol americano acha que pode falar comigo assim?

Foi então que notei que Neil estava usando uma daquelas jaquetas de atleta escolar. Era com *aquele* cara que Priscilla estava saindo? *Que nojo.*

Jamie ajeitou a mochila, claramente agitado. Então abriu e fechou a boca, com os lábios tensos. Como se precisasse se segurar para não responder.

— Não estou entendendo o que você quer de mim, Neil.

O sinal tocou. Todo mundo começou a sair, mas Neil permaneceu onde estava. Então fez aquilo que certos caras fazem: foi para cima de Jamie e parou a centímetros do rosto dele.

— Te vejo no treino, seu merdinha.

Jamie só balançou a cabeça de leve.

Quando Neil passou por mim, falei alto:

— Não se ele quebrar sua cara primeiro, seu *merdinha.*

— Ai, meu Deus — Priscilla sussurrou. — Samantha, *cala a boca.*

Neil parou. Jamie me encarou com os olhos semicerrados, como se eu o tivesse insultado de alguma forma.

— Quê? — Neil perguntou, surpreso.

— Você me ouviu — falei. — Quantos anos você tem, sete? Quem é que ainda faz bullying?

As pessoas começaram a se dispersar, dando risada. Priscilla parecia congelada ao meu lado.

Neil olhou feio para mim.

— Você é aquela surtada que tentou abrir meu armário ontem.

— Ei! — Priscilla o cortou. — Para com isso.

Os dois se entreolharam. Neil ficou vermelho, mas pareceu se segurar. Por fim, foi embora resmungando.

Eu me virei para Priscilla.

— Nossa. Valeu.

Mas Priscilla deu meia-volta e foi embora. Ela estava brava? Com *moi*?

Outra voz ecoou pelo corredor.

— Você não precisava ter feito isso, sabia?

Era o tal do Jamie, com as mãos nos bolsos, falando comigo.

— Hum, de nada — falei, irritada com as escolhas péssimas que todo mundo vinha fazendo aquela manhã.

— Eu não precisava da sua ajuda — ele disse, sem paciência, antes de ir embora.

O segundo sinal tocou, e eu fiquei ali, sozinha no corredor.

— *De nada!* — gritei.

Todo mundo naquela porcaria de escola precisava de terapia.

12

OITO DIAS PARA O BAILE

Na orientação, sentei ao lado de Priscilla, mais para o fundo da sala. O sr. Finn leu os anúncios e depois voltou para sua mesa, desistindo de fazer qualquer outra coisa.

— Certo, agora vamos ao planejamento da campanha — falei.

— Antes de começarmos a falar disso, é melhor a gente estabelecer algumas regras básicas — Priscilla saiu falando.

— Claro! — assenti, ansiosa e animada.

— Aquilo que você fez no corredor, com Neil... Pode parar com essa palhaçada. — Ela olhou sério para mim.

— Quê? Por quê? — Minha animação tinha ido embora.

— Quem você acha que fez com que eu fosse indicada? — Priscilla murmurou, então olhou ao redor. — Neil e os amigos dele. Independentemente do que você acha do cara, sair com ele ajuda a minha campanha.

Eu tinha muitas respostas para aquilo, mas reprimi tudo. Minha mãe tinha usado aquele cara para ser indicada? Ela não era popular? Mas sua expressão séria indicava que estava preocupada de verdade. Pensei por um momento antes de dizer:

— Ok. Mas ainda acho ele um babaca.

Priscilla contorceu a boca em um sorriso que eu já conhecia de quando minha mãe não queria admitir que algo era engraçado.

— Bem, fica à vontade pra achar o que quiser, desde que ninguém saiba.

— Obrigada por me permitir pensar o que eu quiser — falei, seca. — Mais alguma coisa?

Priscilla pensou um pouco.

— Só não me faz passar vergonha.

— Não tenho como controlar a minha natureza.

Ela estreitou os olhos.

— Tipo essas coisas aí. Só tenta ser normal, por favor.

— Está bem, está bem! — Folheei meu caderno até encontrar uma página em branco. — Agora vamos aos negócios. Acho que precisamos fazer três coisas para você conquistar a coroa. Primeiro: espalhar seu rosto e seu nome pela escola, até as pessoas não aguentarem mais.

Eu estava pensando no que funcionava para as redes sociais. O poder dos influenciadores ia me guiar naquela campanha. Eles competiam entre si por popularidade. Aquela era a moeda de troca deles.

— Quê? — Priscilla pareceu horrorizada. — Essa é a *pior* ideia possível.

— Eu sei que parece uma ideia ruim — falei, paciente. — Mas confie em mim: se não for assim, as pessoas vão esquecer de você.

Era por causa do excesso de anúncios que eu tinha um conjunto de malas cor-de-rosa, como todas as outras pessoas.

Ela jogou o cabelo como se estivesse sacando uma arma.

— Ninguém vai me esquecer.

Era difícil não admirar aquela confiança inacreditável.

— Claro, mas, só para garantir, é melhor a gente fazer uns folhetos. E cartazes. E pendurar em todas as paredes disponíveis e no armário de todo mundo.

— Armários? Isso não parece... — a frase pairou no ar enquanto ela tentava encontrar a palavra.

— Spam? — sugeri.

— Quê? Spam?

Ah, é. Nada de e-mail, nada de spam.

— Hum, correspondência indesejada? E daí? As pessoas podem jogar fora se quiserem. O que importa é não esquecerem, *nem por um segundo*, que você está concorrendo a rainha do baile.

Depois de um momento de indecisão, ela assentiu.

— Certo. Vou ter que confiar em você.

— Vai mesmo — respondi. Todos os jovens do futuro, acostumados com as redes sociais, sabiam que o que *importava* era causar uma impressão. — Agora, em segundo lugar, precisamos fazer com que *todo mundo* sinta uma conexão com você, sinta que te conhece. Quem você ainda não conhece aqui?

Mais uma técnica dos influenciadores: eles cresciam através das relações parassociais, criando a ilusão de que cada seguidor os conhecia intimamente. Mesmo que fosse uma versão deles totalmente fabricada.

Um aviãozinho de papel passou por cima da gente. As pessoas tinham que ser *muito* criativas no mundo analógico. Priscilla ficou olhando para ele, pensativa.

— Bem, é claro que não conheço nenhum nerd.

— Hum. — Fiz uma anotação em letras garrafais no caderno. — N-E-R-D-S. Entendi.

Ela riu.

— Sei que é escroto, mas é verdade. Conheço todo mundo que vale a pena conhecer.

Respirei fundo pelo nariz, como minha mãe fazia em suas aulas de ioga.

— Talvez isso até seja verdade, mas tem muito mais "nerds" aqui do que populares. Tipo, sério. Já pensou nisso?

Priscilla não respondeu, mas também não discordou.

— Ok, então... o alvo são os alunos impopulares. Próximo passo: recebidinhos.

Ela ficou olhando para mim.

— Hã?

— Hum? — Fiquei olhando para ela olhando para mim. Só então percebi que estava usando termos do futuro de novo. — Brindes. Precisamos oferecer alguma coisa para as pessoas votarem em você. Mesmo que elas não se importem com o baile, todo mundo gosta de ganhar coisas.

— Você está querendo *subornar* as pessoas? — ela perguntou em um sussurro, escandalizada.

— Está mais para um incentivo. O que podemos oferecer?

Depois de alguns segundos, Priscilla suspirou.

— Não sei. Não tenho grana para nada. Steph provavelmente vai pagar pizza para todo mundo ou coisa do tipo. Mas eu não tenho essa opção.

O sinal tocou. Guardei o caderno.

— Tudo bem. Temos tempo. Faltam oito dias para o baile. Mas acho que é melhor pensarmos até o começo da semana, para distribuir os brindes antes da votação.

— Está bem.

— Ah! — Estalei os dedos. — Você tem alguma foto boa para os folhetos?

— Hum... — Ela revirou a mochila, tirou uma agenda cheia de glitter e folheou algumas páginas de plástico cheias de foto. Nossa. Devia ser a galeria de fotos daquela época. — Pronto.

Priscilla me entregou uma foto cinco por sete dela posando no campo com o uniforme de animadora de torcida.

Ao nosso redor, todos se apressavam para ir embora. Antes de sairmos, Priscilla também me entregou seu crachá do grêmio para que eu conseguisse usar a copiadora.

No intervalo depois da segunda aula, fui até a sala de xerox. Era uma das vantagens de ser amiga de uma representante de turma.

Quando cheguei perto da sala, um barulho metálico ecoou pelo corredor.

Apareci na porta e vi um cara agachado diante da copiadora, batendo nela.

— Hum, está tudo bem? — perguntei.

Ele resmungou:

— Essa porcaria velha não funciona.

Então o cara se virou para olhar para mim.

Nããããão.

Era Jamie.

Ficamos olhando um para o outro por alguns segundos desconfortáveis, então ele se levantou e afastou o cabelo do rosto. Estava na cara que lembrava quem eu era.

— Acho que o papel pode ter ficado preso.

Assenti.

— Aham. Posso dar uma olhada?

Eu não estava muito a fim de ajudá-lo de novo, mas quanto antes fizesse os folhetos, melhor. Já tinha resolvido esse tipo de problema várias vezes para minha avó, que adorava imprimir notícias da internet sem a menor necessidade.

Ele deu um passo para o lado, e eu abri uma das bandejas de papel. Aquela máquina era muito mais velha e tosca do que qualquer impressora que eu já tinha usado no futuro, mas não chegava a ser muito diferente. Eu estava procurando o papel preso quando Jamie tossiu. Constrangido.

— Hum. Então, sobre hoje mais cedo…

Meus dedos tocaram em alguma coisa.

— O que tem? — perguntei, seca.

Ainda estava irritada. Por que alguns homens não podiam simplesmente aceitar ajuda e *agradecer*?

— Não preciso que ninguém me defenda.

Olhei para ele. Incrédula.

— É sério isso?

Ele franziu a testa.

— Sim?

Minha nossa, esse garoto não devia estar muito acostumado a conversar com outros seres humanos.

— Olha, eu não gosto de ficar vendo pessoas serem cruéis umas com as outras. Não foi pessoal. Testemunhar aquele tipo de coisa ofensiva *me* incomoda. Então supera.

Não consegui alcançar o papel atolado e xinguei alto.

Jamie ficou em silêncio, olhando para mim. Era um pouco constrangedor. Então ele virou o rosto.

— É irritante, né?

— O quê?

— Essa merda de copiadora.

Soltei uma risadinha.

— Um pouco.

De repente, algo quente passou no meu dedo, puxei a mão com um grito e bati na máquina instintivamente.

— Filha da puta!

Jamie começou a rir.

— Viu?

Então ele *tinha* algum senso de humor. Parou de rir assim que me viu fazendo careta e olhando para minha mão, que estava doendo de verdade.

— Deviam aposentar essa porcaria.

Me assustei um pouco quando ele se agachou ao meu lado.

— Desculpa por ter rido. Machucou?

Ele não tentou me tocar nem nada, mas se aproximou para olhar. De repente, fiquei desconfortável, me sentindo sufocada, como se a sala fosse muito pequena e ele estivesse muito perto.

— Tudo bem, sim — falei, quase gritando e me levantando depressa.

Jamie continuou agachado. Foi então que notei um band-aid que mal cobria um machucado grande atrás da orelha dele. Tinha uma pequena mancha de sangue.

— Caramba. O que aconteceu com sua orelha?

Ele levou a mão ao machucado.

— Ah. Foi no treino.

Verdade. Futebol americano. O tal de Neil deu a entender que os dois estavam no time.

— Você não tem cara de jogador de futebol americano.

As palavras escaparam antes que eu pudesse me segurar. Fiquei me sentindo uma babaca na hora.

Mas Jamie deu risada, sem tirar os dedos estranhamente elegantes do band-aid.

— É. Tenho certeza de que todo mundo acha esquisito. Mas, é, acho que posso dizer que é meio que uma obrigação familiar.

Aff. O pai dele provavelmente era um macho alfa que o obrigava a praticar aquele esporte idiota. Seria possível que todo mundo nos anos noventa fosse um clichê ambulante?

— Ah, que chato.

Ele deu risada.

— Nossa, você simplesmente... fala as coisas.

Fiquei vermelha.

— Normalmente, não. Desculpa, estou um pouco... sei lá. É meu primeiro dia aqui.

— Ah. — Ele se levantou e limpou as mãos nas pernas. — Também sou novo. Quer dizer, mais ou menos. Entrei esse ano.

Eu sei.

— Acho que vou ter que dar outro jeito de fazer cópias disso aqui — falei, segurando o folheto.

Jamie deu olhada.

— O que é?

— Um folheto para Priscilla Jo. Ela está concorrendo a rainha do baile. — Abri meu sorriso mais persuasivo. — Você deveria votar nela.

Ele inclinou a cabeça, confuso.

— Priscilla...

— Sim?

Então nós dois viramos para a porta. Priscilla estava ali, olhando, desconfiada.

— Oi! — falei, com a voz meio alterada. — Estava fazendo as cópias do panfleto.

— É, foi por isso que eu vim — ela disse, entrando na sala. — Por que está demorando tanto?

— A máquina quebrou — expliquei, apontando para a copiadora.

Ela apertou um botão. A máquina pareceu engasgada, e luzes de erro começaram a piscar.

— Ah. Eu sei o que aconteceu.

— Sabe? — Jamie perguntou, surpreso.

Aquilo não me surpreendia em nada. Era a magia da minha mãe. Para contrastar com seu jeito de patricinha, ela era a maior faz-tudo que eu conhecia. Descarga emperrada? Chama a mamãe. Triturador de lixo entupido? Mamãe. Internet caiu? Mamãe. E isso também valia para copiadoras, aparentemente.

— Está vendo isso aqui? — Priscilla apontou para as luzes de erro. — Quando pisca, significa que essa velharia trabalhou demais e está superaquecida. É só desligar da tomada e esperar alguns segundos.

Ela fez exatamente isso, se debruçando para puxar o cabo atrás da máquina. A copiadora desligou com um barulho que parecia um suspiro. Depois de alguns segundos, Priscilla ligou outra vez, e a máquina voltou à vida, cuspindo cópias.

— São suas? — Priscilla perguntou, segurando as folhas.

Jamie fez que sim e pegou as cópias.

— Sim, é uma atividade da dona Rivera. — Ele levantou o tampo da máquina e pegou a folha original. — Valeu.

— De nada — Priscilla disse, já posicionando nosso folheto.

Jamie se virou para ir embora, então parou por um momento e olhou para trás, fazendo com que uma mecha de cabelo caísse no rosto.

— A gente se vê.

— Tchau.

Fizemos um brevíssimo contato visual, mas que bateu fundo em mim.

Assim, que ficamos sozinhas, Priscilla começou a rir.

— Nossa, você não é nada discreta.

— Hã? Como assim? — Eu me apressei para pegar as cópias do folheto. — Tudo pronto, vamos lá!

Ela me seguiu até a porta.

— Você está gostando daquele cara.

Meu rosto ficou vermelho na hora.

— Não estou, não.

— Eu entrei e me senti em um filme pornô.

Dei risada.

— *Cala a boca.* Nada a ver. Ele estava bravo comigo por causa do que eu fiz mais cedo.

— Ah, é. Foi esquisito mesmo.

O corredor estava vazio, porque os alunos estavam todos no pátio. Priscilla se dirigiu a uma fileira de armários e começou a enfiar um folheto em cada um.

Peguei alguns dela e comecei a enfiar nos armários do outro lado do corredor.

— Por que foi esquisito? *Esquisito* é todo mundo ficar parado enquanto um cara branco, grande e burro pega no pé do Jamie.

Priscilla arregalou os olhos.

— Aff, não precisa chamar o Neil de *branco*.

— Caso não tenha notado, ele é.

Ela fez uma careta.

— Tá, ele é. Mas é meio grosseiro falar isso.

Grosseiro? Imaginei que naquela época as pessoas tentassem "não enxergar raça". Enfiei um folheto em um armário.

— Bem, tanto faz! De qualquer maneira, não entendo por que vocês deixam as pessoas serem tão idiotas umas com as outras. Mesmo que você *esteja* saindo com uma delas.

Ela soltou uma gargalhada.

— Como se eu tivesse algum controle sobre isso…

— Você tem total controle. É uma das pessoas que eu conheço que mais se impõem.

— Como assim? Você mal me conhece.

Ela congelou, com um folheto parado no ar.

Verdade. Hum.

— Bem, é a impressão que você passa.

— Ok, então. Vamos mudar de assunto. Você gostou do Jamie.

Soltei um longo suspiro.

— Não é isso, de verdade. Tenho namorado.

Ela ergueu a sobrancelha.

— Ah. Claro. No Canadá?

— Não! Na minha antiga escola.

Não era mentira. Pensei em como havia deixado as coisas com Curren, na nossa troca de mensagens tensa, e me senti um pouco culpada em relação ao meu claro interesse momentâneo em Jamie.

— Ele é coreano?

Balancei a cabeça enquanto passávamos por outra fileira de armários.

— Não, ele é armênio e persa.

— Seus pais não se importam de você namorar alguém que não é coreano?

Escolhi minhas palavras com cuidado.

— Não... eles não ligam para isso. Meus pais só não gostam dele porque ele faz o tipo artista, lindo e preguiçoso.

Priscilla deu uma risada de desdém. É, no futuro também.

— Já é uma surpresa que eles te deixem namorar. Seus pais devem ser bem americanizados.

— Eles *nasceram* aqui — falei, sem pensar. Era comum em 1995 coreanos que haviam nascido nos Estados Unidos já serem pais? *Faz as contas, Samantha!*

— Ah, nossa. Então é uma realidade completamente diferente — Priscilla comentou, e eu senti certa melancolia na voz dela.

Nunca havia me ocorrido que namorar era fácil para mim. Meus pais sempre tinham sido tão frios em relação a Curren que eu ficava meio dividida. Mas eles nunca tinham imposto regras nem nada do tipo. Eu só não podia dormir fora — afinal, eles ainda eram coreanos.

Tínhamos acabado de virar em outro corredor cheio de armários quando o sinal tocou. Peguei meu horário no bolso da mochila.

— Que aula você tem agora? — Priscilla perguntou.

Olhei o papel.

— Introdução ao cálculo.

— Deixa eu ver. — Ela pegou a folha. Tão mandona. — Ah, temos a quarta aula juntas: governo americano. Te vejo lá!

Algo na animação dela fez com que eu me sentisse *muito* especial. Era o poder das meninas malvadas. Eu só ia aguentar aquilo por causa de halmoni. Fora que estava começando a achar que essa coisa toda de meninas malvadas não passava de encenação.

Ou talvez eu só desejasse isso.

13

OITO DIAS PARA O BAILE

Sobrevivi à aula de introdução ao cálculo, impressionada comigo mesma por estar fazendo voluntariamente uma aula extra de matemática na vida. Quando o sinal da quarta aula tocou, corri para a sala, louca para ver Priscilla.

Quando dei uma olhada na turma, notei que ela estava acompanhada de duas amigas. Fiquei parada, sem saber se podia me juntar ao grupo. Então Priscilla fez uma cara que parecia dizer "vem logo", e eu sentei ao lado dela. Lembrava das outras duas, havia encontrado com elas mais cedo naquela manhã.

— Vocês se lembram da Sam — Priscilla disse. — Sam, essas são Deidre e Haley.

Deidre. De onde eu conhecia esse nome?

— Oi — falei, com um leve aceno de cabeça.

Haley, a morena, acenou de volta, depois começou a cutucar as unhas. Deidre, a loira, lançou um sorriso rápido e forçado para mim, então abriu o caderno como se precisasse estudar ou coisa do tipo. Em meio àquela vibe negativa, eu lembrei. Deidre. A menina que tia Grace havia mencionado — a menina da festa de debutante. Claro. Tudo fazia sentido agora. Eu nunca tinha ouvido falar das amigas de escola da minha mãe porque eram todas péssimas.

Depois que o segundo sinal tocou, a professora, sra. Worthington, começou a fazer a chamada. Então alguém entrou no último minuto e seguiu, de cabeça baixa, para os fundos da sala.

Jamie, é claro. Me segurei para não ficar olhando enquanto ele se sentava.

Tive que fazer a mesma coisa que vinha fazendo desde cedo: levantar e me apresentar. Balbuciei qualquer coisa sobre ter vindo de Boise (por que não?) e sentei depressa. Muitos riram enquanto eu falava. Era difícil. Uma coisa eu já havia aprendido: a popularidade fácil que eu tinha na minha época não se estendia àquela.

Pouco depois, tivemos que nos dividir em grupos pequenos para discutir o processo de criar uma lei, desde o projeto. Priscilla e suas amigas formaram um grupo na mesma hora. Dei uma olhada na sala, decidida a ignorar Jamie, e notei dois asiáticos juntando as carteiras.

Fui até eles.

— Oi. Posso ficar aqui com vocês? Meu nome é Sam.

O garoto, que usava o cabelo raspado e uma polo larga, assentiu.

— Pode. Meu nome é Sung.

— E o meu é Jennifer — a garota disse.

Ela usava batom cor de café e uma blusa de gola alta bege. Aparentemente, gostava de tons neutros.

Enquanto eu me sentava, Priscilla tentou falar comigo com um *olhar*. Ergui as sobrancelhas, como se dissesse: *Quê?* Ela revirou os olhos e se virou para as amigas de novo.

— Obrigada por me deixarem entrar no grupo — falei, torcendo para que achassem que eu estava sendo sincera, e não patética.

Jennifer estava ocupada pegando um lápis no seu estojinho muito fofo da Sanrio.

— De nada?

Eu não sabia se ela estava fazendo uma pergunta mesmo ou se era só seu jeito de falar.

— Posso entrar no grupo de vocês?

Olhei para Jamie, parado ao meu lado, em toda a sua altura. *Lá se vão meus planos de evitar esse garoto.* Ele também parecia querer morrer. Acho que alunos novos têm os mesmos problemas.

— Claro — eu disse, e todos movemos as carteiras para abrir espaço para ele.

Sung pegou suas anotações e foi direto ao ponto.

— Bem, vamos começar pelo começo. Primeiro um congressista tem que apresentar um projeto de lei ao Congresso.

Fiquei impressionada com a energia virginiana dele, mas...

— Um congressista ou uma congressista — Jamie corrigiu.

Virei na hora para ele.

Sung riu.

— Sim, você entendeu.

Jamie deu de ombros.

— Não é tão difícil falar as duas opções.

O ar parecia carregado de irritação.

— Hum... ok. Voltando.

Sung continuou falando, principalmente para Jennifer, deixando claro que não queria mais saber da gente. Tentei prestar atenção, mas parecia que meu corpo todo estava sintonizado com Jamie. *Quem* era aquele cara? Ele estava dificultando o trabalho de ignorá-lo, e eu queria *muito* ignorá-lo. Não tinha tempo para distrações nos poucos dias que passaria ali.

Tentei me envolver com a tarefa, mais para evitar pensar em Jamie que qualquer outra coisa, mas a escola já era chata o bastante quando você de fato tinha que passar de ano. Depois que, finalmente, tínhamos coberto todas as etapas entediantes desse processo, aproveitei a falta de assunto. Eu não podia esquecer por que estava ali.

— Ei, vocês vão votar para Priscilla ser a rainha do baile?

Jennifer deu de ombros.

— Provavelmente não.

— Por quê? — perguntei. — Cadê sua solidariedade? Ela é a única asiática concorrendo.

Sung e Jennifer se entreolharam, não exatamente rindo, mas quase.

— Que foi? — perguntei, um pouco na defensiva e com vergonha de Jamie.

— Você é nova, então ainda não sabe. Mas, tipo, ela tenta muito ser branca — Jennifer disse, com desprezo. — Não tem nenhum amigo asiático. Nem na igreja, onde todo mundo é coreano.

Sung riu.

— Ela é uma banana.

— Hã? — perguntei, desconfortável, porque não parecia coisa boa.

— Amarela por fora e branca por dentro, sabe?

Sung e Jessica começaram a rir.

Jamie apoiou a cabeça nas mãos.

— Nossa.

Eles ficaram quietos quando a sra. Worthington olhou para nós. Virei para Priscilla e a vi com os olhos deles: usava as mesmas roupas das duas meninas brancas sentadas com ela e o mesmo estilo de cabelo; fazia questão de ignorar a gente, o grupo dos asiáticos. E Jamie.

Hum. Talvez eleger Priscilla fosse dar um pouco mais de trabalho do que eu imaginava. Por algum motivo, ela me passava a impressão de ser popular, mas aparentemente era só com um grupinho seleto, e não com os — em suas palavras — "nerds". Não era difícil entender por quê.

— Na verdade, eu já conhecia a Priscilla... a gente, hum... a gente estudava matemática juntas — eu disse, tentando escolher uma atividade estereotipada. — Somos amigas.

Se aquilo era uma tentativa de fazê-la parecer mais asiática, não funcionou. Só fez com que os dois olhassem para *mim* com ainda mais desconfiança. Jamie continuava indecifrável, como sempre.

— Priscilla é legal, vocês deveriam votar nela — eu disse, com firmeza. Estava determinada a conseguir aqueles dois votos. Se não conseguisse convencer *aqueles dois*, como ia convencer o restante da turma? — Além disso, não estão cansados de ver sempre as mesmas pessoas ganhando essas coisas?

Foi nessa hora que eles pareceram *realmente* desistir de mim.

— Pessoas parecidas com a gente nunca vencem — Sung disse. — E quem se importa com esse tipo de concurso? É coisa de gente branca.

Fiquei pasma. Não que eu discordasse, sabendo como as coisas eram, mas ainda assim foi meio chocante ouvir aquilo. Testemunhar uma segregação tão profunda naquela escola. Uma escola que, trinta anos depois, teria banheiros multigênero e shows de drag antes dos jogos. Um comitê antirracista. Um grupo de dança de k-pop.

— Não precisa *continuar* sendo assim — insisti. — Votar na Priscilla seria um passo nesse sentido. Mesmo que vocês a considerem uma banana. Ela é coreana. Filha de uma viúva coreana imigrante que se mata de trabalhar pelas filhas. Acho que isso deve contar para alguma coisa.

Sung deu de ombros, e Jennifer olhou para seu caderno. Notei um lampejo de emoção nela — culpa. Talvez eu tivesse conseguido tocá-la. Jamie olhava para mim, tamborilando os dedos na mesa. Abri meu próprio caderno e fingi escrever alguma coisa, só para evitá-lo. O cara realmente não tinha problema em encarar as pessoas.

Depois de alguns minutos, a sra. Worthington chamou a atenção da classe.

— Muito bem. Quem quer compartilhar seu trabalho?

Olhei para Sung, que era nosso capitão não declarado e parecia dominar o assunto. Ele só se recostou na cadeira. A sra. Worthington olhou para o grupo de Priscilla.

— Deidre? Haley?

As duas olharam, ansiosas, para Priscilla, que se endireitou na cadeira e começou a falar sobre como um projeto de lei virava lei. Quando ela terminou, a professora assentiu.

— Ótimo trabalho, meninas.

Priscilla pareceu satisfeita, e Deidre e Haley a cumprimentaram com palminhas. Como se não tivessem feito nada. E por que a sra. Worthington não havia chamado Priscilla, como fez com as outras? Tentei não pensar muito nisso quando a professora chamou um grupo só de alunos brancos. Em seguida, pareceu que ela ia chamar outro grupo e pular o nosso, então levantei a mão.

A professora assentiu.

— Pode falar, Jennifer.

Um silêncio desconfortável se seguiu. Olhei para Jennifer, cujos lábios estavam tensos e o olhar parecia fixo em outra realidade.

— Eu sou a Sam. Jennifer é ela.

Tipo... eu tinha *acabado de me apresentar.* Como ela podia ter me confundido com Jennifer?

Ouvi uma risada no canto da sala e virei para olhar. Deidre. Como assim? Ela estava rindo da professora ou de *mim*? Quando vi uma sombra de irritação passar pelo rosto de Priscilla e a expressão furiosa de Sung e Jennifer, tive certeza de que era de mim. Um calafrio familiar desceu pela minha espinha. Era a consciência incômoda do racismo. Só que eu nunca tinha sofrido racismo de um professor. Achei que a sra. Worthington fosse ficar constrangida, mas ela só deu um sorriso que dizia "e daí?" e falou:

— Então?

Embasbacada, olhei para Sung, que apresentou o trabalho. A professora seguiu adiante alegremente, mal dando a mínima para ele.

Priscilla não só tinha que lidar com a implicância dos outros colegas de turma asiáticos, mas também com *aquilo*?

O sinal tocou. Eu estava louca para sair correndo dali, mas fui impedida pela sra. Worthington, que estava preparando um sofrimento ainda maior para nós.

— Antes de irem embora: escolham uma dupla para fazer um trabalho sobre o processo de aprovação de uma lei!

Um "argh" coletivo se espalhou pela sala, como uma onda de desespero. A sra. Worthington ignorou.

— Peguem as instruções na minha mesa na saída. Cada dupla vai escolher uma lei para apresentar como se estivesse no Congresso, tentando aprová-la. As apresentações serão na sexta que vem.

Todo mundo pareceu formar duplas em tempo recorde. Quando Jamie e eu sobramos, olhamos um para o outro, desconfortáveis.

É...

Como ele tivera a tarefa dolorosa de pedir para fazer parte de um grupo que já estava formado, eu falei primeiro:

— Quer ser minha dupla?

Jamie pareceu ligeiramente incomodado.

— Claro.

Um momento torturante se passou.

— Segunda-feira está bom para você? — ele perguntou, afinal.

— Segunda? — repeti, feito idiota.

— É. Para fazer o trabalho. Podemos nos encontrar na biblioteca no fim da tarde, se não tiver problema para você. Tenho treino.

Segunda-feira. Segunda-feira parecia a uma vida de distância. Além disso, eu precisava *mesmo* fazer aquele trabalho? De qualquer maneira, ele estranharia se eu pelo menos não fingisse me importar.

— Beleza.

Ele ajeitou os óculos no nariz.

— Legal. Hum, a gente se fala depois, então.

— Ok. Legal. — Ergui a mão. — A gente se vê, mano!

Fui embora me corroendo de constrangimento.

Relaxa, Samantha, relaxa. Tentei sair correndo antes que uma bigorna caísse na minha cabeça ou coisa do tipo, mas Priscilla segurou meu braço.

— *Ei.* Sam.

— *Ai* — falei, me soltando.

— O que você falou pra eles? — Ela olhou para Sung, que já estava saindo da sala.

— Só estava tentando conseguir votos para você. Contando um pouco da sua história pessoal. Te humanizando.

Ela franziu a testa. Bastante.

— Quê? Não quero que fique falando de mim.

— Ah, que pena, porque você precisa do apoio deles. Sabia que os alunos asiáticos chamam você de *banana*?

A última palavra saiu em um sussurro, como se fosse um palavrão ou algo do tipo.

— E daí?

— *E daí?* Eles são da sua comunidade! O voto asiático deveria ser seu!

— Ai, meu Deus. Não quero ser a rainha *asiática*! — ela disse, furiosa, mas falando baixo. — Viu como a sra. Worthington confundiu você com a Jennifer? É o que acontece quando você se junta ao grupo asiático. Você não se destaca.

— Não é possível — eu disse, quase rindo. — Você está colocando a culpa em Sung e Jennifer? A culpa é da sra. Worthington, que é uma racista. Ela só sabe seu nome porque você anda com um grupo de meninas brancas.

A expressão dela endureceu.

— Você não entende.

Priscilla foi embora antes que eu pudesse dizer qualquer coisa. Ela estava certa. Eu não entendia. Nem um pouco.

14

OITO DIAS PARA O BAILE

Na hora do almoço, parada no meio do pátio, me dei conta de que não tinha amigos. Eu poderia me sentar com Priscilla, mas tinha certeza de que, depois da nossa última conversa, ela não aprovaria. Era irônico que eu tivesse sido mandada para os anos noventa para impedir uma briga e acabasse envolvida em *outra*. Que *ótimo*.

Olhei em volta. Sempre tive a sorte de nunca ser a menina nova. Nunca precisei ficar rondando as mesas no almoço, me sentindo deslocada. A solidão era um conceito estranho para mim.

Mas tudo bem. Aquela não era minha vida real. Eu podia aguentar aquilo por uma semana. Já tinha perdido todo o meu orgulho com Priscilla, o que era mais uma centena de olhares de pena?

O tempo estava passando, e eu não pretendia desperdiçá-lo socializando. Precisava continuar trabalhando na campanha.

Qual era a dinâmica naquela escola?

Vi uma mesa próxima com um grupinho que só podia ser dos populares. Incluindo minha mãe. Todos usavam roupas da moda, ou pelo menos roupas estilosas, já que eu não sabia exatamente qual era a moda. E chamavam a atenção não só pela aparência (todos arrumados, com cara de gente rica), mas também pela *atitude*. Era tudo muito calculado e ensaiado, como se estivessem sendo observados. Admirados. Na verdade, eles pareciam… influenciadores.

Priscilla estava sentada no tampo da mesa, mordiscando uma salada enquanto ria de algo que Neil dizia. Ele parecia louco por ela. Claro. Os dois poderiam estampar a capa de um daqueles romances adolescentes clichês.

Mas eu reconhecia alguma coisa a mais na cena. Priscilla estava adorando a atenção de Neil. Adorando a sensação e a impressão que aquilo causava.

Era como eu me sentia com Curren.

Foi uma constatação profundamente desconfortável, e lembrei que deveria me concentrar na minha tarefa. Precisava convencer as pessoas de fora daquele grupinho popular a votar na Priscilla.

Os comentários de Sung e Jennifer ainda reverberavam na minha cabeça. "Ela tenta muito ser branca." A turma com quem Priscilla almoçava era bem branca, eu tinha que admitir. Mas quando olhei em volta no campus, notei bastante segregação racial. Os filmes adolescentes antigos retratavam bem aquele aspecto do ensino médio. Tinha o grupo do pessoal do Oriente Médio, o grupo do pessoal do Extremo Oriente, o grupo dos latinos. E os demais eram subgrupos de brancos: nerds, atletas e os bonitos e descolados. Como os brancos eram diversos!

Minha mãe era uma das poucas pessoas racializadas ali que se misturava com as brancas. Quando ela gargalhou outra vez e jogou o cabelo para trás, a cena toda me soou um pouco falsa.

De repente, *tudo* à minha volta pareceu errado. Eu estava no mesmo pedaço de terra em que me sentia em casa trinta anos no futuro, mas agora era como se estivesse em outra galáxia. Me sentia uma alienígena, e minha mãe era uma desconhecida.

Olhei para os diferentes grupos, enquanto "ela tenta muito ser branca" ressoava na minha mente. Eu não podia ficar a viagem no tempo. Halmoni dependia de mim. Eu tinha que tocar aquela campanha.

Olhei para o grupo do Oriente Médio, dividido em algumas mesas sob o mastro da bandeira. Precisava começar por algum lugar. Eles me cumprimentaram com cautela quando me aproximei, mas não deixei aquilo me abater — eu era uma máquina de socialização naquele momento. E se eu tinha uma habilidade, era falar com as pessoas.

— Oi, pessoal! Só queria lembrar vocês de votar para rainha e rei do baile essa semana! — falei, torcendo para que meu entusiasmo parecesse perfeitamente normal.

Uma menina linda de morrer, com os óculos escuros no alto da cabeça, contraiu os lábios.

— Baile?

— É, aqui. — Entreguei um folheto a ela. — Vocês deveriam votar na Priscilla. E para rei não estou nem aí.

Alguns deles riram. *Boa.*

— Bem, espero que votem. A gente se vê no jogo!

Quando saí, alguém soltou uma risada. E eu não julgava, meu pedido era um pouco estranho. Eu precisava achar um jeito de ser mais persuasiva.

Continuei a tarefa. O próximo grupo era composto por alguns garotos e uma única menina sentados com... Cara, eles tinham Game Boys? Agradeci aos céus por Julian e seu museu da Nintendo. Olhei por trás da menina e vi que ela estava jogando...

Zelda.

Quase joguei a cabeça para trás e soltei uma risada triunfante.

— Em que masmorra você está? — perguntei.

A menina levou um susto.

— Hã? — ela perguntou, depois de pausar o jogo.

Recuei um pouco e ergui as mãos.

— Desculpa interromper! É que ganhei esse jogo de aniversário e ainda não consegui passar da Caverna da Chave.

Era verdade: eu tinha muita dificuldade naquela fase quando Julian me deixava jogar de luva.

O grupo todo se animou, olhando para mim com curiosidade.

— Ah, é, essa é difícil mesmo — ela disse, simpática. — Mas já estou na Torre da Águia.

Então a inspiração veio.

— Priscilla é muito melhor do que eu nesse jogo.

Todos ficaram confusos. Continuei, tentando soar natural:

— Priscilla Jo. Ela está concorrendo a rainha do baile.

Distribuí os folhetos antes de entrar nos detalhes do jogo. Quando fui embora, todos pareciam prontos para votar em uma colega gamer.

E assim foi. Conversei com os góticos sobre filmes de terror que eu tinha visto com Val. Sobre o futuro da internet com os nerds. Sempre distribuindo folhetos e mencionando a ligação de Priscilla com o assunto em questão.

Foi o equivalente dos anos noventa a fazer um post nas redes sociais: expor ao máximo o rosto da Priscilla para que o maior número possível de pessoas passasse a gostar dela.

Quando terminei, ainda havia tempo para comer alguma coisa, então peguei um pedaço de pizza (Que me custou *cinquenta e cinco centavos*! As coisas custavam *centavos* naquela época!) e decidi aproveitar para me atualizar sobre a cultura dos anos noventa. Tinha cometido algumas gafes com os grupos, e isso não podia se repetir se eu quisesse prosseguir com essa minha empreitada solitária na semana seguinte.

Fui para a biblioteca. Antes de pegar uma pilha de revistas para minha pesquisa, localizei o anuário mais recente. Folheando, encontrei fotos das outras meninas que estavam concorrendo ao título de rainha do baile. Eram todas brancas, magras e bonitas, o que não me surpreendia nem um pouco. Muitas eram de equipes esportivas e participavam de várias atividades extracurriculares. Todas se encaixavam direitinho no padrão americano, assim como Priscilla. Estivessem elas no último ano ou não, a concorrência era pesada. Depois de um tempo, saí da biblioteca com uma pilha de revistas. Sem meu melhor amigo, o Google (*a partir de agora vou te dar muito valor, seu lindo*), eu precisava recorrer à sabedoria impressa no papel. Fui até a arquibancada do campo de futebol americano. No futuro, aquele lugar se tornaria uma zona segura de introspecção: ali você sabia que nunca seria incomodado.

Sentei nos fundos e espalhei as revistas na minha frente. Hora da lição de casa.

Quem é o presidente agora? O marido da Hillary Clinton?

Confirmei a informação folheando as revistas. Outras manchetes me chamaram a atenção. Terroristas de extrema direita tinham bombardeado a cidade de Oklahoma. A Bósnia ainda estava em guerra. Massacre em Ruanda. Ataque com gás sarin no metrô de Tóquio. O. J. Simpson absolvido. Cara, eu não sabia se era tranquilizador ou deprimente perceber que o mundo sempre tinha sido um lixo.

— Você gosta de atualidades?

Dei um pulo e quase derrubei a fatia de pizza no colo.

Jamie estava atrás de mim na arquibancada, segurando uma pilha de livros. Aquele cara... Com um guardanapo, limpei o pingo de gordura que havia caído em uma revista.

— Se eu gosto de *atualidades*?

Ele olhou para baixo, claramente constrangido, então deu uma risadinha.

— É. Foi mal. Não sabia como dar oi de um jeito... pertinente.

Aquilo me fez sorrir. Ele não levava muito jeito para a coisa.

— Se importa se eu sentar com você? — Jamie perguntou. Ele ergueu a pilha de livros com um sanduíche enorme embrulhado no topo. — Prefiro comer esse monstro acompanhado.

Agora eu estava rindo.

— Claro. Eu estava terminando esse pedaço delicioso de gordura.

— Nham-nham — Jamie sentou na fileira de baixo e colocou os livros e o sanduíche ao seu lado com todo o cuidado. — Está pesquisando alguma coisa?

— É... — Dei uma olhada nas revistas. — Hoje em dia tem que ler muito para acompanhar as notícias.

Ele assentiu, começou a desembrulhar o sanduíche e riu.

— Estou vendo que você é tão popular quanto eu. — Depois de um momento de silêncio, ele ficou assustado. — Desculpa! Eu não quis...

— Garoto. Estou comendo pizza sozinha na arquibancada. Tudo bem, eu não sou iludida.

Ele ficou aliviado e logo abriu um sorriso.

— Não quero parecer ainda mais esquisito, mas não fomos formalmente apresentados. Meu nome é Jamie.

Que esquisitice mais fofinha.

— Sam. Samantha, na verdade. Samantha Kang.

Quantas versões do meu nome eu precisava comunicar a ele?

— Oi, Sam. Jamie também é apelido. Meu nome é James. James Mendoza.

Ele olhou diretamente para os meus olhos quando disse isso. E sua expressão cautelosa deixava transparecer um pouco de bom humor. Algo naquilo fez um quentinho se espalhar dentro de mim. *Opa. Melhor não se empolgar muito com esse garoto que no futuro é um* senhor.

— Oi, Jamie.

Algo pairou entre nós, então puxei uma revista, tentando parecer concentrada.

Ele deu uma olhada.

— O que está lendo?

— Hã... — Virei a capa para cima. — *Atlantic*.

— Está achando chata ou legal?

Olhei para a matéria, que falava sobre americanos visitando uma estação espacial russa.

— Acho que é legal, sei lá. Essas reportagens longas são uma arte morta.

Opa. Será que já eram uma arte morta nos anos noventa?

Jamie não pareceu estranhar.

— É, acho que a maioria das pessoas prefere o noticiário.

— É...

O noticiário. O Twitter.

— Curto quando alguém fica obcecado por alguma coisa e fala sobre isso em detalhes excruciantes até te deixar obcecado também. Ou pelo menos a ponto de você ser capaz de falar sobre o assunto por mais de cinco minutos em um jantar com amigos.

— Jantar com amigos? — Ele ergueu a sobrancelha. Uma sobrancelha bem reta e bonita. — Você costuma fazer isso?

Senti o rosto queimar.

— Você me entendeu!

— Claro, adoro jantar com amigos.

Bati nele com a revista.

— Cala a boca.

Começamos a ficar mais à vontade na presença um do outro, o que marcava nossa transição de desconhecidos para amigos. Foi legal.

Jamie voltou para seu sanduíche.

— Mas, falando sério, achei legal. Você se interessa por jornalismo? É o que vai fazer na faculdade?

Dei de ombros.

— Não sei. Quem é que sabe o que quer fazer da vida já na escola?

Jamie deu uma mordida no sanduíche e murmurou um barulho, sem discordar ou concordar.

— Acho que ter que escolher uma área de formação aos dezoito anos e fingir que sabe como sua vida vai ser é pura idiotice — continuei, folheando a revista com violência.

— Pois é, que tipo de otário já escolheu o que quer fazer? — ele disse, então apontou para si mesmo.

Olhei para ele, curiosa.

— O que você quer estudar?

— Engenharia. — Ele limpou a boca com um guardanapo. — Sexy, né?

Quê? Ah. O lance da engenharia. Entendi.

— Claro, tenho certeza de que algumas pessoas achariam isso muito, hã, sexy.

Jamie sorriu.

— Ótimo, porque escolhi engenharia só por esse motivo.

Abri um sorriso também.

— Olha, quando o apocalipse rolar, prometo que vou te procurar para você reconstruir a civilização e tal.

O festival de sorrisos foi interrompido por uma bola de futebol americano que acertou a cabeça de Jamie.

— O QUÊ... — ele gritou, dando um pulo e olhando feio para o campo.

Mais abaixo, um cara bem alto e de origem latina morria de rir.

Eu estava pronta para arregaçar as mangas e arrumar outra briga com um jogador de futebol americano idiota, mas o sorriso voltou ao rosto de Jamie.

— Seu babaca!

Ele jogou a bola de volta para o cara, que a pegou com facilidade, a sacudiu e foi embora.

— Bom encontro, James!

O rosto de Jamie ficou vermelho-escuro enquanto ele limpava as migalhas das pernas.

— Hã...

— É seu melhor amigo? — perguntei, seca, enquanto recolhia minhas revistas.

— Rá, mais ou menos — ele respondeu, com uma risada constrangida. — É o Teddy. Nós jogamos juntos. Ele gosta de encher meu saco.

O horário do almoço estava quase no fim, então me levantei.

— Garotos são péssimos nesse lance de amizade. A gente se vê depois.

— Espera! — Jamie segurava sua pilha de livros todo sem jeito. — Fui muito babaca mais cedo. Obrigado por ter me defendido.

Ele disse aquilo com sinceridade e sem rodeios, olhando nos meus olhos.

— De nada — respondi.

Feliz e constrangida, deixei o campo me sentindo, pela primeira vez, um pouco menos sozinha desde que havia chegado ali.

15

SETE DIAS PARA O BAILE

Priscilla e eu concordamos em nos encontrar no dia seguinte, um sábado, para fazer cartazes para a campanha. Precisávamos aproveitar cada minuto antes do baile.

A sra. Jo precisaria do carro, então eu teria que pegar um ônibus que me levasse de Koreatown até o apartamento de Priscilla. Estava sentada no ponto, sentindo o sol do fim da manhã aquecer meu rosto, quando um Honda Civic parou na minha frente de repente, cantando pneu. Uma menininha asiática usando um moletom roxo baixou o vidro do passageiro e ficou me encarando.

Olhei para ela, desconfortável.

— Oi?

— *Sai*, Grace. — Reconheci a voz imperiosa e, quando a menininha se recostou no banco, vi Priscilla atrás. Ela franziu a testa. — Sam?

Levantei a mão em cumprimento.

— Ah! Oi.

— Você está esperando o *ônibus*? — ela me perguntou, no mesmo tom que alguém usaria para perguntar: "Você está torturando filhotes de cachorro?".

— Estou — eu disse, fechando minha revista. — Você passou aqui *por acaso*?

Um carro buzinou atrás dela, mas Priscilla ignorou.

— É, precisei fazer umas coisas para a minha mãe. Esta é minha irmã, Grace.

Ah! *Ah*. Eu não estava esperando ver a tia Grace versão criança. Olhei para a garotinha com olhos escuros brilhantes e a franja volumosa cobrindo a testa.

— Oi, Grace.

Ela continuava me olhando com curiosidade.

— Oi.

O carro buzinou de novo. Priscilla estendeu o braço para fora, mandando o motorista passar pelo lado. Ele obedeceu e passou correndo.

— Entra — Priscilla disse. — Estamos indo para o mesmo lugar.

Corri para entrar, preocupada com o trânsito bloqueado e a raiva dos outros motoristas.

— Valeu.

Quando o carro arrancou, eu me assustei e comecei a procurar freneticamente o cinto de segurança.

— Meu Deus!

Priscilla olhou para mim pelo retrovisor.

— Credo, halmoni.

Olhei feio para ela.

— Tem uma *criança* no carro, Speed Racer.

A cabeça da tal criança apareceu por cima do descanso do banco, me olhando.

— Quem é você?

Não consegui não ficar encarando. Havia traços da tia Grace no rosto dela: o nariz pequeno, os olhos curiosos.

Priscilla fez uma curva fechada.

— Uma menina da escola.

Uma menina, e não uma amiga.

— Senta direito, Grace — Priscilla disse, impaciente.

Tia Grace se moveu em câmera lenta, olhando para mim até o último segundo. Ela era muito fofa.

— Meu nome é Sam.

Ela franziu o nariz.

— Sam não é nome de menino?

— Bem, gênero é uma construção social. Então, não.

Priscilla bufou.

— Quê? Você não pode ser normal por um segundo, na frente de uma *criança*?

— As pessoas podem escolher qualquer nome, Grace. Não há regras.

— Ai, meu Deus... — Priscilla resmungou enquanto passávamos por um farol amarelo.

Grace chutou o painel com seus tênis de velcro.

— Ei, adivinha?

— O quê? — perguntei.

— Minha professora disse que os dinossauros foram distintos por causa de um cometa!

Priscilla e eu trocamos um olhar. Fofa.

— Extintos, não distintos — Priscilla disse, firme, enquanto pegava uma rodovia movimentada.

Priscilla Jo, corrigindo crianças desde 1995.

— Foi o que eu falei! — Grace exclamou. — A gente também vai ser distinto por causa de um cometa?

Balancei a cabeça.

— Acho que não. Provavelmente vamos ser extintos por causa do...

Já se falava em mudanças climáticas?

— ... superaquecimento do planeta.

— Sam! — Priscilla jogou a mão para o alto. — Não assusta a menina!

Virei para Grace, que me observava com olhos sábios. Dei de ombros para ela, que fez o mesmo.

Aceleramos pela rodovia e chegamos a North Foothill em tempo recorde. Depois de estacionar na garagem subterrânea do prédio, entramos no elevador. Apertei o botão do terceiro andar, por hábito. Durante muitos anos da minha vida halmoni havia morado naquele apartamento.

— Hum, como você sabia o andar? — Priscilla perguntou, erguendo a sobrancelha.

Merda.

— Ah, foi mal. Eu também moro no terceiro andar! Você também, né? Que coincidência.

Para mim, era uma mentira óbvia, mas Priscilla e Grace não pareceram achar estranho. O restante do trajeto de elevador transcorreu relativamente sem esquisitices. As portas se abriram e saímos para o corredor aberto. Havia um pátio no meio do conjunto residencial com uma fonte e palmeiras frondosas. Tipo *Melrose Place*, mas com famílias de imigrantes.

Grace pegou minha mão enquanto caminhávamos até o apartamento. Uma lembrança me veio à mente: tia Grace, universitária, na época, segurando minha mãozinha de criança enquanto atravessávamos o shopping.

Que loucura.

Paramos diante de uma porta com uma guirlanda feita de retalhos pendurada acima do olho mágico e um capacho verde-escuro sem nenhuma gracinha escrita. As emoções tomaram conta de mim diante da ideia de entrar naquele apartamento, do qual me lembrava vagamente da infância. Diante da ideia de ver halmoni de novo. Priscilla procurava a chave no bolso da frente da mochila JanSport quando o telefone começou a tocar dentro do apartamento. O toque estridente ecoou pelo pátio. Priscilla abriu a porta depressa e a deixou escancarada, depois tirou os sapatos e correu para atender. Antes que eu entrasse, a ouvi dizer com a voz tensa:

— Mas Sam e eu temos que fazer os cartazes!

Grace e eu continuamos paradas na porta — eu por educação, Grace porque estava observando uma lesma se arrastar pelo parapeito de metal.

Alguns segundos depois, Priscilla estava de volta, tornando a calçar os sapatos.

— Foi mal, Sam, mas minha mãe precisa de ajuda na lavanderia hoje. Não vou mais poder trabalhar na campanha.

Argh, mas faltam tão poucos dias! O pânico tomou conta de mim. Comecei a pensar que aquilo não ia dar certo, que eu ficaria presa no passado para sempre. Precisava passar mais tempo com Priscilla.

Na verdade, eu precisava passar mais tempo com Priscilla *e* com halmoni. Era o segundo passo do meu plano, mas eu estava tão focada na campanha que não havia feito nenhum progresso nesse sentido. Essa reviravolta era minha chance.

— Posso fazer os cartazes na lavanderia, sem problemas — falei.

Priscilla me olhou, receosa.

— Tem certeza? Vou ter que trabalhar de vez em quando.

— Tudo bem. Posso ajudar também!

Grace assentiu.

— Você é muito prestativa.

Dei risada — porque tinha achado graça, mas também por constrangimento.

— Obrigada.

— Está bem. Acho que pode dar certo. — Priscilla voltou a tirar os sapatos. — Vou pegar as coisas e já volto.

Isso.

O trajeto até a lavanderia foi rápido. Eu estava ansiosa para passar mais tempo com halmoni. Queria tirar proveito daquilo, mas precisava parecer normal. Como se comportar perto da avó que você tanto amava e que estava em coma no futuro? Sem assustá-la?

— Podemos usar a mesa dos fundos — Priscilla disse enquanto Grace soltava minha mão e saía correndo para passar debaixo do balcão, como eu fazia quando criança.

Assenti, distraída. Procurando por halmoni.

E ali estava ela, segurando o telefone entre a orelha e o ombro enquanto passava as páginas de um calendário pendurado na parede.

Halmoni desligou e passou a mão no rosto, cansada e frustrada. Dei um passo à frente, por instinto, querendo saber o que havia de errado. Então ela levantou a cabeça e olhou mais adiante, para Priscilla.

— Tenho que ir falar com um fornecedor, Priscilla — ela disse, a maior parte em coreano, só "fornecedor" em inglês. Não nos cumprimentou nem sorriu. Não demonstrou nem um pouco do calor e da atenção que eu recebia quando ia à casa dela. — Você vai ter que cuidar da loja até eu voltar, está bem?

Priscilla suspirou.

— Umma, eu trouxe Sam pra gente fazer nosso trabalho.

Só então ela me notou.

— Ah, que bom. Assim você tem alguém para te ajudar. Tomem conta de Grace e da loja, está bem? Por duas horinhas só.

Fiz que sim, querendo ser prestativa.

— Claro.

Mas Priscilla estava hesitante.

— Umma...

Halmoni pegou uma bolsa grande de couro marrom desgastado. No aniversário de sessenta anos dela, minha mãe lhe daria uma Prada verde-escura. Halmoni a manteria por anos na sacola de tecido em que tinha vindo, sem nem tocá-la.

— Vai ficar tudo bem. Volto logo. — Ela bagunçou o cabelo de Grace e disse: — Obedeça à unni e se comporte.

Então saiu às pressas. Fiquei decepcionada. E nervosa. Como ia entender qual era o problema entre minha mãe e halmoni se não passasse tempo com as duas juntas?

Priscilla olhou para mim, na defensiva, como se quisesse prevenir qualquer constrangimento.

— Pode ir embora se quiser. Vou ficar presa aqui.

Mas eu queria ficar. Passar mais tempo com Grace e ajudar halmoni.

— Tudo bem. Posso começar a fazer os cartazes e tomar conta de Grace enquanto você atende os clientes.

Como se pegasse minha deixa, o sino tocou e um senhor alto usando camisa azul-clara e calça cáqui entrou na loja. Priscilla suspirou e forçou um sorriso para atendê-lo.

— Oi, sr. Abranian! Veio buscar suas roupas?

Enquanto ela o ajudava, fui até Grace, que estava sentada em uma cadeira, olhando para mim.

— O que você costuma fazer aqui? — perguntei.

— Lição de casa.

— Você já tem lição de casa, no primeiro ano?

— Tenho. Estou na escola de verdade agora.

Ela ficou de joelhos e estendeu a mão, pegando o canto do rolo de papel pardo preso a uma extremidade da mesa comprida.

— Podemos usar isso para os cartazes!

— Boa ideia!

Eu a ajudei a puxá-lo até cobrir a mesa toda. Prendi as pontas com uma fita adesiva para que não enrolassem. Por fim, peguei as canetinhas na sacola que Priscilla havia trazido.

— Grace, não é para pintar nada além do papel, ok? Ou não vai sair.

O brilho nos olhos dela deveria ter me alertado. Ela pegou a canetinha verde e na mesma hora começou a riscar a mesa.

— Grace!

Fiquei olhando para ela, de queixo caído. Que *pentelha*.

Priscilla apareceu na mesma hora, tirando a canetinha da mão dela.

— Você está *ferrada*.

Grace gritou e tentou fugir, mas Priscilla a segurou pelo moletom antes que conseguisse ir muito longe.

— Você não vai mais ajudar. Vai sentar na mesa da máquina de costura para fazer a lição de casa.

Eu tinha certeza de que Grace ia dar um chilique e se recusar a obedecer. Mas Priscilla havia usado um tom firme e assustador, enquanto Grace era uma mera mortal. Olhou para o chão e se arrastou até a mesa menor que havia atrás de mim. Cara, Priscilla tinha um poder de mãe aguçado desde jovem.

— Desculpa.

Tentei apagar a marca de canetinha com a manga da blusa.

Priscilla fez um gesto para eu deixar pra lá.

— Não se preocupa. Grace é assim mesmo. — Ela apontou para a irmã. — Estou de olho em você.

Um segundo depois, Priscilla estava se despedindo do sr. Abranian e ajudando outra pessoa que havia chegado durante a confusão.

Ela era boa naquilo — em fazer várias coisas ao mesmo tempo, em liderar. Tinha que ser. E seria para sempre. Fui até Grace, com as mãos na cintura.

— Não vai me fazer chamar sua unni outra vez.

— Não tenho medo — Grace disse, desdenhosa, mas bastou um olhar rápido da irmã para ela voltar a se sentar direitinho.

16

SETE DIAS PARA O BAILE

Eu me revezava entre fazer cartazes e vigiar Grace atrás de mim. Ela estava fazendo a lição de casa, com cara de coitadinha. Pobre criança sofrida. Eu estava escrevendo PRISCILLA JO PARA RAINHA em letras garrafais quando Priscilla apareceu.

— Não quero usar meu sobrenome.

Parei com a canetinha no ar.

— Por quê?

— Quem é que chama as pessoas pelo nome inteiro? Sou a única Priscilla concorrendo.

Ela estava certa, mas…

— É porque você não gosta? Do seu sobrenome coreano?

Priscilla me encarou, séria.

— Você é a pessoa *mais* intrometida que já conheci na vida. Tem certeza de que tinha amigos na escola anterior?

— *Tenho.* E eu era popular o bastante para ser coroada rainha.

Ela resmungou.

— Sua escola devia ser cheia de gente esquisita.

Tive que encontrar paciência no fundo da minha alma.

— Ok, vou cortar seu sobrenome.

Rasguei o papel e comecei de novo. Não tinha nenhum cliente na lavanderia, e Priscilla pôde me ajudar. Ficamos quietas enquanto ela pintava as palavras e eu desenhava coroas e flores nos cantos. Ouvíamos o barulho ritmado das máquinas de lavar ao fundo. Quebrei o silêncio ao perguntar:

— Você tem sempre que trabalhar aqui?

Priscilla estava desenhando uma linha reta azul, devagar e meticulosamente.

— Tenho. Quase todos os dias.

— Ah. Nossa.

— Minha mãe economiza bastante dinheiro assim. — Ela estava, mais uma vez, na defensiva.

— Não, eu entendo.

E entendia, na teoria. Mas não na prática. Nunca havia trabalhado de verdade. Sempre que pensava em arrumar um trabalho depois da aula ou no verão, minha mãe era radicalmente contra. Ela dizia que eu deveria aproveitar a juventude, o que me fazia rir. Mas agora...

Priscilla pintou outra linha reta.

— Mas é uma droga. Perco muita coisa.

— Tipo o quê?

— Tipo... ir ao shopping com minhas amigas. Ou, sei lá, ir ao cinema. Minha mãe acha que é *maluquice* os adolescentes fazerem esse tipo de coisa. Que eu deveria me concentrar em ajudar a família ou estudar até meus olhos sangrarem.

Tive que rir.

— Eu adoraria ver isso, não vou mentir.

Ela fez cara de ofendida, depois sorriu.

— Seria um momento bem novela coreana, né?

— Você vê k-drama?

— K-drama? Novela coreana? — Ela ficou confusa por um segundo. — Vejo. Tipo, não porque quero. É o único entretenimento da minha mãe. É tão irritante. Seus pais veem também?

Era uma oportunidade de nos aproximarmos. Dava para sentir.

— Veem, sim. Eu gosto, na verdade.

— *Sério?* — Ela ficou tão incrédula que quase cometeu um erro no cartaz. — Nossa, eu acho tão constrangedor. É um dos muitos motivos pelos quais nunca levo amigos em casa. Fora o cheiro de *kimchi*. Como um vidrinho tão pequeno pode deixar um apartamento inteiro fedido?

Priscilla falava rápido, e eu não quis interromper aquele momento *Seinfeld* coreano. Na verdade, nunca a tinha ouvido falar tanto. Seu comportamento mudou de repente. Ela dobrou a perna, apoiando o pé na cadeira e o braço no joelho. Curvou um pouco as costas. Parecia uma *ahjumma* fofocando.

— Fora que minha mãe odeia meus amigos, então para quê, sabe? Ela está sempre querendo que eu faça amizade com os coreanos da igreja. Mal sabe que muitos deles fumam depois da aula, fazem parte de *gangues* e coisas do tipo.

Ela falou "gangues" mais baixo. Haha.

— É, percebi que você não é próxima dos outros alunos coreanos — comentei, pisando em ovos, considerando nossa última conversa sobre o assunto.

Priscilla olhou para mim.

— O que exatamente Sung e Jennifer te disseram?

— Nada! Digo, fora aquela história da banana.

— Típico. Sei que eles falam pelas minhas costas.

Ela agia como se não se importasse, mas estava na cara que se importava.

De repente, fiquei *muito* interessada na margarida que eu estava pintando.

— E, tipo, é tão bobo. Vocês não precisam ser amigos só por uma questão de origem.

— Exato. Não quero ser só mais uma de olhinho puxado.

Eita!

— Priscilla!

— Que foi?

Ela ficou genuinamente assustada.

— Isso não… É só que… — Eu nem sabia o que dizer. — Isso é grosseiro e racista, para ser sincera.

— Como pode ser racista se eu sou asiática? — Priscilla perguntou, na defensiva, mas também confusa.

— Porque você está reduzindo diversas culturas a um traço estereotipado. E por que é ruim ser "só mais uma"?

Eu estava cada vez mais alterada e falando mais alto. Priscilla hesitou um pouco.

— Não é *ruim*. Mas a pessoa é tratada de um jeito diferente, sabe? E não quero ser tratada assim.

Pensei em Jennifer e Sung, e no que Priscilla havia dito no fim da aula.

— Aí você *evita* andar com os coreanos?

— Um pouco — ela admitiu. — E não só por causa desse lance todo do olhinh… hã, do traço estereotipado. Eles são superfechados e duros com quem não é todo coreano. Devem achar que eu tento ser branca porque não ouço música pop coreana e não vou nos karaokês de Koreatown.

Fiquei notavelmente quieta. Priscilla ergueu a sobrancelha.

— Viu? Bem, não quero ser a "rainha do baile coreana". Quero ser…

A frase morreu no ar, mas fiquei esperando que ela a concluísse. Priscilla mordeu o lábio e olhou para baixo.

— O que você quer ser?

— Normal.

Eu não sabia bem o que responder. Por acaso ser uma coreana-americana *não* era normal? Por que os anos noventa eram assim?

Ela estava demonstrando vulnerabilidade, e eu sabia que isso significava que se sentia confortável comigo. Segura em desabafar aquele tipo de coisa.

— Entendo o que você quer dizer — falei, embora *não* entendesse muito bem. — Mas acho que, em vez de ver essa história de "rainha do baile coreana" como algo ruim, você poderia tirar vantagem disso.

— Como?

Ela franziu a testa, concentrada no que estava escrevendo. Ou duvidando de mim.

— Se destacando! — Pensei no anuário anterior. — Todas as outras candidatas conhecem as mesmas pessoas e são populares, brancas...

De novo, ela se incomodou com a palavra "branca". Mas só assentiu.

— E daí?

— E daí que em uma lista de garotas praticamente idênticas, você chama a atenção. No *bom* sentido. Não é isso que quer?

Priscilla pareceu genuinamente perplexa enquanto pensava a respeito.

— Mas eu não quero me destacar porque tenho uma *aparência* diferente. Quero ser igual aos outros, só que melhor. Faz sentido?

Eu não sabia responder. Todo mundo no futuro queria se destacar, deixar sua marca de alguma forma. Pensei em Curren e no filme, em como ele quase havia surtado quando alguém comentou no TikTok que ele tinha "uma vibe Chalamet". Curren tinha certeza de que sua cara de sono e seu cabelo despenteado eram únicos.

— Só acho que você poderia usar a seu favor o lance de ser a única asiática concorrendo a rainha — insisti. — Você *já* se destaca por causa disso e talvez consiga apoio de outras pessoas que se sentem diferentes, que sentem que nunca vão se encaixar. Mesmo que eu ache isso péssimo, você deveria tentar falar com eles. Com os... como foi que você os chamou mesmo? *Nerds* — repeti, pronunciando a palavra com peso.

Mas Priscilla era imune àquele tipo de coisa. Só revirou os olhos e continuou colocando glitter nos pingos do is de seu nome.

— Aham, está bem. O que você sugere?

— Por que não começa pelas pessoas que já conhece? Sung e Jennifer mencionaram que vocês vão à mesma igreja. Por que não tenta se aproximar deles lá?

— *Aff* — ela respondeu, mas não se opôs à ideia.

Então Grace nos interrompeu:

— Odeio matemática!

Eu me virei para ela.

— Também odeio.

Priscilla revirou os olhos.

— O que foi, Grace?

— Somar coisas é uma idiotice.

Ela se afastou da mesa, petulante, com os braços cruzados e fincando os pés.

Tentei não rir. Priscilla deixou a canetinha de lado e foi até ela.

— Somar não é idiotice. Você vai ter que fazer isso o tempo todo na vida adulta. É bem importante.

As palavras pareceram um eco da minha infância — a paciência infinita da minha mãe, sentada comigo à mesa de casa, revendo tabelas de multiplicação, teoremas geométricos. Ela não me deixava sair da mesa até que eu tivesse entendido tudo. Aquilo me deixava louca.

Ao ver Grace se remexendo na cadeira enquanto Priscilla a ajudava, eu soube que minha tia devia estar sentindo a mesma coisa.

Um cliente entrou, e Priscilla se preparou para atender.

— Foi mal, só um segundo.

Algo na expressão dela — a tensão em seu sorriso, seus olhos cansados — fez com que eu me sentisse mal.

— Posso ajudar a Grace — falei. — Se você precisar trabalhar.

Ela pareceu aliviada.

— Está bem, obrigada. — Então deu um sorrisinho torto. — Tem certeza de que sabe somar?

Aquilo me fez rir, inesperadamente, e Priscilla também riu antes de ir até o balcão. Sentei com Grace para ajudá-la a somar três mais cinco.

Resolvemos algumas contas. Enquanto ela anotava uma resposta, perguntei:

— Quem ensina melhor, eu ou Priscilla?

Grace me lançou um olhar travesso.

— Unni.

— Que grosseria! — brinquei. — E quem ensina melhor, unni ou umma?

— Umma? Umma nunca me ajuda. Está sempre ocupada.

— Ah.

Falei como se entendesse, embora não entendesse. Minha mãe sempre tivera tempo para me ajudar. Fazia questão, mesmo que eu não gostasse. Quando olhei para Priscilla, alfinetando recibos em uma pilha de suéteres e casacos, senti um aperto no peito.

Algo próximo de gratidão.

A cliente que havia entrado, uma mulher asiática de meia-idade, olhou para nós e soltou um muxoxo.

— Coitadinhas — disse, em coreano.

Franzi a testa, confusa, mas Priscilla parecia entender do que ela estava falando. Sua postura inteira se enrijeceu. Ela estufou o peito e ergueu o queixo.

— Olá, sra. Lim.

— Como está sua mãe? Está tendo que ajudá-la de novo, é? Foi terrível o que aconteceu com seu pai.

Ela não esperou que Priscilla respondesse, apenas continuou com seu monólogo.

Segurei o lápis com mais força. Por sorte, minha tia não estava prestando atenção — só ficava chutando a mesa enquanto olhava a conta com uma concentração furiosa. Por que aquela mulher aleatória falava de halabuji com tamanha familiaridade?

— Estamos muito bem, obrigada. Trouxe sua ordem de serviço? — Priscilla perguntou, cortante e formal, estendendo a mão.

A sra. Lim revirou a bolsa até encontrar um papelzinho rosa-claro amassado.

— Nem consigo imaginar como deve ser para vocês. Perder o pai e ainda ter que trabalhar aqui. Você deveria estar em casa, estudando, sem nenhuma outra preocupação no mundo.

Oi? Priscilla deu um tapa forte no botão que ligava o cabideiro automático. Seu corpo inteiro ficou tenso. É verdade, ela não fazia ideia que eu sabia que seu pai tinha morrido.

Sem se tocar, a sra. Lim continuou falando:

— Uma mulher ter que criar as filhas sozinha, *tsc-tsc*. Espero que sua mãe se case de novo um dia. Todo lar precisa de um homem. Vocês precisam de um pai.

Foi um milagre eu não ter entrado em combustão espontânea. *Que papo é esse?* Esperei que Priscilla surtasse com a sra. Lim, que a assassina fria que havia dentro dela acabasse com aquela mulher.

No entanto, Priscilla só tirou as roupas do cabideiro e disse:

— Talvez, quem sabe? Deu vinte e um dólares e setenta e cinco centavos.

A sra. Lim finalmente foi embora, mas sua piedade continuou pairando no ar. Balancei a cabeça enquanto Priscilla anotava a retirada no caderno.

— Nossa, como foi que você *não* deu um golpe de karatê na fuça daquela mulher? — E quando Grace começou a rir histericamente, olhei para ela, me sentindo culpada, e acrescentei: — Você não ouviu isso.

Priscilla voltou a seu lugar diante do cartaz e pegou uma canetinha.

— Ela estava tentando ser simpática.

— Não estava, não. — Eu me juntei a ela à mesa. — Estava preocupada era com a própria opinião sobre algo que não tem nada a ver com ela. E "todo lar precisa de um *homem*?". Sério?

— Eu sei. — Daquela vez, Priscilla abriu um sorriso sincero. — Ridículo.

— Por que não disse nada para ela? — insisti, ainda impressionada com o machismo da mulher.

— Porque não! O que eu vou fazer? Criar desconforto e perder uma cliente porque me irritei com o que ela disse? Não faz sentido. — Ela olhou para mim com a mesma perplexidade da minha mãe. — E por que você se importa com isso?

Porque não gostava de ver uma pessoa aleatória fazendo minha família se sentir mal só porque meu avô tinha morrido. Porque eu tremia de raiva só de pensar em alguém dizendo à minha avó que ela precisava de um homem em casa. Mas não podia dizer nada disso. Porque seria esquisito me importar tanto com a vida de Priscilla.

— Odeio quando pessoas idiotas acham que podem ser tão idiotas assim — resmunguei, desenhando uma carinha sorridente amarela.

Priscilla riu.

— É, concordo com você.

Não falamos nada sobre a morte do pai de Priscilla, mas aquilo ficou no ar.

Halmoni voltou quando estávamos terminando os cartazes.

— Oi, sra. Jo — eu a cumprimentei, animada, porque estava feliz em vê-la outra vez.

— Oi — ela disse, tirando o casaco. — Deu tudo certo?

— Deu — Priscilla disse, enrolando os cartazes. — Sam ajudou bastante.

A potência do meu sorriso poderia ter me mandado para a lua.

— Ah, nem tanto.

— Muito obrigada, Sam — halmoni disse, genuinamente agradecida. — Pode levar Grace para casa, Priscilla.

Grace começou a enfiar suas coisas na mochila na mesma hora.

— Eba! Quero assistir *Três é demais*.

Halmoni deu risada e bagunçou o cabelo dela.

— Só se já tiver feito toda a lição de casa.

— Eu fiz! Sam me ajudou.

— Ah, que bom que Sam estava aqui hoje — halmoni disse, calorosa, enquanto ajeitava as alças da mochila de Grace.

De repente, me senti inspirada. Eu podia entrar no segundo passo do plano agora mesmo.

— Se precisam de ajuda aqui, posso vir depois da escola. De graça — acrescentei depressa.

Halmoni ficou surpresa.

— De graça? Ah, não, não podemos aceitar.

Priscilla ficou mortificada.

— Sam, isso é totalmente desnecessário.

Merda. Eu estava estragando tudo.

— Só estava procurando um trabalho porque queria alguma coisa para fazer depois da escola. Hum, minha mãe disse que preciso de um pouco de experiência com o mundo real. Não precisamos do dinheiro.

De novo, eu soube na hora que havia dito a coisa errada. *Droga!*

— Não que a gente seja rica nem nada do tipo…

— Sam. — Halmoni ergueu a mão, impedindo que aquele fiasco se estendesse. — Posso pagar você. Na verdade, precisamos, sim, de ajuda. Pode trabalhar depois da escola?

— Sério, umma? — Priscilla olhou para a mãe, incrédula.

Halmoni assentiu, com firmeza.

— Sim. Você tem trabalhado demais.

A expressão satisfeita de Priscilla foi a melhor coisa que vi em dias. Ainda assim, ela falou:

— Tudo bem, não tem problema.

— Não, isso pode atrapalhar seus estudos — halmoni disse enquanto revirava a bolsa.

Priscilla e eu nos entreolhamos por cima da cabeça dela. Estudos. Claro. Ou a campanha para rainha do baile.

— Então, Sam, você pode trabalhar depois da aula, no horário em que Priscilla costumava vir? Das quatro às seis?

Assenti vigorosamente.

— Sim, está ótimo!

— Que bom. Posso pagar o salário mínimo, porque você ainda está na escola. E vou pagar pelo dia de hoje também. Começa na segunda, sim?

— Está bem! Obrigada! — respondi, animada.

A felicidade no rosto de Priscilla era o melhor pagamento que eu podia receber. Entre aquele trabalho e a campanha para rainha do baile, eu estava muito mais perto de consertar a relação delas e voltar para casa.

17

SEIS DIAS PARA O BAILE

Na manhã seguinte, a sra. Jo me perguntou se eu queria ir à igreja com ela. Não que eu fosse contra religião ou coisa do tipo: só era contra fazer qualquer coisa antes do meio-dia nos fins de semana. Ela sentiu minha hesitação e deu de ombros.

— Tudo bem se não quiser.

Sentada ali, usando uma calça de pijama da sra. Jo, pensei em como ela estava sendo generosa. Fora que eu não podia trabalhar na campanha de Priscilla no domingo. Estava tudo correndo bem, então por que eu não poderia fazer algo legal pela sra. Jo?

— Claro, eu vou, sim. Só preciso de dez minutos!

Depois de achar uma roupa no armário da sra. Jo, nós saímos. No caminho, me ocorreu que eu nunca tinha ido à igreja. Nenhum tipo de igreja. Aquele era outro ponto de tensão entre minha mãe e halmoni. Minha avó era uma cristã devota, enquanto minha mãe tinha ido na direção oposta e se tornado uma ateísta ferrenha. Julian e eu sempre tínhamos achado que aquilo devia ter acontecido por causa de alguma experiência ruim em um acampamento de estudos bíblicos ou coisa do tipo. Sem contar que minha mãe era a pessoa menos espiritualizada do mundo. A menos que revistas de decoração fossem uma religião.

— Quando entrar na igreja, você segue outros jovens até capela menor — a sra. Jo disse enquanto passávamos pelo MacArthur Park e a fonte do lago artificial cintilava ao sol.

Seguiríamos por mais alguns quilômetros até perto do centro.

— Como? — Olhei para ela, preocupada. — Eu vou ficar sozinha?

Ela resmungou.

— Sozinha, não. Muita gente da sua idade vai estar lá. Igreja separa por idade: bebê, criança, adolescentes como você.

Ótimo. Mais adolescentes dos anos noventa para aguentar.

A igreja era enorme, bege, ocupava o quarteirão inteiro e era completamente desprovida de qualquer intenção arquitetônica. Um homem me cumprimentou na entrada e me entregou um folheto.

— Você vai ali — a sra. Jo disse, me cutucando e apontando para um espaço separado da capela principal, que se diferenciava pelos vitrais e pela enorme cruz pendurada no meio. — Até mais tarde. Eles servem almoço.

Havia dois grupos de adolescentes indo para o anexo, e eu os segui com um misto de curiosidade e medo. Tudo o que eu sabia sobre igrejas tinha aprendido em filmes e coisas do tipo — cantoria, sermões demorados... Mas nada disso incluía uma cerimônia separada para os jovens. *Nossa, será que vai ter alguém arrumadinho tocando violão mal?*

Alguém me entregou outro folheto na porta — com alguns hinos e passagens bíblicas —, e assim que entrei precisei me acostumar à iluminação fraca. Mas estava animado lá dentro, com vários grupinhos conversando e brincando. A maioria das meninas usava calça preta e camisa branca, mas, de alguma forma, pareciam descoladas, e não jovens executivas. Talvez por causa dos sapatos pretos grandes ou dos cabelos compridos e esvoaçantes. E os meninos usavam calça jeans de cintura baixa e camisa, e cortes de cabelo malucos.

Me senti totalmente deslocada usando uma saia florida até os joelhos e um casaquinho da sra. Jo (ficou fofo, ok?). Pelo menos eu estava de Vans, então em vez de parecer uma esposa de um culto polígamo dos anos cinquenta, eu passava a impressão de que tinha parado naquela igreja coreana por acidente no caminho da loja de discos.

Como era uma igreja, eu estava imaginando que as pessoas fossem ser simpáticas — era o que Deus ia querer —, mas todos estavam fechados em suas panelinhas e, quando olhavam para mim, pareciam fazer uma avaliação rápida e me descartar em seguida.

Só então compreendi o que Priscilla havia dito e por que ela odiava aquele tipo de coisa. Se não se encaixava com os coreanos da escola, com os coreanos da igreja seria *ainda mais* difícil.

As luzes do altar acenderam e apagaram, como se sinalizassem que era hora de todos se sentarem e ficarem em silêncio nas cadeiras dobráveis organizadas em fileiras. Três moças e um rapaz, já na faixa dos vinte e poucos anos, subiram no altar. Ele claramente estava no comando. Usava óculos de armação preta e tinha muitas espinhas no rosto.

— Bom dia, irmãos e irmãs — disse, animado. — Bom domingo. Como a maioria sabe, sou o pastor Paul.

Uma música começou a tocar baixo nos alto-falantes. Não havia nenhum violão à vista, e meu corpo relaxou um pouco. Paul fez alguns anúncios sobre eventos e coisas do tipo. Então disse:

— Se é o primeiro dia de algum irmão ou irmã em Cristo aqui hoje, adoraríamos que se levantasse e desse oi.

Ah, não.

Algumas pessoas se levantaram — desconfortáveis e curvadas. Eu pretendia ser discreta, já que não planejava frequentar aquela igreja dos anos noventa, mas senti alguém cutucando minhas costas.

— Você aí — a pessoa sussurrou, parecendo achar graça.

Virei e vi Priscilla sorrindo para mim, com os braços cruzados sobre o casaquinho de flores bordadas. *Óbvio!* Ela estava usando uma baby look por baixo e uma saia preta de algodão que ia até os tornozelos. Parecida com as outras meninas, mas um pouco diferente.

— Xiu — fiz, mas era tarde demais.

— Será que vi outro rosto novo ali? — Paul perguntou, protegendo os olhos das luzes do altar.

ARGH!

Eu me levantei e acenei. Os rostos que me encaravam estavam nas sombras, mas senti a pressão mesmo assim.

— Bem-vindos — Paul disse, simpático. — Por favor, venham falar comigo quando terminarmos, para que eu possa conhecer cada um de vocês.

Assenti e voltei a me sentar rapidamente.

Como Priscilla estava atrás de mim, eu não conseguia falar com ela, mas não daria para conversar de qualquer maneira. O restante do culto envolveu bastante cantoria (um pesadelo, porque também era preciso fazer movimentos com as mãos — o que explicava a presença das moças no palco: para nos guiar), todo mundo rezando junto e um sermão que foi até legal, porque falava sobre manter a fé no mundo moderno, em vez de sair condenando todos à danação.

Acabou bem rápido, e fiquei ansiosa para falar com Priscilla. Estava feliz que aquela decisão aleatória de ir à igreja na verdade fosse ajudar com a campanha. Sung e Jennifer estavam ali, e eu imaginava que outros alunos da escola também. Era uma ótima oportunidade de nos aproximarmos deles.

— Aonde você vai? — perguntei a Priscilla quando ela pegou sua Bíblia e sua bolsinha preta de náilon.

— Agora temos estudo da Bíblia. — Ela fez uma pausa. — Você nunca foi à igreja?

Balancei a cabeça.

— Não. Estou aqui com... minha tia. Ela me chamou para vir. Posso ir com você?

— Uma família coreana de Los Angeles que não vai à igreja — ela murmurou, parecendo pensar a respeito. — Diferente. Bem, claro, vem. Nosso professor é bem legal.

Enquanto saíamos da capela com a multidão de adolescentes, percebi que muitos conversavam e riam, mas nenhum foi falar com Priscilla. Não era como na escola, ali ela era invisível.

— Agora entendi o que você disse sobre o pessoal da igreja — murmurei enquanto a seguia para outro prédio, uma construção térrea com carpete azul-escuro e luzes fluorescentes exageradas.

Ela andava depressa ao meu lado.

— É — disse apenas.

Não insisti.

Entramos em uma das salas e vimos algumas pessoas já sentadas em volta de uma mesa grande. Havia uma garrafa cor de vômito radioativo de dois litros no meio da mesa, além de uma fileira de copos de isopor. Dois garotos olharam para nós e assentiram rapidamente.

Logo depois que nos sentamos, as últimas pessoas chegaram. Éramos oito no total, incluindo o professor, que era outro jovem, talvez universitário. Ele tinha um cabelo bonito, um sorriso brilhante e deixava as meninas nas nuvens.

— Oi. Meu nome é Eric — ele disse para mim. — Você é nova?

Priscilla respondeu por mim.

— Sim, essa é a Sam. Ela estuda comigo.

Ela abriu um sorrisão para o professor. Quando Eric se virou, eu ergui as sobrancelhas para ela e sussurrei: "Que gato". Priscilla se segurou para não rir.

Estudo bíblico era... bem, estudo bíblico. Eric nos fazia discutir alguns trechos, mas o tom era leve e ele — surpresa! — era muito charmoso. Priscilla anotou algumas coisas no caderno, com uma caligrafia caprichada e bonita, e me perguntei o que ela fazia com aquilo depois. Estudava? Parecia bastante improvável, dados os seus sentimentos futuros em relação à religião. Mas uma perfeccionista nunca abandonava seu perfeccionismo.

Quando a aula acabou, Priscilla enrolou para se levantar, e eu esperei na porta, tentando parecer natural. Ela e Eric conversaram um pouco, depois saímos juntas. Fiz menção de falar, mas Priscilla balançou a cabeça.

— Nem vem.

Sorri.

— O que foi? Eu só ia perguntar o que tem para o almoço.

Nós duas estávamos rindo quando saímos para o sol da tarde. Era legal ter um momento, sei lá, "menininha" com Priscilla. Conversar sobre algo bobo e divertido naquela linguagem íntima de amigas.

O pátio tinha um refeitório ao ar livre. De um lado, havia mesas dobráveis com vários tipos de comida, incluindo arroz, carnes grelhadas, sopas e *kimchi*.

A sra. Jo estava atrás de uma mesa, servindo comida, e acenou ao me ver.

— Ah, aquela é minha tia! — eu disse a Priscilla, rezando (de verdade agora) para que as duas não precisassem conversar. Por sorte, Grace chegou correndo antes que algo acontecesse.

Ela abraçou minhas pernas.

— Oi, Sam! Você é dessa igreja também?

A animação de Grace era fofa demais.

— Só estou visitando — respondi, tomando o cuidado de não prometer nada a uma criança pequena que eu não pudesse cumprir.

— Eba! — Ela levantou os braços, comemorando, mesmo assim. — A gente come de graça, não é legal?

Era *mesmo* legal, então entramos na fila. Fiquei tensa quando chegamos na sra. Jo, mas ela serviu arroz rapidamente em nossos pratos.

— Aproveitem — disse, séria, antes de atender as próximas pessoas na fila.

Priscilla montou seu prato e o de Grace, depois fomos procurar um lugar para sentar. Vi uma mesa cheia de rostos familiares: Sung, Jennifer e outros alunos da escola. Mas eles não estavam comendo; pareciam estar montando sacolinhas.

Outra oportunidade.

— Vamos ver o que o pessoal ali está fazendo — falei para Grace, alto. Priscilla viu e parou na hora. Falei: — Você quer ou não quer ser rainha do baile?

Ela fez uma cara de sofrimento antes de nos seguir, relutante. Usando Grace como um escudo de fofura, fui até a mesa.

— Oi, pessoal.

Sung e Jennifer me olharam com desconfiança.

— Oi.

— O que vocês estão fazendo?

Olhei para as sacolinhas de papel pardo alinhadas ao lado de pastas e escovas de dentes, meias brancas enroladas, pentes e sabonetes.

— Estamos fazendo kits de higiene para o pessoal do abrigo que tem perto daqui — Sung disse.

— Ah, caramba, que legal — falei.

Grace apoiou o prato na mesa e esticou o braço para tocar as meias. Priscilla segurou a mão dela.

— Foi mal — ela murmurou.

— Tudo bem — Jennifer disse. Ela olhou para Grace com um sorriso. — É sua irmã?

— É, sim. Grace. Fala oi. Eles estudam comigo.

— Oi! Meu nome é Grace. Tenho seis anos e nove meses — ela disse, pegando a mão de Priscilla.

A expressão de Jennifer se suavizou ainda mais.

— Legal. Tenho uma irmã mais nova também. Mas ela já tem onze anos.

Aproveitei que estávamos indo bem para perguntar:

— Querem ajuda?

Sung e Jennifer se entreolharam. Antes que pudessem responder, eu interrompi:

— Priscilla tem carro, podemos entregar as sacolinhas.

— Ah — Sung disse, surpreso. — Isso ajudaria muito, sendo sincero. Estamos quase terminando essa leva. Se puderem levar depois…

Olhei para Priscilla, tentando com todas as minhas forças falar "diga sim" por telepatia. Ela abriu um sorrisinho tenso.

— Claro.

— Obrigada — Jennifer disse, parecendo grata de verdade. — Hum, vocês podem entrar para o grupo de voluntários se quiserem. Fazemos isso todo domingo, e uma vez por mês servimos comida na igreja.

— Ah, que legal… — comecei a dizer, mas Priscilla me interrompeu.

— Pois é, eu tentei entrar uma vez, mas vocês disseram que já tinham gente demais — Priscilla falou, com a voz tranquila, mas tensa.

Jennifer corou de leve, então olhou feio para Sung.

— É mesmo?

— Agora temos vagas — Sung disse, seco. — Se ainda quiser.

Assisti àquela interação com o rosto impassível, mas comemorando por dentro.

Priscilla combinou de encontrá-los no estacionamento, então nos sentamos para almoçar.

— Foi tão ruim assim? — perguntei, começando a comer.

Priscilla revirou os olhos enquanto abria uma lata de Sprite com as unhas bem-feitas.

— Eu estava só *esperando* você começar a se gabar.

— Não precisou esperar muito. — Dei uma piscadinha para Grace, que mastigava com vontade. — Agora vocês vão ficar amigos.

A cara de desdém de Priscilla me fez optar por um caminho diferente.

— No mínimo, você vai receber mais alguns votos.

Priscilla bateu com os palitinhos na mesa.

— Hum... Pode ser.

— Se você conseguiu conquistar Sung e Jennifer, que deixaram *muito* claro que não eram seus maiores fãs, pensa em como vai ser quando tentar com *outros* nerds.

— Xiu! Cara, você fala tão *alto*! — Priscilla disse, rindo. Em seguida, no entanto, pareceu constrangida. — Estou me sentindo mal por ter chamado os dois disso. Acho que rolou bastante preconceito. Dos dois lados.

— Olha, eu gostei deles! — Grace anunciou enquanto enfiava outro *kimbap* na boca. — Eles ajudam os outros. Dando *presentes*.

Olhei para Grace com afeto. Algumas pessoas deixavam claro quem elas eram desde sempre. Mais tarde, no entanto, quando estava indo embora com a sra. Jo e vi Priscilla carregando o carro com Sung e Jennifer, pensei que talvez as pessoas não precisassem se manter sempre as mesmas. Talvez elas pudessem mudar.

Eu só me perguntava se aquilo seria o bastante para mudar as coisas no futuro.

Naquela noite, a sra. Jo fez *sujebi* para mim.

— Minha receita é famosa — ela disse, enquanto colocava uma

tigela fumegante na minha frente. — Só compartilho com as minhas melhores amigas.

Ela não sabia, mas aquele era um dos meus pratos preferidos, uma sopa de anchova com pedacinhos de massa, cebolinha em rodelas bem finas e batatas se desfazendo de tão macias. Aquela comida aquecia meu coração. Halmoni sempre fazia para mim quando estava chovendo.

Na primeira colherada, congelei. Tinha exatamente o mesmo sabor do *sujebi* de halmoni. Seria possível que ela tivesse pegado a receita com a sra. Jo? Meus olhos se encheram de lágrimas inesperadamente. De repente, eu queria largar tudo e sair correndo para ver minha avó.

Na verdade, desde que havia chegado ali, vinha utilizando toda a minha força de vontade para não abandonar todos os meus planos e passar o dia com ela, absorvendo cada segundo dos seis dias que me restavam, caso ela não estivesse mais no futuro quando eu voltasse. Eram o bom senso e o ímpeto de voltar para casa que me impediam. Fora que Priscilla provavelmente entraria com uma medida protetiva contra mim.

— Ficou bom?

A sra. Jo me olhava, preocupada. Pegou sua colher para provar da minha tigela.

Tentei puxar as lágrimas de volta para dentro.

— Sim! Uma delícia! Muito, muito bom.

— Já tinha provado?

Ela empurrou um pratinho com tofu frito, molho de soja e cebolinha para mim. Depois um peixinho grelhado. Peguei ambos e coloquei na tigela de arroz.

— Já.

Foi tudo o que consegui dizer. Enfiei uma colherada de arroz na boca para não precisar elaborar.

Ela assentiu, satisfeita.

— Era a comida das pessoas mais simples na Coreia, sabia?

Na verdade, eu sabia. Halmoni dizia a mesma coisa. Ela havia nascido pouco depois da ocupação japonesa, quando o sustento era difícil e as pessoas precisavam ser criativas com a comida. Quando faltava arroz, elas faziam sopas com massa como aquela para encher o estômago. Era o tipo de realidade que parecia bilhões de anos-luz distante da minha, mesmo que a pessoa sentada bem na minha frente tivesse vivido tudo aquilo.

— Sabia. Minha avó me contou — falei, sendo cuidadosa com as palavras, mas querendo dar o devido crédito. — Ela também cozinha bem, como a senhora.

A sra. Jo assentiu.

— As mulheres precisavam cozinhar. Não tinham opção. Por isso a maioria ficou muito boa. *A maioria.*

A lembrança de alguma comida horrorosa fez suas feições se contraírem por um segundo.

— Obrigada outra vez. É a comida perfeita para esse clima.

— Sim, está frio hoje. — Ela me avaliou. — Você usa a mesma roupa todo dia. Acho que precisa de roupas novas. Mesmo que fique aqui por pouco tempo.

Dei risada.

— Não, tudo bem.

Na verdade, eu vinha achando que talvez estivesse cheirando um pouco a mofo. Então ouvi a voz da minha mãe: "A melhor coisa de ser coreana é não ter cecê". Aquele era, tipo, seu fato preferido no mundo, e ela uma vez o recitou em alto e bom som na Target quando pedi para comprar um desodorante no sétimo ano. Na hora, fiquei horrorizada, mas era verdade. Eu nunca tinha cecê.

Mas, com cecê ou sem cecê, era melhor lavar aquela roupa. Passei o resto da noite lavando e dobrando roupas, enquanto via k-drama com a sra. Jo e fazia cartazes para a campanha de Priscilla.

18

CINCO DIAS PARA O BAILE

Na manhã seguinte, ao acordar, encontrei o apartamento vazio. A sra. Jo havia deixado um bilhete rabiscado do lado de fora de um envelope.

Fui para a aula de natação. Use isso para pagar por comida, gasolina e roupas depois da escola.

Tchau.

Sra. Jo

Fiquei de queixo caído quando abri o envelope e encontrei três notas de cem dólares. Falei para meu eu do futuro — bem, meu eu atual, na verdade — pagar aquilo de volta à sra. Jo quando voltasse.

Mais tarde, fui atrás de Priscilla na hora do almoço. Havia acordado com uma ideia brilhante na cabeça.

Eu a encontrei na mesa de sempre, usando um vestidinho vermelho-escuro e botas marrom-claras com cadarço. *Espera aí... eram* Timberlands?

U-a-u.

Ela parecia estampar uma matéria de revista adolescente sobre como a vida era leve e divertida, e eu me senti horrorosa enquanto ia até ela com meu moletom. Priscilla estava conversando com Deidre e outras meninas que eu conhecia de vista. Havia um grupo de meninos mais para o lado, fazendo coisas idiotas com a comida e as mochilas.

— Oi, Priscilla.

Todo mundo olhou para mim, e eu me senti como se estivesse nua. Priscilla sorriu.

— Oi, Sam.

— Tem um minutinho para falar sobre o baile? — perguntei, tentando ignorar os olhares e as risadinhas.

Aquilo tudo era estranho para mim: a hostilidade declarada, o clima constante de *competição*. Como se houvesse escassez de atenção ali (naquela escola minúscula e insignificante!). Pensei em como eu tinha acesso fácil a um universo além daquela cidade, em todas as pessoas aleatórias que seguia nas redes sociais só para ficar vendo o que comiam, seus bichinhos de estimação e aprender truques para tirar manchas difíceis. Essa galera aqui só devia ter acesso a revistas idiotas que vendiam uma versão bem específica da adolescência. Eu precisava agradecer aos deuses da geração Z.

Priscilla assentiu.

— Claro.

Deidre arregalou os olhos para ela, que surpreendentemente arregalou os olhos de volta. Espantada, Deidre voltou a se fechar em uma rodinha com as outras meninas.

Eu me sentei no banco aos pés dela.

— Tive uma ideia de brinde.

— Conta.

— Que tal oferecer desconto para lavar as roupas do baile na lavanderia se você ganhar? Posso falar com sua mãe hoje mesmo!

Olhei para Priscilla, animada. Era genial, na minha opinião. Ela não precisaria gastar dinheiro e ainda teria a ver com o tema.

Mas a reação dela *não* foi como eu esperava.

— O quê? Não, não quero fazer isso.

Priscilla colocou os óculos escuros e tomou um gole de coca diet. Fiquei surpresa.

— Por que não?

— Porque *não*!

Precisei reunir todas as minhas forças para não dar um peteleco na testa dela. Era irritante vê-la recusando tão facilmente uma ideia tão boa.

Priscilla olhou para alguém atrás de mim, então sorriu e ergueu a mão, em um cumprimento desajeitado. Virei para olhar. Era Jennifer, que abriu um sorrisinho rápido ao passar.

— Antes que comece a se vangloriar, deixa eu comer minha salada — Priscilla disse, revirando os olhos.

Ela deu uma garfada em uma alface seca e nada apetitosa.

— Eu não ia dizer nada — falei, impassível. — Mas a Jennifer é legal, né?

Priscilla deu de ombros.

— É, ela tem sido legal desde que ajudei com as coisas do abrigo. E vou ajudar de novo essa semana.

— Asiáticos: eles também podem ser seus amigos — falei, brincando.

— Cala a boca — Priscilla respondeu, rindo e segurando o garfo como se fosse me espetar.

Então senti o cheiro intenso do Sunflowers (um perfume que me assombraria pelo resto dos meus dias, assim como o CK One). Steph Camillo estava parada perto de mim, olhando para o que eu escrevia.

— Um cupom de *lavanderia*?

Ela falou "lavanderia" como alguém falaria "corrimento vaginal".

Steph tinha cabelo castanho-dourado, pele bronzeada e olhos meio claros. Era bonitinha e, naquele momento, bem inconveniente.

Deidre e as outras meninas olharam para ela com sorrisinhos maliciosos. Lembrei do comentário que tinham feito ali mesmo naquele corredor, no meu primeiro dia. Por algum motivo, consideravam Steph inferior. Talvez fosse por causa da blusa curta com babado, que deixava uns três centímetros de barriga aparecendo acima do short azul listrado. Talvez fosse por causa da sandália com salto plataforma. Tudo junto era um pouco... demais. E se havia algo que meninas malvadas conseguiam identificar era quando alguém precisava se *esforçar*. A sutil diferença entre estar bonita e querer estar bonita. Priscilla estava no nível mais alto da ordem social daquela escola. E Steph, apesar de bonitinha, não chegava lá.

— É para o baile? — ela perguntou, insistente, olhando para minhas anotações enquanto eu as cobria com a mão.

— Posso ajudar? — Priscilla perguntou, com a voz mais arrastada e entediada possível.

Era o tom de alguém que não poderia se importar menos com você, um tom que faria qualquer um se sentir extremamente idiota. E mesmo que eu achasse a Steph uma metida, estremeci ao ver Priscilla entrando no modo "menina malvada".

Steph não desistiu.

— Seus pais têm uma lavanderia ou algo do tipo?

Algo no comentário atingiu a fachada fria de Priscilla, deixando uma marca quase imperceptível em sua armadura, mas que eu conseguia ver. Ela olhou rapidamente para Deidre e as outras. Contorceu a boca.

— E o que você tem a ver com isso?

A resposta foi mais na defensiva que indiferente.

— Achei... interessante. Olhando pra você eu não diria que seus pais têm uma lavanderia — ela soltou, com uma risadinha, sugerindo que Priscilla se achava melhor do que realmente era.

Fechei o caderno na hora.

— Você quer alguma coisa aqui?

— Não estou falando com você — ela disse, fazendo questão de manter os olhos em Priscilla.

Embora eu odiasse concordar com Deidre e companhia, também estava achando Steph insuportável.

— *Eu* estou falando com ela. Então pode parar com esse papinho passivo-agressivo de merda e ir direto ao ponto?

Steph ficou vermelha, ciente de que todos estavam olhando para ela.

— Eu *só* vim avisar sobre o brunch no clube de campo. Nossa... — Steph respondeu, recuperando a compostura. — Não sabia que você ia estar acompanhada pela máfia coreana.

— Quê? — Eu me levantei, me eriçando como um gato. — Repete.

Priscilla se colocou entre nós.

— Calma, Sam.

Quando olhei para Priscilla, ela lançou um *olhar* que me fez segurar a onda na hora. Então olhei em volta e percebi que o grupinho inteiro estava achando graça. Deidre cobria a boca para não rir, com as unhas pintadas de azul-bebê e os olhos semicerrados. Neil e outros garotos faziam "uuuuh". Mas ninguém interferiu. Nossa, Priscilla tinha mesmo os piores amigos do mundo.

— Diz logo o que você veio dizer, *Steph*. — Priscilla olhava para ela com irritação.

A menina jogou as mãos para o alto.

— Meu Deus, que *drama*! Eu só queria te lembrar do brunch na quinta-feira e dizer que o traje é semiformal. — Steph fez uma pausa, então deu um sorrisinho. — Tenho certeza que você consegue colocar para *lavar* o que for preciso a tempo.

Depois daquela *alfinetada*, ela foi embora.

— Você ouviu aquilo de máfia coreana? — perguntei, encarando Priscilla.

Ela balançou a cabeça.

— A Steph não vale a pena. Só ignora.

— Uaaaaaau! Vocês pareciam, tipo, uma gangue!

Virei para ver quem tinha dito aquilo. Haley. Ela e Deidre morreram de rir.

— *Gangue*? — repeti, imitando a voz aguda e a tonalidade delas. — Onde você aprendeu isso? Na MTV?

Haley ficou séria e Deidre olhou feio para mim.

— Garota, *relaxa*. Você é a guarda-costas da Priscilla por acaso?

Ela falou num tom que sugeria algo lascivo.

— É o *orgulho coreano*! — gritou um dos caras, de cabelo loiro, encaracolado e desbotado, provavelmente descolorido pelo cloro, a julgar por sua jaqueta da equipe de natação.

A raiva tomou conta de mim, e eu olhei para Priscilla como se dissesse: "Esse pessoal está falando sério?". Mas antes que ela pudesse reagir, Neil se aproximou e passou um braço por cima dos ombros dela.

— Cara, cala a boca — ele disse para o loiro. — Priscilla não gosta dessas coisas. E acho legal a mãe dela ter uma lavanderia.

Quis revirar os olhos diante daquela palhaçada de salvador branco, mas Priscilla ficou radiante, abrindo um sorriso grande e especial, o mesmo que tinha dado para Tate no clube de campo. Era sua arma.

— Não é? Minhas roupas estão sempre mais limpas que as de vocês.

Todo mundo riu, e a tensão se dissipou na mesma hora. Os olhos de Priscilla brilharam em triunfo.

Deidre olhou para um grupo de meninas asiáticas que passava.

— É, Priscilla não é *daquele jeito*. Com esse cabelo descolorido horroroso e imitações da Calvin Klein.

Priscilla jogou o cabelo para trás, e eu já tinha visto esse gesto um milhão de vezes, no passado e no presente. A luz do sol refletiu nos fios escuros e sedosos. Aquele gesto bem treinado, assim como muitas outras coisas que Priscilla projetava em relação a si mesma, parecia muito natural. Como se ela *fosse* de fato uma pessoa que se encaixava naquele grupo.

Neil acompanhou o movimento com os olhos — observando a mão, depois as mechas batendo em seu rosto. Priscilla deixou o braço dele sobre seus ombros. Quando o sinal tocou, ele sussurrou algo em seu ouvido, com muita intimidade.

Ela não parou de sorrir, mas parecia uma máscara, um figurino. Então me ocorreu que sua aceitação naquele grupo era condicional, Priscilla precisava agir como "os descolados" e passar pano para aquelas merdas racistas para ser aceita, mas também precisava do interesse de Neil. Afinal, eu tinha acabado de presenciar em primeira mão o poder irritante de macho alfa que ele exercia sobre os outros.

Cara, que triste.

Enfiei o caderno na mochila, me sentindo exausta.

— Sam — disse Priscilla pegando a mala com suas coisas de animadora de torcida e a mochila, que estavam ao meu lado.

Olhei para ela, cautelosa.

— Sim?

Ela colocou a mala e a mochila nos ombros, demorando para responder.

— Obrigada por tentar... você sabe, com a Steph.

Dei de ombros.

— Ela merecia um soco na goela, mas acho que uns gritos vão ter que servir.

Um sorriso sincero surgiu no rosto de Priscilla.

— Ela é péssima. Agora você entende por que preciso ganhar.

— Ah, *nem se preocupa* com isso. A possibilidade de vingança me revigorou.

Era uma brincadeira com fundo de verdade. Agora que eu sabia que Steph Camillo era a principal adversária, era ainda mais importante seguir o plano. Tudo dependia daqueles votos.

Quando o sinal tocou pela segunda vez, eu me vi quase sozinha no pátio — os outros alunos já tinham corrido para a quinta aula. Eu invejava as preocupações simples deles. Enquanto eu precisava me preocupar em voltar para meu próprio mundo.

19

CINCO DIAS PARA O BAILE

Não estou dizendo que nasci para trabalhar em uma lavanderia... mas talvez eu tenha nascido para trabalhar em uma lavanderia.

— Obrigada, volte sempre! — falei, animada, para a cliente que saía toda de marrom e com uma echarpe fina desnecessária enrolada no pescoço, cuja ponta quase ficou presa na porta.

Halmoni fechou a caixa registradora com um estalo.

— Muito bem — falou, assentindo em aprovação.

E não estou dizendo que eu fazia de tudo pelos elogios de halmoni... mas talvez eu fizesse de tudo pelos elogios de halmoni.

Tínhamos passado a maior parte da tarde fazendo serviços básicos na lavandeira (e eu me sentindo culpada por desperdiçar o tempo dela, afinal, com sorte, em cinco dias iria embora). A princípio, fiquei meio escondida, no meu canto, mas halmoni me colocou no balcão para atender alguns clientes, e seria estranho demais dizer que curti?

Talvez eu só estivesse gostando de ficar perto de halmoni. Assim como no futuro, as coisas eram fáceis entre nós. Achei que ela pudesse ter algumas reservas comigo, por ser uma amiga de sua filha. Mas ela tinha sido a halmoni que eu conhecia: calorosa, prestativa e divertida. Parecia mais relaxada quando Priscilla não estava.

Mas eu não havia esquecido da minha missão ali.

— Se eu conseguir fazer metade do que a Priscilla faz, já está ótimo — falei em um tom leve, enfiando uma ordem de serviço em um espeto de metal na bancada, a última de uma bela pilha.

— Ah, você está aqui faz um dia, Priscilla já é experiente — halmoni disse, evitando um pouco a questão. — Não é justo comparar, certo?

Concordei, porque nunca conseguia contrariar a sabedoria dela.

— Obrigada de novo por me deixar trabalhar aqui. Fico feliz em ajudar. Parece que Priscilla está sempre ocupada.

— *Eu* que preciso agradecer — halmoni respondeu, ligando uma secadora.

Ela nunca ficava à toa: suas mãos e seu corpo estavam sempre em movimento.

— Priscilla... sei que peço muito dela.

Ali estava. Minha entrada no assunto.

— Ela faz bastante coisa — concordei. — Mas entendo. A senhora também é muito ocupada.

Halmoni fez uma pausa, depois sua voz pareceu mais comedida, zelosa.

— O pai delas morreu há quatro anos, sabia?

Claro que eu sabia. Mas a Sam de 1995 não. Balancei a cabeça.

— Não. Sinto muito.

Embora eu nunca tivesse conhecido meu avô e tudo o que soubesse dele fosse a partir de histórias da família, o fato de halmoni mencioná-lo agora fez com que um nó se formasse na minha garganta.

— Foi difícil para todas nós, e mais ainda para Priscilla. Grace era muito pequena. Mas Priscilla... era muito ligada a ele. Sempre gostou mais dele.

Fiz menção de protestar, mas halmoni balançou a cabeça.

— Não, é verdade. E tudo bem. Eles tinham uma relação especial.

Perder o pai assim, nessa idade... — A frase morreu no ar. Ela manteve as mãos ocupadas, sempre em movimento, mãos que me eram muito familiares. — É difícil. Eu fico preocupada com ela.

O ar pareceu denso — carregado de emoções. A preocupação de halmoni e seu sofrimento eram palpáveis, e eu quis poder ajudar.

— Priscilla está se saindo muito bem — consegui dizer. — Não precisa se preocupar.

Halmoni olhou para mim, com alegria e tristeza nos olhos.

— Ah, sei que ela está indo bem na escola. Ela dá tudo de si lá. Se dedica aos amigos. Só não sobra muito para a casa, sabe? Talvez ela não goste de ficar lá. Porque não é a mesma coisa sem o pai. Não tem mais nada para ela ali — halmoni falou com leveza, como se não fosse grande coisa. Mas suas palavras... nossa.

— Mas não é normal para uma adolescente? — perguntei, tentando falar com a mesma leveza. — Nos Estados Unidos, pelo menos.

Eu mesma não fazia aquilo sempre? Afastava minha mãe, meu pai e Julian? Me definia como o *oposto* deles?

Eu sabia bem como era esquisito estar ali defendendo minha mãe para halmoni. Uma loucura. Mas precisava dar um jeito naquilo, melhorar as coisas entre elas. Então algo me ocorreu. Aquela tensão entre as duas. Teria sido por isso que halmoni sentira que precisava esconder seu problema de coração? Ou talvez até tenha sido o que causou indiretamente o infarto.

Fazer minha mãe ser coroada rainha do baile. Impedir a briga. Consertar a relação delas para sempre. Talvez até impedir que halmoni entre em coma.

Havia conexões em toda parte. Eu estava perdida nos meus próprios pensamentos quando halmoni disse:

— Sam? Você me ouviu?

Voltei a mim.

— Hã? Desculpa! Eu estava pensando... na lição de casa.

Halmoni pareceu achar graça.

— Não minta.

Minha risada a fez rir também. Ela balançou a cabeça enquanto embrulhava um moletom em papel de seda.

— É muito fácil falar com você, Sam.

Embora eu ficasse feliz em ouvir isso, também me dei conta do óbvio: era sempre mais fácil lidar com a família dos outros do que com a nossa.

Lidar com a própria família dava trabalho. Passei o resto do tempo ajudando na limpeza, e ficamos em um silêncio tranquilo — sem que nossos sentimentos tivessem sido maculados por nossa história. Aproveitei cada segundo.

Na volta, eu estava sozinha no ônibus, então me arrisquei a ligar o celular e gravar um áudio.

Halmoni, queria que tivesse me contado sobre seu problema de coração. Será que achou que eu não era forte o bastante para lidar com a notícia? Ou não teve a ver comigo, você só quis guardar a informação para si mesma, para que não se tornasse o centro da sua vida?
De qualquer maneira, não tem como mudar o passado, né?

Parei por um momento. Na semana anterior, não tinha. Mas agora... agora era outra história. Eu *podia* mudar o passado. Se salvar o relacionamento de minha mãe e halmoni pudesse impedir o infarto... Bem, eu não precisava de mais nada para me motivar. Agora que não desistiria mesmo. Voltei a gravar.

Mesmo que não dê para mudar o passado, podemos mudar o futuro.
Quando acordar, você vai ver. Vai ver como tudo pode ser diferente.

20

CINCO DIAS PARA O BAILE

Eu estava ansiosa e ao mesmo tempo morrendo de medo do encontro com Jamie para discutir o trabalho. Quando saí da lavanderia e peguei o ônibus de volta à escola, notei que estava toda suada outra vez.

Com o prédio vazio e silencioso, eu tinha um minuto para me recompor antes que Jamie voltasse do treino. Havíamos combinado de nos encontrar na entrada.

Estava bastante óbvio que eu tinha certo interesse nele. E grande coisa, nada de mais. A natureza humana era assim. Normal se interessar por outra pessoa que não seu namorado ou seja lá quem for. Mas marcar de se encontrar com o cara já era outra história. Passar horas a sós com ele *não era nada bom*. Sem contar que na minha realidade ele já era um cara de meia-idade.

Enquanto eu esperava por Jamie, meus dedos se coçavam para pegar o celular, que eu levava sempre no bolso do casaco. Da última vez que havia verificado, estava com sessenta por cento de bateria. Os áudios para halmoni estavam custando caro. Antes que eu pudesse desperdiçar outra preciosa porcentagem, vi Jamie descendo a escada.

— Oi — ele disse, com um aceno breve, parando na minha frente. — Desculpa ter feito você esperar.

Por que a educação me atraía tanto?

— Não esperei quase nada, não se preocupa. Então, onde vamos fazer essa pesquisa chata?

Ele fingiu pensar.

— Não sei, que tal naquele lugar chamado... biblioteca pública?

— Boa — respondi na hora, torcendo para que Jamie levasse minha pergunta na brincadeira.

Ficamos parados ali por um segundo.

— Eu, hum, não tenho carro — falei.

— Nem eu — ele disse, com uma careta. — Costumo andar de ônibus.

— Eu também!

Fiquei um pouco animada demais com o fato de que nós dois costumávamos andar de ônibus, mas ele nem percebeu.

— Beleza, então vamos lá.

Atravessamos a rua e esperamos no ponto vazio. Tentei manter meus sentimentos por Jamie sob controle calculando quantos anos ele teria na minha época.

— Está com frio? — ele perguntou de repente, e eu percebi que um calafrio tinha percorrido meu corpo ao pensar nele como um tiozão.

— Não, estou bem — respondi, batendo palmas uma vez como se para confirmar minha disposição. — Sabe onde fica a biblioteca?

Ele fez que sim.

— Não fica muito longe. São só alguns pontos. Perto do shopping.

O ônibus chegou. Pagamos e fomos para o fundo. Encontrei dois lugares juntos e nos sentamos, com os ombros quase se tocando. Por que os assentos dos ônibus não ficavam a uma distância respeitável uns dos outros?

— Vou deixar com você a missão de puxar a cordinha quando estivermos perto — comentei. — Fico muito ansiosa.

— Esperando a hora de puxar a cordinha? — ele perguntou, e não era brincadeira.

— É! Tipo, e se eu esquecer? E se puxar cedo demais? E se eu e outra pessoa puxarmos ao mesmo tempo e um puxão cancelar o outro?

O ônibus parou, e nossos corpos foram jogados um pouquinho para a frente. Jamie olhou para a cordinha balançando, e fiquei constrangida por ter revelado aquela minha paranoia incrivelmente sem graça.

Mas Jamie só se inclinou, roçando levemente o braço e o ombro em mim, e tocou a cordinha por um momento, sem puxá-la.

— Pode deixar. Eu puxo. Não se preocupa, Samantha.

Fiquei em dúvida se ele estava falando sério ou sendo sarcástico, então me dei conta de que Jamie estava sendo apenas ele mesmo. Um pouco esquisito e tímido, mas atencioso.

Depois de um momento, ele perguntou:

— Por que sua família se mudou pra cá?

Bati os pés no chão sujo do ônibus.

— Por causa do trabalho do meu pai. Ele é médico.

Não inventar muito era a melhor saída, certo?

— E você? Por que se mudou para cá?

O sol do fim de tarde batia no rosto de Jamie quando ele respondeu:

— Minha mãe queria ficar mais perto da família dela.

— Ah, ela é daqui?

Ele fez que sim.

— Ela nasceu em Los Angeles. Meus avós, tios e primos moram todos perto.

— Que legal.

Parecia uma coisa óbvia e vazia de dizer. Mas ele assentiu e ficou quieto por um tempo antes de falar:

— É legal mesmo. Minha mãe… é mãe solteira. Ela me criou praticamente sozinha depois do divórcio. Mas acho que mesmo eu já estando, tipo, quase adulto, é bom para ela ter apoio.

Havia certa solidão naquelas palavras. Pensei em halmoni, criando as filhas sozinha. E, embora eu tivesse um bilhão de perguntas (Onde está seu pai? Vocês se veem? Por que sua mãe saiu de Los Angeles? Por que ela não voltou antes?), tudo o que eu falei foi:

— Minha mãe me disse uma vez que filhos sempre vão ser filhos, não importa a idade. Ela me contou que quando meu irmão mais velho, Julian, foi para a faculdade, ela ficava mandando mensagem de hora em hora para ele, que nem uma louca.

— Você tem irmão? — Jamie estava totalmente concentrado no que eu dizia, como sempre, e resisti ao impulso de interromper o contato visual.

— Tenho. Um. Ele é só alguns anos mais velho, mas somos muito diferentes.

— Diferentes como?

Aquele cara ia fundo nas conversas.

— Bem, ele é um gênio. E não é modo de dizer. Foi uma criança-prodígio, e escreveram um artigo sobre ele no *New York Times*, por causa de… — Eu tinha que tomar cuidado nessa parte. — Uma coisa de robótica que ele fez. Nem eu entendo direito — respondi com uma risada, deixando de lado os detalhes do drone em miniatura que ele havia projetado para ajudar na polinização de flores. — Ele estuda em Yale.

— Nossa — Jamie disse, apoiando os cotovelos nos joelhos, o que não era tarefa fácil naquele espaço apertado. — E como você é diferente disso?

Eu me recostei.

— Sério? Ele é um gênio. Eu… não sou.

— Ok, entendi, ele é bom no lance acadêmico. E o que mais? Vocês têm personalidades muito diferentes?

Hesitei, sem saber como responder.

— Bem, sim. Além de Julian ser um gênio e eu não, temos personalidades muito diferentes. Isso pode parecer meio estereotipado, mas é verdade: ele é, hum, introvertido. Tipo, tímido e não muito bom em interações sociais.

— Então é o completo oposto de você, né? Já te vi falando com as pessoas.

Fiquei feliz, mas também com vergonha.

— Acho que sim.

— Hum, não que eu estivesse vigiando você nem nada do tipo. — As bochechas dele ficaram rosadas, como em um filtro do Instagram, o que era muito fofo. — É só que... notei que fica bem confortável com outras pessoas. Consegue se entender bem com todo mundo.

— Isso é — falei, e dei de ombros. — Tenho muito mais facilidade do que Julian. Pra ele é mais complicado entender os sentimentos dos outros. Bem parecido com minha mãe, na verdade.

— Deve ser difícil.

Ele conseguiu entender o que eu estava querendo dizer tão instantaneamente que, por algum motivo, meus olhos se encheram de lágrimas. Pisquei várias vezes, tentando dar um fim àquela maldição de chorar o tempo todo.

— Às vezes é.

Jamie se virou para mim, prestes a fazer algum gesto empático que *com certeza* abriria as comportas, mas no último minuto se esticou por cima de mim para puxar a cordinha. Um sinal tocou.

— É o próximo ponto — ele declarou, orgulhoso de si mesmo.

— Meu herói — falei, rindo, mas procurando conter a avalanche de emoções.

A biblioteca estava movimentada, daquele jeito silencioso das bibliotecas. Parecia familiar e desconhecida ao mesmo tempo, como todos os lugares que eu vinha revisitando no passado. O carpete era de outra cor, e os móveis pareciam ser da metade do século XX, enquanto os da minha época criavam um clima deprimente de hospital. De resto, tudo continuava igual. O lindo relógio antigo no meio do salão principal era o mesmo, o cheiro dos livros era o mesmo, a parede cheia de janelas deixando a luz amarela da tarde entrar era a mesma.

Como não sabíamos por onde começar, decidimos recorrer aos especialistas. Um bibliotecário simpático, literalmente usando um colete de tricô e corrente nos óculos, nos levou até uma seção de livros de referência com prateleiras cheias de registros encadernados de projetos de lei apresentados no Congresso.

— Ah! Vocês também vão querer ver de que várias formas um projeto de lei pode ser aprovado ou reprovado. Vou mostrar a seção de microfilmes para que possam acessar os periódicos — ele disse, e seguiu depressa para outra sala.

Assenti como se soubesse do que ele estava falando.

Nós o seguimos até uma fileira de máquinas que pareciam computadores retrôs. Havia uma única mulher sentada diante de uma delas, com o rosto colado na tela, girando um botão enquanto segurava, com a outra mão, o que parecia ser um rolo de filme pequeno que entrava por baixo da máquina. O filme aparecia ampliado na tela: imagens em preto e branco de páginas de jornal. Dependendo de como a mulher girava o botão, o filme passava mais rápido ou mais devagar, com um barulho alto a cada movimento.

Eles esperavam mesmo que a gente passasse por anos de publicações daquele jeito? PÁGINA A PÁGINA? Sem nenhum mecanismo de busca? Aquilo parecia ter saído de um filme futurista dos anos oitenta, tipo uma continuação de *Blade Runner* que se passava na biblioteca.

— Vou trazer filmes pertinentes para vocês, das edições dos últimos anos dos principais jornais.

Quando o bibliotecário foi embora, Jamie e eu ficamos olhando para as máquinas. Aquilo era uma coisa normal, que as pessoas naturalmente sabiam usar? Seria o mesmo que alguém da minha época não saber mexer no celular? Comecei a suar e me arrependi profundamente de ter começado aquele trabalho.

Antes que eu pudesse ter um ataque de pânico, o bibliotecário voltou, me deu uma caixinha plástica cheia de filmes e foi embora.

Entreguei para Jamie na hora.

— Quer fazer as honras?

Ele pegou um filme da caixa.

— Claro.

Sentou diante da máquina e enfiou o filme metodicamente. Apertou um botão, e a tela acendeu. Uma página de jornal apareceu, assim como na máquina da mulher ao lado.

— Que legal! — exclamei, sem pensar.

Ótimo! Aja como se estivesse vendo a luz elétrica pela primeira vez...

Jamie falou, bastante orgulhoso:

— Deixa com o especialista. — Ele parou por um momento. — Não sei por que falei assim.

Larguei os filmes na mesa e puxei uma cadeira para o lado dele.

— Você é mesmo o especialista. Eu, hã, não tenho muita experiência com esse negócio.

— Com certeza não é nada high tech.

Ah. Ufa. Eu não tinha pagado de esquisita.

— Vamos começar pelo caderno de política? — sugeri.

— Claro — ele disse, girando o botão para si. As páginas começaram a correr, enquanto a máquina zumbia alto e eu ficava boquiaberta. — Ah, merda — ele murmurou, largando o botão como se estivesse queimando a mão.

Por um segundo encaramos a página na tela, era a seção de tirinhas. Marmaduke nos encarava de volta com uma expressão travessa. Tive vontade de rir e mordi os lábios para me segurar.

— Esquisito — Jamie disse, o rosto tenso. — Não sabia que era assim.

Ele voltou a mexer no botão, hesitante. Virou-o só um pouco, dessa vez para o outro lado. As páginas "rebobinaram", e o jornal foi passando lentamente. Foco no lentamente.

— Talvez dê para ir um pouco mais rápido, né?

— Sim, claro. Melhor mesmo — Jamie respondeu, empurrando os óculos no nariz.

Então virou o botão com um pouco menos de delicadeza e as páginas aceleraram — mas num ritmo que dava para ler as manchetes e identificar os cadernos.

Boa, estávamos pegando o jeito. Me inclinei para a frente para olhar mais de perto e sem querer bati o cotovelo no braço de Jamie. As páginas voltaram a passar em alta velocidade.

— Ai! — Me afastei. — Desculpa!

Mas Jamie não estava prestando atenção, porque o filme disparou tão rápido pela máquina que o zumbido se transformou em um ruído agudo. A mulher no outro aparelho olhou pra gente. Antes que pudéssemos fazer alguma coisa, o filme chegou ao fim e saiu *voando*, bateu na parede perto dela e caiu no chão, numa queda dramática.

Fiquei olhando para o rolo, girando eternamente, Jamie em total silêncio.

— Por que a gente não dá uma olhada nos registros encadernados? — sugeri.

Ele assentiu na hora.

— Vamos.

Saímos correndo, tentando não rir e doidos para deixar aquele inferno do microfilme para trás. Quando estávamos a uma boa distância, nos agachamos atrás de algumas estantes na seção de biografias para recuperar o fôlego. Sorri para Jamie.

— Acha que a polícia dos microfilmes vai achar a gente aqui?

Ele sorriu também, com uma fina camada de suor cobrindo a testa.

— Nesse esconderijo *incrível*? Duvido muito.

Nossas risadas saíram abafadas, porque não queríamos chamar atenção. Quando paramos de rir, nos encaramos por um momento. Me recompus e passei por ele depressa.

— Vamos atrás das nossas leis!

Depois de alguns minutos examinando as prateleiras, encontramos um volume que parecia interessante: a Lei Nacional de Política Ambiental de 1970.

Li a descrição em voz alta:

— "Depois de um século de expansão econômica acelerada, estava cada vez mais evidente que o progresso americano implicava um custo ambiental." *Jura?* "Uma investigação do Congresso reuniu provas de extrema má gestão dos nossos recursos e do meio ambiente. Os legisladores e o público clamaram com urgência por uma política abrangente de proteção ambiental." — Ergui as sobrancelhas para Jamie. — Que excitante!

Ele deu risada.

— Eu nunca chamaria uma lei de "excitante", mas, sim, acho que é.

— Isso é gigante! Centenas de outros países seguiram o exemplo. Foi a primeira vez que o ser humano começou a considerar as repercussões do próprio consumo. Já sei como podemos apresentar!

Jamie e eu passamos as horas seguintes discutindo os detalhes. Eu não sabia se era porque formávamos uma ótima dupla, mas fazia muito tempo que eu não ficava tão animada com um trabalho da escola. Sentia o peso da responsabilidade de fazer uma apresentação envolvente daquela lei para os outros alunos. Talvez não tivesse sido mandada para o passado para militar sobre a questão ambiental, mas, já que estava ali, por que não dar uma ajudinha? Afinal, a geração X tinha sido parte do problema.

Debruçada sobre minhas anotações, eu imaginava minha mãe dizendo: "Mas você vai poder incluir isso quando for se candidatar a uma universidade?". Dei risada, e Jamie me olhou com curiosidade.

— Nossa, estamos nos tornando um planeta mais quente, que engraçado.

Ele não perdeu a deixa.

— Sabe o que é engraçado nos gases do efeito estufa?

A imitação de *Seinfeld* foi tão ruim que me fez gargalhar. Um funcionário da biblioteca teve que pedir silêncio, e nós dois nos afundamos na cadeira.

Escondi meu sorriso atrás do livro. Pelo visto o truque para tornar a escola interessante era viajar no tempo. Vai entender...

21

QUATRO DIAS PARA O BAILE

Quando cheguei à orientação, Priscilla estava conversando com algumas pessoas — e notei que *não* eram seus amigos de sempre. Talvez ela estivesse mesmo seguindo meu conselho de se relacionar com alunos comuns!

Com a expressão tranquila e a postura perfeita, Priscilla parecia muito distante — diferente da garota que ficava comigo na lavanderia. Era quase como se *essa* Priscilla fosse uma fantasia. Uma armadura, na verdade. Não apenas para sobreviver como uma das poucas coreanas da escola, mas para se *destacar.* Minha mãe nunca fazia nada malfeito. Acho que eu entendia melhor agora o lance de não querer ser "um dos alunos coreanos". E não só porque eles pareciam rejeitá-la.

Para Priscilla, sucesso não era apenas entrar em Harvard. Era o uniforme de animadora de torcida, a coroa de rainha do baile. E, no futuro, ser aceita pelo clube de campo. Havia certa segurança em ser a "típica garota americana" que todo mundo invejava na escola.

Só que precisava *haver* espaço para alguma sobreposição ali. As duas existências não podiam ser tão polarizadas. E eu não sabia se aquilo era possível nos anos noventa.

O sinal tocou, e o sr. Finn leu os anúncios do dia. Fiquei viajando até ouvi-lo dizer:

— Ah, e o canal voltou ao ar! Vamos ouvir as notícias de hoje.

Canal? O sr. Finn pegou um controle remoto e ligou a TV de tubo no canto da sala.

Três alunos alinhados em uma bancada de telejornal de baixo orçamento apareceram na tela falando sobre o baile. Aquele parecia ser o único assunto na escola. Havia até uma contagem regressiva, com "4 dias" piscando na tela. À procura de qualquer distração, todos na sala assistiam. Não devia ser nada que eles não soubessem, mas para mim tudo aquilo era informação vital.

A âncora do canal, uma menina ruiva, de cabelo encaracolado e aparelho, olhava séria para a câmera enquanto falava sobre a equipe de futebol americano.

— Os Coiotes estão confiantes que podem ganhar o jogo este ano. Entre o quarterback Joshua Ennie e Teddy Quintero, que esteve na seleção estadual, temos tudo para fazer uma ótima temporada.

Dois jogadores de uniforme apareceram na tela. Um deles era o cara que havia jogado a bola em Jamie na arquibancada outro dia.

— Agora, vamos aos indicados a rei e rainha deste ano — ela prosseguiu.

Uma foto em grupo de todos os indicados surgiu na tela. Priscilla, à minha frente, se endireitou na cadeira.

— As princesas deste ano são Stephanie Camillo, Alexandra Gunner, Priscilla Jo e Tessa Martin. Os príncipes são Devin Connors, Eliot Bender, Neil Harper e Jason Russell. A votação será aberta para a escola inteira durante a sexta aula desta sexta-feira, e o rei e a rainha serão anunciados no baile. Que os melhores vençam!

Olhei em volta e percebi que todos estavam com os olhos fixos na tela. Se eles não tinham redes sociais na época, tinham aquele canal de TV superchato. Tive uma ideia.

Cutuquei o ombro de Priscilla.

— Ei.

— Fala.

— Podemos conversar no intervalo da manhã?

Mantive a voz baixa, mas Deidre olhou para mim de cara feia. Sorri e dei o dedo do meio para ela.

Priscilla pegou o caderno e o abriu em uma página cheia de equações.

— Aham, pode ser.

Sorri.

— O que é isso? Está resolvendo equações no seu tempo livre? Só para se distrair?

— Tempo livre? — ela repetiu, com ironia. — Não, essa aqui é a lição de casa que não consegui terminar ontem. Precisei fazer o jantar porque minha mãe ficou trabalhando até tarde.

— Ah.

Nossa. Você não precisa fazer piada com tudo, Sam!

— Foi mal.

— Por que está se desculpando? Não foi você quem escolheu isso para mim — ela falou, casualmente, sem qualquer amargura, mas suas palavras me deixaram emotiva.

Na verdade, eu me sentia culpada por não poder existir naquela época por mais tempo, para ajudar halmoni depois da escola por vários meses, e não apenas por alguns dias. Embora a demonstração de preocupação da sra. Lim fosse totalmente inapropriada, as coisas estavam *mesmo* difíceis para halmoni. E aquilo respingava em Priscilla. Ainda que ninguém imaginasse isso ao olhar para seu cabelo perfeitamente escovado e o casaco de tricô angorá azul-claro.

Percebi que agora eu realmente queria que Priscilla fosse coroada rainha. Não só para ir para casa, mas porque aquilo teria um grande significado para minha mãe.

Ela olhou para mim.

— Agora, falando sério, por que ainda não comprou roupas novas? — Priscilla sussurrou. — Você é pobre ou coisa do tipo?

E logo a sensação foi embora. Crispei os lábios e me recostei na cadeira para assistir ao restante do jornal.

Quando o intervalo da manhã chegou, eu estava inquieta. A caminho da lanchonete para encontrar Priscilla, congelei diante de um dos cartazes que tínhamos colado aquela manhã nos tijolinhos da fachada.

VOTE NA PRISCILLA PARA RAINHA!, dizia, com flores e coroas desenhadas nas bordas. Mas alguém tinha feito riscos grosseiros e repulsivos por cima das palavras. E escrito em cima: ESNOBE METIDA. Havia dois outros cartazes, um de cada lado desse — um da Steph e outro do Eliot, um dos príncipes. E nenhum deles havia sido depredado. Só o da Priscilla.

Fiquei tão furiosa que parecia que minha cabeça ia explodir.

— *Quem* fez isso? — gritei, para ninguém em particular.

As pessoas passavam e davam risada.

Um assovio baixo me fez virar. Era Teddy, o cara que havia jogado a bola de futebol americano em Jamie no outro dia. De perto, vi que suas feições eram fortes — com maçãs do rosto pronunciadas e sobrancelhas grossas —, mas nem por isso deixavam de ser bonitas.

— Que sacanagem, cara.

Trinquei os dentes.

— É. Vou *acabar* com quem fez isso.

Ele ergueu as sobrancelhas.

— Não duvido nada. Fico até com pena da mocinha que fez isso.

— Mocinha? — repeti, ignorando a escolha infeliz do termo. — Por que acha que foi uma garota?

Ele me olhou como se eu estivesse me fazendo de boba.

— Sério? Quem mais se importaria com a rainha do baile? Sem querer desrespeitar.

Hum. Bem observado, por mais irritante que fosse admitir.

Um cara de passagem deu um soco no ombro de Teddy, que sorriu para ele e foi embora.

— Priscilla tem sorte por ter uma amiga como você. Boa sorte!

Fiquei vermelha — de vergonha, mas também meio satisfeita por ter sido vista como alguém que a protegia. Então olhei para o cartaz de novo. Aquilo não ia me impedir. Nem ia impedir Priscilla. Houve um barulho satisfatório quando arranquei o cartaz da parede e o enfiei no lixo ali perto. Eu ia descobrir quem tinha feito aquilo. Teddy estava certo. Provavelmente não se tratava de um ato gratuito de violência, mas sim de alguém que não queria que Priscilla vencesse. Steph podia ser a suspeita mais óbvia, mas eu não fazia ideia do que Tessa e Alexandra achavam de Priscilla. Só por ser popular não significava que não tinha inimigos.

Quando vi Priscilla trabalhando na lanchonete, minha expressão já estava sob controle.

— Oi!

Fui abrindo caminho até a frente da fila, ouvindo alguns xingamentos no caminho. Priscilla ergueu o rosto enquanto entregava um saquinho de Cheetos picante. Esperei pacientemente que ela recebesse o pagamento de uma menina baixinha usando macacão largo e chinelos Adidas. (Algumas coisas tinham mesmo *voltado com tudo*.) A menina hesitou antes de ir embora, então abriu um sorriso tímido para Priscilla.

— Estou muito animada para votar em você como rainha!

Então saiu correndo para se reunir com as amigas, um grupo de outras meninas baixinhas do primeiro ano que a receberam com risadas.

Sorri e me aproximei de Priscilla.

— Ah, olha só…

Ela tentou esconder a satisfação.

— Você é *tão* convencida.

— Eu sei — disse, batendo os nós dos dedos no balcão. — E vou ficar insuportável quando você ganhar.

— Não duvido. E aí? — Priscilla perguntou, abrindo a caixa registradora.

Eu ainda não queria contar a ela sobre o cartaz.

— Tive uma ideia. Aquele jornalzinho de hoje cedo me fez pensar que a gente devia gravar um vídeo para sua campanha! Fazendo propaganda de você!

Com certeza estávamos conseguindo popularizar o rosto e o nome de Priscilla, mas, faltando apenas quatro dias, precisávamos ir com tudo.

Ela franziu a testa enquanto guardava algumas notas na bandeja.

— Eca. Aparecer naquela nerdice?

— PQP, Priscilla! Esquece essa coisa de nerd por um minuto.

— Hã? PQP? O que é isso?

Um mundo sem PQP. PQP!

— Hum, é só uma abreviação.

Ela fechou a caixa registradora.

— Isso é tão... desnecessário. Você não economiza literalmente nenhum tempo falando assim.

Hum. Ela não estava errada.

— Tanto faz. Vamos falar com os "nerds" do jornal para que eles passem o vídeo antes do baile!

Ouvi alguém pigarrear atrás de mim.

Era Jamie, claro. *Como* esse cara conseguia estar em todos os lugares? Senti minhas bochechas ficarem vermelhas na mesma hora.

— Oi, eu sou um dos nerds do jornal — ele disse. — O câmera, na verdade.

— Sério?! — Agarrei o braço dele. — Ajuda a gente! Precisamos filmar um negócio.

Ele olhou para minha mão, rápido como um raio, depois disse:

— Claro. Vou para o estúdio no almoço, preciso filmar umas coisas. Fica no prédio verde, sala quarenta e cinco.

— Legal, a gente se vê lá! — falei, e soltei o braço dele.

Jamie comprou um pacote de biscoitos recheados e eu dei tchau quando ele foi embora.

Meu sorriso se desfez assim que virei para Priscilla e vi a cara de espertinha dela.

— O que está rolando entre vocês dois, hein?

Senti um calor me percorrer por dentro.

— Nada!

Ela sorriu.

— Aham.

— Eu tenho namorado — falei, tão alto que duas pessoas que passavam por ali olharam. — A gente se vê no almoço, ok? Não me troca pelos seus amigos péssimos!

— Você sabe mesmo como tornar tudo divertido! — ela gritou enquanto eu me afastava.

Então voltei para o lixo e recuperei o cartaz. Despois de dobrá-lo com cuidado em um retângulo, enfiei-o na mochila.

Cheguei ao estúdio antes de Priscilla e encontrei Jamie sozinho. Ele estava sentado na beirada da bancada do jornal, mexendo em uma câmera. Estava tudo escuro, a não ser por um holofote voltado para ele.

Quanta sutileza, universo.

— Oi.

Jamie olhou para mim, e um cachinho caiu em seu rosto. Ele franziu um pouco o nariz enquanto empurrava os óculos para trás.

— Oi, Samantha.

Samantha. Minha mãe era a única que me chamava assim. Algo

na maneira como ele disse meu nome me fez esquecer por um segundo por que eu estava ali.

— O que você quer filmar? — Jamie perguntou quando me aproximei.

Ele apoiou a câmera ao lado e limpou as mãos na calça jeans — uma calça do tamanho certo, não daquelas gigantes sempre caindo que os meninos de 1995 usavam.

— Uma entrevista com Priscilla. Sobre o baile. Acha que o pessoal do jornal vai topar?

— Acho que sim. Você pode falar com Taylor, que cuida da programação. Posso apresentar vocês depois da aula, se quiser.

— Ah, ótimo! Obrigada!

Ele olhou para mim, daquele seu jeito focado que me deixava inquieta.

— Acho engraçado que você e Priscilla tenham ficado tão amigas. Você não acabou de se mudar para cá?

— Bem... eu não diria que somos *tão amigas*. Ainda.

— Isso é ainda mais esquisito, né? — Jamie falou, tamborilando na bancada.

Meus olhos foram imediatamente atraídos por aquele movimento. Ele tinha mãos bonitas.

— Por quê?

— Por que você está ajudando alguém que nem é tão sua amiga assim? O que ganha com isso?

Ele não estava me acusando, era pura curiosidade. E eu não podia julgar. Nada daquilo fazia o menor sentido se alguém pensasse a respeito por cinco minutos. Que era exatamente o que eu não queria que Jamie fizesse.

Desejei ter algo para fazer com *minhas* mãos.

— Hum... Como você disse, sou nova aqui. Priscilla é popular, e pensei que ela pudesse me apresentar aos seus amigos.

— Sem querer ofender, mas acho que você pode arranjar amigos melhores. Ela anda com uma galera bem babaca.

Encolhi um pouco os ombros.

— Ela não é tão ruim quanto eles. Quando... se vai além da fachada.

Ele não discordou.

— Certo.

— Mas é verdade, os amigos dela são péssimos. — Olhei de soslaio para ele. — Não é fácil ser nova na escola.

Jamie riu, olhando para os próprios pés.

— É, acho que não.

Houve um momento de silêncio, e eu senti a necessidade de preenchê-lo.

— Por falar na campanha, encontrei isso aqui hoje.

Tirei o cartaz da mochila e o abri na bancada.

Jamie se debruçou sobre ele, apoiando as mãos dos lados.

— Nossa. Turminha da pesada.

Dei risada.

— É, sei que é uma tentativa fraca de sabotagem, mas...

— Ainda assim é ruim. — Ele olhou para mim. — Você sabe quem foi?

— Não, mas vou descobrir. Confia. — Dei um tapa no cartaz. — Em. — *Tapa.* — Mim. — *Tapa.*

Jamie chegou a se sacudir de tanto rir, e eu dei um soco no braço dele.

— É sério!

— Eu sei, eu sei. E essa é a graça. — Os olhos dele brilhavam. *Brilhavam.* — Você tem alguma ideia?

— Não. — Olhei para o cartaz. — Mas essa letra... É de garota, não é? Sei que é idiotice dizer isso, não é como se a letra indicasse qualquer coisa. Mas acho que nenhum cara daria mole de ser pego com essa letra. — Não em 1995, pelo menos. — Fora que seu amigo Teddy disse que só uma garota se importaria tanto com a rainha do baile pra fazer isso com o cartaz.

Jamie dedicou à caligrafia a mesma atenção focada e sem pressa que parecia dedicar a todas as outras coisas que fazia. Ele analisou o "n" que terminava em um floreio.

— É, acho que você tem razão — ele disse.

— Então as principais suspeitas são as outras garotas que estão concorrendo. — Recuei um pouco. — Mas qual delas? Você acha que é alguém que odeia a Priscilla? Ou só alguém que quer ganhar dela?

Jamie deu de ombros.

— Sinceramente, não tenho ideia de quem faria algo tão idiota e óbvio… mas talvez alguém que odeia a Priscilla *e* quer ganhar dela?

Antes que eu pudesse responder, a porta do estúdio se abriu com tudo.

— E aí, nerds? — a voz de Priscilla ecoou.

Eu me apressei para esconder o cartaz, mas seus olhos de águia registraram a cena.

— O que é isso?

Ela se aproximou, os sapatos fazendo barulho a cada passo.

— É… um dos seus cartazes. Ou era.

Relutante, mostrei para ela.

Priscilla parou por uns dois segundos para olhar, então ajeitou o cabelo.

— Que criancice… — Então olhou para mim e para Jamie, nós dois estávamos ansiosos. — Por que vocês estão guardando isso, aliás? Joguem fora.

— Quero descobrir quem foi que fez — falei, dobrando-o de novo.

— Por quê? — Priscilla cruzou os braços. Tudo nela se fechou.

— Porque... — Fechei o zíper da mochila, com o cartaz a salvo lá dentro. — É um absurdo. A pessoa vai ter que pagar.

— Ai, meu Deus... — Priscilla ergueu as mãos. — Quem liga? Deixa pra lá. Está na cara que algum babaca entediado saiu zoando os cartazes de todo mundo.

— Não vi isso no pôster de mais ninguém — eu disse, me recusando a aceitar.

— Esquece — Priscilla disse, com a voz firme e direta, lembrando muito minha mãe. — Por que encanar com algo que não temos como controlar?

Jamie tossiu.

— Hum, não temos muito tempo para usar o estúdio, então...

— Certo.

Eu me virei para ele, me sentindo culpada por desperdiçar seu tempo bancando a Veronica Mars.

— Obrigada pela ajuda — Priscilla disse a Jamie, porque não conseguia deixar de ser educada. — Então, o que vamos fazer? — ela perguntou, ajeitando o cabelo. — É melhor retocar a maquiagem?

A transição imediata para o profissionalismo depois de ter visto seu cartaz depredado, ignorando minha sede de vingança, me lembrou minha mãe diminuindo minhas preocupações em relação ao histórico (provavelmente) racista do clube de campo Oakwood. Eu sempre tinha encarado a capacidade dela de separar as coisas como covardia ou falta de vontade. Algo típico de imigrantes da geração X, loucos para se enturmar.

Mas, agora, já não sabia. Talvez fosse mais um modo de sobrevivência escolher que batalhas travar em uma vida cheia de conflitos. Engoli em seco o nó que se formou na minha garganta.

— Pensei em te fazer algumas perguntas em off e Jamie filmar as respostas. — Peguei o caderno com o roteiro. — Ele cuida da parte técnica.

Jamie puxou Priscilla pelo cotovelo até a bancada do jornal.

— Acho que você deve ficar aqui. Vou filmar em close-up, assim a bancada não aparece.

— Ok, mas como *eu* estou? — Priscilla perguntou, exasperada.

Ele sorriu.

— Você está sempre ótima.

Ela ficou vermelha, e eu franzi a testa. *Hum, vamos parar com isso aí.*

Assim que Jamie ajustou a câmera e a iluminação, fui para o lado dele, com as perguntas prontas.

— Muito bem, vamos lá! — Bati palmas. — Pode se apresentar primeiro. Nome, ano e tudo mais.

Priscilla jogou o cabelo para trás e abriu um sorriso radiante para a câmera.

— Oi, meu nome é Priscilla, sou aluna do último ano e estou concorrendo a rainha do baile.

Ela tinha um talento natural. Assenti, satisfeita.

— Por que as pessoas deveriam votar em você para rainha do baile? Responda em uma frase completa para que as pessoas não precisem ouvir a pergunta para saber do que está falando.

Jamie olhou para mim, surpreso.

— Boa.

Priscilla pensou por um tempo, olhando para o teto e murmurando baixo algumas palavras. Então pigarreou e voltou a sorrir para a câmera.

— Vocês deveriam votar em mim para rainha do baile porque represento muito bem a North Foothill. Sou capitã das animadoras de torcida, representante de turma e aluna nota dez. Sou muito envolvida com a escola e vou ficar ótima com uma coroa na cabeça.

Ela deu uma piscadela, e eu comecei a rir.

— Ficou ótimo. Ok, agora: por que ser a rainha do baile é tão importante para você?

Priscilla assentiu e pensou por um momento antes de falar:

— Ser coroada rainha do baile é importante para mim porque significaria que vocês querem o melhor para esta escola. A gente se vê no jogo!

Ela foi perfeita, e Jamie parou de filmar. Mas não era o que eu estava esperando.

— Ficou bom, mas que tal deixar um pouco mais pessoal?

Foi como se Priscilla tivesse tirado uma nota oito, esperando um dez. Ela cruzou os braços.

— Pessoal como?

Pensei em como a fixação da minha mãe pelo baile no futuro me deixava perplexa. Em quão importante ela considerava tudo aquilo.

— Por que não explica o que o baile significa para você? Assim como todas as tradições americanas de modo geral? É isso que te destaca de todas as outras: você é filha de imigrantes. O baile tem um significado diferente para você.

Notei um lampejo de emoção nos olhos dela. Vulnerabilidade.

— Isso é meio... sei lá, pessoal *demais.*

— Não é. Confia em mim. As pessoas precisam te conhecer, te conhecer de verdade, para votar em você.

Ela colocou as mãos na cintura e olhou para o chão. Achei que fosse se recusar, mas então levantou a cabeça, estufou o peito e jogou o cabelo.

— Certo, estou pronta.

Olhei para Jamie, que começou a gravar.

Priscilla encarou a câmera e sua expressão se abrandou.

— Ser coroada rainha do baile significaria muito para mim, porque seria dar mais um passo rumo ao sonho americano dos meus pais. Foi por isto que eles vieram para cá: para que eu tivesse mais oportunidades. Com o apoio de vocês, quero representar nossa escola. E não tem nada mais americano que o baile de boas-vindas, não é mesmo? — ela disse, e abriu um sorriso enorme.

Jamie e eu ficamos em silêncio. Priscilla olhou para nós, ansiosa.

— Ah, não. Ficou ruim?

Balancei a cabeça, tentando manter a voz sob controle para não entregar quão profundamente emocionada eu estava.

— Não. Foi ótimo. Perfeito.

Ela pareceu satisfeita.

— Sério? Não ficou brega?

— Nem um pouco — Jamie disse, se apoiando na câmera. — Ficou ótimo. E você ficou ótima na filmagem.

— Como a gente faz para garantir que seja transmitido antes de sexta? — perguntei a Jamie, irritada com aqueles elogios para Priscilla outra vez. — Todo mundo tem que ver isso antes de votar.

— Vou falar com o produtor.

— Taylor? — Priscilla interrompeu. — Pode deixar, eu falo com ele.

Sua voz transmitia uma segurança inabalável, e eu tinha certeza de que qualquer um faria qualquer coisa por ela. Tipo quando minha mãe perguntava se um novo desconto poderia ser aplicado a uma compra antiga. Tipo no sétimo ano, quando ela disse ao meu professor de tênis que preferia que ele não levantasse a voz para me motivar. As pessoas simplesmente obedeciam. E, com sorte, com aquele vídeo incrível, íamos dar a ela um megafone.

— Obrigada pela ajuda — eu disse a Jamie.

Ele estava mexendo na câmera, mas ergueu os olhos escuros, quase escondidos pelo cabelo.

— Sem problemas, Samantha.

De novo. *Samantha*. Eu me senti quentinha por dentro.

Priscilla interrompeu o momento.

— Obrigada, vocês dois. — Então ela olhou para mim. — O que vai fazer depois do trabalho?

— Hum, absolutamente nada.

— Quer fazer compras?

— Compras?

— É. — Priscilla franziu os lábios. — Você tem usado as mesmas roupas esses dias todos.

Certo.

— Espera, vou passar por uma *transformação total*? Tipo, no shopping? — perguntei, imitando o jeito das amigas dela.

— Para! Busco você na lavanderia.

— O shopping fica aberto assim até tarde?

— Sim, você nunca foi ao shopping à noite?

— Não, nunca desfrutei dessa oportunidade ímpar.

— Por que você é assim? — ela perguntou, então se despediu com um aceno e fechou a porta.

— Talvez a amizade de vocês duas não seja tão estranha — Jamie comentou, balançando a cabeça. — Tem algo em vocês que simplesmente se encaixa. Agora entendi.

O prazer de ouvir isso me pegou desprevenida, e eu dei outro soco no braço dele para esconder aquele sentimento, de um jeito um pouco empolgado demais, meio "amigão".

De repente, o estúdio pareceu muito íntimo. Ergui a mão.

— A gente se vê, mano!

E fui embora morrendo de constrangimento outra vez.

22

QUATRO DIAS PARA O BAILE

— Vai fazer alguma coisa amanhã à noite, Sam?

Eu estava grampeando algumas notas, mas levantei a cabeça.

— Amanhã?

— Isso. Quer jantar com a gente lá em casa?

Senti um quentinho no peito.

— Ah, claro!

Ela me olhou séria.

— E seus pais? Não precisa perguntar?

Ah.

— Ah, sim, se eles deixarem, claro. Mas com certeza não tem problema.

— Entendi. Porque somos coreanas.

Halmoni assentiu, como se compreendesse.

Dei risada.

— É, por isso.

Ainda estávamos rindo quando Priscilla entrou. Ela olhou para nós, também com um sorriso se insinuando no rosto, mas um daqueles sorrisos meio artificiais do tipo "estou confusa, e isso me irrita um pouco".

— O que está rolando? — ela perguntou.

Halmoni parou de rir, e sua expressão também se fechou um pouco. Peguei minha mochila embaixo do balcão.

— Só estávamos conversando sobre o jantar de amanhã — falei.

— Jantar?

Uma ruga se formou na testa de Priscilla.

— Vou fazer *galbi-jjim* amanhã. Convidei a Sam — halmoni respondeu rapidamente.

— Ótimo — Priscilla disse, e eu tive certeza de que seu tom leve escondia alguma coisa. — Espero que minha mãe não esteja deixando você cansada demais.

Halmoni franziu a testa enquanto passava uma calça. O barulho alto do ferro soltando vapor era satisfatório. Suor começou a escorrer pelas minhas costas, por trás da mochila, em meio àquele desconforto.

— Rá! Não, tem sido divertido.

— Ok, até amanhã — halmoni disse. — Priscilla, está indo para casa?

— Não, vou com Sam ao shopping. Se não tiver problema.

Aquilo me fez pensar. Eu já tinha pedido permissão à minha mãe para ir ao *shopping*?

— Shopping? — halmoni repetiu, em tom de crítica, então cedeu, talvez porque eu estivesse ali. — Está bem. Volte antes das nove.

— Ok, tchau! — Priscilla já estava na porta, e eu me despedi com um aceno e a segui.

— Obrigada! — gritei.

Halmoni assentiu, sorrindo. Sua confiança me acalentava.

Era incrível como os shoppings haviam mudado em trinta anos. O Garden — shopping a céu aberto enorme que dominava North Foothill — ainda não existia. Então, Priscilla me levou de carro até a relíquia fechada onde ninguém mais comprava. Ou pelo menos não no meu tempo.

Porque em 1995 o lugar estava *lotado*.

A praça de alimentação mal tinha lugar livre, o cheiro de Orange Julius permeava o ar, e a loja da Sharper Image estava cheia de clientes testando as poltronas de massagem.

— Você não precisa cuidar da Grace hoje? — perguntei a Priscilla enquanto passávamos por uma fonte gigante cheia de moedas no fundo.

Ela balançou a cabeça.

— Às terças ela vai com minha tia à aula de natação, depois fica com meus primos até minha mãe buscar.

— Você tem que cuidar dela com frequência?

— Tenho, com minha mãe trabalhando o dia todo... — Priscilla fez uma pausa. — Como você já deve ter percebido, meu pai morreu há alguns anos.

O barulho da multidão pareceu ainda mais alto quando eu sussurrei:

— Sinto muito.

Eu estava me perguntando se Priscilla mencionaria o pai em algum momento. Pensei na minha conversa com halmoni no dia anterior e na passagem terrível da sra. Lim pela lavanderia no fim de semana.

Priscilla continuou olhando para a frente, sem demonstrar qualquer hesitação em seus passos determinados.

— Não tem problema. Quer dizer, tem, mas enfim. É assim mesmo.

A frase vazia pareceu bem ensaiada pela indiferença e facilidade com que a dissera. Fiquei quieta, esperando que Priscilla falasse mais. Mas ela não falou, e eu não quis pressionar. Continuamos avançando pela multidão, enquanto eu absorvia quão anos noventa era aquilo, registrando tudo: a moda, os orelhões, a tipografia horrorosa de lojas de que eu nunca tinha ouvido falar. Algumas delas, no entanto, não haviam mudado nada. Parei ao reconhecer uma.

— Vamos entrar ali?

Priscilla olhou para a loja.

— Banana Republic? Você trouxe tanto dinheiro assim? É uma loja cara.

Fiquei sem reação por um segundo. Minha mãe só iria à Banana Republic se fosse a única loja no mundo. Ela nem fazia mais compras em redes.

Pensei no dinheiro que sra. Jo havia me dado.

— Ah, peguei dinheiro com... meus pais hoje de manhã.

— Sorte a sua. Ok, então vamos.

A amargura na voz dela soou tão surpreendente quanto sua disposição para entrar na Banana Republic. Minha mãe nunca deixaria que pensassem que era invejosa ou mesquinha. Se os vizinhos reformassem a cozinha e instalassem um fogão Viking, ela elogiaria e jamais revelaria que aquele era seu fogão dos sonhos. O orgulho dela estava acima de tudo e tornava sua confiança à prova de balas.

Quando entramos, Priscilla foi direto para uma arara. Pelo visto já era certeira nas compras desde aquela época. Com foco e um olhar perspicaz, descartando a maior parte das peças, ela passava pelos cabides de forma decidida. Eu sabia que minha mãe não havia tido muito dinheiro no passado, mas, na escola, era difícil me lembrar daquilo. As palavras cretinas de Steph ecoaram na minha cabeça: "Olhando pra você eu não diria que seus pais têm uma lavanderia". A intenção tinha sido insultar Priscilla, mas não deixava de ser verdade. Me perguntei se era a primeira vez que alguém da escola ouvia falar da lavandeira. Priscilla escolhia muito bem a imagem que queria passar de si mesma.

Eu ficava feliz por ela estar começando a baixar a guarda comigo.

— O que acha desta aqui? — perguntei, mostrando uma camisa listrada de manga comprida.

Ela fez uma careta.

— Listras horizontais engordam.

Respondi com outra careta.

— Em primeiro lugar: e daí? Em segundo lugar: isso é papo furado de revistas femininas tóxicas que querem que você se sinta insegura e continue comprando essas mesmas revistas na esperança de conseguir corrigir todas as suas "falhas".

Priscilla me mostrou um casaquinho vermelho-escuro.

— Não consigo nem entender o que você está dizendo. Experimenta isto aqui. E mais essas coisinhas.

Ela estava cheia de opções.

No provador, experimentei um macacão jeans com uma blusinha bege. Se não precisasse fazer a bainha, até que seria uma possibilidade. Saí da cabine e fui até Priscilla, que estava me esperando ao lado de um espelho de três faces.

Ela ajustou as alças do macacão.

— Por que colocou tão alto e apertado?

Quando Priscilla terminou de me arrumar, a parte da frente do macacão estava tão lá embaixo que metade dos meus peitos ficava para fora.

— Sério? — Olhei para o espelho. — Estou parecendo uma dançarina de apoio rejeitada.

Ela foi até a cabine e pegou o casaquinho que havia separado.

— Coloca por cima.

Enquanto eu vestia, olhei para Priscilla.

— Por que está sendo tão legal comigo?

Ela estava concentrada, arregaçando um pouco as mangas do casaquinho.

— Você está me ajudando com a campanha, e… ficou do meu lado no outro dia e… bem, ninguém faz isso por mim.

Senti um aperto no peito diante da solidão daquele comentário.

— Então hoje vou fazer você me pagar por aquele favor — falei, tentando aliviar o clima.

Ela respondeu com uma risada. Pareceu um momento legal, entre duas amigas, por isso decidi arriscar mencionar algo que eu sabia que a irritaria.

— Tenho uma pergunta: por que seus amigos são tão babacas?

Priscilla se afastou de mim, como se tentasse ver minha roupa melhor, mas sua mandíbula tensa e sua postura pareciam de alguém na defensiva.

— Por que não experimenta a calça de veludo cotelê com a camisa jeans?

Ela simplesmente ignorou a minha pergunta. Por mais que eu tivesse caído em suas boas graças, parecia que havia um limite.

Voltei ao provador, mas insisti — era mais fácil agora que estávamos separadas por uma porta.

— É sério. Ninguém interferiu enquanto a Steph falava aquele monte de merda. E eles ainda falaram *mais* merda depois!

Ficou um silêncio obstinado.

— Você não conhece meus amigos. E não me conhece. Nem um pouco.

A calça de veludo era pequena demais. Me contorci toda ao vestir, torcendo para que funcionasse.

— Cara, eu conheço sua família. Fomos à igreja juntas. E você me trouxe para fazer compras. Acho que te conheço um pouquinho, sim.

Coloquei a camisa jeans e saí.

Ela estava de braços cruzados.

— Com toda a certeza você não sabe se vestir como eu.

— Essa calça está muito apertada. Meus quadris estão quase arrebentando a costura.

— Também tenho quadris largos — ela disse, tirando minha camisa de dentro da calça.

Pois é, mãe, eu herdei de você.

— E por que você usa a camisa para dentro? Credo.

Eu não ia deixar que ela me ignorasse tão facilmente.

— Só acho que você deveria ser amiga de gente que não fosse babaca.

Ela deixou escapar um suspiro longo e sofrido.

Ah, mãe, você não tem ideia de como esse suspiro vai definir nossa relação.

— Vou te explicar o que você ainda não entendeu, Sam. Está na cara que não faz questão de ser popular. Estou errada?

Balancei a cabeça. Ela pegou um colete do provador e entregou para mim. Tinha um bordado em tons terrosos e era simplesmente horroroso.

— Então, se não se importa em ser popular, tudo isso parece idiotice pra você. Tipo, quem se importa em agradar garotas como Deidre? Ou caras como Neil? Bem, *eu* me importo.

O colete serviu, mas parecia que eu ia para um rodeio com uma calça apertada demais. Exasperada, olhei para Priscilla pelo espelho.

— *Por quê?*

Eu sabia que aquela conversa ia irritá-la. Era uma conversa franca demais para se ter com alguém que você mal conhecia.

Mas ela me respondeu. Olhando para minhas roupas horrorosas e sem me encarar.

— Porque sim. Não ouviu o que eu disse na gravação? Quero ser *aceita*.

Ela ficou quieta, e as palavras me atingiram com tudo quando enfim me encarou.

Com um olhar determinado e a voz cheia de convicção, beirando a raiva, ela prosseguiu:

— E eles nunca vão me aceitar se eu for só uma garota coreana que se senta com os outros coreanos para comer lámen. Se eu for uma garota cuja vida social gira em torno da igreja. Uma garota que deixa os outros pisarem nela e tirarem sarro do *kimchi* que trouxe para o almoço. Não dou a eles a chance de me rejeitarem: o poder precisa estar comigo. Foi por *isso* que meus pais vieram para cá. É por *isso* que minha mãe se mata de trabalhar lavando as roupas dos outros todo santo dia. Ela se esforçou demais, então eu *preciso* ser bem-sucedida nos termos deles.

Fiquei sem palavras. Em dezessete anos, eu nunca tinha ouvido minha mãe falar sobre as pressões que precisava enfrentar sendo filha de imigrantes. Ela sempre havia parecido muito distante de halmoni e de sua juventude. Como se estivesse acima de tudo aquilo. Mas não dava para estar acima de tudo aquilo sendo filha de imigrantes. A pressão, a sensação de dívida com os pais, a envolvia como uma teia.

Meu silêncio incomodou Priscilla.

— Você não vai entender. Por algum motivo, parece que não sente a mesma pressão.

Ela se ocupou de me encher de peças de roupa. Mas fiquei pensando nisso até chegar ao caixa e pagar pelas roupas que Priscilla havia escolhido a dedo para mim, para que eu pudesse me encaixar, para que eu tivesse uma chance de sobreviver à escola. Não era muito diferente do que minha mãe faria no futuro. O que Priscilla não sabia era que passávamos por dois tipos diferentes de ensino médio. Eram mundos completamente diversos. Enquanto a minha mãe já estava de armadura, eu nem sequer precisei entrar na batalha.

— Não sinto a mesma pressão porque meus pais *nasceram* aqui, acho que isso explica um pouco as coisas — respondi, apontando para mim mesma, enquanto a pessoa no caixa me entregava uma sacola plástica grossa e luxuosa cheia de roupas bem dobradas. — Mas você está errada se acha que não sofro nenhuma pressão. Eu sofro, sim. Mas é uma pressão diferente.

— Como assim? — Priscilla perguntou, voltando a me levar pelo shopping.

Pensei em como explicar para Priscilla algo que era basicamente sobre *ela* no futuro.

— Minha mãe quer que eu seja mais parecida com ela. Mais motivada e… — Olhei para Priscilla. — Mais "tipicamente americana".

Talvez eu esperasse que aquilo a impactasse ou algo do tipo, mas Priscilla apenas riu ironicamente.

— E você está reclamando disso? Minha mãe acha que os americanos são todos uns fracassados criados de qualquer jeito pelos pais e não entende por que perco tempo com eles.

— Hal… digo, sua mãe não acha isso — falei, na defensiva.

Ela voltou a me olhar de canto de olho, dessa vez um pouco irritada.

— Acha, sim. Ela não para de julgar meus amigos e tudo o que eu faço. Às vezes, me pergunto por que veio para cá se não queria que seus filhos fossem americanos.

Eu me segurei para não dizer que era natural querer preservar a própria cultura. Que talvez o sonho americano fosse uma fraude que venderam para nós junto com Hershey's depois da Guerra da Coreia. E, além disso, o que Priscilla estava dizendo não condizia com a halmoni que eu conhecia. Ela nunca me criticava por ser americanizada — o que quer que isso significasse. Na verdade, se eu a amava tanto era em parte porque, ao contrário da minha mãe, halmoni nunca me julgava ou se metia nas minhas escolhas. Ela ficava feliz em me ver feliz.

Mas eu também sabia que aquela não era a experiência que Priscilla tinha com a mãe. E, naquele momento, com ela sendo tão generosa e aberta, eu acreditava no que ouvia. Acreditava que halmoni fazia Priscilla se sentir assim. Porque eu reconhecia a raiva que acabava transparecendo, a mágoa transbordando em sua voz. Será que finalmente estava chegando ao verdadeiro problema entre minha mãe e minha avó? Aquele que culminaria na briga na noite do baile?

— Embora meus pais sejam bastante, sei lá, "americanizados", eles ainda têm, tipo, expectativas ridiculamente altas em relação a mim também — continuei. — Só parei de atendê-las, e eles meio que desistiram.

— Desistiram? — Priscilla ficou incrédula. — Que sorte a sua. Minha mãe vai me deixar morrer de fome se eu não entrar em Harvard, literalmente.

— Harvard? — Olhei para ela, surpresa.

Minha mãe se formou em Berkeley, e halmoni sempre se orgulhou disso.

— É um estereótipo ambulante, né? Mas é o que ela espera de mim.

A expressão dela se tornou taciturna, e consegui ver as emoções da minha mãe com clareza, como nunca no futuro. A Priscilla de 1995 podia ser emocionalmente distante, mas dava para enxergar sua vulnerabilidade por trás da armadura.

— Você quer estudar em Harvard? — perguntei, desejando que ela continuasse falando.

Ela riu.

— Como se o que eu quisesse importasse...

Ela falou de um jeito estranhamente desprovido de amargura. Como se fosse apenas um fato da vida.

Quando achei que a minha transformação tinha acabado, Priscilla parou na frente da Claire's.

— Podemos entrar aqui rapidinho?

— Claro.

Entramos na loja de bijuterias bem iluminada e cheia de gente. Como a Claire's da minha época, aquela era cheia de quinquilharias, com milhões de meninas olhando e experimentando anéis e pulseiras, enquanto Ace of Base tocava tão alto que tive medo de que alguém pudesse sofrer uma convulsão.

Procurei em meio a um número assustador de gargantilhas até encontrar um par de brincos incrível, de cerejas gigantes de plástico. Exagerado e perfeito.

Eu estava segurando os brincos na frente das orelhas quando Priscilla se aproximou.

— Sério? — ela perguntou, com indiferença.

— São para *mim* — eu disse, vendo o preço surpreendentemente baixo. Encontrei um par de brincos de berinjela ao lado e peguei também, com um sorriso debochado. — E esses?

— Berinjelas? Que tal? — *Ah. Ainda não existem emojis. Droga.* — Esquece.

— A minha orelha nem é furada — ela disse apenas. — Minha mãe não deixa.

Verdade. Ela só foi furar as orelhas depois de adulta. Quando eu tinha oito anos, minha mãe me levou para furar as minhas em uma clínica de dermatologia, para garantir que daria tudo certo. Eu nem queria muito, mas ela disse que um dia eu ia querer. Eu mexi tanto nos brincos de ouro que os furos infeccionaram e foi preciso *refazer.*

Notei que Priscilla olhava com uma melancolia furtiva para um mostruário com uma infinidade de brincos de plástico. Ouvir sobre todas as coisas que minha mãe não tinha vivenciado era uma coisa; testemunhar era totalmente outra.

— Gostou de algum? — perguntei, devolvendo os brincos de cereja e me sentindo culpada.

Ela suspirou.

— Ah, eu queria comprar um colar para o baile. Mas não sei.

— Qual?

Fomos até um canto da loja, onde uma parede reluzia com colares de pedrinhas. Eram exageradamente femininos e do tipo princesinha, mas dava para entender o apelo. Eram tão *brilhantes*.

— Esse aqui.

Priscilla estendeu a mão para pegar uma correntinha prateada delicada com várias pedras em tons pastel de formas e tamanhos diferentes. Minha mãe segurava o colar como se fosse caro e precioso.

Não seria a minha escolha, mas era cem por cento Priscilla.

— É muito bonito. Você deveria levar.

Ela experimentou. Os olhos dela se iluminaram só de ver o colar cintilando em seu pescoço no espelho.

— É meio caro.

Vi o preço na etiqueta. Trinta dólares, o que não era muito caro. Para mim. Não era muito caro para mim. Ainda sobravam oitenta dólares do dinheiro da sra. Jo. Mas Priscilla jamais me deixaria pagar. Iria preferir que abutres devorassem suas entranhas com vida.

Então uma expressão determinada surgiu em seu rosto. Ela trincou os dentes e estreitou os olhos.

— Quer saber? Eu trabalhei muito. Mereço este colar.

O papel principal de uma amiga quando ouvia essa frase era concordar.

— Total!

Alguns segundos se passaram enquanto Priscilla olhava para o colar e passava o dedo pela corrente cintilante.

— Vou comprar!

Depois de pagar, com o dinheiro contado, ela guardou a bijuteria no estojo prateado, prendendo-a no encaixe com todo o cuidado para não torcer ou danificar a corrente. A caminho da saída do shopping, ela não parava de olhar para o estojo. O sorriso de satisfação aumentava a cada passo.

Priscilla ficou muito feliz com aquele colar, uma sensação que nunca tive por nenhum pertence. Senti um aperto no peito. Ain.

Quando passamos pela praça de alimentação, o cheiro familiar me inundou — a mistura muito específica de gordura, carne e açúcar. Meu estômago começou a roncar na mesma hora.

— Quer comer um espetinho de salsicha empanada? — perguntei.

Ela fingiu engasgar.

— Tem ideia de como isso engorda? Não dá pra mim.

— Está bem — eu disse, decepcionada.

— Mas posso tomar um suco enquanto você come essa bomba calórica.

Pegamos o que queríamos e nos sentamos em uma mesa com borda cromada. Mergulhei a salsicha empanada em uma mistura de mostarda e ketchup.

Priscilla fez careta.

— Seu metabolismo deve ser bom.

Por sorte, eu estava acostumada à fina arte da minha mãe de prestar atenção excessiva no que eu comia.

— É falta de educação falar do peso e dos hábitos alimentares dos outros, sabia?

— Nossa. Era um elogio. Desculpa por existir.

Como se estivesse tomando chá com a rainha, ela esticou o dedinho para prender uma mecha de seu cabelo sedoso atrás da orelha.

— Não foi um elogio, porque parte do princípio de que quero

ser magra. — Limpei a mostarda do queixo. — E deixa *claro* que você está prestando atenção no meu peso.

— Ah, por favor — ela desdenhou. — Está me dizendo que você *não* presta atenção no peso dos outros? Tipo, você vê uma pessoa e não nota se ela é *magra* ou se está *acima do peso*?

Aquela conversa nunca tinha me levado a lugar nenhum com minha mãe no futuro, e eu não ia problematizar a noção de "acima do peso" para ela em uma praça de alimentação dos anos noventa. Tomei um gole de limonada.

— A questão é: será que nós, mulheres, não podemos focar menos no corpo?

Ela sacudiu seu copo.

— Não é como se eu *quisesse* isso. Quem quer? Todo mundo quer comer pizza, mas ninguém espera que uma rainha do baile seja menos que perfeita.

— Sua aparência é literalmente perfeita.

A risada dela me assustou. Era uma risada que eu tinha ouvido poucas vezes, que vinha do fundo do peito.

— Você é muito esquisita, sabia?

— Claro que eu sei. Você fala isso a cada cinco minutos.

Priscilla sorriu e se recostou na cadeira.

— Então… acha que posso mesmo ser a rainha do baile?

— Se eu *acho* que pode? Eu *sei* que você vai. — Comecei a riscar itens de uma lista invisível no ar. — Pessoas que nem conhece disseram que vão votar em você. Você provavelmente vai convencer o pessoal da igreja. Vamos pensar em um incentivo legal, mesmo que desistir do cupom de desconto na lavandeira acabe comigo. E o vídeo que gravamos vai ao ar amanhã e vai arrebatar todo mundo, independentemente de quantos cartazes forem depredados.

Priscilla sorriu.

— Por que você está falando como se fosse uma executiva ou coisa do tipo? Nossa.

Mas seu tom não era crítico. Ela parecia feliz e relaxada. Dava para ver que agora achava possível vencer. E grande parte daquilo era graças a mim.

— Com quem você vai ao baile, aliás? — Priscilla perguntou.

Dei uma mordida monstruosa na salsicha empanada.

— Com ninguém. Vou sozinha, gata.

— De jeito nenhum. Você tem que ir com alguém.

Parei de comer.

— Espera aí, isso me lembra... com quem *você* vai?

— Com Neil, claro. Afinal, estamos torcendo pra ganhar como rei e rainha.

Procurei não demonstrar meu asco e ser legal, já que ela estava sendo legal.

— Hum. Bacana.

Mas ela não deixava passar nada.

— Sei que não gosta dele. Porque ele não é *Jamie.*

Priscilla falou "Jamie" numa voz cantarolada que ressoou por toda a praça de alimentação, quase sufocando a música do Gin Blossoms que tocava ao fundo.

— Priscilla! — gritei, quase me lançando por cima da mesa para calar sua boca. Eu conseguia falar o nome dela com muita naturalidade agora. — Dá para não me fazer passar mais *vergonha*?

— Aaaah, então quer dizer que você não é totalmente imune à vergonha? — ela perguntou, dando risada, feliz em me atormentar. — Deve gostar mesmo dele.

Balancei a cabeça.

— Somos só amigos. Tenho namorado, já falei.

— Bem, você não age como se tivesse. Eu vejo como você fica quando está com ele. E Jamie gosta de você também, eu acho.

Senti minhas orelhas esquentarem.

— Não fico diferente quando estou com ele. — A culpa tomou conta de mim quando o rosto de Curren surgiu na minha mente. — E Jamie não gosta de mim.

— Está falando sério? Então você é *péssima* em identificar os sinais — Priscilla falou. — Ele está muito a fim de você.

Meu rosto inteiro pegou fogo.

— Sério?

— Viu? Você quer saber!

Eu não podia mais enrolar Priscilla. Apoiei a cabeça nas mãos.

— Aff! Ok, está bem, eu sei! A gente tem *química*. Mas não vou *trair* meu namorado. É só que a gente brigou recentemente, e isso me fez repensar tudo...

Priscilla entrelaçou os dedos debaixo do queixo.

— Era brincadeira, mas então você gosta mesmo do Jamie, né?

— Óbvio!

— E qual é o problema, então? Se gosta dele, não tem jeito. Não é como se desse para bloquear isso só porque você está namorando outra pessoa.

Olhei para ela, surpresa.

— Espera aí. Quê?

— Você está no *ensino médio* — ela enfatizou as palavras com um gesto dramático. — Você não é *casada*. Não tem problema se seus sentimentos mudarem.

Daquela vez, fui *eu* que me recostei na cadeira.

— Nossa. Você tem razão.

No futuro, eu ignorava os conselhos da minha mãe em relação a garotos porque, afinal de contas, ela era minha mãe. Mas o que Priscilla disse fazia sentido. Estávamos tendo uma conversa de verdade sobre relacionamentos. Sem qualquer julgamento ou ideia preconcebida de como eu deveria me comportar como sua filha. Eu era apenas... uma amiga dela, talvez?

— É claro que você pode terminar com seu namorado. Dã — ela disse, balançando a cabeça. — E faça isso antes do baile, para ir com Jamie.

Dei risada.

— Certo, vamos com calma aí.

— Vai encontrar seu namorado amanhã. É melhor fazer isso ao vivo — ela disse, dando um gole no suco.

— Não posso! — eu disse, rindo outra vez.

— Por que não?

Falei a verdade:

— Por que ele está longe.

— *Claro.* — Ela esticou a palavra antes de sua expressão se iluminar. — Ah, sabe o que tem amanhã também? — Priscilla perguntou, dando mais um gole.

— O quê?

— O brunch no clube de campo que Steph mencionou ontem — ela disse. — É para todos os indicados, durante a segunda e a terceira aula. Posso levar uma amiga… hã… você quer ir comigo? — Priscilla me perguntou daquele jeito desinteressado dela, mas algo em sua voz revelou certa insegurança.

— Ah, claro! No clube de campo, é? O Oakwood?

— Isso! — Ela me olhou com curiosidade. — Seus pais são sócios ou coisa do tipo?

— Estão tentando entrar.

Mesmo no passado, minha mãe dava um jeito de me obrigar a ir naquele clube idiota.

Ela desviou o olhar.

— Hum. Boa sorte para eles. — Não falou com amargura, mas com cautela, como se escondesse alguma coisa. — Ah, e é meio formal. Você pode usar o vestido florido que a gente comprou.

— Minha roupa de dominatrix não serve?

Ela quase espirrou suco pelo nariz. Nossas risadas histéricas ecoaram pela praça de alimentação. Então eu me dei conta de que ia sentir falta daquela amizade. E, sendo sincera comigo mesma, de Jamie também. Era a primeira vez que eu ficava triste diante da perspectiva de voltar para casa. De deixar duas pessoas com as quais, contra todas as probabilidades, eu me importava.

23

TRÊS DIAS PARA O BAILE

Quando o sr. Finn ligou a TV da sala na manhã seguinte, senti um friozinho de ansiedade na barriga. Priscilla me garantiu que havia falado com o tal do Taylor e acertado tudo. Eu estava muito orgulhosa da nossa gravação. Estávamos a dois dias da eleição, e eu sabia que aquilo ia ser decisivo.

Na tela, surgiram dois alunos sentados atrás da bancada, parecendo desconfortáveis sob as luzes fortes do estúdio. Um dos âncoras começou a falar, e seu nome apareceu embaixo: Taylor Swift.

Comecei a rir.

— O nome dele é *Taylor Swift*?

Todo mundo ficou olhando para mim.

— Ah, hum, deixa pra lá — falei, tossindo e afundando na carteira.

Os dois âncoras prosseguiram com os anúncios, incluindo um sobre a venda de ingressos para o baile.

— *Falando em baile* — Taylor disse (*Taylor Swift* disse) —, *temos uma entrevista especial com uma das candidatas a rainha.*

As pessoas se ajeitaram em seus lugares, parecendo interessadas. A entrevista entrou no ar, e Priscilla apareceu sorrindo para a câmera. Eu já sabia tudo o que ela ia falar, mas o que me pegou desprevenida foi a qualidade do vídeo. Jamie tinha talento. Ele havia usado um filtro ou sei lá o que para fazer as cores se destacarem. A câmera se aproximava de Priscilla nos momentos certos, e ele colocou uma música de fundo para dar mais emoção. No finalzinho, a frase PRISCILLA JO CONCORRE A RAINHA DO BAILE surgiu na tela, em uma fonte tão agressiva que chegava a ser engraçado. Era algo digno do TikTok.

Bati palmas, e todos me olharam de novo. Priscilla sorriu para mim de sua carteira. No entanto, quando olhei a reação dos outros, me pareceu que éramos as únicas duas pessoas felizes ali.

— Isso é *permitido*? — um cara de gorro perguntou.

Uma garota de jaqueta de náilon se virou para Priscilla.

— Ei, você teve que pagar para fazer isso?

Priscilla olhou para ela com frieza.

— Não, não tive.

— Então eles simplesmente transmitiram seu comercial de graça? E quanto às outras indicadas?

Outras pessoas na classe começaram a dar opiniões semelhantes.

Pela primeira vez desde que eu havia chegado, Priscilla pareceu constrangida. Quando ela olhou para mim, vi um ressentimento surgindo. Uma ansiedade que eu já conhecia bem começou a crescer dentro de mim, e eu soube que precisava fazer alguma coisa.

— A entrevista foi ideia minha — falei, subindo na carteira.

Era dramático, mas certamente atrairia atenção. E funcionou. Todo mundo olhou para mim em vez de olhar para Priscilla.

— Quem é essa?

A pergunta foi genuína, e não antipática.

— Ah, é a menina nova — outra pessoa disse, com desdém e irritação. — Bob ou coisa do tipo.

BOB? Segui em frente.

— Meu nome é *Sam* e estou ajudando Priscilla na campanha. O vídeo mostra o quanto ela quer ser rainha! Também mostra o entusiasmo e a criatividade dela, e vocês deveriam votar nela! Priscilla para rainha do baile!

Sorri e fiz um sinal de paz e amor para a turma agitada logo antes de o sinal tocar. O sr. Finn fez um muxoxo para mim e voltou para seu exemplar detonado de *Misery: Louca obsessão.*

Quando desci, Priscilla estava ao lado da minha carteira. Havia certa admiração em seu olhar.

— Você é muito ridícula, sabia disso?

Coloquei a mochila nas costas.

— Às vezes é preciso.

Ela sorriu.

— Bem, agora ninguém vai esquecer a entrevista. A gente se encontra no carro para ir pro brunch, ok?

Era um pouco esquisito que eu tentasse tanto agradar minha mãe adolescente, mas Priscilla era Priscilla, e eu precisava admitir que a alegria dela era uma validação para mim. Apesar daquele leve percalço, eu ainda estava convencida de que ela seria coroada.

Bem.

Eu estava errada.

As pessoas ficaram *horrorizadas* com o vídeo de Priscilla. Achavam que era injusto e que, como sempre, a garota popular estava sendo favorecida. Havia até rumores nojentos, que me deixavam louca de raiva, do que Priscilla havia feito para Taylor Swift transmitir a entrevista. No intervalo da manhã, o clima era de inquietação — como se estivéssemos à beira de uma revolução. Ou pelo menos como eu imaginava que as vésperas de uma revolução seria. E agora, graças ao showzinho na orientação, todo mundo sabia quem eu era.

— Puxa-saco da Priscilla! — alguém gritou para mim enquanto eu atravessava o pátio para encontrá-la antes do brunch.

Dei meia-volta.

— O que foi que você disse?

O cara, de boné virado para trás, calça larga lá embaixo no quadril e uma camisa verde e dourada, riu tapando a boca, acompanhado de dois amigos cretinos.

O bom senso me dizia para virar as costas e ignorar aquele verme. Mas eu tinha lidado com babaquice a manhã toda e estava no meu limite. O ódio tomou conta. Fui para cima do cara, com as mãos cerradas. Por um momento muito satisfatório, vi medo no rosto dele...

Então alguém me agarrou pela cintura e praticamente me levantou do chão.

Depois, ouvi uma voz no meu ouvido:

— Não vale a pena.

Então vi Jamie todo sério. Ele me colocou no chão, depressa, mas com delicadeza. Eu estava tão chocada que não me importei com o panaca e os amigos dele se safando dessa.

— O que foi isso? — perguntei, ajeitando o vestido. A raiva passou rapidamente, e tudo o que sobrou foi certo torpor, como se estivesse bêbada. — Posso me virar sozinha.

— Foi mal — ele disse na mesma hora, erguendo as mãos. — Eu não sabia o que fazer. Você ia acabar com aquele cara.

Ah. Ele não estava me protegendo. Estava protegendo o babaca.

— Acho que você superestima esses punhos.

Jamie deu risada e relaxou.

— Duvido.

— Sinto muito por ter precisado ver isso. A manhã hoje foi intensa.

— A entrevista, né?

Fiz que sim.

— O tiro saiu pela culatra. Faltam só dois dias para a votação, estamos ferradas.

— Não sei — Jamie disse, passando a mão por aquele cabelo maravilhoso dele. Seu moletom verde caía tão bem que precisei desviar os olhos. — Não existe publicidade ruim, né?

— Priscilla tem trabalhado muito para divulgar seu nome. Agora estou com medo de que as pessoas decidam votar *contra* ela.

Ele ficou em silêncio por um momento.

— Talvez Priscilla possa aproveitar essa oportunidade para reformular a imagem.

— Como assim?

— Bem, ela é meio… você sabe…

Com pena dele, preenchi as lacunas:

— Às vezes ela é meio esnobe.

— É. Então talvez possa tentar conquistar as pessoas nesses dois dias.

Tentei parecer encorajada com Jamie sugerindo o plano que eu já vinha tentando executar havia dias. Mas talvez Priscilla precisasse mesmo dar um passo além. Fazer algo menos sutil.

— SAM!

Me arrepiei toda ao ouvir aquela voz. Priscilla vinha com tudo na minha direção. Ela ignorou Jamie, mantenho seu olhar furioso em mim.

— Por que fui ouvir você?! A entrevista não vai só me tirar a coroa: vai fazer *todo mundo* me odiar. — Ela pareceu em pânico ao me mostrar um cartaz rasgado. — As pessoas estão arrancando meus cartazes!

Olhei para os pedaços na mão de Priscilla e para sua expressão assustada. *Merda.*

— Eu tenho um plano!

Na verdade eu não tinha nenhum plano, mas pensaria em alguma coisa.

— Não! Chega de planos! Já me ferrei por causa dessas suas ideias *geniais*!

Olhei para Jamie, que levantou a mão em um gesto de paz e amor e se mandou. *Ótimo.*

Mantive o tom animado ao falar:

— Me dá uma última chance de ajudar você.

Antes que ela pudesse responder, algumas pessoas passaram olhando feio para nós. Priscilla ficou pálida.

— Ignora — eu disse.

— Não, não foi isso. Você viu o que eles estavam tomando?

Estreitei os olhos.

— Sorvete?

— Dá uma olhada nos copinhos.

Fui até eles.

— Me deixa ver isso — falei, girando o copinho de um cara.

— Mas o quê…?

Ele ficou surpreso demais para fazer alguma coisa enquanto eu examinava o copinho cor-de-rosa. VOTE NA STEPH estava impresso com uma coroinha desenhada.

— Onde você conseguiu isso? — perguntei, como um monstro sem educação.

Ele pegou o copo de volta com força.

— Peguei no pátio menor, sua esquisita.

Os dois se afastaram, e Priscilla se aproximou.

— Era mesmo o que eu achei que fosse?

Dava para ver que ela estava tentando manter a calma.

Fiz que sim.

— Ela está distribuindo sorvete grátis.

Todo mundo à nossa volta segurava um potinho cor-de-rosa de sorvete.

Xingando baixo, Priscilla passou a mão pelo cabelo.

— Aquela *cretina* ouviu nossos planos ontem!

— Pois é. — Meu coração batia acelerado de tanta adrenalina e raiva. — Foi no outro dia, na verdade, quando ela veio falar com a gente no almoço.

Eu tinha quase certeza de que Steph também estava por trás dos cartazes vandalizados. As palavras ESNOBE METIDA piscaram na minha mente como uma placa em neon. Pensei na posição dela na hierarquia social e em como os amigos de Priscilla a tratavam.

— Tudo bem, depois resolvemos isso. Agora temos que fazer alguma coisa quanto ao vídeo.

— Esquece, Sam. — Priscilla amassou o cartaz com os olhos arregalados, como se tentasse não chorar. — Nem sei por que tentei. Sabia que não ia ganhar.

Era chocante ouvi-la dizer aquelas palavras de derrota, e mais chocante ainda vê-la prestes a *chorar*. Naquele momento, eu me encontrava no mesmo modo de quando uma vendedora seguiu Val em uma loja chique: pronta para *destruir* coisas por lealdade e amor à minha amiga. Muito embora tivéssemos uma relação complicada no futuro, naquele momento as coisas não pareciam nem um pouco complicadas. Estava tudo muito claro. Eu precisava ajudá-la.

— Podemos pensar em um plano quando eu for jantar na sua casa. Fica tranquila. Vamos dar um jeito, está bem? Por enquanto, só temos que sobreviver ao brunch no clube de campo.

Priscilla assentiu, mas percebi que não acreditava em mim. E eu faria de tudo para que ela voltasse a acreditar. Priscilla ainda não era tão durona quanto minha mãe, então eu precisava ser.

24

TRÊS DIAS PARA O BAILE

— Qual é exatamente a desse evento? — perguntei enquanto afivelava o cinto do carro de Priscilla.

Ainda meio abalada, ela manobrou para sair do estacionamento.

— É só o pessoal do clube de campo sendo simpático porque fomos indicados a rei e rainha. Acho que estão fazendo isso porque o pai de Deidre é um cara importante lá e ela foi indicada ano passado.

— Deidre, é? — falei, sem conseguir esconder meu desprezo.

Saímos da escola e pegamos uma avenida.

— Ela não é tão ruim assim — Priscilla disse. — Será que você pode não julgar as pessoas por uma tarde que seja?

— *Eu?* — A incredulidade era genuína.

— É, você. — Ela entrou em uma rua residencial. — Não preciso de mais gente me odiando.

Eu não tinha como argumentar contra isso, e jurei que ia ficar de bico calado para não ofender mais ninguém sem querer, embora fosse difícil com aquelas pessoas. Eu precisava me concentrar em reverter o fiasco que tinha sido a entrevista. E aquele evento talvez ajudasse. Seria a primeira vez que eu veria todas as indicadas juntas. Poderia avaliar como se sentiam em relação a Priscilla — verificar a dinâmica entre elas e confirmar se era mesmo Steph que estava tentando nos sabotar.

— Vou ser educada, mas ainda odeio a Deidre. Ela age como uma vilã ruim de TV — falei, bufando.

Priscilla olhou para mim dividida, depois sorriu.

— Prometi que não contaria a ninguém, mas já que você falou em TV e em Deidre... Ela fez um comercial de laxante. Tipo, saindo correndo para o banheiro.

Gritei de tanto rir.

— Quê?!

Priscilla não conseguiu disfarçar a própria risada.

— Eu sei. Ela tentou trabalhar como atriz quando estávamos no fundamental, e essa foi a única coisa que conseguiu.

— Tipo, uma diarreia? — brinquei, levando as mãos à boca.

Nós gargalhamos histericamente. Guardei aquele momento como algo precioso. Eu sabia que Priscilla só havia me contado isso porque não podia contar para mais ninguém.

Quando chegamos ao clube, tive uma sensação muito esquisita. Eu estivera ali fazia poucos dias, quando fui surpreendida por uma chuva torrencial. Parecia o mesmo lugar, o que era de se esperar. Tinha o mesmo carpete, as mesmas samambaias, os mesmos quadros na parede. Era como se tivesse sido congelado no tempo.

Enquanto passávamos pelo corredor que dava no salão de festas onde seria o brunch, seguindo plaquinhas amarradas a bexigas das cores da escola, as pessoas nos encaravam sem disfarçar.

— Que gente bacana — murmurei para Priscilla quando passamos por uma mulher com um vestido amarelo-claro de tenista e cara de nojo.

Priscilla abriu um sorriso decidido e jogou o cabelo. Tinha vestido a armadura. Pela primeira vez na vida fiquei feliz com aquilo, e me empertiguei também. Não ia ser intimidada por um bando de esnobes com bronzeados ridículos.

O salão de festas era ridiculamente grande para o número de

mesas que tinham sido arrumadas para o brunch, mas era lindo — havia uma fileira de janelas com vista para o campo de golfe sempre verde, com chorões e plátanos frondosos espalhados. As mesas tinham toalhas brancas, arranjos de hortênsias azuis e roxas, e talheres de prata tão polidos que reluziam. Pombinhas falsas seguravam uma grande faixa no palco que dizia: PARABÉNS AOS INDICADOS DE 1995 A REI E RAINHA DO BAILE DA NORTH FOOTHILL.

Olhei em volta, procurando os indicados e notando que havia muito mais gente lá.

— Quem são essas pessoas mais velhas? — perguntei a Priscilla, meio que sussurrando.

Ela também estava analisando o salão, fazendo seus cálculos.

— Alguns são funcionários do clube, mas muitos são pais dos indicados.

Ah, fazia sentido. As semelhanças eram nítidas entre uma mulher alta de cabelo escuro e Eliot Bender, do time de basquete, e entre dois executivos ruivos de óculos e Neil. Se era um lance familiar, a ausência de halmoni chamava a atenção. Olhei para Priscilla. Embora parecesse tranquila como sempre, eu via que ela estava pensando a mesma coisa. A culpa em relação ao vídeo continuava me corroendo. Eu tinha que consertar aquilo *agora*.

— Pode me apresentar às outras indicadas? — perguntei, me esforçando ao máximo para parecer inofensiva.

Priscilla queria que eu deixasse minha obsessão pelos cartazes depredados de lado, então eu precisava esconder meu plano.

Por um segundo, pareceu que ela só queria ficar amuada em um canto, mas então fez aquele lance da minha mãe de reprimir tudo. Abriu os ombros e foi na direção dos grupinhos reunidos.

Estavam todos à vontade, conversando como se as famílias se conhecessem. Nenhum daqueles adultos sentiu que deveria fazer com que nós, que não éramos sócias, nos sentíssemos confortáveis?

É… provavelmente não, a julgar pela definição de "elitismo".

Fomos até duas das indicadas, Alexandra e Tessa, que estavam pegando suco de laranja. Os pais delas conversavam com outras pessoas.

— Oi, gente — Priscilla as cumprimentou, de maneira calorosa e confiante.

Elas se viraram para nós e sorriram.

— Oi, Priscilla. E você é a Sam, né? — Alexandra perguntou.

— É — respondi, surpresa por alguém lembrar meu nome, já que fazia cerca de meio segundo que eu estudava naquela escola.

— Vocês são irmãs? — Tessa perguntou, inocentemente.

Nós éramos *mesmo* parentes. Mas eu também sabia que não tínhamos nenhuma semelhança física. Eu havia puxado meu pai e halmoni, enquanto Priscilla havia puxado o pai dela.

Priscilla e eu nos entreolhamos, como todas as meninas asiáticas se entreolham quando alguém as confunde. Decidi recorrer ao manual dela para lidar com babaquice e só dei uma risadinha ao dizer:

— Não, não somos irmãs.

Tessa pelo menos pareceu constrangida.

— Ah, foi mal. Acho que nem teria como, a não ser que vocês fossem gêmeas. — Ela parou de falar por um momento, parecendo ainda mais envergonhada. — E você é nova aqui, então…

— É que vocês passam bastante tempo juntas — Alexandra disse, para preencher o silêncio.

Priscilla manteve uma fachada tranquila.

— Pois é.

A resposta curta deixou claro que elas iam ter que aguentar a própria idiotice por um segundo.

De qualquer maneira, elas pareciam inofensivas. E não demonstravam se sentir ameaçadas por Priscilla. Na verdade, dava para ver que Tessa estava encantada em conversar com ela, uma garota popular mais velha.

Decidi me aprofundar um pouco naquilo.

— Vocês viram que Steph estava distribuindo sorvete ontem? — perguntei, com certa coragem porque ela ainda não tinha chegado.

As duas assentiram.

— Acham que a entrevista de Priscilla foi mais injusta que o sorvete grátis? — insisti.

Priscilla arregalou os olhos para mim, querendo que eu calasse a boca.

Alexandra deu de ombros.

— Não... Na verdade, não faz diferença para mim. Nunca vou ganhar de vocês mesmo.

Ela abriu um sorrisinho autodepreciativo antes de tomar um gole de suco.

— Não tem como ganharmos — Tessa concordou. — São sempre as alunas do último ano que ganham. — Ela parou por um momento, segurando o copo de suco. — Eu acho que você deveria ganhar. Não é culpa sua se nenhuma de nós teve a ideia de usar o noticiário da escola.

Priscilla relaxou ligeiramente.

— Ah. Obrigada. Mas tem muita gente irritada com isso.

Como se aquela fosse sua deixa, Steph chegou com os pais, usando um vestido justo de anarruga e um casaquinho branco. Parecia um cosplay de frequentadora de clube de campo. Mentalmente, eu a circulei em vermelho. *Você está morta.*

Uma mulher subiu ao palco e bateu palmas para chamar a atenção de todos. As unhas dela eram compridas e pintadas estilo francesinha, sua sobrancelha era escura, e o cabelo, loiro com mechas.

— Por favor, procurem seus lugares para que o brunch comece!

Priscilla e eu encontramos nossos nomes escritos em plaquinhas à mesa perto da janela e nos sentamos. Dei uma olhada nos nomes ao lado para ver quem ia se sentar ali.

— Ah, não…

Steph e a família dela. Eles chegaram segundos depois. A mãe de Steph tinha lábios carnudos e usava um terninho cru. O pai tinha cabelo escuro e a expressão mal-humorada de quem preferiria estar polindo sua Mercedes em vez de participar de uma coisa daquelas.

Eu entendia o sentimento.

— Oi — Priscilla cumprimentou, educada, enquanto eles se sentavam. — Meu nome é Priscilla, e essa aqui é a Sam.

Nenhum outro adolescente naquele salão, muito menos eu, que era toda estabanada, tinha os modos e a postura dela.

Steph a ignorou, se recostando na cadeira e tomando um gole de café. A mãe dela assentiu, com um sorrisinho tenso.

— Olá. Somos os pais da Steph.

Ela só disse isso, sem mencionar nomes.

O pai apontou para nós duas.

— Vocês são irmãs?

Respire fundo, lembra da ioga.

— Não. Só amigas — Priscilla respondeu tranquilamente.

Ao contrário das meninas, Steph não pareceu constrangida — e ainda deu risada. Olhei na mesma hora para ela, que se encolheu um pouco.

— Seus pais não puderam vir? — a mãe de Steph perguntou.

Respire fundo.

Priscilla balançou a cabeça.

— Infelizmente, não. Mas achei que seria divertido trazer Sam.

— O que eles fazem? — o pai de Steph perguntou, avaliando nossa cara, claramente duvidando de que não éramos irmãs.

Cala a boca, meu filho!

Abri o guardanapo de pano no colo procurando algo para fazer que não fosse calar a boca daquele homem à força. Priscilla percebeu a movimentação e, em seguida, quando viu que todos já tinham feito isso, se apressou para fazer também. Era o básico da etiqueta à mesa, que minha mãe havia me ensinado quando eu era pequena, mas dava para ver que ela ainda não estava familiarizada. Priscilla passou as mãos sobre o guardanapo.

— Minha mãe tem uma lavanderia. Meu pai faleceu.

Notei um lampejo de empatia no rosto da mãe de Steph.

— Ah. Sinto muito, querida.

Por um segundo, Steph pareceu surpresa também.

É isso aí, piranha! Você tem mais é que se sentir mal mesmo.

De repente, o pai de Steph estalou os dedos.

— É daí que reconheço você! É a lavanderia Oak Glen, não é? Em Greenbiar?

Priscilla fez que sim, e seu rosto parecia uma máscara de tão cuidadosamente sereno. Um garçom se aproximou servindo torradas e fazendo o favor de interromper aquela conversa infernal.

Mas ainda viria mais.

— Sua mãe gerencia um excelente estabelecimento — o pai de Steph disse. — Sempre acerta a minha barra. Deve ser por causa das mãos pequenas e delicadas.

Quase, engasguei com o pão.

— Pai — Steph sussurrou, constrangida.

Ele ignorou a filha e continuou falando:

— É bom ver uma família imigrante trabalhadora se destacando em North Foothill. Meus bisavós vieram da Itália, sabia?

Como se aquilo o aproximasse de Priscilla de alguma maneira. Como se ele fizesse ideia de como ela estava se sentindo naquele momento.

Era como se insetos zumbissem dentro da minha boca e eu fosse morrer se não os deixasse sair. Mas sabia que eviscerar verbalmente aquele cretino de meia-idade não ajudaria Priscilla em nada.

E que, na época, deixar aquelas pessoas pensarem que eram bem-intencionadas era um modo de sobrevivência.

— Sua mãe deve estar muito orgulhosa por você ter sido indicada a rainha — a mãe de Steph disse, simpática, mas totalmente alheia à babaquice do marido.

Só eu notava a tensão nos olhos de Priscilla.

— Ela está, sim. E ficou muito triste em não poder vir.

Passamos o restante do brunch quase sem conversar. A família de Steph meio que se ignorava enquanto comia. Tentei não ser muito descarada enquanto os observava. Às vezes, a gente conhece a família de uma pessoa idiota e tudo se encaixa. Steph, de certa forma, reparou nisso também. Parecia tão constrangida com a situação quanto nós.

Estavam servindo mais café e chá quando a mesma mulher de antes subiu ao palco.

— Espero que tenham gostado do brunch. Meu nome é Julie Keener e sou responsável pela programação do clube para os alunos de ensino médio de Oakwood. Posso dizer, então, que estamos muito orgulhosos de todos vocês por terem sido indicados. É uma grande honra! Uma salva de palmas!

Todo mundo aplaudiu, inclusive eu, mesmo sem muita vontade, só por Priscilla.

— Temos uma longa tradição aqui em Oakwood de sócios que se tornaram figuras proeminentes na comunidade, e vocês estão bem encaminhados nesse sentido — Julie disse, com um sorriso enorme. — Para dar o devido destaque a cada um dos indicados, preparamos uma apresentação de slides.

As luzes foram apagadas, e as cortinas, fechadas. Uma tela desceu no fundo do palco, e um projetor chegou em um carrinho. Era como se eu estivesse em uma convenção de vendas ou em um casamento, embora nunca tivesse ido a nenhum dos dois, só visto em séries de comédia.

Uma música clássica começou a tocar, e uma foto de um bebê gordinho com as bochechas rosadas apareceu na tela. Todo mundo riu e fez "ah". Tessa se encolheu na cadeira e gemeu alto. Seus pais olhavam para a tela com carinho.

— Tessa Martin nasceu na França. *Ulalá!* — Julie começou a falar. — Aos sete anos, se mudou para North Foothill por causa do trabalho do pai no Laboratório de Propulsão a Jato.

Mais algumas fotos de infância passaram — Tessa jogando futebol, usando uma fantasia fofa no Halloween etc. —, enquanto Julie falava. *Meu Deus, o que é isso, um funeral?*

Quando fui fazer um comentário engraçadinho com Priscilla, notei que ela estava toda rígida, com as mãos sobre as pernas agarrando a saia.

— Tudo bem? — sussurrei. — Está com medo das suas fotos de bebê?

No entanto, ela só balançou a cabeça, tensa, e eu recuei, sentindo algo estranho no ar. Mais algumas pessoas foram apresentadas — com fotos de bebês fofinhos, férias em família na neve, histórias de como aqueles jovens eram prendados e maravilhosos — antes que a vez de Priscilla chegasse. E eu soube na hora que era ela porque a primeira foto que apareceu foi de um antigo anuário da escola.

— Priscilla Jo está no último ano de North Foothill e trabalhou muito para estar aqui hoje — Julie disse, com uma voz estranhamente séria.

Franzi a testa. Onde estavam as fotos de bebê? A maior parte delas era da escola e de anuários, todas mais recentes. Julie falou sobre as realizações acadêmicas de Priscilla, mas não disse nada engraçadinho ou detalhado sobre seus hobbies e interesses como havia feito com os outros indicados. Comecei a sentir meu estômago revirar.

A apresentação de Priscilla acabou, e seguiram-se aplausos educados, mas meio confusos. Depois de uma pausa, Julie disse:

— Ah, não conseguimos colocar fotos da infância de Priscilla porque elas ficaram na Coreia.

Todo mundo murmurou em compreensão, mas eu apenas olhei para ela. *Coreia? Como assim?*

Não pedi explicações para Priscilla até que todos os candidatos tivessem sido apresentados e as pessoas começassem a se levantar para ir embora.

— O que aconteceu? — perguntei. — Suas fotos de infância estão na Coreia?

Ela balançou a cabeça, claramente nervosa.

— Não foi o que eu disse a ela. Ela só... quis que fosse assim.

— Por que tudo aqui é tão constrangedoramente racista?

Mas Priscilla não prestava atenção de tão chateada que estava.

— Não sabia que eles iam fazer isso, senão eu teria tentado arranjar algumas fotos. — O lábio inferior dela tremia. — Minha mãe... depois que o appa morreu... ela guardou todos os álbuns em um depósito, porque não conseguia tê-los por perto. Eu não quis pedir que ela pegasse só por causa disso. Achei que fossem fazer um pôster ou coisa do tipo, não *isso*.

Fiquei preocupada quando percebi que ela estava prestes a fazer algo que a Priscilla do futuro nunca faria: chorar em público. Se eu tentasse abraçá-la, talvez só fosse piorar as coisas. E sabia que, se Priscilla chorasse ali na frente de todas aquelas pessoas, nunca ia se perdoar.

— Bem, você é a única que vai sair daqui com alguma dignidade. Meu Deus! A gente precisava mesmo ver o cofrinho do Devin em Aspen?

Rugas se formaram em volta dos olhos marejados, e ela riu.

— Sam!

Um alívio percorreu meu corpo. *Aquilo* eu sabia fazer.

— E o quarto bizarro da Steph, com todas aquelas *bonecas*? Tipo, valeu por confirmar que você é uma serial killer em formação.

Priscilla riu tanto que eu pude relaxar. Não havia mais nenhum sinal de lágrimas. Fomos para a saída, onde Julie Keener se despedia de todos. Eu a ouvi falando para os pais de Steph:

— Estamos *muito* animados para falar sobre a admissão de vocês na semana que vem! Fiquei sabendo pelos seus padrinhos, os Johnson, que você é uma excelente tenista, Liz.

A mãe de Steph, pelo visto Liz, acenou com a mão, modesta.

— Ah, para... Bem, o brunch foi maravilhoso, muito obrigada pela organização. Vamos nos lembrar disso na hora de decidir onde vai ser a festa de formatura de Steph.

Claro que sim.

Priscilla estendeu a mão para Julie.

— Muito obrigada, sra. Keener, pelo brunch tão especial. Foi uma honra ser recebida pelo Oakwood.

Vi que Steph parou na entrada para observar aquela interação. E vi o que ela viu: a compostura e a graça inacreditáveis. A rainha perfeita do baile. Steph estreitou os olhos, a inveja desfigurando seu rosto. Qualquer simpatia que ela tivesse nutrido por Priscilla por conta do constrangimento causado por seu pai anteriormente havia desaparecido.

Julie Keener abriu um sorriso, grande mas incerto.

— Disponha, querida! Você deve se orgulhar *muito* por ter chegado aqui.

Hã?

Ela se referia à indicação a rainha? Ou... àquela obsessão ridícula do sonho americano por clubes exclusivos?

Não houve aquele papinho de "sua família deveria se juntar a nós", como havia tido com os outros. E essa ausência pesou tanto que continuei sentindo aquilo enquanto atravessávamos o clube e passávamos pelo salão onde, trinta anos depois, Priscilla seria entrevistada para se tornar sócia. Eu não tinha a menor dúvida de que o brunch tivera alguma coisa a ver com aquilo.

Julie estalou os dedos, como se houvesse acabado de se lembrar de algo.

— Ah, só mais uma coisa, Priscilla!

A esperança faiscou nos olhos da minha mãe.

— Sim?

— Por acaso você está precisando de um trabalho depois da escola? Estamos contratando vendedoras para a lojinha e achamos que você seria perfeita! É tão boa em lidar com pessoas…

Julie bateu palmas de tão empolgada.

Priscilla continuou sorrindo, mas o brilho em seus olhos sumiu no mesmo instante.

— Ah, hã, na verdade, eu ajudo minha mãe no trabalho…

Olhei para ela, porque aquilo não era mais verdade. Mas Priscilla era orgulhosa, não havia como negar.

Julie baixou as mãos.

— Ah, que pena! Tudo bem, achei que valia a pena perguntar. Se tiver interesse no futuro, entre em contato comigo!

Ela se virou para falar com outra família, sem se dar conta de que havia acabado de destruir as esperanças de alguém.

Eu me perguntava se Priscilla via o que eu via: que toda a popularidade e o contato com "as pessoas certas" não seriam capazes de lhe render aceitação de verdade em um lugar que havia sido criado para manter gente como ela de fora.

Fomos até o estacionamento em silêncio, porque eu queria dar espaço a Priscilla para lidar com os próprios sentimentos. Quando chegamos ao carro, Steph estava entrando no dela, estacionado do outro lado.

— Espera aí um segundo — eu disse a Priscilla antes de ir até ela. — Ei, Steph.

Ela já estava no banco do motorista, prestes a fechar a porta, mas eu a segurei.

— É você que está depredando nossos cartazes, não é?

Ela arregalou os olhos, confusa. A pior atriz do mundo.

— Como assim?

Depois de ter testemunhado a humilhação de Priscilla aquele dia, eu não ia deixar passar. Me inclinei para mais perto.

— Se tentar mais *alguma coisa*, vou acabar com você.

Steph ficou boquiaberta.

— Você é louca.

Ela pegou a porta e fechou. Só que eu tinha visto seu momento de pânico e soube, de novo, que estava certa. Me senti poderosa por um instante, mas logo depois fiquei um pouco mal. Não era como se eu gostasse de fazer bullying com os outros. Mas às vezes — e ainda mais sendo uma garota asiática — era bom ver o medo das pessoas percebendo que me subestimaram. E agora Steph sabia que precisava ficar esperta.

O trajeto até a escola foi silencioso — o gosto amargo do brunch perdurava. Quando o rádio começou a tocar Mariah Carey, no entanto, não consegui me segurar. Cantei o refrão, e Priscilla acabou se juntando a mim. Mariah curava todas as feridas.

O farol ficou verde, e Priscilla pisou tão fundo no acelerador que até Vin Diesel teria ficado impressionado. Me segurei a tempo, porque estava me acostumando a seu estilo de direção. Ela olhou para mim.

— Então... Andei pensando e acho que a gente deve fazer o lance do desconto na lavanderia.

— Espera, é sério?

Ela faz que sim, os dentes trincados.

— Sim, precisamos compensar o fiasco do vídeo. E... por que eu me importaria com o que as pessoas vão pensar?

Perdi o fôlego. *Uau. Sério?*

— Ou elas votam em mim sabendo quem sou ou não preciso

delas — Priscilla disse, determinada. — Então vou fazer um cupom, tirar cópias e distribuir amanhã.

Dei um soquinho no ar.

— É isso aí, garota!

— Ai, meu Deus... — ela disse, mas com afeto.

Pela primeira vez desde que eu havia chegado ali, e talvez em toda a minha vida, parecia que nós duas estávamos no mesmo time. Ninguém podia nos atingir. Nossos sonhos e esperanças não tinham nada a ver com o mundo do lado de fora das janelas do carro. E eu faria qualquer coisa para proteger o que Priscilla queria.

25

TRÊS DIAS PARA O BAILE

À tarde, na lavanderia, fiquei pensando sem parar em um jeito de tirar Priscilla do buraco que a entrevista tinha cavado. O brunch servira de combustível — Priscilla tinha *mesmo* sido excluída. Os cupons iam ajudar, mas ela precisava abordar o escândalo diretamente.

Sem saber de nada daquela confusão, halmoni trabalhava com toda a leveza, nitidamente animada com o jantar. Aquilo me deixava feliz — o que não era nada fácil, considerando que eu estava à beira de um ataque de pânico.

No carro, a caminho da casa dela depois do trabalho, ouvimos uma rádio coreana. Fiquei pensando em todos os meios de comunicação dos anos noventa antes das redes sociais — TV, rádio...

Então a inspiração veio. Eu só precisava convencer Priscilla a confiar em mim de novo.

Quando entramos, Priscilla e Grace já nos esperavam, ouvindo SWV. O cheiro de arroz quentinho tornava o lugar ainda mais aconchegante.

— Chegamos! — halmoni gritou em coreano, tirando os sapatos na entrada.

Eu me inclinei para desamarrar os cadarços dos tênis. Antes que pudesse me endireitar, um corpinho se atirou em mim.

— Sammy! — Grace gritou, agarrando minhas pernas.

Tentei me equilibrar e dei risada.

— Oi, Grace.

Mesmo aos trinta e muitos anos, tia Grace tinha o mesmo entusiasmo ao cumprimentar as pessoas. Seus abraços apertados me deixavam sem fôlego.

O cumprimento de Priscilla, que estava na cozinha picando cebolinha, foi um pouco menos animado.

— Oi — ela disse quando entrei.

Parecia cansada, e me senti mal por ela ter que fazer um jantar especial.

Halmoni entrou e foi logo examinar a cebolinha.

— Corta inclinado, não reto como moeda.

Os ombros de Priscilla ficaram tensos. Ela exalou irritação ao dizer:

— De nada.

Halmoni parou e olhou para ela.

— Eu preparo o resto. Sam, vai relaxar.

— Ah, não, eu posso ajudar — respondi, já indo para a pia lavar as mãos.

— Não, você é nossa convidada! — halmoni insistiu. — Pode ficar na sala com Grace.

Terminei de lavar as mãos.

— Eu insisto.

Priscilla parou de picar a cebolinha.

— Por que você demora tanto pra lavar as mãos?

Ah, saudade de quando as pessoas não precisavam cantar "Parabéns para você" duas vezes enquanto esfregavam as mãos furiosamente para se proteger de um vírus mortal.

— Hum, meu pai é cirurgião — falei, enxugando as mãos.

Contra a vontade de halmoni, ajudei um pouco na cozinha. Quebrando e batendo os ovos para o *jun* de abóbora, picando vegetais crus para servir com *ssamjang*. Halmoni me ajudava com algumas coisas, de boa vontade. Em determinado momento, peguei Priscilla nos observando com uma cara estranha.

Cozinhamos em um silêncio agradável, com o barulho da TV na sala ao fundo. Embora aquilo devesse parecer rotineiro, não era, infelizmente. Eu não tinha passado muitas noites na cozinha com minha mãe e halmoni. Engoli o nó que se formou na minha garganta e me determinei a segurar a onda. *Nossa!* De repente, aquele jantar pareceu muito importante. Uma rara oportunidade de jantar com halmoni, minha mãe e Grace antes de todas as complicações do futuro.

Fui ao banheiro antes de nos sentarmos para comer. Depois de lavar as mãos, parei na frente da pia, olhando para um vidrinho com pot-pourri e a escova de dente de sapinho que eu imaginava que fosse de Grace. As maquiagens de Priscilla estavam meticulosamente organizadas no canto.

Peguei o celular, ignorando os alarmantes cinquenta e dois por cento de bateria. Estava disposta a arriscar.

> Oi, halmoni. É tão estranho estar tão perto de você e ainda assim sentir sua falta. Você é uma das poucas pessoas que acredita em mim incondicionalmente. E estou precisando de um pouco da sua fé agora. Ando preocupada com a possibilidade de algo muito importante dar errado. Acho que no passado aceitei bem o fracasso. O que não mata fortalece, e toda aquela baboseira motivacional. Mas não posso fracassar neste caso. E estou muito, muito preocupada. Você saberia o que dizer agora. Sempre sabe.

Desliguei o celular e voltei para a mesa, afundando na cadeira de almofada florida. A arrumação da mesa com tampo de vidro era tão familiar que chegava a doer. As tigelinhas de porcelana com arroz branco fofinho, os talheres de metal, *banchan* variados em pratinhos floridos, o descanso de panela vermelho sob o *galbi-jjim* — uma carne ensopada doce como bala.

— Espero que goste, Sam — halmoni disse, tirando o avental.

— Parece delicioso, obrigada.

— Você come comida coreana em casa? — ela perguntou, se debruçando para colocar pedacinhos da carne perfeitamente ensopada na tigela de Grace.

Evitei olhar para minha mãe.

— Hum, não muito. Mas queria comer mais. Adoro comida coreana.

Priscilla riu.

— Puxa-saco.

— É sério! — Enfiei uma bela colherada de arroz na boca para mostrar que era verdade, depois peguei uma porção grande de soja em grãos temperada com óleo de gergelim e pimenta-calabresa. — É que meus pais não sabem fazer direito.

Halmoni assentiu.

— Ah, eles nasceram aqui?

— Nasceram.

Procurei me ocupar pegando um pedaço de peixe.

Halmoni afastou meus palitinhos com os dela e soltou a carne da espinha do peixe com destreza, então fez uma pilha no prato e apontou para que eu pegasse um pouco. Aquilo me lembrou de nosso último jantar juntas, e senti um nó na garganta de emoção.

Quando reguei o arroz com um pouco de molho *galbi-jjim*, halmoni ficou olhando com curiosidade.

— Que engraçado. Você faz isso. Que nem a Priscilla e o pai dela.

A colher de Priscilla congelou acima do arroz, que também estava encharcado de molho. Sorrimos uma para a outra, sem graça.

— Estranho. Às vezes até parece que conheço você, Sammy — halmoni disse, e meu coração disparou.

— O nome dela é Sam, e não Sammy — Priscilla falou, constrangida, depois olhou para mim. — Desculpa.

Balancei a cabeça.

— Ah, não, tudo bem. Minha avó também me chama assim.

Eita.

Mas ninguém achou estranho. Por que achariam? Mesmo que halmoni achasse que tinha algo de familiar em mim, por uma simples falha no tempo e no espaço, ela nunca descobriria quem eu era. E era melhor que não descobrisse mesmo.

— Que legal. Sua halmoni mora perto de você? — ela perguntou.

— Mora — respondi, enquanto pegava um pouco de carne.

— Os avós de Priscilla e Grace moram na Coreia, o que é triste para elas — halmoni disse. — Só fomos visitar uma vez.

— Você já foi pra Coreia? — perguntei para Priscilla, surpresa.

Minha mãe *nunca*, *nunca* tinha mencionado nenhuma viagem à Coreia. Eu havia ido com halmoni quando era bem pequena. Visitei a Europa e o Sudeste Asiático com meus pais, mas a Coreia não.

Ela deu de ombros.

— Eu era pequena. Grace nem tinha nascido.

— É, então deve ter sido muito *chato* — Grace disse, empunhando a colher como uma pequena ditadora.

Halmoni empurrou o tofu para perto de mim.

— Priscilla reclamou a viagem inteira. Não gostou.

O clima mudou, e eu baixei os olhos para a comida, sem querer me envolver muito. Ver halmoni dando uma alfinetada assim era novidade para mim. Ela nunca fazia esse tipo de coisa comigo ou com Julian. Nem mesmo com minha mãe. Quando eu testemunhava uma discussão entre as duas, era sempre minha mãe que partia para o ataque primeiro.

— Desculpa se achei chato encontrar parentes que eu nem conhecia — Priscilla disse. — A gente nem fez nada de legal!

— Appa e eu levamos você ao Lotte World! — halmoni disse, largando a colher na mesa, irritada.

— Umma. Moramos no *sul da Califórnia*. Aqui tem a Disneylândia.

Foi difícil não interromper a discussão, como eu fazia quando minha mãe e halmoni começavam a se estranhar no futuro. Mas eu não podia interrompê-las ali — seria totalmente inapropriado e fora de contexto.

— Appa morreu — Grace disse, sem emoção, se esticando para pegar uma folha de alface e depois enfiando na boca, embora mal coubesse.

Ficamos todas em silêncio. Eu queria me esconder em um arbusto, que nem o GIF do Homer Simpson.

— Ela sabe — Priscilla finalmente disse, em um tom seco.

No futuro, ela usaria aquele tom sempre que quisesse mudar de assunto.

De repente, pareceu que Grace havia puxado uma tomada e alterado toda a energia da conversa. Priscilla ficou cutucando a comida, de cabeça baixa, e eu tive a sensação assustadora de que ela estava segurando o choro. Olhei pra halmoni, torcendo para que dissesse alguma coisa, mas ela apenas pigarreou, se levantou e foi para a cozinha. Ouvimos o tilintar da louça, de um jeito nada natural.

Você saberia o que dizer agora. Sempre sabe. As palavras que eu havia gravado para minha avó pouco antes ecoaram na minha mente enquanto halmoni, bem ali diante de mim, não dizia nada.

Grace parecia tão pequena à mesa. Seus olhos pretos e redondos não deixavam nada passar. Seu lábio inferior tremeu quando ela olhou para Priscilla.

— Desculpa, unni.

As palavras sussurradas foram engolidas pelo barulho de halmoni na cozinha.

Mas Priscilla as ouviu e se empertigou, levantando a cabeça e arrumando o cabelo. O único sinal de choro era seu nariz um pouco vermelho.

— Não precisa pedir desculpa. Ei! É uma mosca ali?

Priscilla bateu na cabeça de Grace com os palitinhos, fazendo a irmã rir.

Também ri, para ajudar a aliviar a tensão. Mas a vontade era de chorar, para ser sincera. Depois de tudo que tinha passado hoje, Priscilla ainda precisava ser boa filha e boa irmã. Não havia nenhum espaço para que sentisse *nada* em relação à morte do pai, que tinha acontecido só alguns anos antes. Ela... carregava um fardo enorme. Sozinha.

Nervosa, fiquei de olho na cozinha, esperando que halmoni voltasse. Por que não era ela que estava tentando aliviar o clima? Era o que sempre fazia comigo. Depois de um tempo, halmoni voltou com uma jarra de água, como se só tivesse ido à cozinha pegar isso.

— É água morna, melhor para digestão — ela disse para mim, sorrindo.

Mas não olhou para as filhas, e então eu senti o abismo que havia entre halmoni e Priscilla. Como eu podia ajudar a resolver isso? Eu era uma garota qualquer, me intrometendo na vida delas. Parecia impossível.

Mas viajar no tempo também parecia, então...

Aceitei a água e respirei fundo.

— Obrigada. Ah, sabia que Priscilla está concorrendo a rainha do baile?

Priscilla virou para mim, arregalando os olhos.

Halmoni tomou um gole de água.

— O que é isso?

Pensei em como halmoni havia apoiado tudo que eu tentava fazer. Talvez *eu* conseguisse convencê-la da importância do baile e do quanto aquilo significava para Priscilla.

— É uma honra que a pessoa recebe no baile se conseguir votos o bastante dos outros alunos.

— E os alunos votam baseados em quê? Nas notas?

— Ah, não, hã — gaguejei. — Eles votam em quem gostam.

Priscilla soltou um grunhido de frustração do outro lado da mesa. Aquilo não estava saindo como eu esperava, mas agora não tinha volta.

Ela revirou os olhos.

— É importante, umma.

— Ganhar um concurso de quantas pessoas gostam de você? — halmoni perguntou, irônica. — Que perda de tempo. Priscilla sempre se importou demais com o que os outros pensam. Se ela se preocupasse assim com a família, seríamos a família mais feliz do mundo.

Era para ser uma piada, a julgar pelo tom leve com que halmoni tinha usado. Mas eu encarei como sabia que Priscilla encararia. Então todo o peso da felicidade da família recaía sobre os ombros *dela*? Aquilo era tão injusto que eu quase fiquei sem ar.

Pela primeira vez na vida eu não estava *nem um pouco* do lado de halmoni. Minha mãe tinha razão. A mãe que a criou não era a halmoni que eu conhecia no futuro. E também não era a minha chefe na lavanderia. Halmoni estava sendo o clichê da mãe asiática todinha.

— Bem, estou ajudando Priscilla com a campanha dela — falei, com a confiança totalmente abalada. — Tem sido muito divertido.

Halmoni assentiu, com um sorrisinho tenso, claramente dividida entre seus sentimentos reais e o impulso de ser educada com uma convidada.

— Ela tem sorte de ser sua amiga.

Olhei para a expressão pretensiosa de Priscilla, com o queixo erguido apesar do que devia estar sentindo.

— Na verdade, eu que tenho sorte de ser amiga dela — falei.

Priscilla olhou para mim, surpresa. Grace bateu palmas.

— Posso ser sua amiga também?

Dei risada.

— Você já é.

Grace assentiu, satisfeita, e voltou a comer alegremente.

Embora Priscilla tenha me dirigido um sorrisinho agradecido, terminamos de comer com todas as palavras que não haviam sido ditas pairando entre nós, como fantasmas. Senti minha determinação de consertar as coisas entre halmoni e minha mãe fraquejar. O jantar havia revelado a profundidade do problema — que ia muito além da questão do baile. Em que pé aquilo me deixava, então?

26

TRÊS DIAS PARA O BAILE

No clima moderado e contemplativo em que o jantar havia nos deixado, Priscilla e eu lavamos a louça rapidinho e corremos para o quarto, para trabalhar na Operação Resgate da Campanha para Rainha do Baile.

Ao entrar, vi as paredes cor-de-rosa, as cortinas floridas, os pôsteres de loiras aleatórias e uma flâmula da escola pendurada ao lado de um quadro de cortiça cheio de recortes de revista. Era como se *Três é demais* tivesse vomitado naquele quarto.

Mas o que se destacou aos meus olhos foi um canto que parecia uma lavanderia em miniatura, com um varal cheio de roupas penduradas com todo o cuidado, um ferro de passar apoiado em uma base, um vaporizador e uma prateleira cheia de acessórios que iam de um rolinho adesivo para remover pelos até um spray antiestática.

— Minha nossa, você é *mesmo* filha de uma dona de lavandeira...

Me dei conta de que estava testemunhando a origem da obsessão da minha mãe por manter as roupas impecáveis.

— Rá.

Ela se jogou na cama e soltou um suspiro pesado.

Tentei mudar o clima de derrota que havia no ar.

— Ei, obrigada por me deixar invadir o jantar em família de vocês. Estava delicioso.

Ela cruzou os braços como uma vampira em um caixão.

— Não tem problema.

Só que eu sabia que tinha. Priscilla havia me dito que nunca chamava os amigos para a casa dela. Tentei imaginar Neil ou Deidre pisando de sapato no carpete imaculado e estremeci.

— Minha mãe gosta muito de você — Priscilla disse.

Então eu compreendi: a expressão no rosto dela mais cedo, quando halmoni estava cozinhando, era de ciúmes. Mesmo no passado, halmoni e eu tínhamos uma conexão que ficava clara para todos à nossa volta.

— É fácil conquistar a mãe dos outros, basta não ser filha dela — falei, pensando em como minha mãe gostava de Val.

Priscilla se sentou e olhou para mim, aliviada ao sentir que tínhamos aquilo em comum.

— Quando eu tiver filhos, principalmente se for menina, não vou dificultar tanto assim a vida deles.

Tossi, tentando disfarçar que estava rindo.

— Enfim, agora vamos falar do baile — falei, me sentando na cadeira branca da escrivaninha dela.

— Precisamos mesmo?

A exaustão de Priscilla era palpável.

— Sim. Tenho uma ideia.

— Que ótimo.

O sarcasmo era evidente.

Chutei o pé dela.

— Ei! Você disse que ia me dar outra chance.

— Está bem.

— A gente já usou a TV, agora vamos para o meio impresso.

— Como assim?

— Você precisa escrever um texto no jornal da escola pedindo desculpas.

Falei sem rodeios, para não dar brecha para reclamação. Priscilla se apoiou nos cotovelos.

— Desculpa? Pelo *quê*?

— Por ter se aproveitado de sua ligação com Taylor para obter vantagem na eleição.

— Oi? Não fiz nada disso.

— Eu e você sabemos, mas é a única maneira de acalmar os ânimos.

Minha mãe estava basicamente sendo cancelada em 1995. E todo mundo sabia que a única coisa que pessoas canceladas podiam fazer era pedir desculpas. Qualquer outra coisa seria botar lenha na fogueira.

Priscilla pensou a respeito.

— Certo.

Rabisquei algumas palavras e depois li em voz alta:

— *Sei que muitas pessoas estão bravas comigo, e eu entendo. Gostaria de pedir desculpas pela entrevista veiculada no telejornal da North Foothill. Ela me deu uma vantagem injusta na disputa para rainha do baile. Embora eu não tenha tido a intenção de fazer nada que fosse contra as regras, agora compreendo que não se trata de seguir as regras, e sim de ter espírito esportivo.*

Olhei para Priscilla para ver sua reação. Ela parecia cética.

— Não sei se vai rolar. Não deveríamos tentar nos defender?

— De jeito nenhum — eu disse. — Ficar na defensiva é a pior opção. Precisamos ser honestas.

— Eu não estou *tão* arrependida assim.

Dei risada.

— Para os propósitos desse discurso, você *está*. A ideia é reconhecer os sentimentos das outras pessoas.

— Minha nossa senhora — ela murmurou. — Ok, mas você consegue fazer parecer mais comigo e menos com um nerd do século passado?

— Consigo. Menos nerd do século passado.

Naquele espírito, bolamos o restante do discurso juntas, ora uma cedendo, ora a outra. Quando terminamos, pedi que ela lesse em voz alta e bati palmas no final.

— Ótimo, perfeito.

Eu sentia certo alívio por possivelmente ter resolvido aquela questão. Entre o texto e os cupons, Priscilla ainda tinha chance de ganhar.

Ela mesma parecia menos preocupada, ainda que cética.

— Você é bem boa nisso.

— Em pedidos públicos de desculpas? — perguntei, rindo.

— Não, com textos. Você escreve bem. — Priscilla estava de costas para mim quando disse isso, tirando o cardigã. Ela parou para inspecioná-lo de perto. — Droga. Deve ter enganchado em algum lugar, está furado. Vou ter que costurar.

O comentário sobre minha escrita fez um quentinho se espalhar dentro de mim. Pela primeira vez na vida eu não tinha uma piada pronta para transformar um elogio em autodepreciação. Fazia bastante tempo que minha mãe não me dizia nada parecido. Quando eu era pequena, sempre ouvia "Bom trabalho!" quando fazia um gol, quando tirava dez. Mas já tinha anos que eu não ficava toda feliz em ouvir isso.

— Você sabe costurar? — perguntei quando finalmente consegui formular uma frase.

— Minha mãe é costureira, dã — Priscilla disse, colocando o cardigã na tábua de passar. — Pelo visto sua família pode se dar ao luxo de pagar para que alguém faça esse tipo de coisa por vocês.

Demorei um segundo para assentir.

— É.

— Que sorte — ela respondeu, sonhadora, e não invejosa.

Na verdade, o quarto inteiro de Priscilla parecia a casa de boneca dos sonhos das adolescentes americanas. Mas olhando com cuidado, dava para ver o blecaute amarelado sob as cortinas floridas e o aspecto caseiro dos móveis cor-de-rosa — minha mãe claramente havia pintado com cuidado as mesas de cabeceira de segunda mão.

— O que você vai usar no baile? — Priscilla perguntou de repente.

Merda. Tinha me esquecido completamente disso.

Priscilla sacou na mesma hora.

— Ai, meu Deus. Você não tem nenhum vestido?

— Bem, não exatamente. Acho que posso ir ao shopping de novo amanhã.

Só que meu dinheiro estava acabando, e eu não queria pedir mais à sra. Jo de jeito nenhum.

Priscilla foi até o guarda-roupa.

— Esquece. Você pode usar um vestido meu. — Ela abriu a porta de correr espelhada. — Não tenho muitas opções, mas, sinceramente, não confio em você para escolher nada melhor.

Ela foi passando de vestido em vestido, todos em sacos plásticos de lavanderia, com um nó embaixo.

— Obrigada — eu disse, revirando os olhos.

Ela pegou um modelo, e o plástico fez barulho.

— Amigas de verdade nunca mentem, sabia? Não ficam puxando o saco uma da outra o tempo todo.

— Está dizendo... que somos *amigas*?

Eu arrastei a última palavra tanto quanto possível, e ela riu de novo.

— Por que você é tão boba?

Dei risada também, mas estava falando sério. A ideia de Priscilla me considerar sua amiga me deixava muito satisfeita.

— Vamos ver esse vestido.

Priscilla o pendurou em um gancho em forma de coração ao

lado do guarda-roupa e desfez o nó do plástico. Depois tirou o vestido de lá e me entregou. Era curto, sem manga e vermelho, com decote quadrado. Parecia *muito* apertado.

Ela se virou de costas, para que eu pudesse me trocar.

— Antes de dizer alguma coisa, experimenta.

— Certo. — Comecei a me trocar e tive que forçar para que passasse pela minha bunda. — Acho que não usamos o mesmo tamanho.

Priscilla se virou para mim e me analisou demoradamente, com a mão no queixo.

— Hum, na verdade, acho que ficou bom.

— Tem certeza? — perguntei, me olhando no espelho.

Estava parecendo a Cher de *As patricinhas de Beverly Hills.* Só faltava um boá de penas brancas. Não sabia se o filme já tinha saído, então guardei minha impressão para mim mesma.

— Tenho. Usa esse. — Ela ergueu a mão. — Não discute comigo.

Eu tinha que admitir que estava gata. Uma voz se insinuou em meus pensamentos, como um diabinho sussurrando: *Pena que Jamie não vai me ver assim.*

— Ei? — Priscilla me interrompeu. — Terra chamando Sam!

— Gostei, obrigada por me emprestar — eu disse, rápido.

Ela pareceu satisfeita.

— Ótimo! Só não estraga, ou eu te mato.

— Eu sei — falei, fazendo um gesto na direção do cantinho do quarto que parecia uma lavanderia.

Já estava tarde, e Priscilla me ofereceu uma carona. Assim que ela saiu, e eu estava prestes a ir atrás, notei três potes de vidro na escrivaninha, com diferentes quantidades de notas e moedas. Estavam todos rotulados: URSINHO, SAMANTHA e DISCMAN.

Samantha?! O que era aquilo?

Quando estávamos no elevador, indo para a garagem, eu perguntei:

— O que é aquele pote de vidro com uma etiqueta dizendo "Samantha" no seu quarto? Está economizando para comprar roupas novas para mim?

Ela parou, confusa, então franziu a testa.

— Quê? Ah. Aquilo. Estou economizando para comprar uma boneca Samantha. Para Grace.

— Uma boneca Samantha?

Priscilla olhou para mim como se um terceiro olho tivesse acabado de brotar na minha testa.

— É. Uma boneca Samantha da American Girl, sabe?

Ahhhh. Entendi. Bonecas American Girl.

— Ah, claro. Legal.

— É tão cara. Mas Grace quer uma. E eu lembrei de quando todas as minhas amigas tinham bonecas e eu tinha que ir na casa delas para brincar. Minha mãe nunca ia conseguir comprar uma para mim. Eu colecionava catálogos como se fossem a *New Yorker*. Enfim, Samantha é a melhor, todo mundo sabe disso. Tem as melhores roupas, o melhor conjunto de chá e o quarto mais fofo.

Priscilla foi se animando conforme falava, balançando as mãos e com os olhos brilhando de entusiasmo. Eu me dei conta de como era raro que ela baixasse a guarda assim — mostrando interesse sincero por alguma coisa. Um desejo genuíno.

Ela olhou para mim, um pouco constrangida.

— Você nem deve entender. Aposto que seus pais compravam todas as bonecas que você queria.

Quando eu era pequena, minha mãe comprou para mim uma boneca American Girl feita sob encomenda, que tinha mais ou menos a minha cara — asiática, com cabelo castanho comprido. Fiquei obcecada por ela por uns cinco minutos antes de jogá-la na pilha de brinquedos do meu quarto. Lembrei do que minha mãe tinha me dito: "Você não tem ideia de tudo o que seu pai e eu fazemos para que você possa ter essa vida... Você não dá valor. Não cuida das suas coisas...".

— Nunca gostei muito de bonecas — eu disse, com um sorriso fraco. — Mas tenho certeza de que Grace vai adorar.

— Espera aí, é sério que você pensou que tinha a ver com você? — Priscilla começou a rir. — Você é tão metida.

— Rá. É...

Enquanto descíamos, meu cérebro tentava absorver o que eu tinha quase cem por cento de certeza de que era um fato: minha mãe havia colocado em mim o nome da boneca que ela sempre quis. Uma boneca que representava um desejo de infância tão forte que ela nunca tinha esquecido.

Nossa, nem era muita expectativa para carregar, não, bobagem...

27

DOIS DIAS PARA O BAILE

Eu estava uma pilha de nervos no dia seguinte, contando os segundos até o intervalo da manhã, quando o jornal da escola com o texto de Priscilla seria distribuído. Assim que o sinal tocou, saí correndo da sala para pegar um exemplar de uma das muitas banquinhas espalhadas pela escola. Passei as páginas rapidamente até chegar à seção de opinião. Mas o texto não estava lá. *Como assim?*

Alguém me deu um soquinho no braço. Priscilla. Sorrindo.

— Cadê o artigo? — perguntei, entrando em pânico enquanto revirava o jornal.

— Não publiquei.

— Quê? Por quê?

Aquela era nossa última chance. A votação era *amanhã*. Era típico da minha mãe ignorar minhas sugestões e fazer o que queria. Agora estávamos ferradas.

Priscilla se afastou de mim, andando de costas na ponta dos pés, toda saltitante e graciosa em seu uniforme de animadora de torcida.

— Vem para o pátio ver!

Juro por Deus, é melhor que seja coisa boa, senão vou desistir desta missão agora mesmo. Eu a segui até o pátio, arrastando os pés e temerosa.

Estava cheio de alunos comendo e conversando, como sempre. Procurei quaisquer sinais de… do que quer que fosse. *Aonde ela foi?*

— Ei.

A velocidade com que meu pânico se transformou em ansiedade ao ouvir aquela voz foi alarmante.

— Oi, Jamie — eu disse, torcendo para não parecer que tinha *perdido o ar.*

Ele me observava com um meio-sorriso.

— Está procurando por quem?

— Ah, Priscilla. Ela disse que...

Um barulho estridente de microfonia me interrompeu, e eu virei para olhar. Havia um grupo de animadoras de torcida no pequeno palco armado no pátio. Localizei Priscilla no meio, segurando o microfone.

O que ela vai fazer?

— Oi, North Foothill, meu nome é Priscilla Jo. — Ela fez uma pausa, para que as pessoas tivessem tempo de parar o que estavam fazendo e olhar para o palco. — Sei que muitos de vocês estão bravos comigo. E eu entendo.

Olhei para Jamie de olhos arregalados.

— Acho que é o texto que escrevemos ontem!

Priscilla prosseguiu, com as animadoras de torcida alinhadas atrás dela, um séquito reforçando seu espírito escolar.

— Gostaria de pedir desculpas pela entrevista veiculada no telejornal da North Foothill. Ela me deu uma vantagem injusta na disputa para rainha do baile. Embora eu não tenha tido a intenção de fazer nada que fosse contra as regras, agora compreendo que não se trata de seguir as regras, e sim de ter espírito esportivo. Quando tomei a decisão de dar a entrevista, só estava pensando em uma coisa: quero vencer, e isso pode ajudar. Não é uma desculpa, só uma explicação. Esse desejo de vencer me motiva em muito do que faço.

Ela fez uma pausa enquanto as animadoras de torcida agitavam os pompons e gritavam:

— VAI! LUTA! VENCE!

Risadas se espalharam pela multidão, e Priscilla abriu um sorriso sábio para o púbico.

— E, às vezes, quando tento vencer, alguns de vocês são pegos no fogo cruzado.

As animadoras de torcida apontaram os indicadores para a multidão e gritaram:

— Bang-bang!

PQP. Abri a boca, em choque, mas todo mundo deu risada. *Minha nossa senhora.*

— Então vou fazer o óbvio e dizer a vocês que sinto muito, mas também espero que votem em mim para rainha do baile. Sei que estou me expondo aqui.

— Por favor, Deus, que as animadoras de torcida não tirem a roupa agora — sussurrei. Jamie ergueu as sobrancelhas e escondeu um sorriso.

Elas não tiraram a roupa. Priscilla continuou falando, enquanto a brisa balançava ligeiramente seu rabo de cavalo.

— ... pode parecer que estou sendo falsa, que é tudo de caso pensado. Vocês têm todo o direito de pensar assim, de não acreditar em mim. Não sei se eu mesma acreditaria. Mas tem algo real que posso prometer a vocês: se estou batalhando para vencer, é porque amo nossa escola.

— Fiel à nossa escola! — as animadoras gritaram, sacudindo os pompons e levantando os braços.

Priscilla respirou fundo, como se as palavras que viriam a seguir fossem difíceis para ela.

— Fico feliz de vir para cá todos os dias. De torcer pelo nosso time de futebol americano. De representar nossa escola. Sou grata por isso. Sou grata por todos vocês.

Então as animadoras de torcida tiraram a jaqueta e viraram de costas para o público. Havia letras pintadas na parte de trás do uniforme, formando OBRIGADA. Quando Priscilla assoviou, duas delas se aproximaram, agacharam e a ergueram nos braços.

Priscilla foi jogada para cima, fez um giro maluco e, quando aterrissou, gritou:

— Não posso distribuir sorvete de graça pra vocês, mas adoraria que me coroassem rainha do baile. Vai, luta, VENCE!

Não consegui evitar: joguei os braços para o alto e gritei:

— *É isso aí, porra!*

Não fui a única. À minha volta, as pessoas comemoravam, assoviando e gritando. Priscilla tinha conseguido, de um jeito que nunca teria me ocorrido. Eu tinha pensado num plano para as redes sociais do futuro, e ela o aperfeiçoou para o público de 1995 — melhorando tudo ainda mais com seu carisma natural.

Em meio à multidão, vi que a turma dos góticos tinha saído ao sol para aplaudir Priscilla. O pessoal do Zelda tirara os olhos dos Game Boys para comemorar. Também estavam ali a galera da igreja, a panelinha do Oriente Médio. Todo mundo com quem eu havia falado sobre Priscilla. Senti uma nova onda de esperança tomar conta de mim.

Jamie soltou um assovio baixo.

— Puta merda, foi incrível. Você que escreveu?

Fiquei vermelha.

— É. Mas, tipo, o que importou foi a execução. Só Priscilla poderia fazer isso.

Ele me olhou com aquela intensidade tranquila com a qual eu já havia me acostumado, mesmo o conhecendo havia poucos dias.

— Não foi só Priscilla. Você deu a ela um ótimo material com que trabalhar.

De repente, uma onda de tristeza por ter que deixá-lo me atingiu. Por ter que voltar para Curren. Lembrei da vez em que tirei nota máxima em um ensaio sobre o livro *Amada* no segundo ano. Eu tinha curtido fazer o trabalho, porque *Amada* era uma obra incrível, mas mesmo assim fiquei chocada com a nota. Minha professora de inglês da época, sra. Anderson, havia me elogiado tanto em seus comentários que senti algo físico quando os li. Então reli o ensaio, dessa vez sabendo que era bom, e ler a partir daquela perspectiva me reconfortou. A primeira pessoa para quem eu quis contar aquilo foi Curren. Ele me girou no ar e disse: "Bom trabalho, linda". Mas nem pediu para ler o texto. Deixei o ensaio na mochila dele, para ver se acabaria lendo alguma hora, mas nada. Nunca mais toquei no assunto. Como Curren nunca me devolveu o trabalho, também não pude mostrar para os meus pais. Na época, deixei pra lá: *quem iria querer ler um ensaio sobre um livro de bobeira?*

Agora, parada ali, com Jamie sorrindo ao meu lado, senti pena e raiva de mim mesma por ter deixado a falta de interesse de Curren passar despercebida. E por muitas outras coisas.

— Obrigada — eu disse, agradecendo com cada fibra do meu ser.

Depois, tomada pela carga emocional de tudo aquilo e pela perspectiva de me despedir dele para sempre, agarrei seu pescoço e lhe dei um abraço forte.

Jamie ficou completamente parado por um segundo. Eu sabia que provavelmente seria esquisito, mas o que tinha a perder? Antes que eu me afastasse, ele me abraçou também — devagar e firme, quente.

— De nada — ele disse, dando uma risadinha no meu cabelo. — Tenho certeza de que vocês conquistaram todo mundo. Pareceu até um discurso do Obama.

Congelei. E senti que Jamie havia congelado também. Nenhum de nós estava respirando.

Quando me afastei, olhei bem na cara dele.

— O que foi que você disse?

Sua careta de desconforto se transformou imediatamente em uma expressão tranquila.

— Ah, hahaha. Você nem deve conhecer o cara, ele…

— Barack Obama? — Minha voz saiu quase sussurrada.

O sorriso de Jamie desapareceu do rosto. Fiquei completamente sem ar. Era toda a confirmação de que eu precisava. O mundo pareceu sair do eixo e virou um borrão. Os barulhos do pátio foram reduzidos a um zumbido baixo, como em um pesadelo.

O olhar dele poderia perfurar meu crânio.

— Quê?

Meu coração batia tão forte que eu achei que fosse me lançar no espaço. Então eu disse:

— Barack Obama. O *futuro* presidente dos Estados Unidos.

Jamie colocou as mãos no rosto.

— Puta merda.

28

DOIS DIAS PARA O BAILE

As únicas pessoas que existiam na Terra naquele exato momento éramos eu e Jamie. O pátio inteiro poderia pegar fogo que continuaríamos ali, olhando um para o outro, tentando compreender a realidade que se configurou diante de nós de repente.

Fiquei parada, as lembranças do desastre com os microfilmes inundando minha mente. Jamie todo atrapalhado com a máquina. Ele nunca chegara a dizer que sabia usar. E na hora eu de fato estranhei quando ele disse "high tech". Mas por quê, *por quê*, eu presumiria que ele também era do futuro? Que também tinha viajado no tempo?

Antes que eu conseguisse reagir, antes que qualquer um de nós fizesse alguma coisa, Priscilla chegou. Estava sem fôlego e com as bochechas coradas de animação.

— Acho que consegui!

Balancei a cabeça, tentando clarear as ideias, e soltei:

— Hã?

Ela deu uma risada e revirou os olhos.

— Ok, *nós* conseguimos. Não se preocupe, não tenho problema nenhum em dar os devidos créditos a você.

Ah. O discurso.

— Foi incrível, Priscilla.

Olhei para Jamie enquanto falava, tentando entrar no cérebro dele. Quem *era* aquele cara?

Ela não disse nada por um momento, então olhou para nós dois.

— Hã, estou interrompendo alguma coisa?

Eu sabia que estava ali para resolver os problemas da minha mãe, mas, sinceramente, queria que a terra a engolisse naquele momento. Infelizmente, todo o universo conspirava contra nós, porque o sinal tocou logo em seguida.

Priscilla agarrou meu braço.

— Ei, consegui passe livre para você. Vem me ajudar com o carro alegórico do baile. Preciso da sua opinião!

Merda!

— Ah, está bem. Jamie, *quer vir com a gente?*

A intensidade com que eu olhava para ele estava deixando meus olhos secos.

Jamie olhou para o relógio.

— Ah, na verdade, não posso. Tenho que ir. Tchau!

Fiquei olhando enquanto ele atravessava o pátio. *O que está acontecendo?*

Priscilla balançou a cabeça.

— *Enfim*, vamos lá! Ah, estou com os cupons da lavanderia. Podemos distribuir durante o almoço!

Assenti, refletindo enquanto ela me puxava na direção do campo de futebol. Dei uma última olhada para trás, mas Jamie já tinha desaparecido.

Era impossível me concentrar na tarefa ridícula de fazer um carro alegórico quando só conseguia pensar em Jamie. Poderia ele ser outro viajante do tempo? E, se fosse, por que havia fugido? Talvez trabalhasse com *Marge* e não pudesse ser pego. Será que ele estava me espionando? Seria possível que toda química entre nós não passasse de armação?

Me esforcei ao máximo para dar atenção para Priscilla, que continuava curtindo a vibe do discurso bem-sucedido.

— Vi pessoas que *sei* que me odeiam sorrindo, sabe? — ela comentou, feliz, enquanto colava uma cortina metalizada na lateral do carro, que era basicamente uma caminhonete decorada com o (inexplicável) tema do baile: tropical.

Havia uma cadeira no meio, que seria o trono de Priscilla. Cada candidato tinha um carro, o que parecia uma loucura. Ela parou de colar.

— Talvez eu tenha uma chance de ganhar. E tenho que agradecer a *você* por isso. Eu não teria conseguido conquistar tantas pessoas se você não tivesse falado bem de mim para elas antes.

Desviei o olhar da placa que eu estava fazendo — PRISCILLA JO, TURMA DE 95 —, completamente chocada com aquela gratidão declarada.

— Ah. Bem... de nada! Foi o seu discurso que realmente fechou o negócio. Você tem bastante chance de ganhar, Priscilla.

Os olhos dela brilharam.

— É... e quem vai se lembrar do sorvete hoje, certo? Ainda mais depois que a gente distribuir os cupons. Estou te devendo uma, Sam.

— Relaxa — eu disse com um sorriso. — Só ganha!

Eu estava colando uma coroa de papelão no trono quando Priscilla pulou da caminhonete para pegar uma tesoura da caixa de suprimentos. Ela estreitou os olhos observando alguma coisa no campo.

— Ei, Jamie está ali. Por que ele está pulando a cerca?

Virei na mesma hora. Jamie, com seu corpo alto e magro, passava por cima do alambrado que cercava o campo de futebol americano. Ele aterrissou meio desajeitado na calçada do outro lado.

Enquanto ele saía correndo, algo tomou conta de mim. Uma necessidade intensa de descobrir o que estava acontecendo. Uma energia especial. Uma espécie de obsessão pela ideia de ter *viajado no tempo* e de que não estava sozinha nessa.

Larguei a pistola de cola e passei para a cabine da caminhonete.

— Ouvi um barulho estranho no carro...

— Quê? — Priscilla falou quando me viu entrar no banco do motorista. — Sam...

— Vou só conferir um negócio! — gritei. A chave estava na ignição, então dei a partida. *Ou vai ou racha.* Pisei fundo e a caminhonete saiu. — Ah, não, o acelerador emperrou!

— É sério isso? — ouvi Priscilla gritar atrás de mim.

Mas, dessa vez, eu não ligava para ela. Ou para o baile. Precisava ir até Jamie. Atravessei o campo. As pessoas saíam do caminho aos gritos.

— Relaxa, galera! Estou andando a, tipo, cinco quilômetros por hora!

Eu mantinha os olhos em Jamie, que disparava pela calçada. Ainda não havia se afastado muito.

Só que eu não tinha previsto o portão trancado.

— Ah, merda.

Era tarde demais. Pisei fundo no acelerador. A caminhonete bateu no portão baixo e passou com facilidade.

— Uhul! — gritei.

A batida chamou a atenção de Jamie, que se virou e parou assim que me viu chegar. A expressão de choque era tão absurda que eu soube que ia me lembrar dela para sempre.

Quando o alcancei, Jamie jogou os braços para o alto.

— Que porcaria está acontecendo aqui? — ele perguntou, com a voz rouca.

— Oi, Jamie. — Pisei no freio e abri a porta do passageiro. — Vem comigo se quiser viver.

Ele continuou me encarando.

— *Oi?*

— Entra, antes que eu atropele você também.

Jamie entrou e colocou o cinto de segurança imediatamente, não sei se por choque ou medo.

— Precisamos conversar, cara.

Continuei dirigindo pelas ruas tranquilas em volta da escola, cheias de casas e árvores frondosas.

Ele ficou em silêncio.

— Sei que você também é do futuro — falei, embora a frase soasse absurda.

Finalmente, Jamie assentiu. Rápido e conciso, se era possível ser conciso ao assentir. Mas foi o bastante para mim.

— Você está aqui para me espionar? — perguntei, com a voz trêmula. — Ou para me sabotar?

Aquilo chamou a atenção dele.

— *Quê?* Não! *Você* está aqui para *me* sabotar?

Quase bati em um carro estacionado.

— Não *mesmo*! Quem é você? De que ano você é?

Por favor, que ele não tenha, tipo, trinta anos na minha época. E que não seja um espião.

— Vim de 2023.

Uma sensação de alívio e animação me percorreu. Ele era só dois anos mais velho que eu. Não décadas. A enormidade do que estávamos falando pareceu atingi-lo. Jamie se recostou no banco, atordoado. Depois de um segundo, olhou para mim, nervoso.

— E você?

— De 2025.

O ano pareceu ecoar dentro do carro. Nós nos encaramos. Imaginei que ele estivesse sentindo o mesmo que eu. Um alívio tão profundo que dava vontade de chorar.

Eu não estava sozinha. Não era a única. Meu corpo relaxou. Segurei o volante com menos força.

— Do que você estava fugindo? — perguntei, por fim.

Ele fez uma careta.

— Sinceramente? Não sei. Foi puro instinto. Faz tanto tempo que escondo esse segredo... e estava tão focado em sair dessa confusão que... *surtei.* Achei que tinha estragado tudo. Fiquei me perguntando se Marge havia mandado você para me sabotar. Não sabia se podia confiar em você.

— Maldita Marge... — Respirei fundo. — Retrotáxi?

Ele soltou uma risada.

— Exatamente. Meu Deus do céu. Essa é com certeza a coisa mais maluca que já aconteceu. — Jamie pareceu pensar por um momento. — Na verdade, você deu alguns sinais de que era do futuro.

— Dei? — perguntei.

— Deu. — Jamie sorriu. — Tem algo diferente nas suas roupas. E o jeito como você reage às coisas. Fora algumas referências...

— Só isso? Até parece. É impossível perceber essas sutilezas, fala sério!

Ele apontou para mim, parecendo se lembrar na hora.

— Não! O maior indício... O maior indício foi quando você falou que sua mãe *manda mensagem de hora em hora* para o seu irmão na faculdade. Só percebi de verdade agora. Mas fiquei aquela tarde toda achando que tinha algo de errado. E não só porque você claramente nunca tinha entrado em uma biblioteca.

Dei tanta risada que quase desloquei uma costela.

— Ah, nossa. Eu falei isso *mesmo*. Como você não percebeu na hora?

— Sei lá! — A voz dele saiu aguda. — A ideia de mandar mensagem de hora em hora é tão *normal* para nós, faz parte da nossa vida. Eu não ia estranhar só porque em dezoito anos de vida passei algumas semanas em 1995.

Era verdade. Ninguém presume que todo mundo está viajando no tempo também.

Respirei fundo e olhei para ele.

— Espera aí. Quando foi que você chegou aqui?

— Faz seis semanas, Samantha. *Seis semanas.* Dois dias depois do início do ano letivo.

— Como é que você... *por que* você está aqui há tanto tempo? — perguntei, não apenas preocupada com Jamie, mas temendo por mim mesma.

Será que eu ficaria presa ali também? Vinha operando com base na crença de que, assim que concluísse minha missão, seria mandada de volta para minha época.

Ele passou as mãos pelo rosto.

— Tenho uma vaga teoria. Sabe Teddy Quintero?

Eu já estava fazendo que não quando lembrei do cara que havia jogado uma bola de futebol americano na gente — o cara que me viu com o cartaz depredado.

— Ah, sim, seu amigo da equipe de futebol americano?

Jamie riu.

— Bem, ele não é só meu amigo. Teddy é... meu tio.

Ele fez uma pausa dramática, esperando minha reação.

Comecei a gargalhar. De novo. Ri tanto que comecei a chorar. Precisei parar o carro para recuperar o fôlego.

— O que foi? Qual é a graça?

Quando me recuperei, Jamie parecia confuso e um pouco magoado.

— Foi mal. É só que... cara. Teddy é seu tio, é? Adivinha quem é minha mãe.

— Sua *mãe*? — Ele ficou boquiaberto. — Sei lá... Ai, *cacete.*

Enxuguei uma lágrima do canto do olho. Ele olhou para mim.

— *Priscilla?*

Confirmei, assentindo furiosamente. Jamie afundou no banco.

— Nossa. Tipo... *Nossa.*

A sensação era ótima. Eu adorava compartilhar a verdade com alguém. Adorava não estar mais sozinha. E adorava que esse alguém fosse *Jamie.*

— Então... fomos mandados de volta no tempo para encontrar parentes na adolescência — ele disse, um pouco confuso. — Mas por quê?

— Espera aí. — Eu me endireitei. — Você ainda não sabe?

Levamos um susto quando um carro passou e buzinou. Deveríamos estar chamando a atenção, parados ali, em um carro alegórico pela metade.

Jamie levou alguns segundos para responder, enquanto puxava um fiapinho do moletom.

— *Talvez* eu saiba. Tem a ver com Teddy, né? Meu tio... é bem complicado no futuro.

Ele disse aquilo em um tom sombrio, e eu não respondi.

— Ele se mete em confusão o tempo todo — Jamie prosseguiu. — Eu... desculpa, não sei se quero falar sobre isso.

— Claro — respondi, na mesma hora. — Não se preocupa. Não é da minha conta.

— Valeu. — Jamie abriu a janela do lado dele. — *Acho* que tem alguma coisa a ver com o jogo.

— Ai, meu Deus! Eu também! Eu *também*. Quer dizer, não com o jogo, mas com o baile depois. Acho que Priscilla precisa ser coroada rainha.

A compreensão ficou clara na expressão dele.

— Agora *tudo* faz sentido. — Ele riu. — Eu ficava um pouco confuso com sua obsessão por ajudar Priscilla a ganhar esse troço, sabia?

— Você quase estragou tudo questionando nossa amizade!

O sorriso dele poderia ter iluminado a cidade de Los Angeles inteira.

— Saber que você também é do futuro... muda bastante coisa.

Fiquei de queixo caído. Era a primeira vez que via Jamie sorrir daquele jeito. Era como vislumbrar algo precioso e quase milagroso.

E ele estava mesmo insinuando o que eu pensei? Senti uma vibração dentro de mim — sutil a princípio, depois no corpo todo, dos dedos das mãos aos dos pés. Até os cílios.

Curren. Isso não havia mudado. Ainda.

— Onde você está morando? — perguntei, abruptamente.

Era a primeira de muitas perguntas, e a mais segura.

Ele mordeu o lábio.

— Hã... No depósito de equipamentos do time de futebol americano.

— *Quê?* — Eu o olhei de cima a baixo, horrorizada, atrás de sinais de negligência e saúde deteriorada. — Você pode fazer isso?

— Não mesmo — Jamie disse. — Mas tenho a chave, porque ajudo a cuidar dos equipamentos. Minhas coisas estão escondidas lá. — Minha cara devia ser de pena, porque ele logo continuou: — Estou bem! É um lugar reservado e aconchegante, até.

— Hum. Se você diz.

Eu não gostava da ideia de Jamie dormindo em um depósito úmido ao lado dos vestiários. Sozinho.

Ele franziu a testa.

— E você? Faz só alguns dias que chegou, né?

Fiz que sim.

— Cheguei na quinta. Depois de uma briga enorme com minha mãe. A Priscilla do futuro. Estava caindo uma tempestade, então peguei um carro e ele me deixou aqui, em 1995.

Jamie passou a mão pelo rosto.

— Quando descobri, tive um ataque de pânico no banheiro.

Senti um aperto no coração.

— Também tive um momento assim no banheiro.

Eu tinha tantas perguntas a fazer.

— Como está sobrevivendo? Não precisa de dinheiro?

Jamie não devia ter uma sra. Jo na vida dele.

— Foi a maior coincidência. Naquela manhã, minha mãe me pediu pra depositar o dinheiro da loja... ela tem uma loja de roupa em Echo Park... antes de eu ir pra escola. Mas Marge me deixou aqui. Então estou *cheio* de dinheiro.

— Ninguém estranhou você ter dinheiro do futuro? — perguntei. — Tipo, as notas não são diferentes?

— Algumas são — ele disse. — Mas lavei e amassei tudo, então nem dá para perceber. E não é como se eu fizesse compras em lugares chiques. As roupas que estou usando são todas de brechó. — Jamie olhou para mim. — Espera aí, onde *você* tem morado?

Contei tudo sobre a situação com a sra. Jo. Jamie balançou a cabeça, atordoado.

— Surreal. Totalmente surreal. Acha que essas coincidências... na verdade *não são coincidências*?

— Jamie. — Apoiei a mão no joelho dele. — Viajamos no tempo. *Nada é coincidência.*

Ele olhou para minha mão, depois para mim. Eu estava prestes a tirá-la do joelho dele quando ouvi alguém gritar. Então virei e vi um professor passando pelo portão quebrado e vindo atrás de nós.

— Merda.

Tentei pensar em uma desculpa para ter roubado o carro alegórico. Até que olhei nos olhos de Jamie e algo tomou conta de mim. Adrenalina.

Me inundou, correndo pelas minhas veias, vibrando sob minha pele. Talvez por eu ter descoberto tudo sobre Jamie. Talvez por ter passado por cima do portão em um carro alegórico. De qualquer maneira, eu não estava pronta para deixar aquela sensação de lado.

— Ei. Quer dar uma volta?

Jamie pareceu hesitante por cerca de um segundo, então sorriu.

— Claro.

Tirei a caminhonete do ponto morto e acelerei pela rua tranquila, ouvindo os gritos do professor cada vez mais fracos.

— Para onde vamos?

Jamie inclinou a cabeça para trás e sentiu o sol da tarde no rosto.

— Segue seu coração.

Senti um embrulho no estômago. Dei risada. De nervoso.

— Vamos estacionar em algum lugar onde o carro não possa ser encontrado. Acho que tenho uma ideia.

Dirigi pelo bairro até chegarmos à entrada de um parque com um cânion.

Jamie olhou em volta, sorrindo.

— Eu sempre fazia minhas festas de aniversário aqui.

— Que fofo — sussurrei, toda esquisitona, mas ele me ouviu e ficamos vermelhos.

Encontrei a estradinha que estava procurando, que serpenteava por uma encosta e terminava em um estacionamento cercado por plátanos. Havia indicações para uma trilha, mas, como eu desconfiava, estava tudo vazio naquele horário. Parei a caminhonete e saímos.

— Você vai se encrencar com Priscilla por causa do carro alegórico? — Jamie perguntou enquanto fechava a porta.

Olhei para o veículo parcialmente decorado.

— É muito provável.

Então lembrei que as coisas ainda estavam na parte de trás do carro.

— Quer terminar de decorar enquanto conversamos? Aí talvez ela não mate a gente.

Ele assentiu.

— Claro. Sou um mago dos trabalhos manuais — Jamie disse, com a seriedade de sempre, mas com os olhos brilhando.

— Estou doida para ver isso, cara.

Subimos na caminhonete e começamos a trabalhar. Ficamos em um silêncio amigável por algum tempo — colando palmeiras de papel e enchendo tudo de glitter —, enquanto tudo o que queríamos dizer pairava no ar.

Estávamos próximos o bastante para que eu sentisse o cheiro dele: uma mistura de desodorante e suor. Por que até esse cheiro me atraía? Isso, o que quer que fosse, precisava parar antes de começar.

Pigarreei e peguei uma folha de palmeira de papel.

— Sabia que palmeiras não são nativas da Califórnia? Mas são o símbolo de Los Angeles. Meu namorado sempre fala isso.

Houve um momento de silêncio.

— Ah. É, elas são mais tropicais que desérticas.

Soltei o ar devagar, e meu corpo estremeceu. Senti alívio ou algo parecido. A verdade tinha sido revelada.

— O tema do baile é meio que uma piada, né?

— Tem tanta coisa que não faz sentido, Samantha.

De alguma maneira, sempre que Jamie dizia "Samantha", a coisa esquentava tanto que eu tinha vontade de jogar água fria na minha cara. Ou no meu corpo, como no *Flashdance.*

— Então — falei, depressa, tentando acabar com aquela intimidade. — O que você acha que tem que fazer em relação ao jogo e ao Teddy?

Jamie colou uma folha na árvore com cuidado.

— Acho que precisamos ganhar. Porque não ganhamos no... nem sei como dizer. Na outra linha temporal? Na linha temporal *de verdade*?

— Vamos chamar de "tempo normal".

Ele deu risada.

— Certo. No tempo normal, North Foothill perdeu o jogo. E tio Teddy diz que isso aconteceu por que ele deixou a bola cair em vez de fazer um touchdown no finalzinho. Eles estavam perdendo por três pontos, então teriam ganhado. O erro do meu tio custou o jogo. E talvez ele tenha deixado a bola cair porque havia começado a beber no último ano, só para se soltar, para comemorar o fim da escola. Meu tio poderia escolher entre várias faculdades, ia receber bolsa para jogar. Mas estragou tudo nesse jogo, ficou chateado e saiu com alguns amigos depois para encher a cara. Eles... acabaram batendo em outro carro e matando um casal de idosos.

Perdi o ar.

— Nossa. Que horrível.

— É. A culpa e a vergonha meio que acabaram com Teddy. Tipo, ele não se formou, não fez faculdade. Não conseguia emprego. E continuou saindo com os caras do time e bebendo.

— Sinto muito.

Ele olhou nos meus olhos, triste, mas também aliviado por ter contado a alguém.

— Valeu.

Mas tinha algo me incomodando.

— Mas por que você foi mandado tão cedo? Seis semanas antes do jogo... Parece um pouco demais.

Jamie deu algumas batidinhas na palmeira, e as folhas balançaram. Olhei para os dedos dele. Ele me pegou olhando e parou na hora, depois ajeitou os óculos no belo nariz.

— Bem, provavelmente porque eu precisava de um tempo para aprender a jogar futebol americano.

Quase derrubei todo o glitter em mim.

— Nossa! Você não sabia jogar antes de chegar aqui?

— Tipo... olha pra mim.

Eu não precisava olhar para ele. Fazia poucos dias que conhecia Jamie, mas era capaz de visualizá-lo mentalmente sem nenhuma dificuldade. A mecha que sempre caía na frente dos óculos. O jeito sexy como ele movia os braços e as pernas compridas, com confiança e discrição. O modo como sua boca se curvava para cima quando ele tentava reprimir um sorriso.

E de novo o balde de água fria de Flashdance.

Jamie riu de tanto que eu estava demorando para responder.

— Exatamente. Foram as seis semanas mais infernais da minha vida.

A imagem de Neil se impondo no corredor me passou pela cabeça.

— Então você teve que andar com aqueles babacas sendo que *nem gosta de futebol americano*?

— Pois é. Belo desafio, né?

Seu tom continuava leve, mas só de olhar para o rosto dele dava para notar a exaustão. Aquela viagem estava exigindo muito mais dele do que de mim.

— Sem querer ofender, mas, se você não é bom em futebol americano, como foi parar no time?

Fiquei imaginando aquele contato todo e estremeci ao pensar em Jamie sendo derrubado por um grandalhão idiota como Neil.

— Na verdade, eu não estava planejando entrar para o time. Só me candidatei pra ajudar a cuidar dos equipamentos, mas o cara que joga como punter machucou as costas na semana em que cheguei, então pediram que eu entrasse para o time de especialistas, que é basicamente um bando de caras focados em dar o chute inicial, chutar field goal, devolver a bola, esse tipo de coisa — ele explicou, diante da minha expressão confusa. — Literalmente tudo o que preciso fazer é treinar uma jogada ensaiada em que finjo segurar a bola e depois me levanto para lançá-la para o recebedor. Porque sou alto, e não por causa das minhas habilidades inatas — ele disse com uma risadinha.

— Uau. Que sorte, não? Assim você virou colega de time do seu tio — falei, aliviada de ele não passar muito tempo em campo.

— Pois é. Desde então, tenho seguido Teddy como um cachorrinho, fingindo que quero ele como meu "mentor". Na verdade fico de olho no meu tio e me certifico de que ele não beba nem faça nada idiota em vez de ir treinar. Acho que, se perdermos o jogo, vou ter que impedir Teddy de entrar naquele carro.

Soltei um assovio baixo.

— Puxado. Como tem sido? — perguntei. — Andar com Teddy, digo.

A luz do sol continuava destacando as feições de Jamie.

— Sei lá. Tranquilo. Acho que ele fica meio confuso com um cara esquisito atrás dele o tempo todo. Mas Teddy sempre foi muito simpático e sossegado. Ele tem sido muito legal comigo. — Jamie fez o último comentário em um tom bem baixo. — E tem sido muito legal passar um tempo com essa versão do Teddy que ainda não teve a vida destruída. Ele tem tanto potencial.

— É. Eu entendo bem a sensação.

A situação com minha mãe era diferente, mas também um pouco parecida.

De repente, Jamie olhou nos meus olhos.

— Agora é minha vez de fazer perguntas. Antes de tudo: como é ter Priscilla Jo como *mãe*?

Deixei a palmeira que tinha acabado de lado.

— O mais maluco é: a Priscilla que *você* conhece é a versão mais tranquila da minha mãe. É o mesmo caso do Teddy: os problemas que ela tem agora só pioram no futuro.

— Porque… *ela não é eleita rainha do baile??*

Jamie pareceu incrédulo, o que não era típico dele.

— Mais ou menos. Talvez não. No tempo normal, ela perde e tem uma superbriga com a mãe, minha avó. Isso estraga a relação das duas para sempre. Na minha opinião, estragou a personalidade dela também.

Tudo veio à tona, e cada palavra parecia aliviar o peso que eu carregava.

Jamie ficou quieto. Sempre tinha esses momentos. Era algo que eu gostava nele. Não corria para preencher o silêncio, para facilitar as coisas ou para deixá-las mais confortáveis para todos.

Finalmente, ele perguntou:

— Você é próxima dela? Da sua avó?

Eu me recostei na caminhonete e olhei para cima. A brisa balançava as folhas de um plátano.

— Sou. — Fiz uma pausa, pensando se queria seguir em frente. Queria. — Bem, o outro fator envolvido... o que torna tudo mais urgente do que deveria ser... é que minha avó está em coma.

Jamie esticou a mão por um segundo, então a recolheu.

— Ah, merda.

— É. Ela teve um infarto na noite anterior da briga com minha mãe. E nossa briga teve a ver com isso. Agora estou aqui, presa no passado, sem saber se minha avó vai resistir ou não.

Como tudo aquilo ainda era recente, como eu ainda sofria ao pensar a respeito, meus olhos se encheram de lágrimas. Virei o rosto, morrendo de vergonha. Ele deixou que eu enxugasse as lágrimas sem dizer nada e sem parecer desconfortável. Tentei controlar a voz para que não falhasse.

— É muito assustador. Também é uma tortura ver minha avó aqui.

Ele soltou um palavrão baixinho. Depois soltou um longo suspiro que parecia vindo do fundo de sua alma.

Assenti.

— Pois é.

Jamie passou a mão pelo rosto.

— Me sinto um idiota por estar tão chateado com a situação do meu tio quando você tem na manga a carta da Avó em Coma.

Eu não disse nada por um segundo, e Jamie ficou horrorizado.

— Nossa, desculpa. Tenho o pior senso de humor do mundo.

Mas não era verdade. Dei risada. Foi perfeito para o momento. Quando tudo parecia terrível e absurdo.

— Tem mesmo. Você também dança em funerais?

Ele confirmou, mantendo a expressão séria.

— Faço uma Macarena insuperável.

— Macarena? Acho que você passou tempo demais nos anos noventa.

— Será que o fenômeno da Macarena já rolou?

— PQP! — falei, então ri. — Eu disse PQP para Priscilla outro dia, e ela achou que eu estava tendo um derrame.

O sorriso dele me cegou com sua beleza absoluta.

— E eu que falei "hashtag" na aula outro dia?

— E o cara do jornal que se chama *Taylor Swift*?

Nós rimos tanto que a caminhonete sacudia. Fazia dias que eu não me sentia tão normal. Talvez até mais. Porque havia algo na intensidade tranquila de Jamie, em como ele prestava atenção em mim, que fazia com que eu me sentisse vista de um jeito completamente novo. Eu não sabia que aquilo era algo de que eu precisava até acontecer comigo.

— Aliás, seu celular está aguentando? — perguntei, tirando o meu do bolso da jaqueta. — O meu está consumindo bateria mesmo sem usar. Já chegou quase nos quarenta por cento. Eu deveria ter ouvido minha mãe e comprado outro, mas como ia saber que ia *voltar no tempo*?

O corpo todo de Jamie ficou rígido, em completo alerta.

— *Ah*. Na verdade, descobri um jeito de carregar.

— *Quê?* — gritei. — Me mostra!

Ele pegou o celular na mochila, que estava conectado a uma espécie de bateria externa por um cabo. Estava tudo preso com fita isolante, como um Frankenstein high tech, mas não importava.

— Ah, meu *Deus*! — falei, tão animada que nem conseguia acreditar, as mãos quase tremendo. — Será que posso usar esse seu maravilhoso carregador um pouquinho?

— Claro — Jamie disse, rindo e parecendo muito satisfeito consigo mesmo.

Ele desconectou o troço do próprio celular e passou para mim. Nossos dedos se tocaram por mais tempo do que o necessário.

Tonta de alívio, peguei ansiosamente a ponta do cabo e inseri no meu celular. Ou tentei. Não encaixava. Tentei de novo. Então me ocorreu…

— Droga — murmurei.

— Que foi? — Jamie olhou para o meu celular.

— A entrada dessas porcarias de celulares muda a cada ano. Esqueci. O cabo não serve para o meu — expliquei, mostrando o aparelho.

Jamie ficou boquiaberto.

— Quê? Ah, não. — Ele pegou para testar. Depois de um segundo examinando meu celular, suspirou, soltando um: — *Filhodaputa*.

O palavrão repentino me fez dar risada, porque era fofo que ele estivesse frustrado.

— Tudo bem. Só tem que durar mais dois dias.

Mas Jamie pareceu carrancudo enquanto guardava o carregador improvisado de volta na mochila.

— É, acho que sim.

O perfeccionismo dele ficou visível naquele momento. E era muito cativante, como todo o resto.

— Ei — Jamie disse de repente, voltando a olhar para mim. — A gente estudou ao mesmo tempo na escola? No tempo normal, digo.

Fiz as contas.

— Acho que não. — *Eu me lembraria de você.* — Fora que você se formou quando eu estava no primeiro ano. Se tivesse me visto lá, ia ter pensado que eu era uma pirralha qualquer.

— Duvido muito.

Ele falou com sinceridade, e eu me obriguei a rir.

— Acredite ou não, demorei algum tempo para me tornar essa mulher maravilhosa que está diante dos seus olhos.

O silêncio que se seguiu foi constrangedor. Ele olhou do meu rosto para o restante do meu corpo, depois voltou a me encarar rapidamente. Então fez aquele lance dele, de voltar a falar como se o ar não estivesse carregado de tensão sexual.

— Não que eu seja do tipo que se destaca na escola.

Era verdade. Jamie era o tipo de pessoa que a gente não notava na hora, embora depois percebesse que merecia uma bela segunda olhada. *Flashdance, Sam.*

Parecia haver uma estática difusa no ar, e precisei me virar para me proteger. Tentei me ocupar com outra palmeira.

— É melhor terminarmos esse carro alegórico, ou a Priscilla vai nos matar antes que possamos voltar ao tempo normal.

Ele riu.

— Não duvido.

— Ah, outra coisa — falei, com as mãos paradas sobre o material. — Obrigada por ajudar com isso.

— Claro — ele disse, genuinamente surpreso.

— Fico te devendo uma. Não sei jogar futebol americano, mas talvez possa sabotar o outro time ou coisa do tipo. Não é o que os jovens fazem na TV?

— Não faz isso, por favor — ele disse, rindo. — Só preciso

manter Teddy longe de problemas. Mas… *eu* ainda posso ajudar *você*. Vou garantir que o time vote em Priscilla. Não deve ser difícil, com ela namorando Neil e tudo mais.

— Sério?

— Sério.

Trocamos sorrisos satisfeitos antes de voltar a transformar a caminhonete em um paraíso tropical. Carregando um pouco menos de peso e nos sentindo muito menos sozinhos.

29

DOIS DIAS PARA O BAILE

Voltamos ao campo na hora do almoço, com o carro alegórico pronto. Consegui convencer Priscilla de que a caminhonete tinha dado problema e Jamie me ajudou a resolver. Ela pareceu *muito* cética, mas o carro alegórico estava garantido e não tínhamos tempo para interrogatórios, porque precisávamos distribuir os cupons da lavanderia.

Priscilla me entregou uma pilha de papeizinhos dizendo: "SE PRISCILLA JO FOR A RAINHA, ESTE CUPOM VALE 30% DE DESCONTO PARA LAVAR SUA ROUPA DO BAILE NA LAVANDERIA OAK GLEN!". Desenhozinhos de ternos, flores, coroas e vestidos flutuavam ao redor das palavras.

Jamie amavelmente se ofereceu para ajudar, e designamos alvos muito específicos para cada um. Ele ia ficar com o time de futebol americano e o pessoal do jornal. Eu ia falar com o pessoal da igreja, que já estava mais receptivo. Priscilla ia abordar os góticos, os gamers e todos os alunos não populares para quem tínhamos feito campanha na semana anterior. A eleição seria no dia seguinte, e eu torcia para que aquela abordagem mais pessoal, somada ao sucesso do discurso, carimbasse seu passe entre os grupos marginalizados.

Depois da escola, com a adrenalina do dia se dissipando, eu mal conseguia me concentrar na lavandeira. Minha mente ficava voltando sem parar a tudo o que Jamie havia me dito.

— Você está bem, Sammy? — halmoni perguntou, notando que eu olhava fixamente o estacionamento pela janela.

O sol estava se pondo, e as luzes tinham acabado de ser acesas. Saí do transe.

— Ah, sim. Estou bem. Desculpa. Só estou cansada.

Halmoni fez uma careta e levou a mão à minha testa. Aquilo era tão a cara dela que tive que sorrir.

— Não estou doente, juro.

Ela ainda parecia preocupada.

— Não sei, talvez seja melhor ir para casa. Não precisa trabalhar doente.

Eu ia insistir, então vi um lampejo verde lá fora. Era o moletom de Jamie. Com Jamie dentro. No estacionamento. Ele acenou. Acenei de volta, mantendo a mão na altura da cintura. Jamie sumiu de vista.

— Hum, talvez você tenha razão. Acho que eu preciso descansar um pouco. E não quero passar nada pra você.

Halmoni praticamente me empurrou para fora. Jamie esperava por mim na esquina, atrás de uma cerca viva.

— Desculpa por ser tão... *furtivo* — Jamie me cumprimentou, um pouco envergonhado.

Sorri.

— Acho que você precisa trabalhar um pouco mais isso.

Ele enfiou as mãos nos bolsos, inquieto.

— Achei que... bem, apanhei *feio* no treino porque não conseguia me concentrar.

— Eu também. Tirando a parte de apanhar feio no treino.

Jamie falou, nervoso:

— Você quer... sei lá. Jantar ou fazer alguma outra coisa?

Devo ter assentido com força demais.

— Quero, claro!

Ele riu do meu entusiasmo, mas baixou os olhos. As bochechas coraram. *Ai, e mais essa...*

Decidimos nos aventurar fora de North Foothill. Após uma longa viagem de ônibus, estávamos na Olvera Street, no centro.

— Não acredito que você nunca veio aqui — Jamie disse.

Os olhos dele refletiram os piscas-piscas pendurados no alto e brilharam como se ele fosse um personagem de mangá. A Olvera Street era um chamariz de turistas, mas também era uma rua histórica que datava do século XIX. Estávamos em um beco de paralelepípedos cercado de lojinhas e restaurantes, com várias barraquinhas vendendo artesanato de couro, souvenirs e outras bugigangas no centro.

Dei de ombros.

— A gente nunca visita os pontos turísticos da nossa própria cidade.

— É. Nunca fui ver o letreiro de Hollywood.

— Tão *démodé* — falei, brincando. — A Olvera Street é assim no tempo normal também?

Jamie olhou em volta, pensativo, e respondeu:

— Na verdade, sim. Muita coisa mudou no centro, mas aqui tudo se manteve igual.

Tinha sido ideia dele ir até lá. Teria sido muito constrangedor da minha parte: "Oi, Jamie *Mendoza*, já ouviu falar da famosa Olvera Street?".

A familiaridade o acalmava. E a novidade me empolgava.

— Então. Acha que o time tem chance de ganhar o jogo da noite do baile?

Quando eu parava para pensar, parecia tudo tão claro, tão simétrico. Eu: tinha que ajudar minha mãe a ser a rainha do baile. Ele: tinha que ajudar o tio a ganhar o jogo. Não podia ser coincidência termos sido mandados de volta para o passado para viver a mesma semana.

— Acho que sim. Sinceramente, não quero nem pensar na alternativa.

— Sei como é — falei, enquanto olhávamos uma prateleira com sandálias de couro tingidas de cores fortes.

Eu não tinha plano B. Se nada daquilo desse certo, teria que recomeçar do zero e quase sem bateria.

Jamie pegou um par de sandálias turquesa e fingiu experimentar, enfiando os tênis enormes no modelo miúdo. A vendedora chamou a atenção dele.

— *Lo siento* — Jamie disse, com um sorriso constrangido.

Fofo, fofo, fofo.

Quando nos afastamos da barraquinha, comecei a fungar, ávida, sentindo um cheiro.

— Isso são tamales?

Vinha de uma janelinha na esquina de um prédio, e fomos para o fim da fila diante dela.

— Samantha. — Jamie cutucou meu braço de leve. — Quem é seu presidente? Não vou aguentar se...

Tapei a boca dele com a mão no mesmo instante.

— Não. Não vou te dizer nada sobre o futuro.

Jamie sacudiu a cabeça, e seus lábios roçaram na minha mão. Ele segurou meu pulso e soltou — tão rápido...

— Por que não?

Precisei de um segundo para responder.

— Você nunca viu aqueles filmes de viagem no tempo? Não pode ficar sabendo de nada do futuro. Isso acaba com a pessoa.

— Não perguntei como eu *morro*. Só quem é o presidente.

Ele estava sorrindo, e me peguei sorrindo também quando ouvi uma vozinha lá no fundo da minha mente dizer *Eu gosto mesmo dele.* A fila avançou, e quase tropecei ao dar um passo para a frente.

Fechei mais a jaqueta em volta do vestido de flanela.

— Não. Não vou dizer quem é o presidente. Ou quem foi campeão no beisebol. — Parei por um momento. — Até porque isso eu não sei mesmo.

Pedimos nossos tamales e comemos enquanto percorríamos o restante da Olvera Street. Ao fim da rua sinuosa, em um pátio ladeado por figueiras gigantes, mariachis tocavam em um gazebo. Sentamos em uma mureta para assistir e terminar de comer, cercados por aves-do-paraíso laranja-neon.

Jamie ficou olhando para um casal de idosos dançando — a mulher usando tênis Nike e saia florida, o homem com os pelos brancos do peito escapando pela gola da camisa.

— Você tem medo de estarmos bagunçando tudo se Priscilla e Teddy se lembrarem de nós? Imagine os dois estarem, sei lá, lavando a louça no futuro, aí a gente aparece e eles derrubam um prato e dizem: "Você é aquela pessoa que conheci na escola!".

Dei risada.

— Tenho certeza que vai ser exatamente assim.

Jamie deu de ombros, mas pareceu feliz por ter me feito rir.

— Eu tenho esse medo. Minha mãe e meus avós moram em Hollywood, então não preciso me preocupar em trombar com eles aqui. Mas eles são próximos de Teddy, e isso me deixa pensando: e se decidirem aparecer no jogo ou coisa do tipo?

Era fofo, aquele fluxo de consciência dele. Jamie estava preso no passado havia *muito* mais tempo que eu. Devia estar explodindo de tanta coisa que não podia falar com ninguém.

O sol já tinha baixado, e começou a esfriar. Ficamos observando os mariachis arrumarem suas coisas para ir embora.

— E o que vai acontecer com a gente? — perguntei. — Acha... que vamos lembrar um do outro quando voltarmos? Que vamos lembrar do que aconteceu?

Jamie soltou o ar devagar.

— Cara, seria *muito zoado* se a gente não lembrasse.

— Mas talvez a gente esqueça, né?

A ideia de não me lembrar daquilo — de Jamie — me deixou enjoada.

Ele se levantou de repente.

— Não sabemos o que vai acontecer. Então vamos aproveitar a noite o máximo possível.

Jamie me estendeu a mão, e eu a peguei.

Acabamos do outro lado da rua, na Union Station, uma construção no estilo espanhol dos anos trinta. Muita gente que nunca tinha pisado em Los Angeles conhecia a Union Station pela sua entrada circular e suas fileiras de palmeiras. Aparecia em um bilhão de filmes e programas de TV, por ser tão bonita e sobreviver ao tempo em uma cidade onde as coisas eram descartadas em alta velocidade e substituídas pelo mais moderno. A Union Station era o melhor cartão-postal de Los Angeles. O pé-direito alto era de uma bela madeira antiga, pintada com motivos florais. O piso era de ladrilho, e os assentos de couro eram fundos.

Entrar ali era como... bem. Era como viajar no tempo.

A melhor coisa das estações de trem era que nunca fechavam. Durante o dia, a Union Station ficava lotada de passageiros, mas agora estava tranquila, quase vazia, com só algumas pessoas dormindo na área de espera que lembrava uma catedral.

Jamie e eu nos acomodamos em um par de assentos, recostamos a cabeça e olhamos para o teto intricado.

— Acha que tem mais alguém fazendo o que estamos fazendo? Tipo, não é possível que sejamos os dois únicos *viajantes do tempo* — comentei, sussurrando o final.

— Já pensei nisso, mas agora estou evitando. É um pouco desesperador.

— É, tipo a sensação que a gente tem no planetário, quando começam a dizer quão pequenos somos em relação à Terra, e a Terra em relação ao Sol, e o Sol em relação ao sistema solar, e...

— Eu vou ter um ataque de pânico agora mesmo. — Ele soltou uma risada fraca e relaxada, que purificou o ar à nossa volta. — Mas sim. Exatamente isso.

O barulho de um trem chegando soou alto no silêncio. Jamie olhou para mim.

— Não acho que a gente tenha tempo para, sei lá, ficar se perguntando.

Balancei a cabeça.

— Não. Temos menos de quarenta e oito horas até anunciarem o resultado. Espero que o discurso de Priscilla tenha funcionado.

— Acho que funcionou — Jamie disse, com uma confiança que eu não estava sentindo. — Acho que mostrou que Priscilla é, tipo... humana.

Nossos olhos se encontraram.

— Por quê? Acha que ela parece mesmo perfeita? — perguntei.

Sem nem hesitar, ele disse:

— Sim.

Uma onda de ciúme intrusiva percorreu meu corpo.

— Olha, como filha dela, posso garantir a você, meu amigo, que ela *não* é.

Jamie se esforçou para manter a expressão séria diante da minha irritação.

— Eu *sei* que ela não é perfeita. Mas parece.

— Parece mesmo. — Suspirei. — Estou torcendo para que ela ganhe esse troço, relaxe um pouco e, sei lá, vire alguém que não é obcecada por ser a garota-propaganda da juventude americana. E talvez ela pare de perseguir exatamente as mesmas coisas quando adulta, o que tornaria minha vida muito mais fácil!

— Acha que essa é a fonte de todos os problemas entre vocês?

Jamie olhava para mim sério.

Algo no seu tom fez a semente de dúvida que eu vinha cultivando nos últimos dias criar raízes de vez.

— Não sei mais. Não acho que tudo se resuma à competição em si, mas ao que aquela coroa representa para Priscilla. A briga que tivemos foi porque eu não queria mais concorrer ao título de rainha do baile.

— *Você* ia concorrer?

Dei um cutucão nele.

— Não precisa parecer tão cético!

Jamie deu risada e ergueu as mãos.

— Até mais cedo eu achava que você tinha sido eleita a rainha do baile da sua antiga escola. Aliás, bem pensado.

— Nossa, eu tive que inventar tantas histórias!

— Pois é. Eu também. — Ele passou a mão pelo cabelo. — Vamos ver... eu disse que fiz um estágio com o Bill Gates para explicar por que sou bom com computadores.

Minha risada ecoou por aquele lugar lindo que parecia congelado no tempo. Era tentador achar que nós também estávamos congelados no tempo, com nossa vida no futuro tão distante.

— Foi por causa dessa briga que você baixou o Retrotáxi? Por causa do baile? — Jamie perguntou.

A lembrança da briga no estacionamento e das coisas que havíamos dito uma à outra me atingiu como uma onda de sentimentos dolorosos.

— Sim e não. — De novo, seguiu-se um silêncio cortês. Aproveitei para pensar antes de prosseguir. — Foi também por causa da minha avó.

Jamie soltou um "hum", como se entendesse. Eu me permiti olhar para ele e me reconfortar em sua expressão calma e paciente.

— Às vezes minha mãe é... como posso explicar? — Alguns dias antes, eu teria dito "um robô desprovido de sentimentos". Mas, agora, pareciam as palavras erradas. — Ela é péssima em processar emoções. Tipo, *a mãe dela está em coma*, e ela continua tocando a vida normalmente. Queria me levar para fazer compras aquela manhã. Aí eu joguei isso na cara dela. Brigamos, e ela me largou na chuva.

Jamie olhava para mim com a cabeça apoiada no braço. Sua voz saiu abafada quando ele disse, contra a dobra do cotovelo:

— Sinto muito, Sam.

— Obrigada — eu disse, enfiando o rosto no braço também. Ficamos nos encarando assim, com metade do rosto escondida, só os olhos de fora. — Imagina ser como eu e ter Priscilla como mãe.

— Como assim? O que é ser como você?

— Você sabe.

Desviei o olhar, desconfortável.

— Não sei, não.

Senti as bochechas queimando.

— Imperfeita.

O silêncio dele foi terrível. Fiquei olhando para os dedos enquanto tamborilava no descanso de braço de madeira, sentindo o tempo passar em câmera lenta e querendo morrer. Era aquele tipo de conversa triste que cansava Curren.

— A perfeição é chata.

Resposta certa. De alguma maneira, Jamie sempre tinha a resposta certa. Relaxei e sorri para ele.

— Então não deixo você entediado? — Eu estava provocando, dando em cima descaradamente. Estremeci só de pensar.

— Passo noites emocionantes em um depósito de equipamentos esportivos, lembra? — Ele semicerrou os olhos; estava achando graça. — E você não é entediante. Nem um pouco. Estou adorando conversar sobre isso. É bom finalmente ter com quem desabafar.

Eu não conseguia nem imaginar a solidão de passar semanas ali. Por instinto, toquei o braço dele.

— Concordo. Fico feliz por termos nos encontrado.

Ele ergueu a cabeça e se endireitou no assento.

— Não acredito que fui descoberto por causa do Obama.

Dei risada.

— Tonto.

— Nerd.

Alguém tossiu ao longe.

— Você não acha a hierarquia social daqui uma maluquice? — perguntei. — Tipo, sempre achei que os filmes dos anos noventa exageravam. Mas minha mãe é mesmo uma *menina malvada.*

— Isso porque você não joga futebol americano. Uma animadora de torcida foi *designada* para fazer biscoitos só pra mim.

Puxei a letra da jaqueta esportiva dele.

— É muito atraso e muito absurdo, cara.

— Concordo, cara.

Sorrimos, não exatamente um para o outro, mas rolou certo clima.

— Quando eu voltar... você... vai estar na faculdade? — perguntei.

Ele assentiu.

— Espero que sim. Me candidatei a algumas.

— Ah, nossa. Também estou fazendo isso. É tão esquisito.

— É, se candidatar a faculdades é a parte mais estranha disso tudo. Com certeza.

Dei risada.

— Cala a boca.

— Para onde você se candidatou?

Mordi o lábio. Minha lista não era nada impressionante, o que não me incomodava, só que de repente passou a incomodar. Quando eu tinha me tornado uma esnobe como minha mãe? Citei a lista reduzida de instituições sem muito apego.

— E, tipo, como falei, não tenho ideia do que vou estudar.

— Isso incomoda você?

Fiquei na defensiva na hora, mas ele não estava me julgando. Era uma pergunta genuína, por pura curiosidade. Eu estava prestes a dizer "Não, claro que não", mas havia algo em Jamie que me fazia querer arrancar aquela versão de mim mesma — a versão que eu usava com meus pais, com os professores, até mesmo com Curren — como se fosse um macacão que eu pudesse abrir o zíper e tirar.

Um macacão. Não era muito diferente da armadura de Priscilla. Eu acho. Pensei em Neil. E pensei em Curren. E pensei: por que nós duas decidimos namorar aqueles caras? O que eles nos davam e o que nós dávamos a eles?

Viajar de volta no tempo me fez perceber que usar aquele macacão me *incomodava*, sim. Pensei em halmoni em coma. Ela talvez nunca acordasse, nunca ficasse sabendo o que ia acontecer comigo, nunca visse minha formatura na escola, meu começo na faculdade, meu primeiro emprego.

— Não sei — eu disse, enfim. Era verdade. — Acho que é meio ridículo esperar que alunos de ensino médio escolham o que vão passar quatro anos estudando e se comprometam com um caminho de vida tão cedo. Nem todo mundo — fiz um sinal que o abrangia — sabe do que gosta nessa idade.

Ele assentiu.

— É verdade. Mas você vai descobrir.

— Você tem namorada? — Minha pergunta saiu tão depressa, tão alto, que um bando de pombos saiu voando de uma viga. — Ah, meu Deus. Ou namorado. Desculpa ser tão anos noventa.

A mão dele escorregou pelo meu ombro, lenta e deliberadamente. Eu me contive para não deslizar junto.

Jamie gargalhou.

— Não. Mas, hum, seria namorada, no caso.

— Desculpa. Isso foi muito aleatório.

— Na verdade, não.

— É, acho que não. Mas eu tenho. Namorado.

— É, você mencionou mais cedo. De um jeito bem sutil — Jamie falou, com um brilho nos olhos.

Dei risada.

— Eu sei. É que... não quero ser injusta com Curren.

— Curren.

Ele pronunciou o nome como se o testasse na boca, como se fosse a primeira vez que ouvisse uma palavra tão estranha.

— Só para você não ficar achando que sou leviana quando viajo no tempo — Jamie deu risada quando eu disse isso —, as coisas estão meio estranhas entre mim e Curren, e essa história toda deixou bastante claro que não sei bem por que estamos juntos. Então... não é como se eu estivesse totalmente apaixonada por ele e conversasse com você o tempo todo como se fosse a coisa *mais inocente do mundo*. Acho que é hora de eu parar de falar.

Passei as mãos pelo rosto e gritei sem produzir som.

A risada de Jamie ecoou pela estação.

— Tudo bem, Samantha. Não se preocupa. Sério. Está tudo estranho. Estamos passando por algo sem precedentes. Fora que precisamos nos concentrar no objetivo, né? Vamos conseguir.

Muito embora ele tivesse falado como um técnico antes do jogo, funcionou. Porque tinha algo de firme e certo em Jamie. Eu confiava nele. Jamie conseguia colocar nos eixos o que quer que estivesse me deixando insegura e constrangida.

Nossa conversa tinha tocado em muitos assuntos espinhosos, mas, por enquanto, tudo ficaria como estava. Juntos, saímos da Union Station para a noite de Los Angeles.

30

UM DIA PARA O BAILE

Era o dia da votação, e tudo o que eu queria era sair gritando para as pessoas votarem na Priscilla e atirar cupons da lavanderia para o alto. Mas, primeiro, precisava apresentar o trabalho que Jamie e eu tínhamos feito.

Sentamos lado a lado na sala, ambos inquietos, sentindo o nosso segredo soltar faíscas no ar.

Algumas duplas se apresentaram antes. Uma fez um longo discurso defendendo a aprovação da Lei dos Direitos Civis de 1964 — um verdadeiro desserviço a um dos mais importantes atos do Congresso. Se tirassem nota boa, era porque não havia justiça no mundo.

Então Jennifer e Sung falaram sobre o projeto de lei Antiabuso de Substâncias de 1988. Ambos usavam camisetas do Programa Educacional de Resistência às Drogas e utilizaram cartazes, um deles com o rosto de Nancy Reagan e seu famoso slogan: DIGA NÃO. Tentei manter a expressão séria durante a apresentação.

Algumas coisas envelheceram mal.

Então a sra. Worthington nos chamou. Jamie inclinou a cabeça para mim e murmurou:

— Pronta?

Senti um friozinho na barriga.

— Sim! — falei, pulando da cadeira.

Ele recuou um pouco para não levar uma cotovelada. Pegamos na mochila os blazers de veludo acinturados que tínhamos comprado num brechó e os vestimos por cima da roupa, ouvindo algumas risadinhas. Priscilla soltou um gemido audível. Jamie pegou um toca-fitas emprestado do vestiário, apertou o play e a batida animada de "Bad Moon Rising", do Creedence Clearwater Revival, começou a tocar.

Mantive as mãos entrelaçadas na frente do corpo.

— Vou pintar um cenário para vocês. Estamos em 1969. Os Beatles fazem sua última apresentação no telhado da Apple Records. Trezentos e cinquenta mil fãs de música vão ao Woodstock. Pousamos na Lua. Richard Nixon vence a eleição presidencial. Os Estados Unidos começam a retirar suas tropas do Vietnã. Fora isso, máquinas passam por cima de comunidades e ecossistemas inteiros para a construção do sistema rodoviário interestadual.

Parei e olhei para Jamie. Ele não tirou os olhos das suas fichas de anotações, com as mãos um pouco trêmulas. Tão fofo. Então disse:

— Todos esses fatores desencadeiam uma série de eventos ambientais que deixam os cidadãos americanos bravos e preocupados com o impacto da indústria no meio ambiente.

— É hora de mudar — continuei, fazendo uma pausa dramática. Priscilla me encarou e revirou os olhos, mas eu ignorei. — Por isso, o deputado Mendoza e eu, a deputada Kang, gostaríamos de apresentar a nossos estimados colegas do Congresso um projeto de lei para uma política ambiental nacional.

Jamie trocou a fita. Eu nunca valorizei tanto a música digital quanto naqueles dolorosos vinte segundos em que uma fita era removida e outra era colocada no aparelho. Finalmente, a música começou: "Mercy Mercy Me", do Marvin Gaye. Deixei que sua voz suave e triste criasse o clima antes de entrar nos detalhes. Jamie e eu nos revezamos na apresentação, enquanto Marvin Gaye reiterava a urgência do assunto.

Quando terminamos (sob aplausos entusiasmados, inclusive de Priscilla), distribuímos uma folha que resumia as principais questões climáticas e como poderíamos fazer pequenas mudanças na vida cotidiana para ajudar. Jamie e eu abrimos um sorrisão um para o outro. Esperávamos estar contribuindo para um mundo melhor.

O restante das apresentações foi *normal*, mas eu estava tão animada com nosso sucesso que nem conseguia prestar atenção. A de Priscilla e Deidre foi bem legal — sobre imigração —, mas confesso que em determinado momento fiquei esperando Deidre dizer que não tinha nenhum RSVP na Estátua da Liberdade, como a Cher, de *As patricinhas de Beverly Hills*.

Enquanto assistíamos às outras duplas, eu sentia a mão de Jamie roçando na minha, de tão próximas que nossas carteiras estavam. Era bom fazer parte de uma equipe. Senti uma pontada de culpa ao pensar naquilo — principalmente depois de ter passado o verão inteiro ajudando Curren com o filme dele. Mas eu precisava admitir que minha mãe estava certa quando disse que eu tinha perdido tempo de mais trabalhando em algo que era *dele*. Agora era diferente. O projeto era *nosso*. Jamie havia ficado feliz em me deixar liderar, sem abrir mão de fazer sua parte.

No fim da aula, a sra. Worthington sorriu e disse:

— Ótimo trabalho.

Era algo bobo — um elogio de uma professora —, mas eu tinha esquecido como era a sensação. De trabalhar em algo e receber validação por isso.

Cara, o que estava acontecendo comigo? Eu estava virando uma nerd. Sendo que a minha nota naquele trabalho nem importava!

Priscilla se despediu de mim e saiu correndo para a próxima aula. Senti alguém tocar meu braço.

Jamie.

— Oi. Lembra aquilo que conversamos ontem? — ele perguntou.

— Não sei. A gente conversou sobre muitas coisas, incluindo *viagem no tempo* — eu sussurrei.

Ele sorriu.

— É, eu sei. Mas estou falando do lance de "não saber o que fazer da vida".

— Ah, sim — respondi, sem saber o rumo da conversa. — Acha que… devo ser senadora?

O sorriso dele cresceu e seus olhos castanho-escuros literalmente brilharam.

— Ah, sim, claro, se quiser. Mas o que eu ia dizer é que você é ótima contando histórias.

Corei diante da convicção dele.

— Por que você acha que…

— O discurso que escreveu para Priscilla. O seu jeito de contar sobre sua própria vida. Você olha para tudo de um ponto de vista específico, tem algo a dizer. E sabe como dizer de um jeito interessante. Você faz as pessoas te ouvirem. Nessa apresentação mesmo. Pareceu até um podcast ao vivo. — Ele parou por um momento, genuinamente surpreso. — Ninguém nunca te disse isso?

Virei o rosto, tentando não chorar.

— Acho que minha avó já disse.

Ele pareceu querer me abraçar ou coisa do tipo, mas só mordeu o lábio. E me encarou.

— Ela parece saber do que fala.

Eu precisava mudar de assunto antes de cair no choro.

— E ainda aprendemos a usar microfilmes.

Ele jogou a cabeça para trás e gargalhou.

— Nossa. Será? *Será* que aprendemos mesmo?

— Eu realmente acreditei que você sabia usar aquilo — brinquei. — Você foi muito persuasivo, com aquele silêncio confiante.

Jamie corou.

— Não parecia muito complicado. Prestei atenção no que a mulher estava fazendo e fiz igual. Ou tentei!

— É, você teria conseguido se o microfilme não tivesse *saído voando.*

Jamie riu tanto que chegou a resfolegar.

— Fail total.

Aquilo me fez rir também. Era muito bom ouvir uma gíria do meu tempo vindo daquele cara em especial.

O sinal tocou e nos separamos, cada um em direção a sua próxima aula de 1995. As palavras de Jamie ecoavam na minha mente. Eu achei que nada que fizesse ali que não fosse relacionado à minha mãe teria impacto no meu futuro. Mas talvez estivesse enganada.

Antes que conseguisse ir muito longe no corredor, quase saltitando de alegria, alguém me pegou pelo braço e me virou. Com força.

— Priscilla? — Soltei o braço, que chegou a doer. — O que houve?

Ela estava pálida, os olhos arregalados de pânico.

— Estamos ferradas, Sam.

31

UM DIA PARA O BAILE

Pela primeira vez na vida eu era chamada na sala da direção. Na verdade, eu achava que a sala da direção era um lugar fantasioso que só existia nos filmes adolescentes. Mas não, ali estávamos nós, sentadas diante da mesa de mogno do sr. Barrett. Era uma sala pequena e escura, e a persiana da única janela estava fechada. As luzes fluorescentes faziam com que eu me sentisse em uma sala de interrogatório.

— Sabem por que estão aqui?

Ficamos sentadas em silêncio nas cadeiras duras de plástico. Olhei para Priscilla, sem querer dizer nada que pudesse ameaçá-la. Fora que *odiava* aquele tipo de pergunta manipuladora. *Por que ele não falava logo?*

— Acredito que tenha a ver com os cupons — Priscilla disse, perfeitamente educada.

— Exatamente, mocinha — o diretor disse, sem usar o nome dela, o que era irritante, porque claro que ele sabia que aquela era Priscilla Jo. O sr. Barrett suspirou e se recostou em sua cadeira de couro, como se estivesse lidando com uma crise nuclear, e não com problemas triviais de uma escola. — Fiquei sabendo que estão comprando votos dos alunos com cupons.

Ficamos em choque, e um silêncio se instalou entre nós.

— E então? O que têm a dizer em sua defesa?

Priscilla finalmente pareceu recuperar a fala.

— Não estamos fazendo isso! Só estamos oferecendo um incentivo…

— Suborno — ele a corrigiu, num tom grosseiro e paternalista.

Aquilo me deixou furiosa.

— Isso é ridículo — eu disse, com a voz alta e firme. — Não estamos oferecendo cupons para as pessoas votarem nela. Estamos oferecendo como uma promessa caso ela vença. Como Priscilla disse, é um *incentivo*.

O diretor olhou para mim.

— Não conheço você, mocinha, mas aqui em North Foothill somos totalmente justos. Ninguém recebe tratamento especial.

Tive que me segurar para não rir. Que besteira. Tudo naquela escola girava em torno de certas pessoas receberem tratamento especial. O sr. Barrett provavelmente deve ter notado minha cara, porque franziu a testa.

— Estou pensando seriamente em desclassificar você, Priscilla.

— Quê?! — Quase pulei da cadeira. — Que injusto! Steph Camillo distribuiu sorvete grátis a semana toda!

— *Sam*. — A voz dela soou firme e clara. Era seu tom de mãe. — Chega. — Priscilla respirou fundo, mantendo as mãos trêmulas sobre as pernas. — Desculpe, sr. Barrett. Eu não fazia ideia de que isso era contra as regras. Por favor, não me desclassifique. Vou dizer a todo mundo que os cupons não valem mais. Por favor.

Ela estava suplicando, mas mantinha a coluna ereta e os olhos focados.

O diretor pensou um pouco, depois balançou a cabeça.

— Não sei. Não é o tipo de comportamento que se espera da rainha do baile. Você deveria ser um exemplo.

O queixo de Priscilla tremia quando ela assentiu, o primeiro sinal de emoção que revelava.

— Eu entendo. Mas, por favor, sempre fui um exemplo para a escola. Essa é a... primeira... — Priscilla engoliu em seco, tentando manter os sentimentos sob controle. — É a primeira vez que faço algo errado.

Ele pareceu amolecer.

— Vou pensar a respeito.

Pensar a respeito?!

— Mas temos que votar na sexta aula — eu o lembrei.

— Sei muito bem disso. — O diretor virou a cadeira para pegar alguns arquivos, já nos dispensando. — Comunicarei minha decisão ao fim da próxima aula, Priscilla.

Estávamos dispensadas. Quando saímos da administração, o sinal tocou, dando fim ao horário de almoço. Os corredores se encheram de gente. Priscilla ficou olhando fixamente para a frente, com a postura cabisbaixa e derrotada.

— Ele não vai impedir você de concorrer — eu disse.

Ela virou para mim com os olhos cheios de lágrimas.

— Como sabe disso? Por que age o tempo todo como se tivesse certeza? Você me fez acreditar que eu poderia ganhar. Agora talvez eu nem *concorra* mais.

Ouvir em voz alta foi um soco no estômago. Tinha sido tudo ideia minha. A culpa era minha. De alguma maneira, eu tinha deixado tudo pior do que antes. Priscilla talvez não ganhasse, brigasse com halmoni de qualquer forma e eu ficaria presa no passado. Longe da halmoni do futuro. Da minha família. De Val. De toda a minha vida.

— Vou para a aula — Priscilla disse. Quando fiz menção de ir atrás, ela ergueu a mão. — Não quero mais falar sobre isso.

E foi embora. Eu fiquei ali, completamente perdida. Sem nenhum plano.

Foi então que vi Steph Camillo entrando na sala do diretor.

Quê?!

Pensei no que eu havia dito a ela durante o almoço no outro dia e no estacionamento do clube. Pensei em como ela sabia dos nossos planos de distribuir os cupons. Em como ela nitidamente se sentia ameaçada por Priscilla.

Meu Deus. Foi mesmo culpa minha.

Fiquei sem ar e me sentei em uma cadeira. Tudo em volta se tornou um borrão. Parecia que eu ia desmaiar.

Eu precisava consertar aquilo. Precisava ir para casa.

Verifiquei se tinha alguém em volta, mas, por sorte, o corredor estava vazio. Peguei o celular. Quando liguei, estremeci: a bateria estava em trinta e quatro por cento. Mas valeria a tentativa.

Abri o Retrotáxi e procurei por alguma forma de contato, muito embora já soubesse que não tinha, depois de ter procurado freneticamente no primeiro dia.

Desesperada, eu disse:

— Siri, ligue para Marge.

Siri praticamente riu da minha cara.

Então, cega de frustração, apertei PEDIR UM CARRO, ainda que não tivesse internet, e fiquei vendo o celular pensar inutilmente.

Droga. Baixei a cabeça e fechei os olhos.

— Sam?

Abri os olhos e vi duas meias de pares diferentes saindo de botas de caminhada. *Hã?*

Eu me endireitei na cadeira e dei de cara com Marge.

MARGE.

— Você! — Levantei na mesma hora. — Me manda de volta! *Agora!*

Ela agarrou meu braço.

— Vem comigo.

As pessoas nos olharam com curiosidade enquanto ela me guiava até o armário de suprimentos mais próximo.

— O que você está fazendo? — perguntei.

Marge fechou a porta e acendeu a luz. Estávamos cercadas por prateleiras cheias de artigos de escritório. Era bem pequeno ali.

— Nossa, tenho *tanta* coisa para contar.

Marge olhou para o pulso, embora não tivesse relógio.

— Bem, você tem cinco minutos.

— Quê?

Com a voz impassível, ela disse:

— De acordo com as letras miúdas dos termos de uso do aplicativo Retrotáxi, você tem direito a uma sessão de aconselhamento de cinco minutos com sua motorista. E ela começa… agora.

— Você está me zoando? Não. De jeito nenhum. Você vai me levar de volta.

Marge olhou para mim, muito séria.

— Você não terminou o que precisa fazer aqui, Sam.

Meus olhos se encheram de lágrimas.

— Eu sei. Na verdade, estraguei tudo.

Ela continuou me olhando fixamente.

— Talvez sim. Talvez não. Você ainda tem uma hora para consertar as coisas. Como vai fazer isso?

— Não sei — respondi, soluçando. — Não consigo pensar em mais nada. Estou esgotada.

Marge segurou meus ombros.

— Você está se saindo muito bem. Acha que consegue usar o que aprendeu aqui para encontrar um jeito de resolver tudo?

Ela estava sendo condescendente, mas tocou no cerne da questão. Se eu estava ali, era porque precisava resolver aquilo, certo?

Pensei em Steph entrando na sala do diretor, no que isso implicava e como eu poderia usar aquilo, em qual era meu papel naquela história toda.

Talvez eu soubesse o que precisava fazer.

Devagar, muito devagar, assenti.

— Sim. É, acho que consigo.

Ela bateu palmas com tanta força que dei um pulo.

— Ótimo!

— Só gostaria de dizer mais uma vez: *que porcaria é essa?*

Marge voltou a apontar para o pulso vazio.

— Bip bip! Acabou o tempo!

Então abriu a porta com força e foi embora depressa pelo corredor. Tentei segui-la.

— Espera aí! Marge! É só isso? Não pode me dizer se estou no caminho certo? Existe a possibilidade de que eu fique presa aqui para sempre?

Mas ela não parou e, depois de fazer uma curva, desapareceu. *Maravilha!*

Eu não tinha tempo para pensar no que havia acabado de acontecer e em quais seriam os desdobramentos. A quinta aula já ia começar, e eu precisava resolver aquilo.

A porta da sala do diretor continuava fechada. Fiquei andando na frente dela, revivendo meu momento "triunfante" com Steph. A sombra do medo em seus olhos. *Droga*.

A porta finalmente se abriu. Steph se assustou quando me viu. Ergui as mãos.

— Só quero conversar.

Ela cerrou a mandíbula e estreitou os olhos, sem acreditar em mim.

— Por favor.

Saímos do prédio. O céu estava nublado. Ficamos a sós, com os outros alunos todos em aula.

— O que foi? — Steph perguntou, com antipatia. — Preciso voltar para a aula.

— Foi você que contou ao diretor sobre o cupom?

O medo de antes pareceu retornar aos olhos dela por um momento. Steph não respondeu de imediato.

— Olha, não vou, tipo, bater em você, ok? Só estou tentando resolver as coisas!

Ela suspirou.

— Fui eu, está bem? Não achei justo.

— Não achou justo ou não queria que Priscilla ganhasse?

— Ai, quem liga para o *motivo*?

Ela separou uma mecha de seu cabelo comprido e ficou olhando para ela, como se fosse a coisa mais fascinante do mundo.

— Eu ligo! — Tentei não perder a paciência. — Seria péssimo Priscilla ser desclassificada só porque você ficou brava *comigo*.

Ela olhou para mim, confusa.

— Quê? Não foi por isso que contei.

— Não? Então por que contou, Steph?

— Porque sim! — A voz dela ecoou entre os prédios da escola. — Priscilla, Deidre, o grupo todo... são um bando de *babacas*. Me tratam que nem lixo. Quero que ela *perca*. Tem ideia do tipo de coisa que dizem de mim?

Ah. *Ah*. Relaxei na mesma hora.

— Tenho, Steph. Odeio aquele pessoal também. Mas Priscilla não é assim.

— *Claro*. — Steph soltou uma risada incrédula.

— Tudo bem, não estou dizendo que ela é perfeita. Ou que seja legal com você. Mas... ela está dando tudo de si. Ela não se encaixa no grupo e só foi aceita em parte. Por acaso você viu *algum deles* ajudando na campanha?

Steph ficou em silêncio enquanto digeria minhas palavras. Sem me encarar e com a expressão impassível, ela disse:

— Bem, eles sempre foram uns babacas comigo, desde o fundamental. Não sei o que eu fiz para que me odiassem. E Priscilla parece saber o que fazer para que gostem dela.

— É, mas Priscilla paga um preço — eu disse, firme. — Não é fácil para ela.

— Parece que é — Steph disse, bufando.

— Eu sei. Porque ela... — Minha voz falhou um pouco. — Ela é muito boa em esconder as emoções.

Aquilo teve um efeito em Steph. Ela baixou os olhos.

— É... eu não sabia que o pai dela tinha morrido.

— Acho que Priscilla não gosta de falar sobre isso.

Ficamos em silêncio por um momento. Então Steph soltou um suspiro épico, de quem estava prestes a vender a alma para o diabo.

— Certo. E o que você quer que eu faça agora?

Olhei para ela, esperançosa.

— Sério?

Ela fez uma careta ao concordar. Tentei não pular de alegria.

— Barrett disse que ia pensar no caso dela até a sexta aula. Você pode ir comigo dizer a ele que não vê problema na história dos cupons e que acha que Priscilla deve concorrer a rainha?

Houve uma longa pausa antes que ela revirasse os olhos.

— Está bem.

Tive que me segurar para não abraçá-la enquanto seguíamos até a sala do diretor.

Depois de tudo resolvido (Priscilla recebeu a notícia estoicamente, mas deu para ver o alívio no rosto dela), todos votamos durante a sexta aula. Passaram uma caixa pela sala para recolher os papéis com os votos. Quando chegou na minha vez, segurei meu papelzinho com força. *Por favor, por favor, por favor.* Então votei e senti que um peso deixava meus ombros. Agora estava tudo nas mãos dos deuses da eleição. Eu havia feito tudo o que podia. Corri até o armário de Jamie quando as aulas acabaram, animada para contar a ele sobre a visita surpresa de Marge. Quando cheguei, ele estava pegando a mala.

— Você *nunca, nunca, nunca* vai adivinhar quem eu vi hoje — falei, agarrando o braço dele.

Jamie olhou para minha mão, depois se afastou.

— Que foi? Está com medo de mim? — brinquei. Mas a expressão séria dele me fez ficar séria também. — O que… o que foi?

Sem conseguir me encarar, ele disse:

— Teddy quase foi expulso do time hoje.

— Quê? Por quê?

— Porque ficou bêbado depois do treino ontem à noite. — Jamie bateu a porta do armário com força. — O treino que eu perdi.

Tudo se encaixou. Ele tinha perdido o treino porque estava *comigo*.

— Jamie, você não…

— Sam — ele disse, em um tom duro e inflexível. — Não estou culpando você, a decisão foi minha. Mas não posso estragar tudo no último minuto. Estou aqui há *seis semanas*.

Senti um aperto no peito.

— Eu sei. E você *não vai* estragar tudo.

Jamie trincou os dentes e pendurou a alça da mala no ombro.

— Tem razão. Não vou. Porque não vou me distrair. — A voz dele saiu mais suave. — Desculpa, Sam.

Ele foi embora sem nem olhar para mim.

32

O DIA DO BAILE

Acordei no dia seguinte e no mesmo segundo sentei na cama. Tinha chegado o dia. Ou tudo correria como o planejado ou eu ficaria presa em 1995, levaria uma vida de mentiras e talvez até fosse sequestrada pelo governo para que fizessem experiências comigo quando se dessem conta de que eu não estava inscrita na previdência social e não havia registros do meu nascimento ou das minhas impressões digitais.

Coisa leve.

E tinha o lance com Jamie. Ainda sentia meu estômago revirar quando lembrava de nossa última conversa. Eu entendia as razões dele, mas ainda assim doía. Será que a semana anterior tinha significado tão pouco para Jamie que ele conseguia me dar as costas assim tão fácil? Fui idiota de me envolver tanto com alguém que havia acabado de conhecer? De querer terminar com meu namorado por causa dele? Gritei contra o travesseiro.

A sra. Jo ainda não tinha acordado. Peguei o celular e comecei a gravar um áudio.

> Oi, halmoni. Adoro a história de como você e halabuji se conheceram. De como ele foi ao restaurante dos seus pais no dia em que você ia tirar a foto para o passaporte. Você estava usando seu melhor

vestido e tinha arrumado o cabelo. Halabuji entrou no momento certo, enquanto você atendia mesas. E você sempre sentiu que o havia "enganado", porque não tinha sempre aquela aparência. Não sei bem por que estou pensando nessa história agora, mas... acha que, se as pessoas se conhecem em circunstâncias extraordinárias, o que quer que sintam pode não durar? Que talvez tenha sido apenas a mistura específica de eventos que fez tudo acontecer?

Uma amiga quer saber...

O dia anterior havia sido meu último expediente na lavanderia — e talvez a última vez que eu veria halmoni. *Nesta época*, tive que lembrar a mim mesma. Halmoni acordaria no futuro. Eu conseguiria voltar e ficar ao lado dela. Precisava ficar.

Quando fui me despedir dela na lavanderia, eu a surpreendi com um abraço.

"Você está bem, Sammy?", halmoni perguntara, com uma ruga de preocupação. Coreanos não tinham o costume de se *abraçar* do nada.

Eu respondi que estava empolgada com o baile e tentei não chorar ao ir embora.

O dia de hoje seria cheio de despedidas. A primeira, da sra. Jo. Decidi passar um tempo com ela, e fomos ao nosso lugar preferido: o mercadinho coreano. Eu queria colaborar de alguma maneira, depois da ajuda inexplicável que ela havia me oferecido.

— Isso é caro demais para *ppa* — a sra. Jo murmurou.

Olhei o preço das cebolinhas que ela estava examinando. O maço custava dez centavos. Rá. Era só uma senhora coreana sendo uma senhora coreana.

Depois da seção de hortifrúti — onde a sra. Jo escolheu meticulosamente soja em grãos, rabanete-branco e alface —, fomos para a parte do açougue. Enquanto ela se debruçava para verificar os peixes e as carnes, peguei meu celular discretamente, que havia ligado minutos antes, e tirei uma foto rápida.

Só queria ter algo para me lembrar daquela sra. Jo, porque a sra. Jo do futuro não era a mesma pessoa. Então vi que a bateria estava em vinte por cento e comecei a ficar nervosa. Desliguei o celular e o coloquei de volta no bolso.

Ela negociou com a pessoa no balcão até conseguir o preço que queria pela carne, depois se dirigiu à seção de congelados. Estavam oferecendo amostra grátis de bolinhos, e peguei um para mim e outro para ela.

Soprando o meu para esfriar, eu disse:

— Acho que *mandoo* é uma das minhas cinco comidas preferidas.

— Você sabe fazer? — a sra. Jo perguntou, dando uma olhada no bolinho e em seguida colocando-o inteiro na boca.

— Sei. A gente faz no Ano-Novo.

Halmoni fazia questão que nós mesmos fizéssemos, não importava quão feios saíssem.

— Os caseiros são muito melhores — ela disse.

A mulher que distribuía os bolinhos não pareceu achar graça. Seguimos para as prateleiras de alimentos.

— Está pronta para ir hoje à noite?

Eu já havia dito à sra. Jo que iria embora.

— Acho que sim.

— Que bom. Sua família deve sentir sua falta.

Ela pegou um pacote de alga. Observei, com o coração quentinho, seus movimentos eficientes.

— Não sei como agradecer por tudo o que fez por mim, sra. Jo.

— Não foi nada. — Ela balançou a mão e avançou um pouco mais com o carrinho no corredor.

— Foi, sim. Sou quase uma desconhecida e...

— Você não é uma desconhecida.

— Sei que somos parentes, mas…

Ela se agachou e começou a cutucar uns pacotes de anchovas secas.

— Não, não. Não é isso. Conheço você de uma vida passada.

Ah, pronto.

— Sou cristã agora, mas fui criada como budista. E algumas coisas ficaram comigo, mesmo que agora saiba que Jesus Cristo morreu por nossos pecados. — Ela me passou um pacote de anchovas, e eu coloquei no carrinho. — Como reencarnação… Eu sempre soube que tinha vivido antes. Como menina. E você também.

A única coisa que eu podia fazer era segui-la em silêncio, sorrindo para quem passava. *Não liga para nós, só estamos conversando sobre vidas passadas e Jesus Cristo.*

— Quando vi você no saguão aquele dia… algo me disse que já tínhamos nos encontrado. — Então ela se virou para mim e me encarou. — Você também me conhecia.

Não pude negar. Eu já a conhecia *mesmo*. A sra. Jo devia ter notado aquilo e pensado que era porque tínhamos sido cortesãs durante a dinastia Joseon ou coisa do tipo. Eu não tinha forças para contrariá-la, depois de tudo o que ela havia feito por mim.

— É, acho que já nos conhecíamos — falei, e não era mentira.

De repente, eu soube como poderia retribuir o que a sra. Jo havia feito. Ia contra todas as regras da viagem o tempo, mas…

Estávamos em um corredor vazio. Eu me aproximei dela e disse:

— Se acredita que nos conhecemos em outra vida, a senhora confia em mim, né?

Ela soltou um grunhido distraído enquanto olhava para a fileira de pastas de pimenta à sua frente.

Peguei uma caneta e um dos cupons de Priscilla da mochila e escrevi algo nele.

— Vou te deixar um bilhete e quero que o guarde até riscar todos os itens da lista, está bem?

— O quê?

— Confia em mim. Vou anotar o nome de algumas gravadoras e companhias de entretenimento coreanas para que a senhora invista nelas. Algumas já existem, mas outras ainda vão ser criadas. Invista tanto quanto se sentir confortável, mas *não* se esqueça de fazer isso. E não se esqueça de investir na Big Hit quando ela for criada.

Sem tirar os olhos das pastas de pimenta, ela estendeu a mão.

— Não perde o papel! — falei, firme, colocando-o dobrado na mão dela e fechando seus dedos em volta.

— Está bem, está bem.

— E não esquece!

Tive que segurar as lágrimas. Ela acabaria sofrendo de demência, mas antes disso poderia ficar podre de rica.

A sra. Jo encontrou a pasta que procurava e a pegou, triunfante. Muito mais animada do que em relação às dicas de ações que eu tinha passado.

— *Yah,* Sam. Você fala demais. Vamos pagar.

Eu a segui até o caixa, com os passos mais leves que antes, torcendo para que meus desejos se tornassem realidade.

Faltando apenas algumas horas até o jogo, me juntei a Priscilla no campo de futebol para ajudá-la a dar os últimos retoques no carro alegórico. Só não esperava ver o time da escola treinando do outro lado. Tentei não ser óbvia, mas não conseguia tirar os olhos de Jamie. Mantive distância, contra a minha vontade.

Ele era alto e magro em comparação com a maioria dos jogadores, mas, contrariando sua descrição depreciativa de suas próprias habilidades, não jogava mal. Com certeza não era o *melhor*, mas havia certa graça em seus movimentos. Não era nada desajeitado.

De repente, o rosto de Priscilla bloqueou minha visão.

— Nossa. — Ela balançou a cabeça. — Já terminou com seu namorado feioso?

Pensei nos olhos azul-acinzentados de Curren, no seu sorriso quando alguém contava uma piada.

— Não. E ele *não* é feio. Na verdade — olhei para ela com malícia —, já disseram que ele é parecido com Jordan Catalano.

Ela grunhiu.

— *Claro* que você gosta desse tipo...

Ignorei o comentário.

— E de que tipo eu deveria gostar? De que tipo de cara *você* gosta?

Eu conhecia o tipo dela no futuro. Caras como meu pai. Confiáveis, um pouco caretas, inteligentes e trabalhadores. Apreciadores de piadas ruins. Ou talvez a última parte fosse mais algo que ela tolerava, não um pré-requisito. Mas Neil realmente tinha me surpreendido.

— Sei lá. Caras bonitos?

— Uau, quanta originalidade — eu disse, forçando um tom de tédio. — E o que mais?

Ela olhou para o outro lado do campo.

— Bem, gosto de caras que não sejam metidos.

— Metidos tipo o Neil? — perguntei, sem rodeios, e nesse momento ele atirou a bola com violência no chão e depois bateu no próprio peito.

— Neil não importa — ela disse, revirando os olhos. — Só vamos ao baile juntos, não vou me *casar* com ele. É coisa de escola. Vou procurar pelo cara certo depois que eu me formar, quando der para levar a coisa a sério.

Isso não deveria me surpreender. O pragmatismo da minha mãe era o propulsor de todas as suas decisões. Fiquei vendo Jamie trotar por entre cones enquanto outros desviavam correndo. Algo na falta de pressa dele fez um sorriso se formar nos meus lábios.

Priscilla se virou para olhar o que eu observava com tanta concentração e revirou os olhos, sorrindo também.

— Mas… às vezes é divertido ficar vendo os meninos da escola.

Ficamos ali, recostadas no alambrado, meio que secando os jogadores por um tempo. Jamie estava apoiado em um joelho e segurando a bola como se o jogador mais próximo fosse chutá-la. Então, no último minuto, o cara parou e Jamie se levantou, com a bola na mão, e a lançou pelo campo. Aquela devia ser a jogada ensaiada de que havia me falado. A bola meio que oscilava em sua trajetória. Eles repetiram o passe algumas vezes. Jamie sempre começava ajoelhado.

— Acha que os jogadores usam essas calças apertadas para disfarçar que o esporte em si é uma chatice?

— Sam! — Priscilla me repreendeu, mas, na verdade, tinha achado graça.

Ela se sacudiu de tanto rir, jogando a cabeça para trás e fechando os olhos. Fiquei muito satisfeita comigo mesma. Quando eu era pequena, matava minha mãe de rir com umas bobeiras tipo colocar o sutiã dela na cara ou fingir que tropeçava e caía na piscina. Mas com o passar dos anos esses momentos foram ficando cada vez mais raros. E agora eram quase inexistentes.

Por isso, me permiti desfrutar daquela risada incrível que havia arrancado dela. Ia sentir falta.

Depois, como aquele era um dos melhores momentos que já tive com Priscilla e talvez porque fosse uma das minhas últimas chances de entrar no assunto, decidi perguntar:

— Como é perder o pai?

Como eu esperava, ela foi pega completamente de surpresa pela pergunta aleatória e invasiva. Deixei que o silêncio de choque e desconforto perdurasse, um truque usado pelos entrevistadores, porque assim a pessoa se apressava para preenchê-lo.

Priscilla se virou para o campo, com os braços cruzados em cima do alambrado.

— É uma merda. — Ela soltou uma risada. — Tipo, dã. Mas é uma merda *mesmo*. Ele estava doente, mas morreu bem rápido depois do diagnóstico. Foi câncer de estômago. Acho que ele sentiu dor por meses, mas não foi ao médico porque não tínhamos plano.

Fiquei chocada. Eles não tinham plano? Pelo que eu conhecia do sistema de saúde dos Estados Unidos, uma pessoa sem plano era basicamente uma bomba-relógio ambulante. E pelo visto uma bomba-relógio tinha explodido em Priscilla e sua família quatro anos antes.

— Então... ele ficou doente e passou alguns meses no hospital, depois... morreu. — Ela falava baixo, e a última palavra foi quase um sussurro. — Uma família ajudou a gente, cuidando da lavanderia e de Grace. Ela só tinha dois anos. Minha mãe e eu não saíamos do hospital. Foi terrível... Isso vai parecer péssimo, mas... — Priscilla olhou para mim, preocupada com minha reação. — Eu odiava ir para lá. Preferiria estar em qualquer outro lugar. Não queria ver meu pai daquele jeito. Tinha vontade de gritar ao ver estranhos trocando a fralda dele, dando comida a ele por tubos. É claro que sou grata a todo mundo que tentou ajudar meu pai a melhorar, mas nunca mais quero entrar em um hospital.

Pensei em minha mãe praticamente me empurrando para fora do quarto de halmoni e na impressão que eu tivera na hora. Agora tudo parecia tão diferente.

Tive dificuldade de segurar as lágrimas.

— Sinto muito, Priscilla.

Ela percebeu minha voz embargada e olhou para mim, com os olhos vidrados também.

— Obrigada. Eu não... não tenho ninguém com quem falar sobre isso.

— E sua mãe? — perguntei, meio que já sabendo a resposta.

— Minha mãe? — Priscilla voltou a olhar para o campo. — Ela... ela foi a única pessoa que ficou mais triste que eu. Tanto que a tristeza dela passou pra toda a nossa família. Ocupou o apartamento inteiro. Nem tive mais espaço pra ficar triste.

Aquelas palavras foram ditas com tanta crueza que eu nem soube o que responder. Só estiquei os braços e a puxei para um abraço. Ela ficou quieta por um segundo, então disse:

— Obrigada.

O som foi abafado pela minha jaqueta.

Quando nos afastamos, Priscilla enxugou os olhos e eu virei o rosto para lhe dar privacidade. Também precisava controlar minhas emoções. Meus olhos acabaram sendo atraídos por Jamie, que bebia água à beira do campo.

— Você já o convidou? — Priscilla perguntou após recuperar a compostura, limpando o rímel que havia escorrido dos olhos.

— Hum?

Tentei esconder o constrangimento de ter sido pega olhando para ele.

— Você já o convidou para o baile?

Priscilla se apoiou no alambrado e ficou olhando abertamente para Jamie. Ele deve ter sentido alguma coisa, porque se virou na nossa direção.

— Ai, meu Deus — murmurei, baixando a cabeça rapidamente. — Priscilla!

Ela acenou para Jamie.

— Aposto que ele morreria feliz se você o convidasse.

Pensar que no dia anterior eu teria concordado com ela me deixou triste, mas dei risada.

— Quer parar de bancar a casamenteira, *ahjumma*?

— Bem, seu tempo está acabando! — Priscilla disse, batendo no relógio.

Ela não fazia ideia.

33

O DIA DO BAILE

À noite, as luzes do campo estavam todas acesas.

Eu segurava as alças da mochila como se minha vida dependesse daquilo. O vestido vermelho de Priscilla estava lá dentro, e eu sabia que, se amarrotasse um pouquinho que fosse, ela ia me matar. Meus livros e tudo da escola estavam lá também. Eu estava otimista quanto as minhas chances de voltar ao tempo normal e à minha vida de antes, como se nada tivesse acontecido. Embora não tivesse ideia de como aquilo seria possível. Como uma pessoa se recuperava de uma viagem no tempo? Era uma pena que Marty McFly não tivesse escrito um manual sobre isso.

Entrei no campo de futebol americano, passando pela arquibancada lotada, e minha visão foi ofuscada por todas as luzes. A grama verde exalava um aroma de recém-cortada, e as animadoras de torcida de ambas as escolas se alongavam. De um lado do campo, dava para ouvir a vibração grave dos instrumentos de sopro, além de uma buzina que tocava de vez em quando, enquanto a banda marcial passava o som. Uma atmosfera de animação tomava conta do lugar, e por um segundo compreendi por que as pessoas adoravam o ensino médio. Algo naquela noite fazia parecer que ela poderia durar para sempre.

Dei a volta por todo o perímetro do campo, procurando por Priscilla. Quando a vi conversando com as outras animadoras de torcida, acenei. Ela só acenou de volta, mas sua expressão era calorosa.

Depois que encontrei um lugar perto do campo no lado de North Foothill, os jogadores entraram — uma entrada dramática e exagerada, claro. Jamie foi um dos últimos. Eu o identifiquei pela altura e pelo estilo de andar. Quando se sentou no banco, torci para que olhasse para trás, mas ele parecia determinado a olhar para frente. Reprimi a mágoa que crescia em mim.

No que dizia respeito a jogos de futebol americano, aquele provavelmente era o mais emocionante que eu já tinha visto. Fiquei tão envolvida que as pessoas atrás de mim mudaram de lugar. Sempre que um defensor do time adversário se chocava com Teddy, eu gritava:

— Vou te matar quando você estiver dormindo, seu merdinha!

O jogo estava indo bem. No primeiro quarto, cada time marcou um touchdown, então estava sete a sete. No segundo quarto, os Coiotes marcaram mais um, depois os Titãs acertaram um field goal. (Fiz a mulher sentada ao meu lado explicar tudo, porque não queria perder nada daquele jogo que poderia mudar uma vida.) Estávamos ganhando por quatro pontos, catorze a dez, no fim do segundo quarto. Teddy estava jogando bem. Muito bem. Eu torcia para que Jamie estivesse satisfeito. Menos estressado. Queria poder ajudar, mas àquela altura só Teddy poderia resolver.

Era a primeira vez que eu via Priscilla animando a torcida de fato. E só então percebi como ela era *boa*. Além de ser toda sorridente e animada, era muito atlética. Embora esperassem que as animadoras fossem acessórios secundários de brutamontes que ficavam se espancando no campo, Priscilla levava aquilo a sério e dava tudo de si, executando chutes e giros perfeitos no ar, equilibrando outras meninas nos ombros. E, o mais importante, ela gostava daquilo. Dava para ver o orgulho e a alegria que sentia ali. Várias coisas que eu achava superficiais — ser animadora de torcida, usar roupas bonitas, o clube de campo — a deixavam *genuinamente* feliz. Agora eu via.

A arbitragem anunciou o intervalo com um apito, e todo mundo se levantou para fazer xixi ou pegar alguma comida. Continuei no lugar, porque não queria perder nada.

O time trotou para fora do campo, e Jamie se levantou para ir junto. De novo, fiquei torcendo para que ele olhasse para trás ou desse qualquer sinal de que estava pensando em mim. Mas nada.

Depois de alguns minutos, os indicados a rei e rainha de cada escola surgiram em seus carros alegóricos. Mas depois dos dois primeiros, percebi um ponto em comum. As garotas estavam acompanhadas de homens mais velhos, e não de garotos.

Os pais delas.

Senti uma pontada no coração. *Quem acompanharia Priscilla?* Eu sabia que halmoni não viria ao jogo. E nenhuma das outras meninas estava acompanhada da mãe. Minha nossa, que coisa mais antiquada. Não era como se elas fossem noivas entrando na igreja! A lembrança do brunch no clube de campo me fez suar. Então Priscilla apareceu, usando seu uniforme de animadora de torcida, mas sem o rabo de cavalo: seu cabelo solto caía sobre os ombros em cachos perfeitos. Ela segurava um buquê de rosas brancas e estava sentada em um trono emoldurado por uma palmeira. Sua coroa cintilava sob as luzes do estádio. Linda e intocável. E sozinha.

Talvez fosse minha imaginação, mas senti certo silêncio tomar conta do campo. Um silêncio que cheirava a *pena*. O sorriso de Priscilla não fraquejou, mas notei a tensão em seus ombros, levemente erguidos, indicando sua postura defensiva.

Aquela era *minha mãe.*

Sem parar para pensar, com a mochila ainda nas costas, saí correndo pela pista de atletismo na direção do carro alegórico de

Priscilla. Vi a expressão de surpresa das animadoras de torcida, da banda marcial, das pessoas nas arquibancadas e das meninas nos carros alegóricos à frente. Quando a alcancei, seu sorriso se transformou em um "Hã?".

Eu me segurei na parte de trás da caminhonete e subi, sem muito jeito, aterrissando aos seus pés.

— O que você está *fazendo*? — Priscilla perguntou, com a voz aguda e *muito* confusa.

Levantei e sentei no braço do trono dela.

— Estou aqui para ser sua acompanhante, mocinha.

A pessoa ao volante mal olhou para nós, mantendo o ritmo de lesma do carro alegórico.

Priscilla ficou tão atordoada que nem sabia o que dizer.

— Como sua gerente de campanha, acho que tenho esse privilégio, concorda? — perguntei, olhando para a multidão e acenando como uma princesa.

Ela ficou em silêncio. Quando finalmente tive coragem de encará-la, Priscilla parecia prestes a chorar.

Ai, meu Deus. Nããããão! Eu não queria fazê-la chorar duas vezes no mesmo dia.

Ela conteve as lágrimas e sorriu.

— Você é tão esquisita.

Então voltou a dirigir seu sorriso de milhares de megawatts para a multidão e a acenar feito uma rainha. Com aquele comentário, eu soube que ela entendia o que eu estava fazendo. E que era grata. Eu sentia aquilo, embora ela não tivesse sido dito. Como se fôssemos família.

Avançamos pelo campo como bichos-preguiça, enquanto a banda marcial tocava alguma cafonice cheia de saxofones. Quando chegamos ao túnel dos vestiários, o time esperava para voltar ao campo.

Finalmente, *finalmente*, consegui contato visual com Jamie, que estava recostado no alambrado. O olhar que ele me lançou… me atingiu com tudo. Jamie sabia por que eu estava no carro. Quando passamos mais perto, ele levou a mão ao peito, sobre o coração. Seu olhar era caloroso, e sua expressão, branda. Não tinha mais a distância de antes. Minhas bochechas queimaram, mas sorri para ele e dei meu melhor aceno de miss. Jamie abriu um sorriso enorme, como se não pudesse evitar.

Depois do desfile, o sr. Barrett foi até o meio do campo com um microfone.

— Boa noite, Coiotes da North Foothill e Titãs da Lone Pine, nossos convidados!

Todo mundo aplaudiu, mas de um jeito meio forçado e sem graça. Voltei ao meu lugar, batendo palmas por educação.

— Quero falar um pouco sobre o motivo de estarmos reunidos aqui esta noite. As boas-vindas são uma tradição de mais de setenta anos na North Foothill. Desde que essa escola existe, dedicamos uma semana inteira a receber nossos ex-alunos. É uma verdadeira volta ao lar para todo mundo que já estudou aqui e circulou por nossos corredores.

Uau. Eu não fazia ideia do verdadeiro significado daquela história de boas-vindas.

— Este é o momento em que o passado encontra o presente. E devo dizer, meus jovens, que vocês nunca terão lembranças tão vívidas quanto as dos tempos de escola. As pessoas que conhecem aqui, os relacionamentos que formaram… nunca deixarão vocês. Nem mesmo daqui a dez, vinte, trinta anos.

Procurei Jamie entre os jogadores. Lá estava ele, o número vinte e oito. Foi como se meus olhos e meus pensamentos o chamassem. Jamie virou um pouco o rosto, e seu perfil foi iluminado pelos holofotes. Vi seu cabelo úmido e enrolado caindo na testa. Então ele se virou completamente para mim.

É. A gente nunca ia esquecer aquilo.

— Bem, agora vamos voltar ao jogo! Não se esqueçam de se juntar a nós no baile que vai acontecer no ginásio mais tarde!

Todos bateram palmas, e os jogadores entraram correndo no campo, cumprimentando o diretor no caminho.

A arbitragem apitou de novo, e o jogo recomeçou. Jamie voltou a se sentar no banco.

Quase imediatamente depois, a multidão urrou. Olhei para o campo. Os Titãs tinham marcado um touchdown. *Droga!*

Fiquei assistindo a tudo com o coração na boca — corpos trombando, um jogador disparando rápido como um raio, a bola sendo lançada em um arco suave, o apito soando. Aquele jogo parecia eterno. E o tempo todo Jamie se mantinha no banco, com os cotovelos nos joelhos e o queixo nas mãos, totalmente concentrado em Teddy. Às vezes ele pulava e gritava, torcendo pelo tio.

Finalmente, no último quarto, marcamos — mas só um field goal. O jogo estava empatado de novo, dezessete a dezessete. O alívio foi curto, no entanto, porque Lone Pine acertou outro field goal e ficou na vantagem: vinte a dezessete. Com apenas um minuto de jogo restando.

— AH, PELO AMOR DE DEUS! — gritei, batendo os pés na arquibancada.

Um cara atrás de mim murmurou:

— Que maluca.

Eu o ignorei, sem tirar os olhos do campo.

— GANHEM ESSA PORCARIA DE JOGO!

Os Coiotes chegaram à linha de trinta jardas do campo adversário. A mulher ao meu lado gritou:

— Chuta o field goal! Vai para a prorrogação!

Eu concordava totalmente. Se os Coiotes chutassem, Teddy não teria nada a ver com aquela última jogada.

De repente, um apito soou. O técnico dos Coiotes se virou para o banco.

— Mendoza! Entra!

Prendi a respiração. Jamie se levantou depressa, atrapalhado com o capacete.

Puta merda. Aquilo era ótimo — significava que iam chutar o field goal. Entrelacei as mãos, ainda preocupada, porque havia muito em jogo para Jamie ali.

O técnico o chamou de novo, e Jamie correu até ele. Teddy se manteve por perto, com as mãos na cintura, enquanto Jamie ouvia o que o técnico dizia. De repente, Jamie levantou a cabeça e seu corpo todo ficou tenso.

Merda. O que ia acontecer?

Jamie assentiu de maneira robótica e olhou para mim, me encontrando rapidamente na multidão, como se soubesse o tempo todo onde eu estava. Um afeto intenso se espalhou pelo meu corpo, e eu tentei sorrir de forma encorajadora antes que ele corresse para o campo, mas senti minhas mãos pegajosas na mesma hora. Havia algo errado.

Merda, merda, merda.

34

O DIA DO BAILE

Como eu desconfiava, Jamie se agachou para segurar a bola para o field goal. O kicker, o cara que chutava os field goals, se aproximou, e os dois trocaram um cumprimento rápido, enquanto Teddy assumia sua posição na linha formada pelo restante do time.

A multidão ficou em silêncio. O kicker recuou e respirou antes de correr na direção da bola. Então, como eu já tinha visto, ele chutou o ar e Jamie se levantou.

Ai, meu Deus. Era a jogada ensaiada. Jamie ia ter que fazer a maldita jogada ensaiada. O que significava que... ele precisava *passar a bola*. Para...

Teddy. Teddy estava na end zone, pronto para receber o passe para o touchdown. Ele acenava para Jamie para indicar que estava livre.

— Aimeudeeeeeeeus — não consegui me segurar, com as mãos no rosto, vendo Jamie com a bola, o braço posicionado e os olhos em Teddy.

Os jogadores adversários começaram a correr na direção dele. O kicker bloqueou um cara, ganhando meio segundo para Jamie.

Enquanto eu prendia a respiração, com todos os músculos congelados, Jamie, com seu mais de um e noventa, lançou a bola, que voou por cima da defesa, espiralando como se tivesse sido abençoada pelo técnico Taylor, do *Friday Night Lights*.

Percorreu um arco perfeito e aterrissou nas mãos estendidas de Teddy.

O silêncio imediatamente se transformou em vivas e em pés batendo. Eu achei que havia acabado, mas o time se organizou para chutar outra vez. Jamie segurou a bola, o kicker a chutou de verdade, e ela passou no meio do Y. Uma voz anunciou:

— E os Coiotes *vencem* com um touchdown de Teddy Quintero! Vinte e quatro a vinte e um!

A arquibancada foi ao delírio e correu para o campo. Corri junto, totalmente focada em uma pessoa. Quaisquer obstáculos que tivessem se colocado entre nós tinham sido superados. Eu não me importava mais.

E Jamie também não. Ele me encontrou na beirada do campo, e não havia nada mais que eu pudesse fazer além de pular nos seus braços. Ele estava todo suado e quente, coberto de terra e grama, mas me ergueu.

— *VOCÊ CONSEGUIU!* — gritei, tão alto que minha voz falhou.

Fiquei suspensa ali — no ar, em seus braços, no tempo — por uma eternidade. Minha felicidade e meu alívio por ele me inundaram, até que eu me vi rindo e chorando ao mesmo tempo. Voltei para o chão, sentindo a camisa e a proteção do uniforme dele se agarrarem na minha jaqueta. Quando finalmente olhei para Jamie, seus olhos escuros estavam úmidos. Ele respirava fundo, atônito.

Quando fui secar suas lágrimas, ele pegou minha mão e a beijou.

— Me desculpa.

— Tudo bem. Eu entendo, entendo total — eu disse, lacrimejando também.

Jamie manteve os lábios pressionados contra minha mão e olhou nos meus olhos.

— Me encontra, ok? Me encontra no futuro. A gente vai se lembrar um do outro, eu sei que vai.

Eu já não estava mais rindo. Mal conseguia respirar.

— Promete? — ele perguntou.

Eu assenti. Jamie soltou minha mão e meu corpo, então se virou para abraçar Teddy. Com vontade. Ele disse algo no ouvido do tio.

Teddy não conseguia parar de sorrir. Seu rosto fino teve que se esticar para acomodar o tamanho daquele sorriso. Desejei que ele tivesse o melhor futuro possível. Não apenas por causa do Jamie, mas por si mesmo. Então me distraí com algo piscando na calça de Jamie.

O celular dele. *Puta merda.*

Devia ter vibrado também, porque Jamie ficou assustado e o pegou. Estava todo mundo no campo, e o caos era tão grande que ninguém notou que ele estava com um eletrônico muito diferente de tudo que existia na época.

Ele olhou para mim e assentiu. Corremos juntos para longe do campo, Jamie muito mais rápido do que eu. Ouvi Priscilla me chamar e virei para ela, sem parar de correr.

— A gente se vê no baile!

Eu sabia que Priscilla tinha um milhão de perguntas quando me olhou de queixo caído.

Quando me virei de novo, vi Jamie me esperando, com a mão estendida. Eu a peguei e corremos juntos com tanta naturalidade até a frente da escola que era como se sempre fizéssemos aquilo.

O hatch verde-azulado já estava estacionado ali, soltando fumaça pelo escapamento enquanto esperava.

Jamie e eu paramos na hora.

— O carro — eu disse, quase em um sussurro, com uma estranha reverência em relação ao aplicativo que havia nos mandado para lá.

Nos olhamos, ainda de mãos dadas, ofegantes.

— Você recebeu uma notificação ou algo do tipo? — perguntei.

— Recebi. Dizendo que eu tinha completado a missão e que minha carona estava esperando aqui.

Ficamos olhando para o carro. Com a nuvem de fumaça que saía, eu mal conseguia distinguir a silhueta de Marge. Não sabia dizer se a achava ameaçadora, reconfortante ou as duas coisas ao mesmo tempo.

— Certo. É hora de ir, Jamie. — Sorri, embora aquilo fosse muito difícil para mim. — Estou muito aliviada por você. E por Teddy.

Ele começou a morder o lábio de um jeito que parecia estar tentando não chorar. Eu não conseguiria me segurar se Jamie chorasse. Provavelmente choraria pelos trinta anos seguintes.

— Por que isso é tão difícil? — ele perguntou.

Nós nos conhecíamos fazia apenas uma semana. Mas agora que era hora da despedida, a vontade de ficar juntos parecia tão forte quanto uma força gravitacional. Apertei a mão dele.

— Você não pertence a esta época. Nem eu. Precisamos voltar para casa.

Ele piscou e engoliu em seco.

— É. — Empurrou os óculos para cima no nariz com o indicador, e só agora eu percebia que ele fazia aquilo quando estava nervoso. — Boa sorte com sua mãe, Samantha. Eu... não vou parar de pensar em você.

Aquilo era fofo e me deixava ainda mais louca por ele.

— Obrigada, e boa sorte com Teddy. Espero que dê tudo certo com ele e com sua família no futuro — falei, sentindo que derretia por dentro. — E não procura por mim ainda, ok? Espera *eu* encontrar *você*. — Jamie hesitou por um momento, e eu segurei seus ombros. — É sério. Vai estragar tudo. Fora que não quero que você me veja como uma menina feiosa do primeiro ano.

Jamie deu risada e me puxou para um abraço apertado.

— Combinado. Também não quero assustar você com esse meu jeito descolado de aluno do último ano.

Ouvimos uma buzina. O vidro do passageiro baixou e Marge gritou:

— Vou embora em dez segundos!

Jamie xingou baixo, então seus lábios tocaram minha bochecha. Foi e não foi um beijo. O fantasma de algo mais intenso. Ou um prenúncio.

— A gente se vê do outro lado — ele disse, no meu ouvido.

Então Jamie correu para o carro e entrou no banco de trás. Sua figura alta usando o equipamento de futebol americano ocupou todo o espaço lá dentro. Ele manteve os olhos fixos à frente, sem fazer contato visual comigo, e eu mantive um sorriso no rosto até que o carro virasse a esquina e desaparecesse de vista.

Fiquei ali sozinha, ouvindo a barulheira do pós-jogo atrás de mim, com o ar noturno prometendo uma tempestade.

35

O DIA DO BAILE

Depois que todo mundo tinha ido embora, entrei no vestiário feminino para me arrumar para o baile. Acendi as luzes e as fileiras de armários e bancos foram iluminadas por um brilho branco repentino. Tirei o vestido de Priscilla da mochila e fiquei aliviada ao ver que não estava amassado demais.

Havia algo de sinistro no vestiário vazio e na luz forte enquanto eu arrumava o cabelo e me maquiava em completo silêncio. Depois de um tempo, estava com vontade de pular de um penhasco, então assumi o risco e coloquei um pouco de música. Ainda bem que eu acreditava em baixar álbuns inteiros em vez de depender do streaming. Apertei o play, e minha bateria começou a diminuir na hora, mas eu estava com um bom pressentimento em relação àquela noite. Eu ia voltar para casa. E ouvir música era como uma prova de fé.

Enquanto uma música melancólica da Billie Eilish preenchia o vestiário e a imagem de Jamie indo embora na névoa da noite passava pela minha cabeça, eu aplicava sombra cintilante.

Pisquei e olhei para meu próprio rosto. "Não vou parar de pensar em você."

Encontrei o rímel e mantive a boca ligeiramente aberta enquanto o passava. "Me encontra no futuro."

Minhas bochechas já estavam coradas, mas passei um blush rosa-antigo. Aquilo precisava *parar*. De repente, tive uma lembrança. Quando eu era pequena, adorava ver minha mãe se maquiando. Eu me sentava na cama e ficava olhando, em transe. Ela se sentava na penteadeira e passava os produtos no rosto com toda a delicadeza. Tudo o que ela fazia era intencional e calmo.

Pela quinquagésima vez no dia, senti os olhos se encherem de lágrimas. Tudo o que havia acontecido nas duas horas anteriores pareceu me atingir naquele vestiário. Pensei na despedida de Jamie e que teria que me despedir de Priscilla em breve.

Alguns dias antes, eu teria cortado meu próprio braço para voltar para o meu tempo. E agora estava odiando a ideia de dizer adeus. Inexplicavelmente, tinha começado a gostar dos anos noventa, que, apesar de estranhos, haviam representado um recomeço muito necessário para mim. Ali, eu me sentia bem em relação à escola. Ali, eu enxergava melhor as coisas com Curren. E, ali, eu era amiga da minha mãe.

Depois de um tempo, comecei a ouvir o DJ no ginásio.

Pronto.

A música tocava alto, e luzes estroboscópicas piscavam na escuridão.

Quase ninguém tinha chegado ainda, então fui direto para a mesa de bebidas, onde desde tempos imemoriais os nerds se reuniam nos bailes de escola. Alguns professores e acompanhantes vieram conversar comigo, simpáticos, e suportei o desconforto bravamente. Quando me sentei a uma mesa com meu terceiro copo, o baile começava a encher. Fiquei de olho na entrada até ver Priscilla e seus amigos. Ela estava de mãos dadas com Neil e tinha uma orquídea com fios prateados amarrada no pulso. Seu vestido era de cetim azul-gelo. As alcinhas delicadas e a saia cheia a deixavam com um aspecto de realeza.

Priscilla me viu e acenou, sorrindo. Larguei meu copo plástico com 7Up e fui falar com ela.

— Oi! Você está linda!

Ela estava mesmo. O cabelo perfeitamente cacheado, a maquiagem impecável, e o vestido ficava maravilhoso nela. Halmoni tinha se superado.

— Vou pegar bebidas — Neil disse, louco para fazer alguma coisa que não fosse ouvir duas meninas conversando.

— Que belo par — comentei.

— Ai, meu Deus, o que é que você vai criticar agora? — Priscilla perguntou, com a testa franzida.

— Na verdade, nada. Ele está... com uma boa aparência hoje.

— Neil é alto — Priscilla disse, dando de ombros. — Vamos ficar bonitos nas fotos.

— Meu Deus — eu disse, dando risada.

O rosto dela se iluminou.

— Ei! Vamos tirar uma também. Eu pago.

Eu estava prestes a concordar quando me ocorreu que aquilo era uma péssima ideia.

— Ah, hum, não precisa.

Ela me puxou pelo braço.

— Vem!

Meeeerda. Dei risada.

— Odeio fotos. Não sou nada fotogênica.

Ela provavelmente entenderia se eu dissesse que era por vaidade.

— Você vai ficar bonita! Vamos — Priscilla disse, firme, me arrastando para onde estavam tirando fotos, nos fundos do ginásio.

Como eu ia me livrar daquilo? Priscilla não podia ter uma foto minha — um dia talvez lhe ocorresse que eu era igualzinha à sua amiga da escola.

Não havia fila para tirar foto. *Droga!*

O fundo falso combinava com o vestido azul de Priscilla. Ela parou na frente dele e esperou por mim, impaciente. Eu estava em pânico, mas, assim como no futuro, me via incapaz de convencer minha mãe. Ela nos fez ficar de costas uma para a outra, como se fôssemos as *Panteras.*

— Coloca as mãos na cintura, assim seus braços vão parecer menos flácidos — Priscilla disse, me cutucando com o cotovelo.

— Eu adoro quando meus braços parecem flácidos — murmurei, mas obedeci.

Assim que o fotógrafo fez "Um, dois, *três*", cobri a parte de baixo do rosto com a mão. Fui tão rápida que Priscilla nem notou. O fotógrafo olhou para mim, já abrindo a boca para dizer alguma coisa, mas balancei a cabeça para ele.

— Ali está o Neil com as bebidas — falei, puxando Priscilla.

Neil estava mesmo no meio do ginásio segurando as bebidas. Provei uma delas. Isso aí. Sem álcool. Ia ser uma longa noite.

Deidre e companhia acabaram nos encontrando, e eu fiquei em um canto enquanto eles falavam as mesmas coisas de sempre, só que mais alto e usando roupas formais. Senti o suor se acumulando nas axilas. Não era por causa do calor, embora não estivesse exatamente fresco ali. Era porque a cada minuto que passava eu estava mais perto do anúncio da rainha do baile.

A esquisitona da Marge não ia deixar que eu ficasse *presa no passado*, certo? Se Jamie tivesse saído da mesma época que eu, saberia se eu havia conseguido voltar. Só que ele ia ter que esperar dois anos para ver se meu plano tinha funcionado.

Começou a tocar uma música que fez todo mundo gritar e largar o que estava fazendo para ir para a pista. Quando entendi qual era, sorri. "Nuthin' but a 'G' Thang". Havia algo de atemporal nos bailes de escola. Fiquei olhando para aqueles jovens dos subúrbios da Califórnia cantando rap juntos, se apropriando de uma música que nem entendiam direito.

Mas, mesmo assim, havia algo de legal naquilo. Era esquisito saber que, quando eu voltasse para casa, aquelas pessoas seriam trinta anos mais velhas. O que eu estava vendo agora... talvez não fosse a melhor versão delas. Para algumas pessoas, a escola era apenas um obstáculo a ser superado antes que a vida real começasse. Eu imaginava que alguns daqueles alunos que viviam à margem, na obscuridade, acabariam fazendo coisas incríveis. Encontrariam a si mesmos. E prosperariam fora das normas sociais de 1995.

Já outros... eu não tinha tanta certeza. Talvez aqueles fossem seus dias de glória.

Fiquei vendo Priscilla brilhar na pista, dançando com um sorriso enorme. Mas sempre contida e absolutamente no controle.

"Por que isso é tão importante?"

A pergunta que fiz para ela ecoou na minha mente enquanto ela dançava. Eu mesma torcia para que Priscilla fosse coroada rainha do baile. Não sabia se os dias de glória da minha mãe tinham sido no ensino médio. Com certeza esperava que não. Mas agora entendia por que aquilo era importante para ela.

Então Priscilla olhou diretamente para mim e me chamou para dançar. Deixei a bebida de lado e fui até a pista, passando por pessoas que desciam até o chão. Era um pouco cedo para aquilo, mas tudo bem. Quando cheguei, Priscilla fez uma ondinha com os braços me puxando para perto. Dei risada, surpresa com a dança ridícula. Minha mãe podia fazer muitas coisas, mas palhaçadas nunca.

Dançamos várias músicas. Batemos palmas, rebolamos e giramos. Em determinado momento, trombamos com Sung e Jennifer. Havia algo na pista de dança que neutralizava tudo — suados e tontos, só dançamos juntos. Livres dos limites sociais que nos separavam. Até abracei Sung e pulamos juntos ao som de "Blister in the Sun". O tempo passava e não passava. Tentei me manter presente o tempo todo, desfrutar de cada minuto que teria com Priscilla sendo ela mesma. E não minha mãe. Não a esposa de alguém. Não uma mulher que tinha expectativas em relação a mim. E sim uma garota animada para passar a noite dançando com os amigos.

Quando o sr. Barrett encerrou sua dança constrangedora e deu batidinhas no microfone para anunciar o rei e a rainha do baile, senti Priscilla segurar minha mão. Meu coração batia tão forte que achei que ela poderia senti-lo.

E então aconteceu algo muito esquisito. De repente, o meu desejo de que Priscilla ganhasse mudou de natureza: deixou de ser algo que determinaria meu destino para se tornar algo que determinaria a felicidade dela. Eu não sabia se aquela felicidade ia durar, se ia se sustentar por mais do que algumas horas ou dias. Mas não importava. Eu queria aquilo por ela.

Luzes coloridas iluminaram o centro do ginásio. O diretor segurava um pedaço de papel.

— Em primeiro lugar, o rei do baile de boas-vindas é... — Tambores rufaram pelos alto-falantes. — Neil Harper!

A multidão aplaudiu enquanto Neil, com o peito estufado, ia até o sr. Barrett. Uma menina com um penteado elaborado entregou a ele uma coroa de veludo vermelha, que parecia de desenho animado. Ele a encaixou levemente torta em sua cabeça, cheio de pose. Em respeito a Priscilla, não fingi vomitar.

— E, agora, a rainha do baile de boas-vindas...

Tambores rufaram de novo. Apertei a mão de Priscilla, que olhou para mim com um sorriso nervoso. O diretor fez uma pausa e olhou para o público.

— Depois de uma das disputas mais acirradas que já vi... a vencedora é... Priscilla Jo!

Um grito se desprendeu da minha alma. Completamente fora de controle e tão incrivelmente alto que as pessoas em volta fizeram careta e taparam os ouvidos. Mas eu não me importava. Priscilla muito menos. Ela virou para mim e nos abraçamos, pulando. Tínhamos conseguido. *Puta merda. PUTA MERDA!*

— Parabéns! — gritei, com um sorriso enorme no rosto.

Ela balançou a cabeça, impressionada com tudo aquilo.

— Não acredito!

— Pode acreditar!

Então sua mão deixou a minha e a multidão a afastou de mim. Fiquei olhando para ela, com um nó na garganta, sabendo que provavelmente era a última vez que via a versão adolescente da minha mãe. Quando ela passou por Sung e Jennifer, Sung levou as mãos em concha em volta da boca e gritou "uhu!". Priscilla ofereceu a eles o maior e mais belo sorriso, até então inédito, e Sung pareceu fisicamente atordoado.

A menina no palco entregou um buquê a Priscilla e uma coroa com pedras cintilantes, que se encaixou perfeitamente na cabeça dela, como se minha mãe tivesse nascido para usá-la.

O sorriso de Priscilla era grande o bastante para iluminar o mundo todo. A felicidade dela era incontrolável. Senti um aperto no peito de tanto orgulho, e o alívio irradiou para todo o meu corpo. Nós conseguimos. *Ela* conseguiu. Quando olhei para Jennifer e Sung, que continuava impressionado, soube que eu havia ajudado aquilo a acontecer.

Então vi Steph na multidão, usando um vestido rosa-chiclete justo e com o cabelo alisado caindo como uma cascata brilhante em suas costas. Fizemos contato visual, e eu falei, à distância: "Obrigada". Muito embora estivesse claramente chateada, Steph sorriu para mim. Ela não era uma pessoa ruim. Eu precisava fazer Priscilla pegar leve com ela.

Enquanto chovia confete, liguei meu celular, à espera da mensagem.

Só que ela não chegou.

Talvez fosse apenas um atraso. Era melhor esperar na frente da escola, como Jamie havia feito. Dei uma última olhada em Priscilla, que sorria com sua coroa, e senti uma paz tomar conta do meu corpo. Estava tudo certo no mundo. Eu me despedi em silêncio e saí. *A gente se vê no futuro, mãe.*

Estava congelando lá fora. Dava para ver minha respiração se condensando enquanto eu pulava dois degraus por vez. Quando cheguei na entrada, a rua estava vazia. Havia uma névoa pesada no ar, e os postes emitiam uma luz difusa.

Onde ela estava? Voltei a olhar o celular. Nada.

Olhei a rua, esperando que o carro aparecesse em uma curva dramática. Meus braços ficaram arrepiados. Eu os esfreguei para me aquecer, enquanto os minutos passavam.

Só que o carro nunca veio. As pessoas começaram a sair do ginásio, porque o baile havia terminado. Meu coração afundou nas profundezas do meu corpo. *Por que Marge não está aqui? Por que* eu *continuo aqui?* As pessoas passavam por mim, felizes e satisfeitas com o baile. Assisti a tudo em silêncio, em câmera lenta, sem conseguir ouvir nada além do barulho estrondoso do meu próprio cérebro em surto.

— Sam!

A voz familiar me tirou da paralisia. Priscilla estava de braço dado com Neil, com a coroa certinha na cabeça. A cara da realeza do ensino médio.

— Onde você estava? — ela perguntou com uma risada, ainda eufórica por ter ganhado.

Procurei agir normalmente.

— Ah, eu estava precisando de um pouco de ar fresco. Mas parabéns! Você conseguiu!

Priscilla sorriu.

— Com a sua ajuda. — Ela balançou a cabeça. — Obrigada, Sam.

Então Priscilla se aproximou para me abraçar, toda rígida e sem jeito, porque abraços não eram muito a praia dela. Retribuí com uma sinceridade intensa que deve tê-la deixado muito desconfortável. Eu estava assustada, e era bom ter minha mãe por perto, em qualquer forma que fosse.

Quando Priscilla se afastou, sua testa estava franzida.

— Você está gelada. Neil, empresta seu paletó pra ela.

Ele soltou um suspiro profundo, mas tirou o paletó. Ergui a mão, em protesto.

— Não, não, tudo bem!

Olhei para Priscilla com muita atenção. Será que *alguma coisa* tinha mudado? Era aquilo que eu precisava fazer, não era? Ajudá-la a ser a rainha do baile?

— Veste logo o paletó, Sam. Sua pele já está num tom estranho de roxo — ela disse, firme.

No entanto…

Priscilla continuava agindo da mesma maneira. Eu não sabia o que estava esperando. Que de repente seu coração amolecesse? Que ela se tornasse calorosa apesar da armadura de sobrevivente?

— Você vai na Deidre, né? — Priscilla perguntou, enquanto eu sentia o cheiro do perfume de Neil no paletó sobre meus ombros.

Ah, é verdade, Deidre daria uma festa na casa dela. Uma festa na qual eu nem havia pensado, porque estava certa de que àquela altura não estaria mais ali.

Procurei reprimir as lágrimas que ameaçavam cair.

— Hum, não sei…

— Vem! Vai ser divertido! Temos que comemorar!

Priscilla parecia tão feliz e animada com a perspectiva de passar mais tempo comigo que acabei concordando.

— Está bem.

— Nós levamos você!

Aceitei a oferta, tão preocupada que nem liguei de segurar vela. Entramos no SUV e fomos para a casa de Deidre, subindo as vias sinuosas ladeadas por árvores altas e belos lampiões antigos. A chuva batia nas janelas enquanto eu observava as casas escuras passando. *Estou presa aqui? Se essa não era minha missão, qual seria?*

36

O DIA DO BAILE

É um saco estar em uma festa se perguntando se estragou ou não a chance de voltar para sua própria linha do tempo.

A garrafa na minha mão já estava quente, e a cerveja respingou no meu vestido quando um cara trombou comigo.

— Opa — foi tudo o que ele disse, enquanto continuava a descer a escada cambaleando.

Fiquei olhando para o cara, torcendo para que tropeçasse e caísse, levando outros junto como pinos de boliche.

Infelizmente, não aconteceu. Eu me recostei no meu canto, no topo da escada. Era um bom lugar para assistir passivamente à festa lá embaixo. Depois de tomar um shot de vodca para comemorar com Priscilla, eu tinha me afastado para deixá-la curtir sem precisar tomar conta de mim. Fora que eu também queria ficar sozinha, para pensar no que exatamente precisava fazer.

Meu celular continuava inútil como sempre, e agora com a bateria perigosamente baixa. Oito por cento. Tentei ligar para a emergência de novo. *Olá. Pode me tirar de 1995, por favor?*

Uma comoção na porta da frente fez com que eu subisse um pouco do meu mergulho em autopiedade. Me aproximei do corrimão e me debrucei para ver o que estava rolando lá embaixo. Alguém gritou:

— Priscilla!

Ah, não. Era halmoni.

— *Priscilla!* — halmoni gritou de novo, agora entrando na casa. Seu cabelo estava preso em um coque banana, e ela usava um casaco cinza e comprido, calça larga e chinelos de plástico. Exalava uma fúria que eu nunca tinha visto.

— É a *mãe* dela? — alguém perguntou, sem conseguir acreditar, como se a ideia de uma *mãe* existir fora da própria casa fosse uma grande maluquice.

Desci, passando pelas pessoas que olhavam e riam descaradamente. Eu esperava conseguir acalmar halmoni de alguma forma. Antes que eu chegasse até ela, vi Priscilla abrindo caminho na multidão.

Seu rosto estava vermelho, quase roxo, e não era de beber. Ao contrário de mim, Priscilla não corava quando bebia. A coroa estava um pouco torta, e seu cabelo, um pouco menos perfeito. Ela parou diante da mãe e disse, baixo:

— O que você está fazendo *aqui*?

— *Eu?* — halmoni gritou. — Nós duas vamos embora. *Agora.*

As pessoas riram, e eu vi a humilhação nos olhos de Priscilla. Ela cerrou os punhos, com os ombros tensos. Achei que fosse brigar, insistir, mandar halmoni embora. Era o que Priscilla fazia no futuro com qualquer um que a constrangesse. Tudo o que ela fazia era para evitar aquele tipo de confusão em público.

Mas ela só seguiu halmoni porta afora.

— *Sai da frente* — eu disse para uns caras que estavam rindo.

Quando cheguei ao pé da escada, dei de cara com Deidre escondendo o riso com o copo de cerveja, sem demonstrar um pingo de preocupação pela suposta amiga.

— A mãe dela é maluca — Deidre debochou.

Parei na mesma hora.

— Ei, Deidre...

Fui até ela devagar. Deidre ergueu as sobrancelhas e tentou segurar a risada.

— Hum, fala.

Tirei o copo da mão dela e o virei em seu cabelo idiota e perfeitinho.

— Acho que você vai ter que dar uma passadinha no banheiro.

Ela ficou vermelha enquanto a cerveja escorria por seu rosto e gritou, quando corri para a porta:

— Sua *piranha*!

Eu me virei em sua direção mostrando os dois dedos do meio.

— É melhor não mexer com arianos!

Estava chovendo forte. Fiquei na varanda, vendo halmoni e Priscilla irem para o carro, estacionado de qualquer maneira na rua. Identifiquei um rostinho no banco da frente. Grace. Eu estava prestes a sair na chuva para fazer, sei lá, *alguma coisa*, quando Priscilla parou no gramado.

— Umma, eu *avisei* onde estaria hoje à noite! — ela gritou, com o cabelo e o vestido ensopados.

Halmoni deu meia-volta.

— *Você* está gritando *comigo*? Achei que fosse dormir na Deidre. Não que fosse numa festa! Sabe como descobri? Pela mãe de Paul, na igreja! Ela ficou chocada por eu não saber. Imagina a vergonha que foi para mim descobrir que você mentiu? Que estava com essas más influências?

Priscilla soltou uma risada seca e maldosa.

— Eles não são *más influências*. São adolescentes *normais*.

— Eles não prestam — halmoni disse em coreano. Pisquei. Ela estava pegando pesado. — Só gente que não presta deixa os filhos fazerem coisas assim. Focar em bobagens, fazer coisas ruins. Bailes, coroas, tudo isso. Deixei você ir longe demais. Mas agora chega.

— Não é bobagem *para mim*. Por que não se importa com o que é importante *para mim*?

A voz de Priscilla falhou. Seu lábio tremia. Reconheci a angústia e a frustração por trás de suas palavras, ecos das minhas próprias brigas com minha mãe.

— Porque sei mais da vida que você! — halmoni gritou, fazendo Priscilla se encolher e recuar, na defensiva.

Minha mãe nunca gritava. Eu achava que era porque ela não sentia nada, mas talvez fosse para nos proteger de suas emoções.

— Não quer nem saber se fui coroada rainha do baile ou não? — Priscilla perguntou, baixinho, parecendo absolutamente infeliz.

Halmoni olhou para ela, de braços cruzados, suas roupas ficando encharcadas na chuva.

— Pelo visto ganhou, com essa coroa vagabunda.

Foi um soco no estômago. Não fazia sentido para mim que halmoni se mostrasse tão dura, tão inflexível.

Priscilla ficou em silêncio por um segundo.

— É, eu ganhei. Obrigada por se importar.

— Eu me importo com seu *futuro* — halmoni disse, voltando a andar rumo ao carro. — Quero que você foque nas coisas que importam de verdade. Esse é meu dever de mãe, e não apoiar tudo o que você quer fazer. Acha que vale a pena chorar por isso? Tem problemas maiores no mundo, Priscilla! Você deveria ser mais agradecida por tudo o que tem.

As palavras me atingiram com tudo. A crítica, as acusações, tudo me era familiar. Então compreendi. Aquela era a grande briga delas. Dava para sentir no ar um peso anunciando que a vida das duas mudaria. Eu tinha tido a mesma sensação quando saí do carro durante a briga com minha mãe naquela manhã.

— *Tudo o que tenho?* — A voz de Priscilla pareceu perfurar a chuva. — Tipo ter que trabalhar *de graça*?

Halmoni franziu a testa.

— Quê? Vai continuar reclamando mesmo depois de eu ter contratado Sam para ajudar?

— Vou! Vou continuar reclamando! Deus me livre ter uma *opinião*! — Priscilla gritou. — Você *finalmente* contratou alguém, mas continuo trabalhando aos sábados e você continua esperando que eu faça *tudo* em casa.

Dava para ver a culpa e a raiva no rosto de halmoni. Pensei no que ela havia me dito no primeiro dia: "sei que peço muito dela". E ali estava a prova de seus medos.

Priscilla pareceu perder as forças.

— Me ofereceram um trabalho. No clube de campo. Um trabalho de verdade, do tipo que *paga*. Talvez eu aceite, em vez de trabalhar para você. Assim não vou mais ser um fardo financeiro.

Uma expressão tenebrosa tomou conta do rosto de halmoni — uma mistura de traição e mágoa tão profunda que acabou comigo.

— Você é uma filha horrível — ela disse, com uma calma devastadora, depois voltou para o carro.

Foi como se halmoni tivesse batido na filha. Priscilla ficou atônita, com o rosto molhado de chuva e lágrimas. Ver minha mãe ali, sozinha na grama, usando um vestido que minutos antes era deslumbrante, me deixou triste como poucas vezes na vida. Como alguém que estava tão feliz podia se sentir completamente inútil tão de repente?

Uma cena similar me passou pela cabeça, como um raio: minha mãe e eu na chuva, no estacionamento do shopping. "Odeio você." A expressão dela. Eu estava arrependida. Estava profundamente arrependida de ter dito aquilo a ela.

De repente, soube porque tinha sido mandada de volta no tempo. Não para impedir a briga, porque a briga era inevitável.

Eu precisava ajudar com as *consequências*.

Mas, antes que pudesse dizer alguma coisa, Priscilla entrou no carro e elas foram embora.

Uma corrida frenética colina abaixo sob a chuva e uma viagem de ônibus depois, eu finalmente estava em frente ao apartamento de Priscilla. Apoiei as mãos nos joelhos e me curvei para recuperar o fôlego, tomando ainda mais chuva. Eu nem acreditava que tinha conseguido chegar tão rápido. Sentia a bateria do meu celular sendo consumida a cada minuto. Ao mesmo tempo, o relacionamento entre minha mãe e minha avó se desintegrava.

Oi, halmoni. Talvez essa seja minha última gravação para você. Espero que não. Mas, se for, quero que todo mundo saiba que me esforcei ao máximo. Te amo.

Dois por cento. Desliguei o celular, rezando para que a porcaria da bateria não acabasse mesmo assim.

Peguei o elevador até o terceiro andar. Quando a porta abriu, eu estava tentando secar um pouco o cabelo e quase dei de cara com halmoni. Ela ainda estava de casaco, com a chave do carro na mão.

— Sammy? — Halmoni pareceu assustada. — O que está fazendo aqui? Está tarde.

Estava mesmo. Aonde ela ia?

Segurei a porta aberta para halmoni entrar e eu sair.

— Eu, é… precisava devolver a carteira de Priscilla. Ela esqueceu na festa.

Halmoni franziu a testa.

— Hum. Certo. Como vai para casa?

— Meu pai me trouxe e está me esperando lá embaixo. — Era

tão fácil mentir. — Aonde está indo? — perguntei, mesmo sabendo que estava me intrometendo.

Ela não olhou nos meus olhos, preferindo se concentrar nos botões do elevador.

— Preciso trabalhar. Tenho muita coisa esse fim de semana, por isso não pude ir no negócio da escola. Queria ter ido, para ficar de olho em Priscilla. — Então halmoni olhou para mim, séria. — Sammy, sua umma e seu appa sabem que você vai a essas festas?

Eu nunca tinha precisado mentir para ir a uma festa. Meus pais davam bastante liberdade para minha vida social e sempre me incentivavam a passar mais tempo fora do quarto. Na verdade, eu até me sentia meio ridícula quando eles insistiam para que eu saísse com meus amigos, como se eu não estivesse atingindo o número mínimo de eventos sociais para alguém da minha idade.

— Sabem, sim.

— E não ligam?

— Não — eu disse, quase em desafio.

Ela estreitou os olhos para mim.

— Vocês acham que nós somos rígidos por puro egoísmo, que somos injustos e queremos controlar vocês, para poder nos gabar para os outros dos nossos filhos. Priscilla sempre diz isso. Mas fazemos tudo isso... por vocês, sabe? — A voz de halmoni falhou. Ela cerrou a mão em punho e bateu no peito. — Deve ser bom apoiar tudo que os filhos querem. Isso é... isso é *luxo.* Como uma bolsa Prada que eu não tenho.

Tive que reprimir as lágrimas também, porque senti a crueza de suas palavras, senti como era difícil para halmoni. Senti como ela torcia para que suas filhas fossem recompensadas por aquilo *tudo*. Halmoni achava que não pertencia àquele país, mas esperava que suas filhas pertencessem, ao mesmo tempo que torcia para que não se perdessem naquele trâmite.

O elevador começou a fazer barulho — a porta estava muito tempo aberta.

Halmoni olhou para mim, à beira das lágrimas.

— Se sou rígida com essas coisas é porque... não posso perder minha filha também.

Meu coração se despedaçou, a sombra da morte do meu avô recaindo sobre nós.

— E parece que a cada dia que passa ela fica mais distante — halmoni concluiu.

Balancei a cabeça, apesar do barulho do elevador, apesar do que ela dizia.

— Isso não vai acontecer. Você não vai perder sua filha se tentar entendê-la. Sempre vai ser a mãe dela.

O barulho ficou insuportavelmente alto, como um guincho capaz de estilhaçar uma vidraça.

— Vai, vai — halmoni disse, gesticulando para mim e secando os olhos. — Priscilla está em casa, e seu pai está te esperando.

Soltei a porta e senti uma dor aguda no peito. Seria aquela a última vez que eu falaria com halmoni? Parecia um momento grandioso demais para acabar naquela correria.

Enquanto a porta se fechava, eu vi o rosto dela — uma estranha compreensão surgindo em suas feições, as sobrancelhas se unindo e os olhos brilhando em uma espécie de *reconhecimento*.

Sorri, fazendo força para não chorar.

— Obrigada, sra. Jo. E... a gente se vê.

As portas se fecharam antes que ela pudesse responder. Soltei o ar lentamente. Minha nossa, eu tinha que voltar para casa.

Enquanto me aproximava do apartamento, ouvi o barulho das pessoas lavando louça e vendo TV. Até que a vi, sentada no degrauzinho diante da porta, com o vestido azul brilhante amassado à sua volta e apertando os olhos com as palmas das mãos.

Hesitei. Será que ela ficaria constrangida se eu a visse daquele jeito?

Então Priscilla olhou para mim, sentindo minha presença antes que eu dissesse qualquer coisa. Como sempre.

— Sam?

— Oi — eu disse, com um aceno fraco. — Hum. Desculpa incomodar. Eu só... bem, vi a briga com sua mãe e queria ver se você estava bem.

Seu rosto estava manchado de rímel de tanto chorar.

— Que vergonha.

Priscilla ficou quieta enquanto limpava o rosto com as mãos, agora com as costas eretas, orgulhosa.

Eu me sentei na frente dela, no chão.

— Sinto muito que a noite tenha terminado assim.

Outra lágrima escorreu pela bochecha de Priscilla, que riu enquanto a enxugava.

— Tudo bem. E a culpa não é sua.

— Nem sua.

Ela ergueu a cabeça, a maquiagem dos olhos ainda borrada.

— Como assim?

— Não é culpa sua se ela não entende você.

O que eu gostaria de ter ouvido depois da briga com minha mãe?

Respirei fundo.

— Sei como é, pode acreditar. Sei como é querer gritar com a cara no travesseiro à noite. Sei como parece que vocês duas vivem em planetas diferentes. E sei como parece que ela não liga para os seus sentimentos, só para os próprios problemas.

Priscilla me olhou com curiosidade.

— Mas seus pais parecem tão legais. Deixam você fazer o que quiser.

Dei risada.

— Não, eles não me deixam fazer o que eu quiser. E... até agora, eu não tinha noção da minha sorte.

Porque minha vida era isto: minha mãe sentada à mesa da cozinha comigo todas as noites, sem me deixar levantar até que eu entendesse a lição. Fazendo mil perguntas aos pais das minhas amigas antes de me deixar dormir na casa delas. Me deixando de castigo por ter esquecido o celular novo no vestiário. Abrindo as cortinas no sábado de manhã para me acordar para o futebol. Minha mãe. Ela sempre estava ao meu lado. Me incentivando a fazer coisas que me deixavam desconfortável, me desafiando. Tudo com a mesma esperança que minha avó tinha para ela, só que de uma forma diferente, transformada em algo novo.

Meus olhos se encheram de lágrimas também.

— Tudo o que sua mãe quer é que você seja feliz. Só que a ideia que ela tem de felicidade é diferente da sua. E tudo bem. É um *saco*, mas tudo bem. Eu sei como é. Sei mais do que você imagina.

Mais do que eu sabia antes, mais do que uma semana antes. Porque *eu* havia mudado. Porque viajar no tempo e ver minha mãe adolescente não me ajudou apenas a entender o lado *dela*, mas também a entender a *mim* mesma. E o que realmente importava.

— Sua mãe ama você.

Aquilo era simples e óbvio, mas eu sabia o que significava ouvir aquelas palavras.

Priscilla olhou para mim, e por um estranho segundo pareceu que era *minha mãe* olhando para mim. Ou talvez fosse uma projeção minha, porque eu queria que ela ouvisse aquelas palavras de *mim*, sua filha. Mas, no momento, tudo o que eu podia desejar era que minha mãe se sentisse vista, que percebesse que não estava sozinha e que aquilo lhe fornecesse ferramentas para o futuro, abrindo espaço para a brandura e lhe permitindo tirar a armadura de vez em quando.

Ela abriu um sorriso triste.

— Obrigada, Sam. É tão estranho, sabe? Sinto que você chegou aqui na hora certa.

Meu celular vibrou no bolso.

Meu Deus do céu.

Eu consegui. Eu consegui. Eu consegui, porra!

Dei um abraço forte nela, e minhas lágrimas molharam seu cabelo.

— Fico muito feliz que a gente tenha se conhecido.

— Eu também. — Priscilla se afastou para me olhar. — Sei que acabou dando tudo errado, mas obrigada de novo por me ajudar com a campanha. Eu não teria ganhado sem você, não mesmo. Ainda não entendo por que você foi tão legal comigo e por que me ajudou tanto, mas... enfim, aprendi a parar de fazer perguntas. Agora aceito sua esquisitice.

Dei risada, enxugando as lágrimas.

— Que rainha benevolente — falei, então me lembrei de algo. — Ah, e Steph foi firmeza com a gente. Então pega leve, ok? Ela não é tão ruim assim.

Priscilla pareceu prestes a me contradizer, mas meu celular vibrou de novo.

— Tenho que ir — eu disse, já me levantando. — Só promete que vai ser legal com Steph.

Ela revirou os olhos.

— Está bem.

Tirei uma fotografia mental da Priscilla adolescente revirando os olhos para mim em seu vestido de baile. Eu ia sentir falta dela.

— Parabéns por ter vencido. Ninguém merece mais do que você.

Ela me olhou de um jeito estranho.

— Por que você está sendo tão... dramática?

Minha risada ecoou pelo corredor.

— Por favor, nunca mude — eu disse.

Priscilla acenou e eu dei as costas para ela, enxugando as lágrimas. Então entrei no elevador, finalmente pronta para ir para casa.

37

— Você se divertiu?

Fiquei olhando para as costas de Marge.

— Tá me achando com cara de palhaça?

— Não precisa ser grossa.

— Eu poderia processar você.

— Não dá para processar a motorista de um aplicativo mágico.

O carro acelerou pelos cruzamentos, as ruas parecendo um borrão na chuva. Afivelei o cinto.

— Calma! Você vai acabar me matando antes que eu volte.

— Tem um campo de força nos protegendo — Marge disse, aumentando a temperatura do aquecedor.

Eu me inclinei para a frente.

— Espera aí. Sério?

— Rá!

Franzi a testa e voltei a me recostar.

— Olha, não tenho ideia de como isso funciona. *Você me fez viajar no tempo*. Então não precisa ficar me zoando, ok?

— Muitos de vocês não sabem agradecer — ela disse, fazendo uma curva ao pé da colina. — Seu, hã, *amigo* Jamie também tinha uma coisinha ou outra a me dizer.

Minha respiração saiu entrecortada.

— Jamie? Ele chegou bem?

Ela não respondeu. O barulho do carro preencheu o silêncio.

— Marge!

— A viagem de cada passageiro é particular, Sam. É assim que funciona.

Antes que eu pudesse perguntar como funcionava de verdade, Marge pisou no freio com tudo.

— Chegamos.

Quê? Olhei pela janela. Estávamos na frente da minha casa. Ainda era dia. A chuva tinha parado.

— Como...

Minha pergunta morreu no ar enquanto eu reparava na absoluta *normalidade* de tudo. O plátano gigante, os arbustos de lavanda, a casa branca de estilo espanhol, a linda porta verde-clara. Era muito esquisito que nada parecesse esquisito.

Eu estava de volta.

Simples assim.

— De nada.

O sorriso de Marge era visível no retrovisor.

— Só isso? Eu voltei?

Continuei sentada, de repente nervosa. Assustada.

— Isso.

— Quanto tempo passou? — perguntei, pegando o celular.

Tinha sinal. Verifiquei a data e o horário.

— Não passou tempo nenhum. É a mesma hora de quando te busquei. — Marge destrancou minha porta. — Agora vai. Tenho outras corridas a fazer.

Desafivelei o cinto, mas não saí do lugar.

— Não sei se estou pronta.

— Que pena.

O carro começou a andar, e eu gritei, procurando a maçaneta.

Quando saí e fechei a porta, Marge baixou o vidro e fez um sinal de paz e amor para mim.

— Boa sorte, Sam. Obrigada por usar nossos serviços.

Uma risada baixa foi a última coisa que ouvi antes que ela partisse.

Que porcaria é essa?

Fiquei do lado de fora por um segundo, absorvendo tudo, tonta por ter voltado. Apesar da raiva que sentia de Marge, uma coisa era verdade: eu tinha conseguido. Tinha achado a solução. Tudo o que fiz e torci para que acontecesse estava *certo*.

Ergui os braços e gritei:

— É isso aí, porra!

Então percebi que estava com frio.

Merda. O vestido.

Eu sabia que para minha mãe trinta anos haviam se passado. Talvez não se lembrasse do vestido. Mas ela levava suas roupas tão a sério quanto pessoas normais levavam seu histórico médico. Enquanto eu me aproximava da porta, tirei os grampos do cabelo e tentei limpar a sombra das pálpebras.

Me esgueirei até a lateral e me escondi junto à sebe para espiar pela janela da cozinha. Estava vazia. Dei uma olhada no celular. Fazia só dez minutos que tínhamos brigado. Minha mãe devia estar no carro.

Assim que entrei, corri para o quarto, com medo de que ela chegasse a qualquer momento. Tirei o vestido e o enfiei no fundo do cesto de roupas para lavar. Então pensei duas vezes e o peguei de novo. Dobrei direitinho e o escondi no fundo da minha gaveta de blusas de frio.

Afinal de contas, era vintage.

Vi meu reflexo desarrumado no espelho do corredor e tentei arrumar o cabelo para minha mãe não achar que tinham me atacado no caminho de volta. Enquanto limpava a última mancha cintilante na bochecha, notei algo embaixo do espelho.

Ali havia um aparador cheio de fotos de família. Aquele era o único lugar da casa onde minha mãe permitia porta-retratos. Ela dizia que ter porta-retratos pela casa inteira era "cafona". Havia fotos de mim e Julian bebês. Do casamento dos meus pais. Retratos de família ao longo dos anos.

Mas não foi isso que chamou a minha atenção.

Peguei o porta-retratos prateado todo elegante que reunia as fotos antigas da minha mãe — ela e Grace pequenas, uma foto em preto e branco dos meus avós na Coreia, seu retrato de formatura... Em um dos espaços ovais, havia uma foto de minha mãe comigo. No baile.

Eu de vestido vermelho, cobrindo metade do rosto com a mão, enquanto ela fazia uma pose séria ao meu lado.

Minha nossa. Aconteceu de verdade. Passei o dedo pela foto. Era eu poucas horas antes. E minha mãe... adolescente. Fiquei olhando para mim mesma. Sim, era quase impossível distinguir meu rosto. Só dava para ver uma sobrancelha arqueada, um pouco do olho delineado. Eu estava examinando meu rosto no espelho, para garantir que estivesse bastante diferente daquele da foto, quando meu celular vibrou.

Olhei para a tela e vi uma mensagem da minha mãe no grupo da família.

Ela acordou! Venham quando puderem.

Fiquei olhando para a mensagem por vários segundos antes de conseguir processá-la. Então, quando finalmente processei a informação, senti tudo dentro de mim afrouxar, como se minhas entranhas tivessem dado um nó quando halmoni foi para o hospital. Mesmo em meio à viagem no tempo e toda a ansiedade da semana anterior, o medo continuava proliferando dentro de mim.

Uma empolgação desenfreada me inundou enquanto eu pegava uma jaqueta e o carregador portátil, calçava os sapatos e saía correndo pela porta da cozinha. No meio do caminho até a garagem, lembrei que meu carro não estava funcionando.

Então corri pela rua até o ponto de ônibus mais próximo — uma opção que nunca teria me ocorrido antes. Foi só quando eu já estava sentada no ônibus, a caminho do hospital, que percebi que minha mãe havia usado um ponto de exclamação na mensagem.

38

Quando cheguei ao quarto de halmoni no hospital, havia tanta movimentação à sua porta que fiquei nervosa na mesma hora. Ela estava bem? Algo podia ter acontecido desde a mensagem da minha mãe?

Mas um segundo depois minha mãe saiu do quarto com um sorriso gigante no rosto e apertou a mão do médico, agradecendo profusamente. O alívio me inundou.

Então minha mãe virou e me viu.

Eu estava nervosa em vê-la, por muitas razões. Acima de tudo, pela possibilidade de que me reconhecesse como a Sam do passado.

Seu cabelo continuava úmido da briga na rua. Seus óculos escuros estavam no topo da cabeça. De alguma maneira, sua camisa de seda creme continuava impecável, para dentro da calça jeans escura de cintura alta.

Uma felicidade intensa se sobrepôs a todas as preocupações. Aquela era a *minha mãe*. Eu estava mesmo em casa.

— Samantha? — Ela parecia surpresa. — Deixaram você sair da escola?

Tentei manter as emoções sob controle.

— Na verdade, nem cheguei a ir. Vi sua mensagem antes de chegar. Queria muito ver halmoni.

Por um segundo, esperei que minha mãe ficasse brava por eu

perder aula, mas ela só assentiu. Na verdade, ela era um espelho do que eu estava sentindo: muito alívio, como se uma pedra do tamanho de um arranha-céu tivesse sido tirada das nossas costas.

— Bem, os médicos e enfermeiros acabaram de vir aqui. Vamos entrar.

Fiquei meio tonta ao ver halmoni na cama de hospital, ainda ligada às máquinas, mas *acordada*. Ela estava levemente sentada, e seus olhos pareceram claros e focados quando me viu.

— Sammy.

Halmoni sorriu, debilitada, mas sem dúvida nenhuma, feliz.

Irrompi em lágrimas, chorando como se fosse uma criança.

— Yah! Não morri, por que está chorando? — halmoni me repreendeu.

Mesmo rindo, não parei de chorar. Tudo parecia um pouco intenso *demais*. Eu estava aliviada e feliz, mas também completamente exausta da montanha-russa de emoções da semana anterior.

Senti um leve aperto no ombro.

— Vá dar oi — minha mãe disse.

Olhei para ela com os olhos úmidos, surpresa. Talvez fosse minha imaginação, mas havia algo de muito familiar naquela versão da minha mãe. Diferente, mas familiar. Então entendi o que era. Ela me lembrava de Priscilla.

Mas não tive muito tempo para pensar. Fui até a cama de halmoni, peguei sua mão e a apertei.

— Oi, halmoni.

— Oi, Sammy. — Seus olhos brilhavam. — Me desculpa por ter deixado você preocupada.

— Tem que se desculpar mesmo — eu disse, com uma risada. — Claramente é tudo culpa sua.

— E *é* — ela disse, falando sério agora. — Não contei sobre meu coração.

As palavras me atingiram com tudo — o subtexto não intencional quase me derrubou. Ver halmoni passando perrengue como mãe viúva tinha me feito valorizar tudo na avó que eu amava: seu bom humor, sua satisfação com a vida... e, acima de tudo, tinha me feito valorizar tudo o que eu tinha, tudo o que minha mãe havia construído com base nas oportunidades que minha avó lhe proporcionara. Eram muitas camadas.

Eu me inclinei para a frente para um abraço hesitante, ciente de sua fragilidade.

— Está perdoada.

Ela me olhou de um jeito engraçado.

— Hum. Quanto tempo fiquei em coma?

— Um dia só.

Como aquilo era possível?

— Interessante — halmoni murmurou, observando meu rosto. — Devo ter sonhado com você, Sammy. Sinto como se tivesse ficado comigo o tempo todo.

Pensei na última vez que a vi, em sua expressão enquanto as portas do elevador se fechavam. Em como ela parecia ter me reconhecido, desafiando toda a lógica. Talvez fosse tudo graças a minha forte ligação com halmoni, talvez nossa conexão transcendesse o tempo. Era um tipo de magia que eu nunca entenderia.

Uma enfermeira bateu à porta e entrou.

— Olá, pessoal. Precisamos deixar a sra. Jo descansar um pouco. Ela passou por muita coisa. Mas vocês podem voltar para visitar em algumas horas.

Minha mãe fez cara feia para a mulher, e eu fiquei esperando que lhe passasse um sermão, mas ela só olhou para halmoni.

— Tudo bem, umma? Posso ficar esperando no saguão.

Halmoni balançou a cabeça.

— Não, não. Tudo bem. Vai para casa e volta depois. Vou dormir.

Minha mãe hesitou antes de pegar a bolsa de uma cadeira.

— Certo. Mas me ligue quando acordar. Vou trazer comida. A daqui é horrorosa.

Ah, aquela era a mãe que eu conhecia.

Então ela olhou para a enfermeira.

— Desculpe.

— Ah, eu concordo. — A mulher deu de ombros.

Então minha mãe fez algo que me deixou perplexa: inclinou-se para halmoni e beijou a testa dela.

— Volto logo.

Fiquei olhando para as duas, esperando que halmoni tivesse um segundo infarto. Mas ela só assentiu, como se o afeto da minha mãe fosse a coisa mais normal do mundo. Algo se desdobrou dentro do meu peito. Talvez…

Minha mãe e eu atravessamos o corredor rumo aos elevadores, rodeadas pelo barulho do hospital. Da última vez que eu estive ali, os sons pareciam saídos de um filme de terror. Agora, eu só sentia uma imensa gratidão por todas as máquinas e pessoas que haviam ajudado halmoni a melhorar.

Nossos celulares vibraram com mensagens de Julian e meu pai. Julian mandou uma fileira de emojis em comemoração, e meu pai disse que passaria no hospital no horário do almoço. Sorri, percebendo que havia sentido muita falta de toda a minha família.

Enquanto esperávamos pelo elevador, olhei para minha mãe. Uma semana tinha se passado desde nossa briga, mas para ela havia acabado de acontecer.

— Mãe?

Ela olhou para mim, com cansaço e alívio no olhar.

— Sim?

— Eu queria falar com você. Sobre… nossa briga.

Sua expressão era inescrutável. Tive uma sensação de perda por saber que ela havia sido muito menos fechada no passado. Pensei na última vez em que a vi. Em nós duas, sérias, vulneráveis e tristes quando nos despedimos. Onde estava aquela garota?

— Foi mal pelo que eu disse antes — falei, bem baixinho.

Nada.

Era difícil encará-la, então me concentrei nas minhas botas, passando os olhos pelos cadarços grossos sobre o couro preto.

— Eu estava muito triste e assustada por causa de halmoni, e acho que descontei em você. Mas sei que não é desculpa. Eu não deveria ter gritado e dito que te odiava.

Olhei para ela, que não havia se movido um centímetro.

— Porque não é verdade. — As lágrimas eram claras em minha voz. — É só que às vezes eu sinto que... que tem uma *coisa* enorme entre a gente, algo que impede que uma compreenda a outra. E isso foi crescendo e agora parece impossível de resolver.

Lágrimas caíram na minha blusa. *Lá vamos nós outra vez...*

Um movimento me fez levantar o rosto. Minha mãe se virou para mim, esticou a mão e afastou uma mecha de cabelo dos meus olhos.

— Samantha, eu sei que você não me odeia de verdade. Assim como eu não odiava minha mãe quando gritava isso para ela.

Enxuguei os olhos.

— É?

— É.

Esperei por mais — um pedido de desculpas pelas coisas que ela havia dito. Mas não aconteceu.

A dor da decepção foi forte. Minha mãe não havia mudado. Eu não tinha conseguido modificar nosso relacionamento. Talvez... Talvez o intuito da viagem para o passado fosse que *eu* mudasse. E eu havia mudado. Porque mesmo que minha mãe não fizesse exatamente o que eu esperava dela, sua reação não me deixava desesperada ou completamente frustrada.

Agora eu sabia por que ela era daquele jeito, por que mantinha as emoções trancafiadas. Até então eu nunca tinha suspeitado de que aquela força inabalável tão aparentemente fria tinha sido necessária em algum momento. Era o que a impedia de desmoronar sob o peso dos sonhos de sua família. Saber disso não bloqueava todas as minhas frustrações em relação à minha mãe, mas ajudava. Me lembrava que eu não era o centro de tudo. Que minha mãe existia para além da maternidade.

— Enfim, obrigada por ter ouvido. — Respirei fundo. — Será que você pode me deixar na escola?

— Claro — minha mãe disse, enquanto as portas do elevador se abriam.

Olhei para ela enquanto entrava. Não ia me dar um sermão por pedir carona?

Então ela parou por um momento.

— Como foi que você veio?

— De ônibus.

— De *ônibus*? — ela repetiu, incrédula.

Dei risada.

— É, de ônibus. Gosto de andar de ônibus.

Minha mãe ficou de queixo caído.

— Quê? Quem é que gosta de andar de ônibus? Juro por Deus, às vezes você me lembra muito dela.

Congelei.

— De quem?

— Você sabe de quem estou falando — minha mãe murmurou enquanto entrava no elevador também. — Você tem esse nome por causa dela.

As portas se fecharam. Minha mãe apertou o botão do térreo, mas não consegui deixar passar. Pensei no vidro escrito SAMANTHA no quarto de Priscilla.

— Meu nome não vem de uma boneca?

— Boneca? — Minha mãe pareceu ofendida. — Claro que não. Era o nome de uma amiga. Já te contei um milhão de vezes.

Engoli em seco. A foto em casa. Minha mãe se lembrava de mim. Tinha guardado algo de nossa amizade até o futuro. Não foi imaginação. A enormidade daquilo era tão impactante que fiquei em silêncio durante toda a descida.

— O que aconteceu com ela mesmo? — perguntei, quando finalmente consegui falar.

Já estávamos na rua. A chuva tinha parado, e o sol da manhã estava quente enquanto atravessávamos o estacionamento.

— É esquisito, mas não lembro — minha mãe disse, perplexa. — Acho que ela teve que se mudar de novo. Foi alguma emergência familiar, segundo a escola. Foi uma orientadora nova toda esquisita que me contou. Marge ou sei lá o quê.

MARGE?

— E vocês... perderam contato? — perguntei, caminhando por um terreno perigoso em nome da curiosidade.

— É, Marge disse que ela foi pra outro país. Não tínhamos como manter contato na época. — Minha mãe sorriu com carinho enquanto pegava a chave do carro. — Fazia muito tempo que eu não pensava nela. Espero que esteja bem.

Não respondi, porque tinha certeza de que acabaria contando tudo sobre a viagem no tempo e quebraria algum tipo de regra que rasgaria o tecido da realidade ou coisa do tipo. Tudo o que fiz foi transmitir uma mensagem silenciosa a ela: *Sim, mãe, ela está bem*.

Quando ela ligou o carro, uma música começou a explodir pelos alto-falantes. Minha mãe baixou o volume.

— Desculpa.

— Mãe, você estava ouvindo... *BTS*?

Ela colocou os óculos escuros.

— Dã, estava. Você bateu a cabeça ou coisa do tipo, Samantha? Não está reconhecendo meus meninos?

MEUS MENINOS?

Minha mãe balançou a cabeça enquanto saía do estacionamento.

— Acredita que alguém no trabalho me ofereceu dois mil dólares pelos nossos ingressos? Eles vão fazer poucos shows nos Estados Unidos este ano, e as pessoas estão *desesperadas*.

Ingressos. Para o show do BTS. Para nós duas? Eu…

— É muita sorte nossa a sra. Jo sempre conseguir bons lugares.

Eu me virei para minha mãe com tanta força que quase bati a cabeça na dela.

— *A sra. Jo?*

Minha mãe me olhou de esguelha.

— Hum, é. Você está bem?

— Aham! — Tentei me controlar. — Você está falando da sra. Jo… que mora no conjunto residencial da halmoni, né? Aquela que tem demência?

Minha mãe ficou pasma.

— Demência? Bem, ela apresentou alguns sinais leves, mas faz anos que está tratando. Também, com aquele tanto de dinheiro, é claro que ela tem acesso aos melhores cuidados.

Meu bilhete tinha funcionado. Olhei para a frente e abri um sorriso incerto.

— Ah, que bom.

Minha mãe me levou à escola, batucando no volante enquanto BTS tocava ao fundo. Pensei em nós duas dançando no baile. Então finalmente me decidi quanto a um assunto no qual havia pensado durante toda a viagem ao passado.

— Mãe?

— Sim.

Respirei fundo.

— Quero ir ao baile e continuar concorrendo a rainha. Você tem razão. Cheguei até aqui. Posso muito bem ir até o fim.

Vi algo se acender em seus olhos. Ali estava a antiga Priscilla, animada, em sua zona de conforto.

— Sério? Tem certeza?

— Sim, e... pode me ajudar a escolher um vestido?

Ela revirou os olhos.

— É óbvio. Se eu deixasse isso com você, provavelmente iria com um terninho irônico.

Nunca mude, mãe.

Paramos na frente da escola. Eu estava prestes a abrir a porta quando ela tocou meu ombro.

A luz branda do sol da manhã a delineava. Ela me olhou por um segundo, parecendo procurar algo em meu rosto. Curiosa e com uma afetuosidade que eu não via fazia muito tempo.

— Você não precisa concorrer. Sei que minha reação antes foi... injusta. Às vezes, quando fico preocupada, não sou a melhor pessoa. Sei disso.

Não movi um músculo. Acho que eu nem devia estar respirando.

Sem notar, ela prosseguiu:

— Sei que ficou com medo por halmoni. E sinto muito por ter piorado as coisas. Também fiquei com medo. Claro que isso não é desculpa. Não é desculpa para não entender você às vezes. Você merece ser compreendida.

Um soluço de choro me escapou. Ela não chegou a me abraçar, mas apoiou as mãos com delicadeza nos meus ombros.

— Sinto muito mesmo — minha mãe disse, com suavidade.

A tensão de anos que havia se desdobrado no quarto de hospital estava sumindo tão rápido agora que eu não conseguia entender nada. Eu estava feliz, triste, aliviada ou chocada? Talvez tudo ao mesmo tempo. Só conseguia me concentrar na sensação das mãos firmes da minha mãe nos meus ombros. Em sua voz reconfortante.

— E você está errada, sabia? Nunca decepcionou seu pai e a mim. Sei que é um saco ser irmã mais nova de Julian.

Dei risada, e um pouco de ranho escapou do meu nariz.

— Mas não esperamos que seja como ele. Aliás, ficamos felizes que não seja. Seria um pouco demais.

Olhei para ela, esperançosa.

— Sei que vocês querem que eu seja mais focada. Só que ainda não tenho certeza do que quero da vida.

Seus olhos estavam sérios, e pela primeira vez senti que minha mãe me ouvia de verdade.

— Tudo bem. Não tem problema. Me desculpa, Samantha. A gente só quer que você encontre algo que realmente te motive, para que possa fazer o que ama. — Minha mãe fez uma pausa, e sua expressão se alterou, como se ela tivesse chegado a uma constatação preocupante. Ela soltou uma risada baixa e amarga, então disse: — Sempre achei que eu seria diferente da minha mãe, mas, nossa, me vejo o tempo todo fazendo as mesmas coisas com você. Botando essa pressão terrível de mãe coreana.

Balancei a cabeça.

— Não é verdade.

E não era mesmo. Para mim, estava claro que minha mãe se esforçava ao máximo para não repetir a dinâmica que teve com halmoni. Não significava que sua abordagem fosse perfeita. Só era muito…

— Só é muito difícil.

Minha mãe levou um segundo para dizer, devagar:

— Sou igual à sua avó no sentido de que tudo o que faço é pela sua felicidade. Mas percebo que às vezes temos ideias diferentes do que isso quer dizer.

Eram as mesmas palavras que eu tinha dito para ela horas antes. Ouvi-las sendo repetidas me deixou completamente sem o ar.

— Vou tentar reconciliar essas duas coisas. Certo? — ela disse, por fim.

Assenti, assoando o nariz.

— Certo. Eu também.

Ela acariciou meu braço.

— Estou sempre aqui.

Então os desdobramentos cessaram. Chegaram ao fim. A tensão que havia se acumulado ao longo dos anos finalmente foi embora.

— Eu sei — falei, tentando sorrir em meio à balbúrdia dos meus sentimentos.

— Agora vá para a aula — ela disse, destravando as portas. — Busco você depois, para irmos visitar halmoni.

E eu sabia que ela me buscaria. Todas as vezes em que ia dormir fora de casa e ficava com saudade, quem havia ido me buscar, fosse meia-noite ou três da manhã? Minha mãe. Ela sempre estivera ao meu lado. Mesmo que às vezes eu não enxergasse.

39

Quando cheguei à escola, o intervalo da manhã tinha acabado de começar. Cruzei os corredores olhando para tudo e todos, sem conseguir acreditar que Priscilla não apareceria atrás de mim para fazer um comentário impaciente sobre meu cabelo.

Passei por uma mesa com uma placa que dizia, nas cores do arco-íris: VAMOS MUDAR A ELEIÇÃO DO BAILE. E o cara atrás da mesa gritou para mim:

— Sam! Seja parte da solução, e não do problema.

Eu estava mesmo de volta. Fiz um joinha para ele.

— Não se preocupa, estou com você!

Quando cheguei ao armário, senti alguém me cutucar. Virei depressa e vi Val, como se tudo estivesse normal.

Um alívio poderoso e visceral me inundou, como ar condicionado em um dia quente. Tentei não chorar enquanto abraçava Val.

— Está tudo bem? O que foi? — Val se afastou para me olhar direito. — É a sua avó?

Balancei a cabeça.

— Não, é que… passei por muita coisa desde a última vez que a gente se falou. Mas minha avó acordou hoje cedo!

Val abriu um sorriso enorme e me abraçou.

— Ai, meu Deus! Estou tão feliz!

— Obrigada! Eu também estou!

Abracei Val com um pouco mais de força. Uma semana sem minhe melhor amigue tinha sido brutal. Havia tanto que eu queria contar a elu — *tudo*, na verdade. Mas eu não sabia se podia. E tinha algumas questões importantes para resolver.

— Ei, você viu Curren? — perguntei, procurando no corredor. Ele ainda devia estar bravo por causa da mensagem.

Val balançou a cabeça.

— Ainda não. Deve estar no pátio.

Enfiei minhas coisas no armário e fechei a porta.

— Preciso falar com ele. A gente se vê no almoço?

O pátio estava lotado de gente comendo rapidinho antes da terceira aula. Precisei de um segundo para me situar em meio às pequenas diferenças do pátio de 1995 e às pessoas completamente diferentes ali.

Avistei Curren parado debaixo de uma árvore com alguns amigos, mexendo no celular de óculos escuros e com o cabelo cuidadosamente bagunçado. Lembrei da sensação do cabelo de Jamie nos meus dedos e respirei fundo.

— Oi.

Curren tirou os olhos do celular.

— Oi.

— Podemos conversar a sós?

— A sós? — Ele inclinou a cabeça, num tom meio debochado, e eu percebi que estava cansada daquele tipo de humor: repetir as coisas com um sorrisinho, nossa, muito inteligente!

— É.

Antes que ele pudesse me responder, fui para uma área mais tranquila ali perto. Curren me seguiu.

— Olha, acho que a gente devia terminar.

Meu coração disparou. Curren ficou sem reação.

— Quê? — enfim disse. — Isso é por causa dos donuts?

Ai, meu Deus.

— Não, não é por causa dos donuts.

Olhei bem para a cara dele — aquela cara linda — e pensei no friozinho na barriga que sentia sempre que o via. Em como passava horas admirando seu rosto, amando seu rosto. Adorava quando aquele rosto estava concentrado em mim. Inclusive, mal podia acreditar que aquele rosto me amava também.

— Me desculpa. Você deve estar surpreso, eu sei. — Tentei manter a voz firme. — Mas… algo mudou. Em mim.

Curren se aproximou de mim.

— Está falando sério, Sam?

Eu me preparei para a sensação avassaladora que a presença dele causava em mim. Só de estar perto de Curren meu corpo inteiro entrava em Mercúrio retrógrado.

Mas nada aconteceu. Agora eu enxergava com clareza, tanto ele como muitas outras coisas.

— Sim. Estou falando sério. A gente tem brigado bastante. Não posso ter sido a única a notar.

Ele passou as mãos pelo cabelo, um gesto que antes me deixava louca.

— É. Mas achei que não fosse nada que não desse para superar.

Curren falava como se estivesse em transe. Então me ocorreu que talvez ele nunca tivesse levado um fora.

— Não quero que a gente vire um daqueles casais que briga o tempo todo e só fica junto porque é difícil terminar. Me desculpa, Curren.

Ele assentiu, cabisbaixo.

— Na verdade, acho que também tenho sentido isso. É que… espera, sua avó…?

A frase morreu no ar. Ele estava com uma expressão preocupada.

Balancei a cabeça.

— Ah! Halmoni saiu do coma hoje de manhã!

Curren pareceu aliviado de verdade.

— Ah, cara. Ainda bem! Fico muito feliz por você.

Ele pegou minha mão e me puxou para um abraço.

Sorri abraçada contra o ombro dele.

— Obrigada, Curren. Valeu, cara.

Ele gemeu.

— Acho que ainda é cedo demais pra você me chamar de "cara".

O primeiro sinal tocou, e Curren olhou para mim, sério.

— Enfim, a gente se vê, Sam.

Tentei sorrir, sentindo um gostinho agridoce no fundo da garganta.

— É, a gente se vê.

Curren foi para sua aula, e eu segui para a aula de inglês. O sr. Finn estava à mesa, clicando no mouse e aparentando a idade certa, enquanto os alunos entravam na sala. Fui direto falar com ele.

— Sr. Finn?

Sua versão grisalha olhou para mim.

— Oi, Sam.

Mas agora eu conseguia ver uma sombra de sua versão bonitona.

— Oi. Desculpa, ainda não consegui botar o projeto no papel, mas já sei sobre o que vai ser. Posso te contar agora?

Eu apertava as mãos, nervosa.

Ele se recostou na cadeira e disse:

— Pode.

— Quero produzir um podcast sobre a minha família.

Jamie só tinha comentado por alto, mas suas palavras depois da nossa apresentação ficaram na minha cabeça.

O sr. Finn ficou sério e fez sinal para eu prosseguir. *Socorro.*

— Vou documentar a viagem da minha avó desde a Coreia, depois a vida da minha mãe nos Estados Unidos. Ela estudou aqui também. Priscilla Jo. Lembra dela?

— Priscilla Jo? Ela não só comparece a todas as reuniões de pais e mestres como foi minha aluna há uma vida atrás — o sr. Finn disse, animado. — Ninguém esquece Priscilla Jo.

— Né? Bem, hã, o podcast vai explorar como a experiência das duas influenciou a minha vida. É basicamente sobre o que é ter um sonho neste país que se autoproclama a terra prometida. Como você transmite esse sonho para os seus filhos e o que isso significa para elees, que vão ser diretamente impactados por suas experiências. E o que acontece à medida que você vai conquistando espaço e a sobrevivência aqui deixa de ser uma luta tão grande. O que fica e o que se perde a cada geração.

Minhas palavras saíam por conta própria, se atropelando. A ideia ainda não estava totalmente formada, mas parecia mais palpável e real conforme eu a explicava em voz alta. Falar sobre aquilo pela primeira vez me dava um pouco de vontade de vomitar, para ser sincera, e eu suava frio. Era isso que as pessoas sentiam quando compartilhavam suas ideias com o mundo? Que péssimo.

Respirei fundo.

— Vou falar sobre como o passado nunca deixa a gente. Para o bem e para o mal.

Envelheci mil anos enquanto esperava pela resposta do sr. Finn. Ele se endireitou na cadeira.

— Bem, Sam, era isso que eu estava esperando. Parece incrível. Estou ansioso para ouvir.

— Sério?

Minha ansiedade sumiu na mesma hora. A leveza que se seguiu foi a melhor sensação do mundo.

— Sério — ele disse. — Eu sabia que você tinha isso dentro de si.

— Sabia?

Aparentemente, eu era incapaz de formar frases mais complexas. Tinha gastado tudo na minha explicação.

O professor riu.

— Sabia. Por que eu pegaria no seu pé se não achasse que você tinha algo a dizer?

— Eu... não sei — falei, envergonhada. — Para ser sincera, eu não sabia se tinha algo a dizer.

— Estou feliz que tenha encontrado sua voz. — Ele sorriu. — Agora vá para seu lugar. A aula vai começar.

Me dirigi até minha carteira, quase flutuando. Pela primeira vez, parecia que o mundo se abria para mim, me apresentando possibilidades infinitas, que eu nunca tinha vislumbrado. Parecia que eu finalmente tinha espaço para compreender quem de fato eu era — e não em relação à minha família, ao Curren ou a outras pessoas. Aquela era a melhor sensação do mundo.

40

NOVE DIAS DEPOIS: BAILE DE 2025

Senti um forte déjà-vu. O cheiro do ginásio misturado ao dos produtos para cabelo do pessoal. A vibração pesada do baixo. A frivolidade e o otimismo no ar enquanto as pessoas se reuniam em grupos, admirando os trajes formais dos outros.

Meu segundo baile de boas-vindas em uma semana.

Val, que usava um macacão preto bem elegante, pegou meu braço.

— Vamos tirar uma foto!

Em vez de ir cada qual com seu par, tínhamos decidido ir juntes, o que era muito mais divertido. Eu havia passado a semana toda focada na minha campanha, me aproveitando da minha popularidade, mas também defendendo uma eleição não binária. Não tinha certeza se ia dar certo. Deviam estar todos confusos com meu interesse repentino pela coroa. Ao contrário de como acontecia em 1995, aqui ninguém fazia campanha de verdade.

Pensar no passado e em Jamie era inevitável. Mas fora uma semana tão maluca que eu praticamente nem tive tempo de lembrar que havia outro cara na equação. Ou pelo menos foi o que eu disse a mim mesma. No fundo sabia... que estava esperando Jamie me encontrar. Não por causa de alguma noção ultrapassada de cavalheirismo nem nada do tipo, mas porque eu tinha um pouco de medo de ir atrás dele. E se, ao retornar à sua linha temporal, em 2023, Jamie tivesse se dado conta de que não gostava de mim tanto assim? De que tinham sido apenas as emoções à flor da pele de um período estressante? Então eu estava evitando o assunto, o que não tinha sido difícil com toda a confusão do baile.

— Sem poses constrangedoras — falei, com firmeza, enquanto Val e eu nos posicionávamos no cenário de plantas tropicais.

O tema do baile era "Bem-vindos à selva". De novo: *por quê?* O nome estava escrito em verde-neon e emoldurado por folhas. Muito instagramável.

Val e eu fizemos caretas e caras de tédio para as fotos. Depois, escolhemos as melhores no iPad. O luxo do digital.

— Seu vestido se *destaca* — Val disse, apontando para mim na tela.

Concordei. Eu estava usando um vestido pink diáfano e botas pretas com salto plataforma. Meu cabelo estava curto e liso, penteado para trás. "Como Linda Evangelista", minha mãe havia dito, satisfeita. Tínhamos visto um milhão de vestidos naquela semana, porque a interseção de coisas que agradava a mim e à minha mãe era mínima. Mas, quando batemos o olho nele, soubemos que seria *aquele* vestido. A melhor parte: era vintage — sem deixar de ser *chique*, então passou pelo crivo da minha mãe.

Quando fomos para a pista de dança, vi Curren entrar no ginásio, sem pressa, com passos relaxados. Ele estava usando um terno justo, como os Beatles jovenzinhos, e tinha uma câmera pendurada no pescoço, claro. Olhando para ele sem as lentes de namorada apaixonada, eu percebia que muito em Curren era de caso pensado e ensaiado, e aquilo que antes eu enxergava como confiança na verdade era bravata. Pela bilionésima vez na semana, fiquei aliviada por não ter mais que engolir as coisinhas que me irritavam nele. Agora que nossas vidas não estavam mais interligadas, elas não me incomodavam. E nós dois estávamos bem. Tão bem que eu me perguntava quanto tempo fazia que estávamos prontos para terminar. Acho que gostávamos mais da ideia de ser um casal do que de *ficar juntos* de fato. Trocamos acenos amistosos, depois Val e eu fomos dançar com nossos amigos.

Alguns segundos depois, a música mudou, e eu mal podia acreditar: "Insane in the Brain". Comecei a rir. Val me olhou, estranhando.

— Essa música é boa! — gritei.

— *Acho* que sim!

Meu vestido tinha um babado perfeito para dançar. Enquanto eu girava, senti alguém tocar no meu ombro e me virei.

— Oi, mãe! — gritei.

Mesmo com roupas de adulta — um vestido transpassado lavanda impecável e scarpins prateados —, minha mãe parecia uma adolescente emburrada quando fez uma careta diante do volume da minha voz.

— Samantha!

Havia um grupo de adultos perto da mesa das bebidas, todos arrumados e usando faixas com diferentes anos impressos, inclusive minha mãe. Os reis e rainhas anteriores tinham sido convidados para o baile com seus familiares, em comemoração ao aniversário de cem anos da escola.

Olhei para a faixa da minha mãe, 1995. *Inacreditável*.

— Papai e Julian vieram?

Julian estava passando a semana conosco para ver halmoni.

— Sim, mas estão se escondendo em algum canto. Papai quase desistiu. Isso é um pesadelo para ele.

Ao contrário da minha mãe, meu pai não tinha sido nada popular e odiou o ensino médio. Ao que parecia, ele teve uma fase heavy metal.

— Está nervosa? — minha mãe perguntou, me levando para longe das caixas de som para que não tivéssemos que gritar.

Precisei de algum tempo para responder. Em comparação com o baile da minha mãe, aquilo era moleza. Era tudo em jogo contra nada em jogo. No entanto, ao notar a energia ansiosa que ela emanava, percebi que eu me importava com aquilo. Seria legal ganhar, porque a deixaria feliz. Embora eu soubesse agora que ela não estava me pressionando — as questões dela eram as questões dela.

— Mais ou menos — falei, sincera. — As últimas semanas foram meio... longas.

Minha mãe assentiu.

— É. Com halmoni...

Sorri. *Claro.*

— Ah, ali estão eles!

Minha mãe acenou para meu pai e Julian, que estavam do outro lado do ginásio. Eles se aproximaram, os dois de terno e parecendo bastante desconfortáveis: meu pai por ter que lidar com seus demônios do heavy metal e Julian apenas no seu nível normal de constrangimento.

Dei um soquinho no braço dele.

— Obrigada por ter vindo, você está bonito.

Meu irmão tinha atraído muitos olhares com sua beleza estilo cara certinho.

Ele deu de ombros.

— Nossa mãe disse que eu tinha que vir.

Ela suspirou.

— Eu não disse que você *tinha* que vir. Mas acho legal estarmos todos aqui para apoiar a Samantha.

— Claro — meu pai respondeu na hora.

Eu sabia que minha mãe tinha precisado convencê-los, mas ainda assim era legal.

— Me deixa ver sua maquiagem — minha mãe falou, estendendo a mão para tirar uma mecha de cabelo do meu rosto e só então se dando conta de que ele estava penteado para trás. — É a força do hábito.

Arrumar meu cabelo era uma das muitas coisinhas que minha mãe sempre havia feito — e das quais eu tinha esquecido na minha obsessão por tudo que estava mudando entre nós. Desde que havia voltado do passado, eu parecia dar a atenção adequada a cada detalhe, como se enxergasse direito pela primeira vez.

A música parou, e alguém tocou uma buzina alta. Quando as risadas cessaram, a presidente do corpo estudantil, Leona Kazeminy, subiu no palco e bateu no microfone com a unha comprida pintada com esmalte cintilante.

— Boa noite, North Foothill!

Algum idiota gritou "boa noite" com um sotaque britânico falso.

Leona revirou os olhos.

— Uau, que piada incrível. *Enfim*, como todos sabem, estamos comemorando o aniversário de cem anos de North Foothill. Isso significa que este é o centésimo baile de boas-vindas! — Ela fez uma pausa para os aplausos, mas ninguém aplaudiu. — Por isso, este ano eu gostaria de receber todos os antigos alunos que já foram coroados rei e rainha! — A própria Leona começou a aplaudir, olhando para o público de um jeito que parecia dizer: *Aplaudam, idiotas.*

Aplaudimos, enquanto Leona ia chamando ao palco cada um deles, anunciando o ano de sua coroação. Quando chegou a vez da minha mãe, minha família comemorou. Assoviei alto, e ela se encolheu. *Rá! Constrangendo Priscilla desde 1995. Que maravilha!*

— E agora — Leona disse ao microfone — é hora de anunciar a realeza deste ano! — Ela fez uma pausa. — Levando em conta os protestos em relação à prática heteronormativa e binária de coroar um rei e uma rainha, o grêmio estudantil decidiu que os vencedores seriam anunciados independentemente de gênero. — Aplausos genuínos se seguiram. A diretora Wang abraçou Leona, que prosseguiu: — Portanto, sem mais delongas…

Val apareceu do meu lado e apertou meu braço, olhando para mim com um sorriso enorme.

— Oba!

Revirei os olhos.

— Boa tentativa de parecer animade.

Val deu de ombros.

— Pareceu a coisa certa a fazer.

— Reconheço seu esforço.

Um rufar de tambores saiu dos alto-falantes. Leona abriu o envelope de maneira dramática. Típica aluna do grupo de teatro da escola.

Minha mãe me procurou na multidão. Sorri quando nossos olhos se encontraram. Ela cruzou os dedos para mim.

— A rainha deste ano é Zella Sussman!

Todos aplaudiram enquanto Zella, capitã do time de polo aquático, subiu ao palco usando terno cor-de-rosa e um moicano impressionante para receber sua coroa e suas flores. Enquanto batia palmas, senti uma leve decepção. Minha mãe aplaudia com educação, mas eu sabia que também estava decepcionada.

Leona abriu o outro envelope com um floreio exagerado.

— E *a outra* rainha do baile deste ano é... Samantha Kang!

Val gritou. Dei um pulo, chocada.

— Oi?

Val cobriu a boca, aparentemente com vergonha.

— Desculpa, acho que até *eu* me empolguei.

Dei risada e abracei Val, meu pai e Julian antes de ir para o palco, recebendo cumprimentos no caminho. Quando subi, minha mãe me entregou o buquê e colocou a coroa na minha cabeça. Ela estava radiante.

— Parabéns, Samantha!

— Obrigada, mãe.

Então algo em seu êxtase me deu uma ideia.

Fui até o microfone, surpreendendo Leona.

— Desculpa, só preciso de um segundo — falei só para ela. Então falei no microfone: — Obrigada a todos que votaram em mim. — Olhei para minha mãe, que parecia confusa. — Mas quero agradecer principalmente à minha mãe. Ela é a verdadeira rainha. Sempre foi.

Quando me afastei do microfone, minha mãe me abraçou com força.

— Obrigada, Sam.

Sam. Ela me chamou de Sam. Como halmoni no hospital, ela se afastou para me olhar com a expressão perplexa.

— Que estranho. Estou sentindo algo muito familiar esta noite.

Antes que eu pudesse dizer algo, Leona gritou:

— *Agora vamos dançar, North Foothill!*

Minha mãe tapou os ouvidos.

— Acho que é hora de irmos embora e deixar vocês aproveitarem a noite.

Encontramos meu pai e Julian, que pareciam prontos para se mandar. Depois de me dar os parabéns com um beijo na bochecha, meu pai saiu para buscar o carro enquanto minha mãe ia pegar a bolsa na chapelaria.

Julian sorriu para mim.

— Eu sabia que você ia ganhar.

— Quê? Como?

Ele deu de ombros.

— Você sempre foi boa com essas coisas. As pessoas simplesmente gostam de você.

Julian nunca falava as coisas só para agradar. Na verdade, acho que ele nem era capaz de fazer isso. Mas eu não sabia como reagir a um elogio dele, por isso só dei de ombros e disse:

— Nem todas as pessoas.

Ele suspirou.

— Todas as pessoas, Sam. Foi um alívio para nossa mãe finalmente ter uma filha que encantasse todo mundo. Eu... sempre tive inveja disso.

Quase enfiei os dedos nos ouvidos para limpá-los.

— Inveja de *mim*?

— Claro — Julian disse.

Eu ia falar alguma coisa, mas parei quando vi a expressão dele e percebi que talvez não fosse a única que se sentia incapaz de atender às expectativas da minha mãe.

Ela voltou, com o casaco e a bolsa na mão.

— Vamos lá, Julian? Seu pai está esperando.

Dei um abraço apertado no meu irmão.

— Que bom que você está em casa.

— Também acho — ele disse, com a voz saindo abafada contra meu cabelo.

— Quando eu chegar, vou te ensinar a passar pelo esconderijo do clã Yiga.

Minha mãe sorriu para nós, feliz em ver os filhos sendo carinhosos um com o outro.

— Divirta-se, Samantha. Me manda uma mensagem quando estiver voltando, ok? E só chama um carro de aplicativo se Val for junto. Tem saído notícias perturbadoras nos jornais sobre todo tipo de motorista esquisito.

Nem me fale, mãe.

Os dois começaram a ir embora, mas Julian parou e me olhou de um jeito furtivo.

— Ei, Sam... talvez você queira guardar sua primeira dança como rainha para alguém especial.

Olhei para ele.

— Quê?

Julian ergueu o queixo, com os olhos focados atrás de mim.

— Alguém veio ver você.

41

Tudo parou. As luzes, a música, o baile inteiro. Eu me virei — devagar —, querendo que meu desejo se tornasse realidade.

Ali, do outro lado do ginásio, vi Jamie.

E ele estava... *lindo.* Usava um terno azul-escuro com camisa listrada, sem gravata. Um botão aberto revelava seu pescoço marrom. Seu cabelo estava um pouco mais curto, mas ainda era cheio e estava penteado tão para o lado que uma mecha caía sobre seus olhos.

Seus olhos. Jamie não estava usando óculos!

Olhei para Julian na hora. *Oi?*

Ele abriu um sorriso convencido de irmão mais velho diante da minha surpresa.

— Você não conhece meu colega de quarto. Por algum motivo, ele queria *muito* te conhecer.

Antes que eu pudesse impedi-lo, ele saiu correndo atrás dos meus pais.

Com o mundo inteiro no mudo, fui até Jamie. Tudo era um borrão, menos ele. Nossos olhos não desviavam um do outro, e eu vi um sorriso lento se formar em seu rosto.

Quando cheguei, fiquei parada por um segundo, sem acreditar no que estava vendo.

— Oi, Samantha — Jamie finalmente disse em sua voz baixa e comedida.

Eu adorava aquela voz. Era uma voz tranquila e confiante, de alguém que sabia exatamente quem era — um cara bem maravilhoso.

— Oi — consegui dizer. — Meu irmão acabou de dizer uma coisa tão esquisita…

Um rubor subiu pelo pescoço de Jamie.

— Então… ouve só. Acabei indo estudar em Yale.

Não consegui evitar e soltei um gritinho.

— Meu Deus! Parabéns!

Ele conteve um sorriso, muito satisfeito consigo mesmo.

— Obrigado. Hum, então. Conheci seu irmão na orientação, e quando descobri quem ele era pedi para sermos colegas de quarto. — Os olhos de Jamie, escuros e nervosos, procuraram os meus. — Sei que é meio esquisito, foi mal. Mas eu precisava descobrir como você estava. Foi o jeito que encontrei de te acompanhar sem quebrar minha promessa de não te procurar até que você voltasse.

Poderia até ser esquisito, mas eu sabia que, no lugar dele, teria sido igualmente esquisita. Ou até mais, para ser sincera.

Balancei a cabeça.

— Não, estou feliz por você ter me encontrado. Como pôde.

Ele enfiou a mão no bolso do paletó.

— Eu trouxe, hum… — Era um minibuquê de dálias cor-de-rosa e pêssego. — Não sei se você já tem um…

Estiquei o braço.

— Não tenho, não!

Com suas mãos firmes e elegantes, Jamie o colocou em mim. Olhei para o arranjo por um segundo antes de deixar o buquê de rainha de lado e pular nele, abraçando-o e sentindo seu corpo firme.

Senti que Jamie ria.

— De nada.

Seu cheiro me cercou, familiar e incrivelmente inebriante. Inspirei fundo antes de falar.

— Você me encontrou.

— Encontrei.

— Você esperou por mim.

Nos afastamos, mas nossos rostos continuavam próximos. Seus olhos estavam fixos nos meus.

— Esperei. Sou obediente.

Dei risada.

— É mesmo.

Ele tocou minha coroa.

— Pelo visto você ganhou.

— Ah. É. Rá. Isso... deixou minha mãe feliz. Acho que tudo acabou dando certo, de um jeito esquisito.

Jamie soltou uma gargalhada.

— Comigo também.

Então certa timidez tomou conta de Jamie, que recuou um passo. Precisei reunir todas as minhas forças para não me pendurar no pescoço dele. Juntei as mãos para me segurar.

— Quero saber de tudo. Temos tanta coisa para conversar.

— É — ele disse. — Temos mesmo.

Uma música lenta começou a tocar. A pista esvaziou um pouco, dando espaço para os casais, que começaram a se aglomerar ao nosso redor, nos empurrando. Mas Jamie se mantinha longe e sem me encarar.

— Você veio ao baile com Curren, ou...

Ah. *Ah.*

— Nós terminamos — falei. Alto. E corei.

Ele olhou para mim na mesma hora.

— Sério?

Eu ri, com as bochechas queimando.

— É. Foi, tipo, quase a primeira coisa que eu fiz.

Estávamos praticamente morrendo, sem encarar um ao outro, e sentindo o rigor mortis tomar conta do corpo. O mundo todo poderia chegar a um fim apocalíptico e continuaríamos enraizados ali.

Soltei o ar devagar.

— Mas sem pressão, claro! — *Quanta naturalidade, Sam.* — Era algo que já deveríamos ter feito há muito tempo. Eu só... não sabia até... até...

— Até voltar no tempo?

Só pela voz, eu soube que Jamie sorria, e olhei para ele. Para seu rosto lindo e atencioso.

— É — falei, dando um passo para mais perto agora que voltava a sentir meus braços e pernas. — Até conhecer você. — Nossos rostos estavam a centímetros um do outro. Eu poderia contar os cílios dele. — Gosto de você, e a menos que esteja interpretando errado o fato de você ter me esperado por dois anos e meio que me stalkeado através do meu irmão, acho que você também...

O restante das minhas palavras se perdeu quando Jamie me puxou, agarrando minha nuca e meu cabelo, e levando seus lábios aos meus. Como tudo mais em relação a ele, o beijo foi ótimo. Suave, urgente e tudo o que eu tinha imaginado durante aquela semana.

Quando nos afastamos, Jamie não parecia mais tímido. E sim incrivelmente feliz. Um pouco corado e atordoado, mas feliz. Assim como eu.

Peguei a mão dele.

— Quer dançar?

Jamie entrelaçou os dedos com os meus.

— Adoraria.

Então tudo voltou a se movimentar. As luzes, a música, tudo à nossa volta ganhou vida. E finalmente estávamos onde deveríamos.

Com o futuro à nossa frente.

Agradecimentos

O mundo todo mudou enquanto eu escrevia este livro — tanto no sentido universal quanto no pessoal. Enquanto escrevia sobre mães, eu mesma me tornei uma. E só consegui terminar este livro com a ajuda de *muitas* pessoas.

Obrigada a Faye Bender — por me ajudar a mudar de rumo, por me incentivar a sonhar grande, por sua força discreta que se revelou inabalável quando eu estava incerta. Quero ser você quando crescer.

Obrigada a todos do Book Group.

Tiffany Liao, idolatro você. Obrigada por compreender tudo nesta história, desde os sentimentos das mães até a moda dos anos noventa e a maneira como Priscilla tira os sapatos. Foi um privilégio trabalhar com você neste livro, que ficou um milhão de vezes melhor assim.

Agradecimentos infinitos a toda a equipe da Zando, incluindo Molly Stern, Sarah Schneider, TJ Ohler, Andrew Rein, Allegra Green, Nathalie Ramirez, Anna Hall, Amelia Olsen, Chloe Texier-Rose e Sara Hayet. Fico honrada em fazer parte dessa grande aventura.

Também agradeço a Kemi Mai Willan, Jeanne Tao, Aubrey Khan, Rachel Kowal, Natalie C. Sousa e Lindsey Andrews.

Obrigada, sempre, a Mary Pender e a toda a equipe UTA por fazer magia no cinema e defender minha voz. Estou muito animada com o que vem pela frente.

Muita gente não faz ideia de que ajudou a moldar este livro — nem nunca saberá disso. Podcasts me ajudaram a sobreviver à quarentena, à gravidez e ao puerpério. Obrigada a meus amigos de *Forever35* (Kate Spencer e Doree Shafrir), *The Empire Film Podcast*, *Blank Check*, *Pod Save America*, *Still Processing* e *You're Wrong About*. E, sim, Michelle Obama.

Agradeço a Robert Zemeckis e Bob Gale por ter feito meu filme preferido de todos os tempos. E a Cathy Park Hong, que me fez repensar este livro e cristalizou em termos brilhantes a raiva latente que senti a vida toda.

Obrigada a Kate Lao Shaffner pela inspiração no que se refere ao governo americano. A Derick Tsai pelo TCMC. A Cody Tucker por tudo.

Obrigada a todos os leitores, bibliotecários, professores e livreiros que apoiaram meus livros na última década. Sou muito, muito grata.

Como teria sobrevivido ao início da maternidade sem outras mães de primeira viagem? Todo o meu amor a Olivia Abtahi, Rachelle Cruz, Cassandra Fulton, Celia Lee, Britta Lundin, Samantha Mabry, Isabel Quintero, Jill Russell, Jen Wang e Brenna Yovanoff.

Todo o meu amor e toda a minha gratidão às escritoras Julie Buxbaum, Anna Carey, Sarah Mlynowski, Rebecca Serle, Jen Smith e Siobhan Vivian. E um agradecimento especial a Adele Griffin.

A minhas amigas/colegas/salva-vidas: Sumayyah Daud, Laurie Devore, Kate Hart, Michelle Krys, Amy Lukavics, Diya Mishra, Zan Romanoff, Courtney Summers, Elissa Sussman, Kara Thomas e Kaitlin Ward. Obrigada por, bem, vocês sabem. Por *tudo*.

Agradeço a minhas primeiras leitoras, com quem faço brainstorming a cada passo do caminho, cujo apoio e amizade me são inestimáveis. Para sempre Havaí.

Tive a sorte de poder contar com ajuda para cuidar do meu filho, enquanto muitas outras pessoas não podem. Muito obrigada à minha irmã Christine Goo, à minha prima Elaine Koo e a Maralee Kent por cuidarem da pessoa mais preciosa do mundo para que eu pudesse escrever este livro.

Agradeço a toda a minha família: os Appelhan, os Appelwat e os Peterhan. E a meus avós, primos e tios... 고모부, sentirei saudades.

A minhas avós:

A 외할머니, que deixou a Coreia do Norte sem saber se voltaria a ver a família, criou seis filhos, emigrou para os Estados Unidos e trabalhou como costureira antes de ajudar a criar treze netos coreano-americanos. Seu *kimchi* e seu *sujebi* eram os melhores, e ela sempre mantinha a porta aberta quando nos esperava.

A 할머니, que foi criada pela avó durante a ocupação japonesa, emigrou para os Estados Unidos, aprendeu a falar inglês através das novelas e adorava dirigir em Los Angeles. Ela me ensinou a escolher as melhores frutas da vendinha e a tricotar roupinhas para minhas Barbies.

Sinto falta das duas.

A minhas tias, muitas das quais tiveram lavanderias nos anos oitenta e noventa. Que tinham negócios próprios ou trabalhavam como designers, enfermeiras, bancárias. Que criaram os filhos e cozinhavam todas as refeições. Tudo em um país muito distante de casa. Vocês são lendárias, e sou grata por ter sido criada por todas e com todas.

Para minha mãe, que veio para os Estados Unidos como jornalista e se aposentou como executiva de um banco. Que reformulou seus sonhos para que eu pudesse correr atrás dos meus. Que foi essencial na criação de seu primeiro neto durante uma pandemia. Obrigada por tudo o que fez — e faz — todos os dias por todos nós. Sou uma filha grata e escrevi um livro inteiro para demonstrar a magnitude do meu amor e gratidão.

A meu marido, Chris, e a meu filho, Alexander. Obrigada por expandirem minha definição de amor para além de qualquer coisa que eu poderia ter imaginado.

O futuro é nosso.

ESTA OBRA FOI COMPOSTA POR VANESSA LIMA EM BEMBO
E IMPRESSA EM OFSETE PELA GRÁFICA BARTIRA SOBRE PAPEL PÓLEN NATURAL
DA SUZANO S.A. PARA A EDITORA SCHWARCZ EM SETEMBRO DE 2023

A marca FSC® é a garantia de que a madeira utilizada na fabricação do papel deste livro provém de florestas que foram gerenciadas de maneira ambientalmente correta, socialmente justa e economicamente viável, além de outras fontes de origem controlada.